À PROPOS DE L'AUTEUR

Natacha J. Collins a toujours raconté des histoires, d'abord par l'illustration et la bande dessinée, avant de laisser les mots seuls façonner les aventures jaillies de son imagination. Son expérience journalistique dans la presse cinéma et télévision a également influencé son amour pour les belles histoires, grandes ou petites – et qui finissent bien, de préférence !

La fugitive et le Highlander

Collection : VICTORIA

HARPERCOLLINS FRANCE
83-85, boulevard Vincent-Auriol, 75646 PARIS CEDEX 13
Service Lectrices — Tél. : 01 45 82 47 47

www.harlequin.fr

ISBN 978-2-2804-2273-4— ISSN 2493-013X

NATACHA J. COLLINS

La fugitive et le Highlander

Victoria

HARLEQUIN

*À ma mère, au cœur aussi sauvage
et indompté que celui des Highlanders…*

Prologue

Banedoch, Écosse, 1229

L'orage grondait furieusement sur le *Bàideanach*[1]. Accompagné de violents éclairs qui déchiraient le ciel nocturne, le fracas du tonnerre résonnait sinistrement dans les terres. C'était ainsi depuis des jours, comme si les éléments cherchaient à faire écho aux émotions des habitants du château. Depuis le départ quelques semaines plus tôt du maître des lieux et de ses deux fils aînés, bien décidés à renverser le roi Alexandre II d'Écosse, les membres du clan McWilliams ne cessaient de trembler. Soit leur laird réussissait à récupérer la couronne pour laquelle il estimait avoir toute légitimité, soit il échouait et dans ce cas… la vengeance du roi sur son clan serait sans aucun doute terrible ! Aux yeux de Lorna, fille bâtarde du laird et d'une servante, tout cela n'était que folie et orgueil mal placé. Tant de morts, pour si peu ! Que lui importait une couronne qui n'avait apporté que du malheur aux siens ! Pourtant, depuis des années, les McWilliams et

1. Le Badenoch (appelé Bàideanach en gaélique écossais) est une région d'Écosse située au sud d'Inverness.

leurs alliés fomentaient, tuaient, pillaient, allant jusqu'à brûler la ville d'Inverness, pour espérer obtenir ce qu'ils appelaient « justice ». Hélas, le roi Alexandre II ne valait guère mieux… Lorna soupira lourdement. Si seulement on lui avait demandé son avis, elle aurait clamé sans hésiter que tout cela ne faisait qu'affaiblir l'Écosse, alors que de nombreux dangers extérieurs la menaçaient déjà. À plusieurs reprises, elle avait entendu les hommes en parler, et elle était terriblement consciente des enjeux. À présent que l'armée de son père et de ses alliés jouait ce qui serait probablement leur ultime bataille contre le roi, elle en faisait de terribles cauchemars. La fatigue et l'inquiétude la rendaient maladroite, ce qui lui valait immanquablement de sévères réprimandes de la part de Margaret, la revêche responsable des domestiques, qui semblait guetter la faute pour la critiquer.

— Lorna ! cria cette dernière de sa voix haut perchée. Cesse donc de rêvasser ainsi, le travail ne va pas se faire tout seul ! Seigneur, comment peut-on être si malhabile ! Si Lady Ailis l'autorisait, cela ferait déjà bien longtemps que je t'aurais jetée dehors !

Lorna serra les poings et ouvrit la bouche pour répliquer, mais elle ne prononça pas un mot. Si elle s'y hasardait, elle en paierait chèrement le prix. Cette fois encore, Margaret se plaindrait à son père et cette fois encore, Lorna n'en doutait point, il la ferait fouetter pour avoir osé répondre à sa maîtresse favorite. Elle pouvait bien être de son sang, il ne l'avait jamais aimée, et encore moins traitée comme son enfant. À vrai dire, il semblait à peine remarquer son existence, la plupart du temps. S'il n'y avait eu leurs yeux bleus, si semblables, et la marque de naissance particulière en forme de croissant de lune sur le bas de leurs reins respectifs, rien n'aurait laissé supposer qu'ils fussent parents.

Elle se détourna de Margaret, préférant l'ignorer ostensiblement. Du mépris, voilà tout ce que méritait cette maudite femme ! Aussi splendide extérieurement que mauvaise à l'intérieur, songea Lorna, dépitée que son père puisse choisir de partager la couche de Margaret plutôt que celle de l'admirable Lady Ailis, son épouse légitime. En silence, Lorna continua à débarrasser les tables du dîner. À ses côtés, son amie Blair s'acquittait de sa tâche avec un entrain inhabituel. Elle chantonnait même ! Cela fit sourire Lorna… et l'intrigua.

— Qu'est-ce qui te rend si joyeuse, Blair ? murmura-t-elle.

Les joues rondes de Blair rosirent, et ses yeux marron pétillèrent. C'était une jolie jeune fille, petite et gironde, à la joie de vivre communicative.

— Tu garderas le secret, pas vrai ?

— Bien sûr, tu me connais. Allons, je veux savoir, qu'est-ce qui se passe ? Dis-moi !

— C'est Connor ! Il souhaite m'épouser ! Je suis tellement heureuse, Lorna ! Mon père est ravi, lui aussi. Il adore Connor et, comme ça, la forge restera dans la famille. Nous pourrons nous marier au printemps prochain, et…

— Pauvres idiotes ! Allez-vous enfin cesser de perdre votre temps à babiller ? Vous n'êtes décidément que des bonnes à rien !

Margaret les toisait si durement que la colère déformait ses traits. À un point tel que Lorna crut déceler en elle un *sluagh*[1], prêt à emporter leurs âmes ! Ce qui n'était peut-être pas si éloigné de la vérité : Margaret avait tout d'un démon dans un corps d'ange. Blair glapit. L'expression blessée et le teint pâle, elle baissa les yeux, mais Lorna ne l'imita pas. Voir l'enthousiasme de son amie ainsi gâché, c'en était trop ! Furieuse contre Margaret, elle se redressa et riva son regard dans celui de la matrone. Tant pis si cela lui valait une correction !

— Ça suffit, Margaret ! Nous méritons plus de respect !

Margaret fit claquer sa langue, qu'elle savait aussi cinglante qu'un fouet.

— Du respect, dis-tu ? Et pourquoi donc le mériterais-tu ? Tu n'es qu'une bâtarde, ma pauvre fille, une idiote, une bouche à nourrir inutile, et ta mère, elle, par le ciel, n'était qu'une misérable catin vaniteu…

La soudaineté de la gifle la fit vaciller. Margaret dévisagea Lorna, comme si elle la voyait pour la première fois. Jamais cette dernière n'avait osé la frapper ! Lorna fit un pas en avant.

— Ne parlez plus jamais de ma mère ainsi. Ou je vous cogne encore. Plus fort.

Sa voix était glaciale. Les dents serrées, elle se retenait avec peine de se laisser entièrement emporter par la colère. Choquée, Margaret la foudroya du regard.

— Misérable, tu le regretteras ! Dès que le laird apprendra ce que tu as fait, il…

— Taisez-vous, Margaret. À moins que vous ne teniez à ce que je vous fasse couper la langue pour ne plus vous entendre.

Toutes les têtes se tournèrent sur Lady Ailis. La châte-

1. Esprit d'un mort sans repos.

laine venait d'arriver dans la grande salle, accompagnée de sa garde. Ses longs cheveux bruns retombaient en cascade sur ses épaules graciles, et ses yeux d'un gris sombre bordés d'épais cils noirs étaient sévèrement rivés sur Margaret. Cette dernière, l'air pincé, capitula sous leur intensité.

— Oui, milady, bien sûr, comme vous le voudrez, grimaça-t-elle.

Après une révérence maladroite, elle releva ses jupes pour sortir de la pièce d'un pas vif. Lady Ailis se tourna vers Lorna, qui cherchait à retrouver son calme.

— Lorna, mon enfant, viens avec moi.

— Oui, milady.

Après un dernier coup d'œil à Blair, Lorna suivit Lady Ailis. Elle avait pour la femme de son père la plus grande estime. Cette femme de noble naissance avait été mariée très jeune à un homme qu'elle n'avait pas choisi. Si elle n'aimait pas son époux, il le lui rendait bien. La pauvre lady s'était depuis longtemps habituée à le savoir partager d'autres lits, mais elle avait heureusement trouvé de la joie dans la naissance de leurs enfants. Deux grands fils, ceux-là mêmes qui combattaient aux côtés de leur père au sein de la rébellion, et une adorable fillette nommée Sorcha, encore bébé. Lady Ailis avait toujours traité Lorna avec bienveillance et avait même essayé de la faire accepter par son père. En vain.

La châtelaine ralentit soudain le pas et posa ses grands yeux sur elle.

— Un peu de tranquillité te fera le plus grand bien, mon enfant. Cette Margaret, c'est un vrai serpent ! Ne laisse pas ses paroles venimeuses t'atteindre.

— Oui, milady.

— Seigneur Dieu, sans la protection que lui offre mon époux, cela ferait déjà longtemps que je me serais débarrassée d'elle…

Comment l'en blâmer ? Selon Lorna, cela serait même une bénédiction, si Margaret disparaissait de leurs vies. Nul n'ignorait qu'elle rêvait de remplacer Lady Ailis non seulement dans le lit du laird, mais aussi dans sa vie !

— Oublions cette harpie, proposa Lady Ailis. Je souhaitais t'en parler moi-même, avant que tu ne l'apprennes de quelqu'un d'autre. Ton père songe sérieusement à te faire épouser l'un de ses fidèles, pour le remercier de sa loyauté.

Lorna tourna la tête vers elle, stupéfaite.

— Mais… Il ne s'est guère préoccupé de moi, jusque-là, et à présent il voudrait me marier pour servir ses intérêts ? C'est injuste ! Ne suis-je vraiment rien de plus pour lui qu'une marchandise ?

Lady Ailis s'immobilisa et prit ses mains entre les siennes. Sa douceur lui fit presque monter les larmes aux yeux.

— Je le sais, mais il est le laird et nous devons lui obéir. Même illégitime, tu restes sa seule fille en âge de se marier, et le laird Henderson a expressément demandé ta main.

Le laird Henderson ? Lorna se souvenait de lui. Un homme au regard lubrique, qui devait avoir trois fois son âge !

— Non ! Je refuse ! C'est hors de question ! Je ne veux pas de cet homme !

— Oh ! ma pauvre petite, je sais ce que tu ressens, pour l'avoir vécu moi-même. Je te promets d'essayer de faire changer ton père d'avis, mais il est terriblement entêté.

— Hélas, je ne le sais que trop bien.

Comment était-ce possible ? Son père semblait enfin réaliser qu'elle existait et qu'elle était de son sang… Mais uniquement parce que cela servait ses intérêts ! Le visage d'un garçon qu'elle avait aimé, par le passé, lui revint brusquement en mémoire. Des yeux rieurs, un sourire enjôleur, un corps divin… et un cœur de pierre. Gavin avait brisé le sien, un an plus tôt. Il l'avait abandonnée sans manifester le moindre regret, après avoir pourtant promis de l'épouser. Elle pensait alors l'aimer, et lui avait offert sa virginité. Quelle idiote de l'avoir cru ! Lui aussi s'était servi d'elle, tout comme son maudit père prévoyait de le faire, en l'offrant à un homme qu'elle méprisait !

Lady Ailis la dévisagea longuement, puis soupira.

— J'essaierai de le convaincre, dès son retour. La victoire le rendra sans doute plus amène à mes paroles.

Lorna la remercia du bout des lèvres, tant elle se sentait mal. Jamais personne ne ferait changer son père d'avis, toutes deux le savaient. Comme une mère aimante le ferait, Lady Ailis l'embrassa sur le front, avant de la quitter. Déconfite, Lorna les regarda, elle et sa suite, bifurquer au bout du couloir. Si seulement elle pouvait contrôler son destin ! Si seulement elle pouvait changer les choses ! Elle joignit ses mains et pria pour que quelque chose se passe, n'importe quoi, afin qu'elle n'ait pas à épouser un homme dont elle ne voulait pas.

— Lorna ! Réveille-toi, je t'en supplie !

L'esprit encore embrumé de sommeil, Lorna grommela et se retourna sur le côté. La voix se mêla à la pluie et au vent qui vrombissait au-dehors, et elle décida de l'ignorer, persuadée qu'il ne s'agissait que d'un rêve.

Hélas, la voix insista.

— Seigneur Dieu, Lorna, debout ! Lève-toi !

Quelqu'un la secouait vigoureusement par les épaules, à présent, et elle ouvrit franchement les yeux. Au-dessus d'elle, Blair était aussi pâle qu'une morte.

— Les Comyn, Lorna ! Les Comyn sont là ! Ils assiègent le château !

Lorna se redressa subitement, parfaitement réveillée et horrifiée. Les Comyn, ici, cela ne pouvait signifier qu'une chose ! Son père avait perdu la guerre et, à présent, les hommes du roi étaient venus se venger sur son clan ! Elle se leva d'un bond et entreprit de se vêtir à la hâte.

Ce n'est pas possible. C'est un cauchemar et je vais bientôt me réveiller…

— Nos soldats ne sont pas assez nombreux, balbutia Blair. Ils ne les retiendront pas longtemps hors de nos murs et… si les Comyn nous attrapent… S'ils te trouvent et découvrent qui tu es, Lorna, ils…

Blair ne termina pas sa phrase, les mots semblant se nouer dans sa gorge. Lorna savait parfaitement ce qu'elle pensait : « S'ils te trouvent, ils te livreront au roi et te tueront. » S'ils ne la violaient pas avant. Il ne fallait pas espérer d'eux la moindre compassion.

— Dépêchons-nous, chuchota-t-elle.

— Connor et mon père nous attendront aux écuries, comme nous l'avions prévu en cas d'attaque, assura Blair, dont la voix fut soudain secouée de déchirants sanglots. Je ne partirai pas sans eux, Lorna. Jamais. Je ne peux pas !

— Tu n'auras pas à le faire. Allons, viens. Ils nous attendent. Tu l'as dit toi-même.

Lorna jeta son baluchon sur son épaule, et elles quittèrent leur chambre. Dans le long couloir, elles se frayèrent un chemin parmi les domestiques et les serviteurs qui couraient, paniqués.

— Ne lâche pas ma main ! ordonna Lorna.

Si elles se perdaient de vue, elles ne se retrouveraient jamais, dans ce chaos ! Un homme la percuta si violemment que… Son baluchon ! Elle l'avait laissé tomber ! Trop tard pour retourner en arrière pour le chercher, elles devaient avancer ! Serrant plus fermement les doigts de Blair entre les siens, elle progressa aussi vite que possible. Tout autour, partout, les gens hurlaient, terrorisés.

Des cris plus forts encore furent poussés de la cour. Des voix emplies de fureur qui se joignaient au fracas de portes qu'on brise. Blair s'immobilisa, tétanisée par la frayeur.

— Ils sont entrés dans le château ! Ils sont entrés !

Lorna la tira en avant.

— Par là ! Vite !

Elles parvinrent jusqu'à un escalier de service qui menait aux cuisines. De là, il leur suffirait de traverser encore deux couloirs pour atteindre une porte dérobée et arriver enfin aux écuries. Avec de la chance, et en étant assez rapides, elles…

Lorna se figea brusquement. Elle se tourna vers Blair, qui la regarda sans comprendre.

— Qu'est-ce que tu fais ? Par tous les saints, Lorna, viens !

— Rejoins Connor et ton père. Fuyez ensemble jusqu'à notre endroit spécial, sans m'attendre. Je vous y retrouverai ensuite, dès que je pourrai.

— Mais qu'est-ce que tu racontes ?

— Lady Ailis et la petite Sorcha. Je ne partirai pas sans m'assurer qu'elles sont en sécurité.

— As-tu perdu l'esprit ? Jamais tu ne pourras les…

Impulsivement, Lorna l'étreignit étroitement. C'était très certainement un adieu, elle en était douloureusement consciente, mais elle devait écouter ce que lui dictait son cœur.

— Peut-être, mais je dois essayer. Je t'en supplie, Blair, fais ce que je te demande. Pars, à présent, et reste en vie !

Sans un regard en arrière, Lorna s'élança dans l'autre sens, vers les entrailles du château. Derrière elle retentissaient les appels déchirants de son amie.

Veillez sur elle, par pitié ! pria-t-elle intérieurement. *Veillez sur nous tous !*

Autour d'elle, c'était le chaos. Les gens hurlaient, couraient, tombaient et se relevaient pour repartir, leurs maigres possessions sur le dos. Tous cherchaient à fuir la forteresse, tandis qu'elle, elle s'y enfonçait ! De la fumée ! Il y avait le feu ! Se frayant un chemin dans les couloirs, elle avançait sans s'arrêter. Ses poumons commençaient à la brûler, et elle fut prise d'une quinte de toux. Partout, par-dessus le ronflement des flammes, des bruits de combat retentissaient. Les Comyn semblaient déterminés à détruire tout aussi bien le château que ses habitants !

Elle parvint enfin devant l'escalier qui menait à l'étage où se situaient les appartements de Lady Ailis. De la fumée s'en échappait ! Priant pour ne pas arriver trop tard, elle s'y précipita et grimpa les marches. Une fois en haut, elle dut se retenir au mur pour ne pas vaciller. Respirer était devenu si difficile ! Des restes de tentures brûlaient, retombaient en lambeaux sur le sol. La fumée âcre piquait ses yeux, intensifiait sa toux. Plus elle progressait, plus la chaleur redoublait, plus les cris des combattants et les bruits des lames s'entrechoquant s'amplifiaient ! Elle manqua de trébucher plus d'une fois sur l'un des corps qu'ils laissaient dans leur sillage. Le doute n'était plus permis : les Comyn se taillaient un chemin vers les appartements de Lady Ailis !

Ne regarde pas les cadavres, ne les regarde pas et continue d'avancer ! s'intima-t-elle.

Un cri soudain la fit bondir.

C'était Lady Ailis !

— Ne nous approchez pas ! hurlait-elle. Je vous interdis de la toucher !

Luttant contre son impulsion de foncer directement dans la chambre dont la porte était grande ouverte, Lorna s'approcha prudemment, pour ne pas signaler sa présence. Si elle agissait sans réfléchir, elle se ferait prendre et ne pourrait plus aider personne. Son cœur battait si fort, cependant, qu'elle craignit que cela suffise à la trahir. Ce qu'elle vit ensuite l'emplit de frayeur et de colère. Lady Ailis, par terre, serrait fermement contre elle son enfant. Deux hommes leur faisaient face. Des guerriers aux couleurs honnies des Comyn, ce vert et ce rouge que Lorna n'oublierait jamais. Ils riaient, provoquaient la châtelaine qui reculait en rampant presque pour coller son dos au mur, près de la cheminée où on l'acculait.

Comment faire pour les aider ? Lorna était seule, désarmée, et ces hommes savaient se battre, bien mieux qu'elle ! Entre elle et les soldats ennemis gisaient au sol les cadavres de gardes de son clan, ainsi que ceux d'un Comyn, de la nourrice et plus près de la porte, celui de… Margaret ! La dague de Lady Ailis était enfoncée dans sa gorge jusqu'à la garde.

Lorna s'accroupit pour s'en emparer, priant pour y

parvenir en silence. Les Comyn, trop occupés à provoquer Lady Ailis, ne la remarquèrent pas.

— Je m'demande quelle récompense on va en tirer, s'exclama l'un.

— Sûrement une belle, tu peux me croire ! La femme du traître, et sa morveuse, ça vaut son pesant d'or ! répliqua l'autre.

— Et sa bâtarde ? On touchera plus encore si on la ramène aussi, ajouta-t-il en se retournant vers Lady Ailis. Ça serait fort aimable de votre part, milady, que de nous dire où la trouver, vu que vous avez tué notre espionne quand elle allait nous le révéler. Dommage, elle était plutôt jolie, et rusée. Enfin, pour une femme !

Il éclata d'un rire gras. Lorna frémit. L'espionne dont il parlait, c'était forcément Margaret ! Cette garce les avait trahis ! Voilà pourquoi Lady Ailis l'avait tuée ! Bon débarras !

Cependant, Lorna se préoccupait bien plus de ce qu'avait ajouté le Comyn : ils cherchaient la bâtarde du laird ! Il ne pouvait s'agir que d'elle ! Cette maudite Margaret leur avait appris son existence, évidemment ! Alors qu'elle cherchait quoi faire, l'un des soldats se pencha sur Lady Ailis et tenta de lui arracher Sorcha des bras. La châtelaine le gifla.

— Je vous ai interdit de… Ah !

L'homme la frappa à son tour, encouragé par son comparse.

— Si elle refuse de répondre, recommence. Le laird ne nous en voudra pas si elle est un peu abîmée. Tous les McWilliams vont y passer, de toute façon, autant que…

Ses mots moururent dans sa gorge quand Lorna la lui trancha. Il se tourna lentement pour la regarder avec des yeux exorbités. L'étonnement se lisait dans ses pupilles sombres où la vie disparaissait. Sa bouche gargouilla quelque chose, il tendit le bras vers Lorna qui recula, puis il s'effondra lourdement. Il se serait écrasé sur elle si elle ne s'était pas écartée à temps.

Un cri rauque et sauvage la fit bondir. L'autre Comyn se ruait sur elle ! Il agrippa son cou et la plaqua si brutalement contre le mur qu'elle en lâcha son arme. Suffocant, elle se débattit de toutes ses forces, le frappa de ses jambes, de ses poings, essaya vainement de desserrer l'impitoyable emprise qui lui broyait la gorge.

— Sale garce ! Tu vas payer ! Tu…

— Non ! Laissez-la tranquille !

Elle entendait à peine Lady Ailis, qui suppliait son tortionnaire. Tout se brouillait autour d'elle, sa vue, son ouïe, ses forces l'abandonnaient. Mais alors qu'elle sombrait dans les ténèbres, le soldat la lâcha et elle retomba lourdement à terre. Toussant et haletant, une main plaquée sur sa gorge meurtrie, elle chercha à retrouver son souffle.

— La fille de McWilliams ? C'est bien ça que vous avez dit, milady ? cracha l'homme en s'adressant à Lady Ailis. Si c'est vrai, alors vous venez de lui sauver la vie… pour le moment.

Il se pencha sur Lorna, lui agrippa les cheveux et lui tira fermement la tête en arrière, pour mieux la dévisager d'un regard torve.

— En effet, c'est possible, grogna-t-il enfin.

D'un geste brusque, il déchira sa robe, exposant la peau nue de son dos à sa concupiscence. Horrifiée, elle tenta de se retourner et de se couvrir, de se masquer à sa vue, mais le mal était fait. Elle le lisait dans le regard de son ennemi. Il avait vu la marque. Il *savait.*

Il la redressa de force et plaqua un baiser sonore sur sa bouche. La nausée la prit, et elle essaya de le repousser, mais il était trop fort. Tétanisée, elle n'eut pas le temps de réagir quand il la pressa contre son torse. Ses seins frottaient douloureusement contre la tunique rêche du Comyn. Un sourire lubrique se dessina sur son visage rougeaud. Une de ses mains alla jusqu'à tâter les fesses de Lorna.

— Juste comme on nous l'a décrite, s'exclama-t-il. Encore mieux, même. Ah, et au fait, merci bien, gamine. Grâce à toi, la récompense sera pour moi seul, finalement.

Il poussa du pied le cadavre de son camarade et projeta Lorna auprès de Lady Ailis. Toutes deux se pressèrent l'une contre l'autre, terrifiées, l'enfant entre elles. Elles étaient à la merci de ce monstre, sans armes, sans échappatoire ! À ce moment, un homme surgit dans la pièce. Ses vêtements étaient ensanglantés et il tenait à peine debout, mais Lorna n'en crut pas ses yeux : c'était Connor ! Il poussa un cri rauque et fondit sur le Comyn, qui, surpris, tomba au sol sous l'assaut. Lorna bondit à son tour pour aider Connor, mais il avait déjà terrassé son adversaire, plongeant la lame de son long couteau dans sa poitrine. Elle se jeta à son cou.

— Connor ! Tu nous as sauvées ! Merci, merci !

— Une fois Blair et son père en sécurité, j'ai couru ici aussi rapidement que possible, lâcha-t-il, essoufflé. Dieu merci, je suis arrivé à temps, et…

— Vous devez partir, murmura une voix faible derrière eux. Vite. Avant que d'autres ne viennent.

Lorna et Connor se tournèrent ensemble vers Lady Ailis. Elle était toujours à terre, serrant la petite Sorcha, hurlante, contre son sein. Le teint de la châtelaine devenait cireux et la vie dans ses yeux semblait s'éteindre. Lorna se précipita vers elle.

— Ne mourez pas ! s'écria-t-elle. Je vous l'interdis !

Lady Ailis esquissa une ombre de sourire, avant d'être secouée d'une violente quinte de toux. Lorna lui prit doucement l'enfant vagissant des bras et remarqua alors seulement la blessure que la pauvre femme avait au flanc. Et une autre, encore, plus profonde, près de l'aisselle. Ses vêtements étaient maculés de sang, et même le linge entourant la petite fille était taché. Comment n'avait-elle rien vu ?

Le cœur déchiré, Lorna se pencha sur celle qu'elle avait appris à aimer presque comme une mère. Les larmes lui montèrent aux yeux.

— Conservez vos forces, milady. Nous allons nous échapper, tous ensemble.

Sa voix fut un gémissement, alors qu'elle l'aurait voulue assurée. D'un geste hésitant, Lady Ailis caressa les boucles brunes de son bébé.

— Non, Lorna, il est trop tard. En tant qu'enfants du laird, vous êtes en grand danger, toutes les deux. Le roi Alexandre souhaite notre disparition à tous, mais plus encore la vôtre… Les Comyn… Ils connaissent ton existence, Lorna. Ils savent qui est ton père, et qui tu es. Margaret leur a tout révélé à ton sujet ! Quand j'ai compris ce qu'elle avait fait, qu'elle les avait guidés jusqu'à nous, je… je…

— Vous avez fait ce qu'il fallait, milady. Cette vipère ne nuira plus jamais à personne.

Blême, Connor jeta un coup d'œil dans le couloir :

— Les voilà déjà qui arrivent !

— Le passage secret. Vite !

Lady Ailis désignait d'une main tremblante l'imposante cheminée. Un passage secret ? Lorna n'en avait jamais entendu parler ! Mais elle avait une confiance absolue en Lady Ailis. Sans hésiter, elle s'approcha de l'âtre froid.

— Sous une des pierres, souffla la châtelaine, la plus sombre, il y a un levier…

Lorna délogea la grosse pierre sans difficulté. Le levier était bien là. Elle tira dessus et un grincement retentit, accompagné d'un bruit sourd, derrière une lourde tapisserie.

— La porte… Il y a une porte derrière ! s'exclama Connor.

Il se précipita pour soulever Lady Ailis, mais elle le repoussa.

— Non, c'est trop tard et je suis perdue, de toute façon. Sans moi, vous avez une vraie chance de vous échapper. Ne discutez plus, vous n'avez plus le temps !

Sorcha se mit à gigoter entre les bras de Lorna. La mort dans l'âme, cette dernière savait que Lady Ailis avait raison. La vie la quittait sans qu'ils puissent l'aider… Pour survivre, pour sauver l'enfant, ils devaient l'abandonner.

— Je vous promets qu'elle sera en sécurité, jura-t-elle à la mourante.

Lady Ailis esquissa un sourire, puis Lorna se faufila sous la lourde tenture et s'engouffra dans l'ouverture de la porte dérobée. Elle se retrouva dans une obscurité presque totale, regrettant de ne pas avoir eu la bonne idée de prendre une bougie avec elle. Connor entra à sa suite. La porte se referma derrière lui, et le silence les entoura. Un silence lugubre, renforcé par les ténèbres, jusqu'à ce que des voix étouffées leur parviennent. Les Comyn étaient dans la chambre ! Lorna serra plus étroitement

Sorcha et la berça pour la rassurer pendant leur lente progression dans le tunnel humide.

— Chut, petite sœur, chuchota-t-elle à son oreille. Ne pleure pas… Nous serons bientôt en sécurité. Je l'ai promis à ta mère.

Penser au sort de Lady Ailis, mourante et à la merci de leurs ennemis, derrière cet épais mur de pierre, lui déchira le cœur. Luttant contre les sanglots, suivie de près par Connor, elle avança le pied, rencontra un vide et comprit qu'il s'agissait d'une marche. Tout en tâtonnant, pour ne pas tomber, elle descendit l'escalier avec précaution. Des toiles d'araignée se collaient à ses cheveux. L'humidité était de plus en plus prégnante, à mesure qu'ils progressaient. Une odeur de renfermé et de moisi accentua sa nausée. Elle glissa sur quelque chose. De la boue, supposa-t-elle sans s'arrêter. Où pouvait bien déboucher cet interminable tunnel ?

Tout en murmurant des mots apaisants au bébé qu'elle serrait contre son sein, elle continua à s'enfoncer dans les ténèbres.

Chapitre 1

Highlands, Domaine de Loch Abar,
un peu plus d'un an plus tard…

— Rory, oh, Rory !

Les gémissements voluptueux de la femme – Marsali, ou peut-être s'appelait-elle Mhairi, il n'avait pas pris la peine de retenir son prénom – furent le signal qu'attendait Rory Fraser. Ses coups de reins se firent de plus en plus rapides, de plus en plus violents. En réaction, elle s'accrocha à lui et poussa bientôt un long cri d'extase. Enfin, presque machinalement, il laissa à son tour échapper un grognement sourd. Juste à temps ! On tambourinait et hurlait rageusement derrière la porte.

— Femme, ouvre cette porte ! Tout de suite ! Je sais que tu es là !

Rory sourit à sa conquête d'un soir.

— Eh bien, ton époux a l'air sacrément furieux.

— Gordie est une brute. Il essaiera certainement de vous casser en deux, s'il vous trouve ici. Ce qui serait plutôt dommage, à mon avis…

Il manqua s'esclaffer devant sa minauderie.

— En effet, et c'est pourquoi cela n'arrivera pas.

Il la gratifia d'un baiser sonore, puis d'un bond il s'extirpa du lit. Se rhabiller serait rapide. Ce n'était guère la première fois !

— Tout ira bien, pour toi ? Tu es sûre ? demanda-t-il à la femme tout en enfilant une botte.

Elle haussa les épaules, esquissa un sourire mutin.

— Gordie est fou de moi, il ne me fera pas de mal et je sais comment lui parler. Vous, par contre, s'il…

Les coups portés à la porte redoublèrent de violence. Cette dernière semblait sur le point de sortir de ses gonds. Les hurlements de rage du mari cocufié retentirent, lourds de menaces.

— Diable ! Marjory ! Ouvre cette foutue porte avant que je la défonce !

Marjory ! Évidemment. Rory se donna une tape sur le front. Cela lui revenait, à présent.

— À votre place, murmura-t-elle en s'adressant à lui, je ne traînerais pas davantage.

Elle se laissa tranquillement retomber en arrière, s'enfonçant dans ses oreillers. Une lueur de malice traversa son regard, et Rory se demanda si elle ne s'amusait pas franchement de la situation. Tant mieux, si cela l'enchantait. Puisqu'elle lui avait assuré ne rien craindre de son lourdaud d'époux, et il était enclin à la croire, il n'avait plus rien à faire ici. Il grimpa sur le rebord de la fenêtre. C'était un peu haut, mais en cas de chute, l'épaisse végétation en bas du mur devrait suffire à ce qu'il s'en sorte sans grand mal. L'obscurité de cette nuit sans lune masquerait ensuite sa fuite.

Il allait sauter quand la voix suave de Marjory le fit se retourner.

— J'espère que vous reviendrez me voir…

Tout en parlant, elle jouait lascivement avec une longue mèche de ses cheveux dorés. Ses yeux bruns le fixaient, emplis de promesses indécentes. Rory lui sourit, quand soudain, le visage de la jeune femme se superposa dans son esprit à celui de Brianna[1] ! L'illusion ne dura qu'un court instant, et il poussa un soupir.

— Qui sait de quoi demain sera fait ? répliqua-t-il laconiquement.

Une réponse toute faite, qui voulait à la fois tout et ne rien dire, et qu'il utilisait décidément souvent, ces derniers mois ! Sur ce, il passa par-dessus le rebord de la fenêtre et entreprit sa descente. S'aidant des anfractuosités du mur de pierre, il plongea dans les ténèbres. De la chambre, en haut, le fracas de la porte qui s'ouvrait à la volée et les cris furieux de Gordie lui parvinrent. Quand ce dernier se pencha à la fenêtre, Rory avait déjà atteint le sol. Sans jeter le moindre regard en arrière, il disparut à la faveur de la nuit.

Comme convenu, Lachlan l'attendait devant l'écurie. Rory sourit en lui faisant signe, certain que leurs chevaux étaient sellés et fins prêts au départ. Ce qui n'était pas prévu, cependant, fut l'expression particulièrement sévère que Lachlan lui adressa en guise d'accueil. Rory soupira tout en approchant. Des remontrances allaient suivre, sans aucun doute.

— Lachlan, je t'en prie, ne gâche pas tout. Je vais bien, la fille également, et si toi aussi tu acceptais de passer davantage de bons moments comme…

— Sérieusement, Rory ? Un bon moment ? Te rends-tu compte que tu vas finir par te faire tuer ? Il n'y a pas

1. Brianna Fraser, cousine de Rory. Voir les deux tomes précédents.

un époux dans les Highlands qui ne cherche à te faire la peau !

— Tu exagères. Il y en a certains qui…

Lachlan le coupa d'un geste. Rory décida de le laisser continuer. Il n'avait pas envie de se battre. Pas ce soir. Il était trop épuisé et espérait que Lachlan le serait lui aussi suffisamment pour ne pas insister. Hélas, il se trompait.

— C'est comme si tu ne te rendais pas compte des conséquences de tes actes, Rory. Par Dieu, tu es le frère du laird ! Tu ne peux pas continuer à te comporter comme un gamin irresponsable incapable de résister à un joli visage, et j'en ai assez de te couvrir !

— Seigneur, Lachlan, j'ai l'impression d'entendre Murtagh ! Cesse de crier, j'ai suffisamment mal au crâne comme ça.

Combien de chopes avait-il bues, déjà ? Certainement bien trop, avant qu'il ne suive cette femme jusqu'à sa chambre – par Dieu, quel était son nom, déjà ? Ah, oui. Marion. Ou quelque chose comme ça. Si seulement sa tête ne le tançait pas autant, il saurait sans doute s'en souvenir. Tout en grommelant, il repoussa Lachlan sur le côté.

— J'ai sacrément envie de pisser. Oublie-moi deux minutes, et tu continueras à me faire la leçon quand j'aurai terminé.

Lachlan leva les yeux au ciel et le suivit tandis qu'il s'éloignait pour uriner. Cordieu ! Ne pouvait-il lui accorder quelques instants de paix ?

— Depuis que Brianna a choisi Shaw McAsgaill au lieu de toi, Rory, je ne te reconnais plus, insista Lachlan. Crois-tu vraiment que cela lui plairait, d'apprendre ce que tu fais ? On dirait que tu cherches volontairement les ennuis, et ça fait déjà longtemps que tu…

— La ferme, Lachlan ! Tu es mon meilleur ami et c'est la seule raison pour laquelle je ne t'ai pas encore rossé, mais tu ne sais pas de quoi tu parles, alors tais-toi !

La fureur montait en Rory. Non pas contre Lachlan, du moins pas entièrement, mais bien davantage contre lui-même. Quand Brianna avait été contrainte d'épouser un homme qu'elle n'aimait pas, uniquement pour lui sauver la vie[1], quelque chose s'était brisé en lui. Il n'avait pu la protéger, et elle en avait payé le prix. Il grimaça à ce souvenir. Sans sa propre faiblesse, tout aurait pu être différent, et s'il était sincèrement heureux que Brianna ait finalement trouvé l'amour entre les bras de Shaw McAsgaill, elle aurait tout aussi bien pu gâcher sa vie par sa faute. Depuis lors, impossible pour lui de se départir de ce sentiment de culpabilité qui persistait à lui broyer le cœur.

Lachlan avait raison. Il se comportait la plupart du temps comme un vaurien. Comme si, pour lui, plus rien ou presque n'avait d'importance… alors qu'il cherchait juste à combler ce vide atroce qui s'était creusé en lui.

Il leva les yeux vers son ami.

— Que les choses soient claires, Lachlan. Brianna est très heureuse, et je suis ravi pour elle. Mais en ce qui me concerne, je ne veux plus jamais tomber amoureux. C'est douloureux, c'est compliqué et ça n'apporte que des soucis. Rester sans attache et profiter de la vie comme si chaque jour était le dernier, c'est ce qui me convient le mieux. Qu'y puis-je, moi, si j'attire tant les épouses frustrées ?

1. Voir *L'épouse du Highlander*, le tome précédent.

Elles ne font que désirer un peu d'aventure dans leur morne existence, et si leurs maris savaient les satisfaire, elles ne rechercheraient pas autant ma compagnie !

— Tu peux bien prétendre tout ce que tu veux, ce n'est pas une façon de vivre. Pas quand on est un homme ! Pas quand on est en plus le frère du laird Fraser !

— Par Dieu, Lachlan, arrête d'essayer de me dicter ma conduite !

Les poings de Rory se crispèrent. Lachlan, imperturbable, le toisait de toute sa hauteur. Leurs regards se fixèrent l'un sur l'autre, aucun ne baissa les yeux. Encore un peu, et ils en viendraient aux mains ! Prenant sur lui, Rory inspira profondément et s'obligea à refouler sa colère. Ce n'était pas le moment de se battre ! Surtout pas contre Lachlan.

Rory s'avança vers lui, posa une main amicale sur son épaule et tâcha de parler avec calme et détermination.

— Mon comportement ne te convient peut-être pas, mais je suis comme je suis. Ma vie, je compte bien la vivre comme il me plaît, et pas autrement. Et puis, je n'ai d'autre titre que celui de frère cadet du laird, alors ce sera le plaisir et l'aventure pour moi, et les grandes responsabilités pour Murtagh ! N'est-ce pas un partage équitable ?

— Rory, non, tu n'es pas que…

Des cris de fureur les firent se retourner. Des hommes aux silhouettes massives éclairées par des torches se précipitaient dans leur direction.

— Tiens, on dirait qu'ils ont retrouvé ma trace, finalement. On les attend pour tenter de régler ce petit malentendu à l'amiable ?

Au ton sarcastique de Rory, Lachlan poussa un

grognement lourd. D'un bond, il sauta en selle et lança son cheval sur le sentier. Esquissant un sourire, Rory enfourcha sa propre monture. Alors qu'ils galopaient, le vent frais de la nuit vint durement frapper leurs visages. Rory n'en avait cure, les mots de Lachlan le tançaient avec bien davantage de force. Il grimaça, le souvenir de leur conversation… qui ne serait certes pas la dernière à ce sujet, le craignait-il, le tiraillait plus qu'il ne le voulait. Cordieu, changer ? Devenir un autre que ce qu'il était devenu ? Même s'il l'avait souhaité, comment le pourrait-il ? Il était ce qu'il était, rien de plus, rien de moins. Et en vérité, il aimait la vie qu'il menait ! Passer d'une conquête à une autre, ne jamais s'attacher à aucune… C'était l'existence qu'il s'était choisie, et il n'entendait pas en changer de sitôt. Comment éviter de souffrir de nouveau, autrement ?

Chapitre 2

Quelques jours plus tard, terres du clan Fraser

Rory faisait galoper si vite son cheval sur le sentier forestier que les arbres qui le bordaient n'étaient plus que des formes indistinctes. Bientôt, il serait chez lui ! Après une chevauchée de presque deux journées, Lachlan et lui arrivaient au terme de leur voyage. Quand Rory avait reçu la missive de son frère, Murtagh, il avait compris que l'affaire était grave. « Rentre immédiatement » étaient ses seuls mots, et ils se suffisaient à eux-mêmes. Depuis, les questions fusaient dans son esprit. Murtagh n'était pas homme à s'inquiéter pour un rien. Quel problème important rencontrait-il donc, pour qu'il exige son retour d'urgence ? Comment pourrait-il l'aider ? Soucieux, il talonna de plus belle sa monture. Il était conscient de ne pas la ménager, mais il refusait de faire attendre plus longtemps son frère. Derrière lui, Lachlan maintenait la même allure. Ils sortirent enfin de la forêt et se retrouvèrent dans une vaste clairière, un *glen*[1] magnifique qui

1. *Glen*, qui désigne une vallée, est un mot directement issu du mot gaélique *gleann*.

remplit Rory de nostalgie. Combien de fois était-il venu jouer ici, enfant, à courir parmi ces rochers, ses pieds nus foulant la délicatesse de l'herbe tendre ? Combien de fois y avait-il entraîné, des années plus tard, Brianna au combat ? Et cette fois où il avait osé l'embrasser…

Cesse de penser à elle ainsi, imbécile !

Il secoua violemment la tête, pour mieux repousser cette image, ainsi que celle du visage de la seule femme qu'il avait un temps songé à épouser. La seule femme qu'il avait cru aimer.

— Rory ? Pourquoi est-ce que tu t'arrêtes ? Tout va bien ?

Il se retourna sur Lachlan, venu à sa hauteur. L'inquiétude qu'il lut dans le regard de son ami le toucha plus qu'il ne l'aurait souhaité.

— Oui, c'est juste que… ça me fait drôle de revenir… à la maison.

Lachlan esquissa un sourire compréhensif.

— Bientôt, tu pourras serrer ta famille dans tes bras. Allez, viens ! Je préfère arriver avant que la pluie ne nous surprenne.

Sa famille. Rory avait en effet grand hâte de les retrouver ! Il avait fallu qu'il s'éloigne d'eux durant des semaines pour réaliser combien ils lui avaient manqué. Murtagh, sa femme Kenna, Owen et Alanna, leurs adorables enfants… Comme ils devaient avoir changé en son absence ! Même Morrigan[1], qui le houspillait si souvent, il se languissait de la revoir ! Impatient, il talonna son cheval.

1. Morrigan est une guérisseuse, mère par substitution de Kenna Fraser, l'épouse de Murtagh. Voir *La disparue des Highlands*.

— On fait la course ? lança-t-il à Lachlan en le dépassant.

Il entendit à peine la réponse de son ami, tant il riait à gorge déployée. Revenir sur les terres de son enfance, auprès des siens, lui remplissait le cœur d'une joie sauvage.

Maintenant l'allure, ils ne tardèrent pas à apercevoir les hauts murs de Crimson Castle. La forteresse, massive et imposante, dominait le paysage. Jamais personne n'avait réussi à la renverser, et Rory doutait que cela se produise un jour, tant ses murs étaient solides et les Fraser, féroces. Sans ralentir, ou presque, il suivit au galop la route sinueuse qui traversait le village et menait jusqu'aux immenses portes du château. Laissant des nuages de poussière derrière lui, il ne fit stopper son cheval qu'une fois parvenu dans la grande cour intérieure.

Nous voilà de retour !

Lachlan vint se placer à son côté, l'air furibond.

— Tu as triché, déclara-t-il le plus sérieusement du monde.

— Peut-être, mais j'ai quand même gagné.

Il le gratifia d'un clin d'œil, s'esclaffa et Lachlan esquissa un sourire.

— Très bien, très bien, je t'octroie cette victoire, mais tu me revaudras ça.

— La prochaine fois, tu auras plus de chance, si tu me soûles suffisamment avant !

Cette fois, Lachlan rit à son tour et ils mirent pied à terre, tendant leurs rênes aux deux palefreniers qui venaient à leur rencontre.

— Rory ! Rory ! Tu es là !

Il eut à peine le temps de se retourner qu'un jeune

garçon lui sauta dans les bras avec tant d'enthousiasme qu'il manqua en tomber à la renverse.

— Eh bien, Owen, ce que tu as grandi ! s'exclama Rory.

Les épais cheveux bruns de son neveu lui chatouillaient le nez. L'enfant sentait bon le pain au sucre et aux épices, et Rory sourit en l'écartant suffisamment de lui pour pouvoir le contempler. Comme il ressemblait à son père ! Mais ses grands yeux bleus étaient indéniablement ceux de Kenna.

— Je devine que tu viens des cuisines, petit, murmura Rory, amusé.

— Quoi ? Comment…

— Les miettes, au coin de ta bouche. Et sur tes joues, c'est de la confiture ?

Owen haussa les épaules d'un air innocent.

— Ah, ne dis rien à Mère, s'il te plaît. Elle n'aime pas que je mange avant le dîner, mais Prentiss a insisté pour me faire goûter une de ses tartes, pour s'assurer qu'elle était réussie… Et puis, il y avait aussi du pain chaud, et… je n'avais pas le choix. C'était pour aider Prentiss, tu comprends ?

Son sourire s'élargit, dévoilant les deux dents de lait qu'il lui manquait, et le cœur de Rory fondit de tendresse pour lui.

— Bien sûr que je comprends. Puisque c'était pour rendre service.

— Ah, oui, continua Owen d'une toute petite voix, je voulais en garder pour toi et Lachlan, je te le jure, parce que Père m'a dit que vous alliez venir aujourd'hui, mais vous avez tardé, et j'avais faim et c'était tellement bon, alors…

— Tu as bien fait. Après tout, nous n'avions qu'à arriver plus tôt, pas vrai, Lachlan ?

— Vrai de vrai, confirma ce dernier.

Owen le remercia d'un signe de tête, puis il se pencha à l'oreille de Rory pour lui murmurer :

— Père est dans la grande salle. Je crois qu'il est fâché contre toi, mais je ne sais pas pourquoi. Tu ferais bien de te dépêcher d'aller le voir.

— J'y vais tout de suite, alors. Lachlan, reste avec lui, tu veux bien ?

— Bien sûr. Je suis certain que tu as plein de choses à me raconter sur ce qui s'est passé ici en notre absence, pas vrai, Owen ?

En s'éloignant d'eux, Rory devinait sans peine toutes les batailles imaginaires qu'Owen avait gagnées lors de ses jeux, et qu'il décrirait dans les moindres détails à Lachlan. Bien qu'il eût adoré profiter lui aussi de ses récits, ce serait pour plus tard. Pour le moment, il devait faire face à son frère. Inspirant profondément, il entra d'un pas décidé dans le château. Murtagh serait donc « fâché contre lui », selon Owen. Était-ce cela, la raison de cette convocation ? Qu'avait-il bien pu faire de si terrible pour contrarier autant son aîné ?

La grande salle de la forteresse lui sembla encore plus immense que dans son souvenir. Était-il vraiment parti depuis si longtemps ? Non, juste quelques semaines, ce ne pouvait être cela. Ou peut-être était-ce parce que la pièce était presque vide. Un unique serviteur se trouvait là. Il acheva d'attiser le feu de tourbe dans l'âtre, puis se hâta de sortir, saluant Rory de la tête en passant à côté de lui. Le pauvre homme paraissait effrayé, et Rory comprit rapidement pourquoi. Assis dans son fauteuil de chef de clan, au bout de la salle, se tenait Murtagh. Toujours aussi grand, robuste et impérieux. À son expression sévère, à son regard particulièrement dur, Rory sut qu'Owen s'était trompé : son père n'était pas fâché, il était tout simplement sur le point d'exploser !

Se préparant au pire, il s'avança d'un pas décidé, et s'obligea à sourire en ouvrant amplement les bras.

— Murtagh, mon cher frère, comme je suis heureux de…

— Cordieu, Rory, enfin ! Tu aurais dû arriver ce matin ! Qu'est-ce que tu fichais ?

La voix puissante et courroucée de son frère résonnait dans l'immensité de la salle. Rory grimaça. Pour que Murtagh s'adresse à lui de cette manière, c'est qu'il avait fait quelque chose de particulièrement grave… Mais quoi donc ? Il n'en avait vraiment aucune idée.

— Je t'assure que j'ai fait aussi vite que possible, et te prie de m'excuser de mon retard, mais…

Inutile de lui parler de la petite bande de brigands que Lachlan et lui avaient dû occire en chemin. Cela les avait certes un peu distraits, mais un peu d'exercice n'avait pas été pour lui déplaire. Sans compter la satisfaction de savoir que les routes autour du clan étaient désormais plus sûres. Réalisant qu'il se perdait dans ses pensées, il se racla la gorge et offrit à Murtagh son plus beau sourire.

— … mais je suis là, à présent, comme tu le souhaitais. De quoi s'agit-il ? De mon point de vue, tu as compris que tu ne pouvais pas te passer de moi plus longtemps, et…

Murtagh respirait lourdement, comme s'il cherchait à se contenir. Ses mains se crispaient si fermement aux accoudoirs de son fauteuil que ses phalanges blanchissaient. Soudain, il se leva d'un bond pour se planter devant Rory et l'attraper par le col. Comment diable s'était-il déplacé si vite ?

— Foutu imbécile ! s'écria Murtagh. Es-tu devenu simple d'esprit ? Ignores-tu que chacun de tes actes rejaillit sur moi, et pire encore, sur le clan tout entier !

C'était donc de cela qu'il s'agissait. Décidément, Lachlan et Murtagh faisaient bien la paire !

— Comment l'ignorer, quand on me le répète constamment ? Cependant, je ne vois pas ce que tu…

— Riohna McCallum, et s'il n'y avait qu'elle, Seigneur… Ce nom ne te rappelle rien ?

Rory se passa une main sur le menton.

— McCallum, McCallum… Décris-la-moi, et peut-être alors que…

Dans les yeux émeraude de Murtagh, que certains prétendaient être ceux du diable, brûlait un feu intense. S'il relâcha Rory, ce ne fut que pour crier plus fort encore.

— Une jeune et jolie brune ! Que tu aurais rencontrée lors du mariage de sa sœur, il y a quelques semaines de cela ! Ça ne te dit toujours rien ?

Un mariage… Une jolie brune… Ah, si, à présent, ça lui revenait ! Ses yeux étaient bleus, ou verts, peut-être. Il ne se souvenait plus très bien, il avait beaucoup bu ce soir-là. De sa paire de seins, par contre, il…

— Alors ? Parle ! gronda Murtagh.

— Très bien, très bien ! Je me souviens d'elle, maintenant. Et alors ? Qu'est-ce que ça peut bien faire, que…

— Bougre d'idiot ! Son père prétend que tu l'as forcée, sous son propre toit ! Il exige justice et veut ta tête pour avoir déshonoré son innocente fille ! Crois-moi, vu tous ceux qui me la réclament, ces derniers temps, je commence à me demander si je ne ferais pas bien de la leur offrir !

Rory soutint son regard. Les femmes, il les aimait et elles le lui rendaient certes bien. Rien que l'idée de les violenter le répugnait !

— Je n'ai jamais violé quiconque et ne le ferai jamais. Rien que de laisser supposer que tu puisses croire une vilenie pareille me… Écoute, Murtagh, cette fille m'a fait de l'œil durant tout le banquet qui a suivi les noces. Je n'ai fait que la raccompagner dans sa chambre, à sa demande, et puis, une chose en entraînant une autre… Mais jamais, jamais, je ne l'ai obligée à coucher avec moi !

— Je sais, Rory. Tu es incapable d'une telle chose, mais ça n'empêchera pas certains d'inventer d'odieux mensonges pour espérer en tirer profit.

Rory s'en souvenait parfaitement, à présent, de cet empressement du chef McCallum à lui présenter sa cadette. Et de celui de cette dernière à l'attirer dans sa chambre. Elle s'était jetée sur lui à peine la porte de la chambre refermée ! Une vierge ? Elle ? Innocente ? Diantre non, il n'était certes pas le premier à partager son lit ! Ses poings se serrèrent. Son estomac se contracta. Il était furieux à l'idée qu'on ait pu ainsi se jouer de lui pour profiter de son clan… Quel stratagème méprisable, si c'était bien de cela qu'il s'agissait ! Le traiter de violeur ! Lui ! Si McCallum se trouvait de nouveau en face de lui, il n'hésiterait pas à l'éventrer pour la peine !

— McCallum est un misérable menteur et un imbécile, déclara-t-il. Je n'ai aucun titre, et ce n'est pas moi qui dirigerais le clan si tu mourais, mais Owen. Cet imbécile a misé sur le mauvais cheval.

— Tu es mon frère, Rory, et c'est amplement suffisant pour attirer les charognards comme McCallum. Il sait combien tu comptes pour moi et que jamais je ne te livrerai à lui.

Rory inspira lourdement, mesurant ces paroles. La situation était sérieuse.

— Que veut-il, alors ? De l'argent, en compensation de mon prétendu crime ?

Murtagh fit un geste las de la main. Il avait l'air épuisé. Rory remarquait seulement les cernes sombres sous ses yeux.

— En effet, mais ce n'est pas vraiment cela, qu'il recherche. C'est autre chose qui lui serait bien plus profitable que de l'or trop vite dépensé ou même ta mort. Ce qu'il exige, en réalité, c'est que tu épouses Riohna. C'est cela, son véritable objectif : se forger un lien indéfectible avec notre clan.

Rory sentit la rage grandir en lui. Ses poings se crispèrent, et il s'efforça de se maîtriser. Ce qui se passait était en partie sa faute, et il devait faire en sorte de tout arranger. Quitte à défier McCallum et le vaincre devant les siens, voire les combattre tous, s'il le fallait ! Il le mettrait face à ses mensonges, l'obligerait à avouer ses manigances ! Il rétablirait son honneur bafoué et son clan serait préservé.

— Toi aussi, Murtagh, tu comptes beaucoup pour moi, déclara-t-il avec sincérité. Et notre clan, également, malgré ce que tout le monde semble croire. Alors, je…

— Tu feras ce que je te dis, et ce que tu dois. Non, ne fais pas cette tête, Rory, bien que tu le mérites, je ne t'obligerai pas à te marier avec cette fille, mais tu dois absolument arrêter d'agir comme tu le fais. Je ne pourrai pas toujours te protéger.

— Je ne te le demande pas. Je suis un homme, à présent, tout à fait capable de…

— Capable de quoi ? Tu es surtout un gamin irresponsable qui persiste à ne pas réfléchir avec sa tête ! Cordieu, Rory, as-tu songé qu'une de ces femmes pourrait tomber enceinte de toi ? Si tu n'as pas déjà des tas d'enfants disséminés dans tout le pays !

— Eh bien, à ma connaissance, ce n'est pas le cas. Mais si jamais cela se produisait, sois assuré que chacun de mes enfants saurait qui est son père, et que je ferais en sorte que ni eux ni leurs mères ne soient dans le besoin. Cependant, comme je prends mes précautions, il y a peu de risques que…

Murtagh éclata d'un rire gras, qui sonnait faux.

— Tes précautions ? Cordieu ! Je n'imagine même pas de quoi tu parles !

— En toute honnêteté, les conseils et les potions de Morrigan se sont montrés très efficaces. Par exemple, elle m'a expliqué comment…

— Morrigan ? Il ne manquait plus que ça ! Comment a-t-elle pu t'encourager dans ta débauche !

Murtagh semblait abasourdi. Il poussa un long soupir et se passa les mains sur le visage, comme pour rassembler ses pensées… ou se calmer. Quand il releva la tête, son expression était si sérieuse, si froide, si préoccupée, que Rory en grimaça de gêne.

— Je vais tâcher de me monter le plus clair possible, Rory : par ta faute, nous avons un grave différend non seulement avec McCallum, mais aussi avec d'autres chefs de clan. La paix est une chose fragile, et tes actes nourrissent leur ambition. Jusque-là, j'ai pu les contenir, mais même notre influence a ses limites…

Murtagh marqua une courte pause, comme s'il voulait accentuer la portée de chacun des mots qu'il s'apprêtait à prononcer.

— Je n'ai aucune envie de retrouver ton cadavre pourrissant dans un fossé.

— À vrai dire, je ne crois pas que j'aimerais ça, moi non plus.

— Nous sommes donc d'accord au moins sur ce point.

— On dirait bien. Et à présent, que fait-on, puisqu'il n'est plus question de mariage ou de compensation à verser ? Souhaites-tu que j'aille trouver McCallum pour lui faire ravaler ses accusations mensongères ? Je l'obligerai à le faire, ce misérable pourceau !

Le regard émeraude de Murtagh s'illumina d'un éclat féroce, comme si l'idée le tentait.

— Non. Ce que je veux, c'est que tu quittes l'Écosse.

Rory sursauta de surprise.

— Quoi ? Comment ça, quitter l'Écosse ? Tu me chasses ?

— Pas du tout. Jamais ! Ton exil est nécessaire et sera provisoire. Non seulement cela t'éloignera du danger, le temps que les choses se tassent, et de plus tu mèneras pour notre roi une mission capitale.

Cela intrigua Rory, qui grimaça.

— Une mission pour le roi ? Quelle mission ?

— Tu devras retrouver une femme, qu'il recherche ardemment, puis la lui ramener. Je te donnerai tous les détails avant ton départ pour Dublin, où elle pourrait se trouver. Ce sera pour toi l'occasion parfaite de te faire oublier, pendant que je remets à leur place ces maudits chefs de clan. Quand tu en auras terminé, eh bien, tu reviendras ici, et nous verrons ensemble ce que tu veux réellement faire de ta vie.

Rory était envahi par la stupeur, mais surtout par la curiosité. Partir à Dublin ? Jamais encore il n'avait mis un pied en Irlande ! On prétendait que c'était un beau pays, et qu'il ressemblait à l'Écosse par bien des aspects. Par Dieu, il semblerait qu'il allait bientôt s'en assurer de ses propres yeux ! Et cette femme, qui pouvait-elle bien être pour que le roi exige qu'on la lui livre ? L'excitation prenait le pas sur tout le reste.

Murtagh vint poser ses larges mains sur ses épaules. Sa poigne était ferme, mais son regard exprimait toute l'affection qu'il éprouvait pour son cadet.

— C'est une mission très importante, petit frère, ajouta-t-il. Vraiment très importante, sans oublier que tu représenteras notre clan. Je compte donc sur toi pour te comporter en Irlande avec honneur et responsabilité. Nous, Highlanders, sommes connus pour défier les ordres quand ils ne nous conviennent pas, et tu te fais souvent un plaisir de t'approprier cette réputation, mais n'oublie pas, tu as déjà bien assez d'ennemis en Écosse pour t'en faire de nouveaux ailleurs. Me suis-je bien fait comprendre ?

Rory hocha la tête.

— Absolument, mon laird. Je ne conçois pas les choses autrement.

Murtagh ne s'en rendait sans doute pas compte, mais en l'envoyant ainsi en Irlande il lui offrait en effet une occasion en or. Voir du pays lui semblait une perspective enrichissante, mission du roi ou non. Il se demanda comment était celle qu'il devrait retrouver, ce qu'elle avait bien pu faire pour contrarier ainsi le roi, et si les

Irlandaises étaient aussi belles et fougueuses qu'il l'avait entendu dire. Ne prétendait-on pas que tout comme les Écossaises, elles avaient un tempérament de feu ? Cela aussi, il avait grand hâte de le découvrir.

Chapitre 3

Dublin, Irlande, quelques semaines plus tard…

— Pauvre sotte ! Qu'es-tu donc en train de faire ?

La voix acerbe de Lady Lucinda Powell fit sursauter Lorna. Cette jeune veuve anglaise de noble naissance était décidément aussi irascible que hautaine ! Depuis que Lorna travaillait pour elle, elle s'était habituée à ses sautes d'humeur successives, mais elle devait de plus en plus prendre sur elle pour ne pas répliquer comme cette femme le méritait. Si seulement c'était concevable ! Lentement, Lorna leva la tête vers elle, luttant pour ne pas la foudroyer du regard et garder le contrôle de ses émotions. Libérer sa vraie nature en lui révélant le fond de sa pensée la mettrait en danger. Lady Lucinda ne supporterait pas d'être provoquée, et n'hésiterait pas à la jeter à la rue… Cela, Lorna ne pouvait le permettre. Pas tant qu'elle n'avait pas gagné suffisamment pour pouvoir quitter son service et recommencer sa vie ailleurs. En attendant, elle devait à tout prix la persuader de sa docilité ! Elle ravala donc sa colère face à l'insulte – qui n'était guère la première et ne serait certes pas la dernière – pour feindre l'obéissance.

— Ces livres sont si beaux, Lady Lucinda, que je n'ai pu m'empêcher de les admirer. Celui-ci, par exemple, est vraiment splendide. Si je savais lire, je jure que je…

D'un violent geste de mépris, l'Anglaise lui fit tomber l'ouvrage des mains. Il atterrit au sol dans un bruit sourd.

— Oublierais-tu ta place, Lorna ? Je ne te paie pas pour chercher à t'instruire, mais pour me servir et me tenir compagnie ! Si je t'y reprends, rien qu'une fois, à perdre ainsi ton temps alors que j'ai besoin de toi, je te ferai remplacer ! Tu sais pourtant combien je suis submergée par les soucis ! ajouta-t-elle d'un ton exagérément plaintif, en s'effondrant dans un fauteuil.

— Bien sûr, milady.

Se contrôlant, Lorna ramassa le livre et le rangea précautionneusement à sa place. Quand elle avait découvert la bibliothèque de la splendide demeure où elles logeaient durant leur séjour à Dublin, elle en était restée béate d'admiration. Tant de luxe régnait ici ! Tant de richesses s'y trouvaient ! Oh ! elle avait bien essayé d'apprendre à lire, mais, seule, elle n'était pas parvenue à grand-chose. Quel dommage que Lady Lucinda accorde bien davantage d'attention à ses toilettes qu'aux véritables merveilles devant ses yeux ! Que n'aurait-elle donné, elle, pour savoir lire et écrire !

— Sers-moi donc un verre de vin, ordonna Lady Lucinda. J'en ai bien besoin ! Non, pas cette bouteille ! L'autre, là-bas… Ne le coupe pas d'eau et n'oublie pas d'y ajouter un sachet d'épices !

— Évidemment. Comme toujours, milady.

L'Anglaise ne sembla pas l'avoir entendue, car elle soupira théâtralement :

— Ah, il faut toujours tout expliquer… Décidément,

je suis trop bonne de te garder à mon service. Quelle folie ai-je commise en te prenant en pitié ! Mon grand cœur me perdra !

Lorna serra les dents et s'affaira, se concentrant sur les raisons pour lesquelles elle s'obligeait à supporter tout cela. Pour survivre, tout simplement ! Qui imaginerait que Lorna McWilliams, bâtarde du laird déchu, se cachait au service d'une lady anglaise ? C'était ainsi qu'elle avait brouillé les pistes, afin d'assurer sa sécurité et, surtout, celle de sa petite sœur, Sorcha. Penser à elle lui meurtrissait immanquablement le cœur. Persuadée qu'elles seraient plus en sécurité en étant séparées, Lorna l'avait confiée à Blair et Connor, après qu'ils eurent fui ensemble le château après l'attaque des Comyn. Cela semblait si loin, à présent, presque une éternité… Et pourtant, étrangement, elle avait encore l'impression que ces terribles événements s'étaient déroulés la veille. Connor, Blair et son père étaient partis avec Sorcha chercher refuge au sein du royaume de France, auprès de parents éloignés, où ils seraient en sécurité. Loin des griffes du roi Alexandre, et de ce maudit William Comyn ! Si jamais Sorcha était retrouvée, ils la tueraient. Lorna frémit d'horreur. N'avaient-ils pas hésité à massacrer, en lieu et place de sa sœur, une autre enfant innocente ? Dieu ait pitié de son âme… Lorna ne savait d'où venait cette petite ni qui étaient ses parents, mais les Comyn l'avaient fait passer pour Sorcha, avant de l'exécuter en place publique, pour laisser croire au peuple à la fin de la lignée des McWilliams. Même sans avoir assisté à cette scène atroce, ce que Lorna en avait appris lui causait encore de terribles cauchemars. La tête de la pauvre enfant avait été fracassée sur la croix, à la vue de tous, sur la place du marché de Forfar[1]. Comment pouvait-on se montrer aussi cruel, pour massacrer une fillette, fût-elle – ou non – l'héritière légitime de son ennemi ? Combien Lorna haïssait le roi Alexandre, les Comyn, et tous ceux capables de telles ignominies ! Non, aucun d'eux ne méritait le nom d'homme ! Jamais ils ne devaient découvrir que Sorcha était en vie, ni où elle se cachait. Mieux valait également que les sympathisants les plus acharnés de leur père ne la cherchent pas davantage, et continuent à croire que tout était perdu. Dans le cas contraire, s'ils retrouvaient Sorcha, ils se serviraient d'elle pour fomenter une nouvelle rébellion. Leur maudite cause, accéder au trône d'Écosse, qui avait entraîné tant de malheurs ! Lorna soupira et s'autorisa même un petit sourire. Oui, en France, sa sœur et ses proches ne risqueraient plus rien. Chaque soir, elle priait pour que leurs ennemis ne les retrouvent jamais !

Dieu fasse que cette enfant connaisse une vie paisible et ait un avenir radieux…

La laisser partir, aimée et protégée par des amis de confiance, était la meilleure décision à prendre… même si elle souffrait chaque jour de son absence. De leur absence à tous ! Jamais elle ne s'était sentie aussi seule, aussi vide, à vivre constamment dans la crainte qu'on la découvre, mais aussi dans l'espoir que demain serait un jour meilleur.

Des mois durant, elle avait fui les Comyn et leurs mercenaires lancés sur ses traces… Lorna n'avait beau être

1. Historiquement, c'est en effet ainsi que fut tuée la dernière descendante du clan McWilliams (ou McWilliam, ou encore Meic Uilleim), à Forfar (ou Baile Fharfair, en gaélique écossais) qui est une ville écossaise, située dans l'est des Central Lowlands.

qu'une bâtarde, ils la voulaient morte, elle aussi, comme tous ceux qui auraient pu se prévaloir de la moindre goutte de sang du laird McWilliams. Le roi et ses fidèles semblaient tellement redouter une renaissance de la rébellion ! Pour se cacher, Lorna avait tenté, un temps, de se faire passer pour un garçon, mais ses formes féminines étaient, hélas, bien trop évidentes pour ne pas la trahir, et elle y avait vite renoncé. Se teindre les cheveux n'avait guère été une franche réussite, mais elle avait néanmoins réussi à les éclaircir grâce à une décoction de fleurs de camomille et de genêt. Elle avait aussi travaillé quelque temps dans une ferme isolée, puis dès que l'occasion s'était présentée elle avait quitté l'Écosse pour l'Angleterre, sachant qu'elle ne devrait plus jamais revenir en arrière. Lady Lucinda l'avait ensuite prise à son service, au départ comme femme de chambre, puis comme dame de compagnie. Lorna n'avait aucune véritable qualification, au départ, mais le maigre gage qu'elle avait accepté en retour de son dur labeur avait suffi à convaincre Lady Lucinda de la prendre auprès d'elle. Son sérieux à la tâche avait fait le reste… Les semaines étaient passées, éloignant avec elles les menaces. Ses ennemis semblaient avoir perdu sa trace. Ou peut-être avaient-ils enfin compris qu'elle ne représentait pour eux nul danger…

Elle s'extirpa de ses pensées et finit de préparer le vin. À peine eut-elle donné son verre à Lady Lucinda que celle-ci l'avait déjà terminé et exigeait que Lorna la serve de nouveau. Cette femme buvait au moins autant qu'un homme ! En général, cela n'améliorait en rien son humeur, bien au contraire. Quand elle était sobre, Lady Lucinda était – presque – une autre personne. D'après ce que Lorna avait appris d'autres serviteurs, elle avait commencé à boire plus que de raison à la mort prématurée de son époux, deux ans plus tôt, et avait conservé cette habitude depuis.

Lorna se doutait qu'au fond Lady Lucinda agissait ainsi parce qu'elle se sentait seule et malheureuse. Elle la plaignait, car elle comprenait ce qu'elle devait ressentir. Cependant, cela n'excusait pas l'ampleur de son attitude trop souvent exécrable envers ceux qu'elle considérait être ses inférieurs. Comme si cela suffirait à la rendre plus heureuse ! Avec les hommes, néanmoins, son comportement se révélait bien différent… Surtout s'ils étaient nobles, beaux ou riches. Ou mieux encore, tout cela à la fois, ce qui n'arrivait que très rarement.

Tout en la resservant pour la quatrième fois, Lorna prit le temps de la détailler. Contrairement à elle, Lady Lucinda avait le teint outrageusement pâle, comme il convenait à une femme de son rang. Ses lèvres, petites et pincées, donnaient toujours l'impression qu'elle était contrariée. Mais ses manières raffinées, sa taille fine, ses mains délicates, sa silhouette élancée et sa superbe chevelure d'or lui valaient l'intérêt de la gent masculine.

Lady Lucinda soupira d'aise, et un sourire illumina son visage blafard. Elle semblait soudain de bien meilleure humeur !

— Lorna, ton avis, je te prie. La robe bleue ou la rouge ? Laquelle dois-je porter, selon toi ?

Ah, elle avait presque oublié ! Lady Lucinda était conviée à une réception le soir même et, malheureusement, avait exigé qu'elle l'y accompagne.

— La bleue vous fera paraître plus douce, mais la rouge rehaussera davantage votre teint, et tous les yeux se tourneront sur vous, dans cette tenue.

— Hum, c'est ce que je pense, moi aussi. Ce sera donc celle-ci. Tu sais, j'espère bien me trouver un nouvel époux, ou au moins un amant convenable, durant cette soirée. Peut-être Lord Carmichael ferait-il l'affaire, ou pourquoi pas un séduisant Irlandais ? Ou même un Écossais ? On prétend qu'ils ont le sang chaud et une endurance stupéfiante au lit !

Le rire de Lady Lucinda envahit la pièce, mais Lorna resta silencieuse. À son goût, il y en avait bien trop, des Écossais, à toutes ces réceptions auxquelles elle était obligée d'assister. Si l'un d'eux se doutait de sa véritable identité, elle serait perdue. Parviendrait-elle, cette fois, à trouver une excuse suffisamment convaincante pour que Lady Lucinda ne l'oblige pas à s'y rendre ?

Celle-ci la regarda d'un air soupçonneux, comme si elle pouvait lire ses pensées.

— À propos d'Écossais, sers-moi un peu de cet excellent whisky, sur la table… Et prends-en donc un verre, aussi. Tu sembles épuisée, cela te fera le plus grand bien. Ensuite, viens t'asseoir près de moi.

Cerner cette femme était terriblement difficile. Elle pouvait se montrer aussi désagréable qu'avenante, aussi hautaine que compréhensive, et cela, en quelques instants seulement ! Lorna hocha la tête et obtempéra. Autant profiter de cette occasion pour lui parler !

— Vous avez raison, milady. Je me sens particulièrement lasse, aujourd'hui, répondit-elle sans toucher néanmoins à son verre. Ainsi, pourrais-je espérer que vous m'autoriserez à rester ici, ce soir, plutôt que de vous accompagner ?

Les yeux de l'Anglaise se plissèrent.

— Me cacherais-tu quelque chose, Lorna ?

— Moi ? Non… Absolument pas.

— Crois-tu que je n'aie rien remarqué ? Tu évites autant que possible de venir aux réceptions auxquelles je suis conviée, et j'exige de savoir pourquoi, alors que des tas de pauvres filles donneraient tout pour y être invitées ! Ne me mens pas, je le saurai !

Lorna se mordit la lèvre inférieure, cherchant une réponse convenable. Elle sursauta quand Lady Lucinda s'empara de ses mains. Et s'inquiéta franchement en voyant un large sourire s'étendre sur son visage.

— Attendrais-tu un enfant ? Oh ! c'est cela ! J'ai entendu dire que certaines femmes n'aimaient pas boire ni assister à des réceptions, quand elles étaient enceintes ! Ainsi, j'avais raison ! Je le lis dans tes yeux ! Un enfant ! Par tous les saints, que ne m'en as-tu rien dit ? Qui est le père ? Le cocher, ou le palefrenier, peut-être ? J'ai bien vu comment il te regardait, l'autre jour… Peu importe, finalement, du moment qu'il s'agit d'un homme de bien ! Allons, ne sois pas timide, je veux tout savoir !

Lorna était stupéfaite. Quelle idée saugrenue était-ce là ! D'où lui venait-elle ? Et pourquoi si abruptement ? Lady Lucinda perdrait-elle la tête, pour s'imaginer une chose pareille ?

Cette dernière se pencha vers elle, avec un air de connivence. Ses yeux étaient striés de petites veines rouge sang, et son haleine chaude empestait l'alcool.

— De plus, n'aurais-tu pas pris du poids, ces derniers temps ? Allons, dis-moi, qui est le père ?

S'il était vrai que Lorna avait grossi depuis qu'elle s'était mise à son service, c'était uniquement parce qu'elle s'était remplumée ! Cela n'avait rien à voir avec une grossesse, mais si Lady Lucinda le croyait… Peut-être pourrait-elle en tirer profit ?

Feignant l'embarras, elle baissa les yeux et murmura :

— Eh bien, en toute honnêteté, je…

Mentir aurait été si évident. Ne le faisait-elle pas depuis des mois ? Mais cette fois, elle n'y parvenait tout simplement pas. Son existence était déjà suffisamment remplie de secrets pour qu'elle invente encore un nouveau mensonge, surtout de cette importance.

Alors, elle renonça.

— Je dors mal depuis quelque temps, et je suis juste fatiguée, milady. Je suis désolée, je n'attends point d'enfant.

Un voile de déception traversa les iris gris de Lady Lucinda.

— Oh. Je vois. C'est fort dommage, j'adore les bébés. Ils sont si mignons… Si innocents. J'espère en avoir bientôt un à moi. Mes deux premiers époux, ils n'étaient… pas très vaillants. C'est pourquoi j'en veux un tout aussi fortuné, à présent, mais également plus jeune et plus vigoureux. J'estime le mériter !

— Certes, milady, on pourrait difficilement vous le reprocher.

— N'est-ce pas. Eh bien, puisque tu n'attends pas d'enfant, tu viendras avec moi à la réception de ce soir. Avec un peu de chance, tu y trouveras toi aussi un prétendant convenable, qui sait ? Lord Acton, par exemple ? Il s'intéresse fort à toi, d'après ce que j'ai cru remarquer. Il est laid, certes, mais fortuné. Tu devrais y songer… Toute femme sensée se doit d'avoir un riche protecteur, et j'ai décidé de te prendre sous mon aile. Quelle chance tu as !

Elle émit un petit rire et se mit ensuite à badiner, se délectant de lui raconter les dernières rumeurs glanées auprès de ses amies installées dans la ville. Lorna l'écoutait à peine, perdue dans ses pensées. Quelle chanceuse elle était, en effet, pensa-t-elle amèrement. « Trouver un prétendant convenable », avait dit Lady Lucinda. Pire encore, elle l'incitait à céder aux avances de cet écœurant Lord Acton ! Comme si sa vie n'était pas déjà assez compliquée comme ça ! Un prétendant, elle en avait eu un, par le passé, et regrettait de lui avoir fait confiance. Cela lui avait appris à connaître les hommes, à se méfier d'eux et de leurs paroles enjôleuses comme de la peste ! Elle secoua doucement la tête, cherchant à échapper à ces souvenirs douloureux. La voix tendue de l'Anglaise, qui continuait à parler presque sans discontinuer, l'y aida :

— C'est pourquoi, plus jamais je ne prêterai quoi que ce soit à cette peste de Sophie Sinclair ! s'exclama-t-elle, sans que Lorna ait aucune idée de quoi elle pouvait bien parler. À ce propos, ma chère, tu vas personnellement lui remettre ce billet de ma part, et ensuite exiger d'elle qu'elle me rende mon collier, instamment, car je compte bien m'en parer ce soir ! Si elle refuse, eh bien, dis-lui que je raconterai à tous sa liaison avec le cousin de son époux. Ah, ça, ça ne manquerait pas de lui plaire !

Mensonges, menaces, voilà ce qu'était devenue sa vie, songea Lorna.

— Bien, milady. Comme vous le souhaitez.

La demeure des Sinclair se trouvait à quelques rues de là seulement, et si elle faisait vite elle serait rentrée bien avant la nuit.

À temps pour se préparer à accompagner Lady Lucinda à cette maudite réception !

Chapitre 4

En la voyant déambuler ainsi, emmitouflée dans sa cape, la tête recouverte de sa capuche, personne n'aurait pu deviner ses traits – du moins Lorna l'espérait-elle. Elle avait également pris soin de nouer ses cheveux, cachés eux aussi sous l'épais tissu. Elle s'engouffra dans l'artère principale, puis leva les yeux vers le ciel. Impossible de le distinguer, derrière tous ces nuages ! Le temps était épouvantable. L'hiver avait beau être censé arriver à sa fin, il n'en semblait rien ! Il neigeait, et ses doigts s'engourdissaient déjà. Si elle ne se hâtait pas davantage, elle gèlerait sur place avant d'arriver chez Lady Sophie !

Pourvu qu'elle me rende vite ce maudit collier, songea-t-elle, pressée d'en finir.

Ou peut-être serait-ce une bonne chose, finalement, qu'elle ne le fasse pas ! Cela lui éviterait de devoir se rendre à cette fichue réception, où elle devrait supporter des conversations futiles, des regards lubriques, ou encore esquiver des mains se voulant trop familières…

Ses pas résonnaient sur les pavés, claquaient dans les flaques d'eau glacée qu'elle ne pouvait éviter. Merveilleux, en plus de ses mains gelées, voilà que ses pieds étaient trempés ! Serrant plus étroitement les pans de sa cape contre elle, elle accéléra l'allure pour tenter de se réchauffer. Autour d'elle, tous faisaient de même. Des hommes et des femmes bien habillés, pour la plupart, auprès desquels de malheureux enfants des rues et des mendiants quémandaient quelques pièces. La misère sévissait, hélas, tout autant en Irlande que partout ailleurs… Avec la tombée de la nuit et l'arrivée de bandes de vauriens, les rues deviendraient moins fréquentables, et elle ne tenait pas à s'y attarder plus que de raison.

Pourtant, Dublin était une ville magnifique. Dominée par les Anglais, elle se développait rapidement et attirait un large éventail de personnes différentes. Tout comme la convoitise ! Les attaques de tribus celtes étaient monnaie courante, quand ce n'étaient pas des Irlandais, obligés par les Anglais à survivre dans les campagnes environnantes, qui tentaient de reprendre leur terre. Comment le leur reprocher ? C'était leur pays, et on les en chassait, comme de vulgaires criminels ! Il était normal qu'ils cherchent à le récupérer. Mais les choses n'étaient pas si simples… Comme dans chaque conflit, Lorna savait que tous les Irlandais n'étaient pas de braves gens, comme tous les Anglais n'étaient pas aussi mauvais que beaucoup voulaient le faire croire. Dans chaque camp, nombre de voleurs et de meurtriers sévissaient, prêts à s'en prendre à des innocents pour s'enrichir. Et nombre de personnes honnêtes devaient, hélas, en subir les conséquences…

Pour protéger Dublin et ses habitants, les Anglais avaient fortifié la ville et sa région. Entourées de murs, elles devenaient comme isolées du reste du monde. Lorna, elle, avait presque l'impression étrange de se retrouver en prison. Elle imaginait combien le paysage devait être magnifique, au-delà. Des collines et des vallées verdoyantes, des grands lochs aux eaux scintillantes, des falaises abruptes surplombant la mer…

L'Irlande et l'Écosse – et même l'Angleterre, malgré ce que beaucoup prétendaient – avaient tant en commun ! Cependant, pour elle, sa terre natale resterait toujours la plus splendide d'entre toutes. La nostalgie la saisit soudain.

D'émotion, ses yeux se remplirent de larmes, et il lui fut difficile de les retenir de couler : une mère, un peu plus loin, serrait tendrement son enfant contre elle. Une main passée autour de la taille de la femme, un homme les couvait du regard. Une jolie famille, qui lui fit instantanément penser à ceux qu'elle avait perdus… Son cœur se noua et son estomac se contracta à leur souvenir, mais elle devait se reprendre. Se lamenter ne l'aiderait en rien, pas plus que ceux qu'elle aimait et qui étaient encore en vie.

Plissant les yeux et fermant la bouche pour se protéger des flocons que le vent faisait fouetter durement sur son visage, elle s'efforça d'avancer droit devant elle, sans se laisser distraire. Elle sentait à peine ses pieds, à présent, et se mit à rêver d'un bon feu de cheminée, ainsi que d'un verre de cidre chaud aux épices. Elle souffla sans même y penser sur un flocon tombé sur ses lèvres. Le vent s'était fait encore plus vif, plus piquant, et la neige, plus drue. Le ciel s'assombrissait, lourd de nuages noirs menaçants. Une tempête approchait ! Heureusement, bientôt, elle bifurquerait dans Northern Street et arriverait devant l'imposant château de la ville, où siégeait le pouvoir britannique. Ensuite, à peine deux rues plus loin, elle…

On la tira brutalement par le bras ! Le souffle coupé, elle fut entraînée dans une ruelle sordide avant d'avoir pu réagir. Une main large se plaqua sur sa bouche, étouffant le hurlement qu'elle cherchait à pousser. Sa capuche tomba tandis qu'elle s'agitait férocement, frappait tant qu'elle le pouvait pour se dégager. Elle devait se défendre, vite ! On allait la dépouiller ! La violenter ! La...

— Arrête, Lorna, c'est moi ! Tu n'as rien à craindre. Ne crie pas, d'accord ?

Elle s'immobilisa, stupéfaite. Cette voix... Non, c'était impossible ! Elle hocha la tête et, lentement, la main la libéra. Elle se retourna, sous le choc du visage qu'elle découvrait.

— Neil ? Neil ! Oh ! Seigneur, c'est bien toi !

Éperdue de bonheur, elle sauta dans les bras de son demi-frère. Bien qu'ils n'aient pas le même père – celui de Neil était un simple soldat, et le défunt mari de leur mère – et que Neil ait six ans de plus que Lorna, un lien fort s'était construit entre eux. Ses cheveux bruns et autrefois brillants étaient ternes, à présent. Ses joues s'étaient creusées, et une barbe sale de plusieurs jours lui mangeait le visage. Seuls ses yeux d'un bleu limpide étaient restés tels que dans son souvenir. Il avait tellement changé, mais c'était lui, sans aucun doute possible ! La dernière fois qu'ils s'étaient vus, Neil partait avec l'armée McWilliams livrer l'ultime bataille contre les forces du roi Alexandre II. Comme les autres, elle l'avait cru perdu pour toujours.

— Je te croyais mort, Neil !

Au lieu de lui répondre, il la serra plus étroitement contre lui, enfouissant son nez dans ses cheveux, comme s'il cherchait à s'enivrer de leur odeur. À s'assurer qu'elle était bien vivante et présente, elle aussi. Quand il la libéra enfin, l'émotion se lisait sur son visage.

— Moi aussi, je te pensais morte, petite sœur, jusqu'à

ce que j'apprenne que tu avais survécu. J'ai quand même eu du mal à le croire, mais à présent que tu es là, que je te vois de mes propres yeux, je... Tu m'as tellement manqué !

Ils s'enlacèrent encore un long moment en silence, submergés par la puissance de leurs retrouvailles. Enfin, Lorna eut la force de parler :

— C'est incroyable que tu sois ici, Neil ! Que t'est-il arrivé ? Comment m'as-tu retrouvée ?

Un voile de tristesse ternit ses yeux.

— Tant de choses se sont passées depuis notre défaite, et Dieu sait que j'aimerais tout te raconter, mais le temps presse. Je suis venu te prévenir : tu es en grand danger. Les Comyn sont sur tes traces. Ils ont envoyé des hommes en Irlande, dans l'unique but de te retrouver.

Le sang de Lorna se glaça dans ses veines. Son cœur manqua un battement et elle se retint aux bras de Neil pour ne pas vaciller.

— Non ! Impossible, cela ne se peut, cela fait des mois que je me cache, comment peuvent-ils...

— L'un des nôtres, l'un de ceux qui t'avaient aidée à quitter l'Écosse, a parlé. Une bourse bien remplie et des promesses vaines peuvent délier bien des langues. Et il n'y a pas que ça, hélas. Il leur a aussi appris pour Sorcha.

Elle en fut pétrifiée d'horreur. Trahie ! On l'avait trahie ! Et à présent, ses pires ennemis savaient pour elle et sa sœur ! Le visage de Neil se tordit d'une grimace de colère.

— Quand je l'ai découvert, je lui ai tranché la gorge, à ce traître, mais c'était trop tard. Le mal était fait. Heureusement, ils ne savent pas encore où est la petite. Mais ils sont persuadés que, toi, tu le sais, et comptent te faire parler.

— Jamais je ne leur avouerai où elle se trouve ! Même s'ils me torturent !

— Je sais, ma douce, je sais, et je ferai ce que je peux pour te protéger. Mais d'après mes sources, le roi a été très contrarié de découvrir que ce « problème » n'était pas encore réglé. William Comyn, lui, aurait été pris d'une crise de rage quand il a appris que vous étiez encore en vie. Apparemment, on l'avait assuré du contraire. Il a donc promis une belle somme à celui qui vous retrouverait. Depuis, ses hommes et des mercenaires sont à votre recherche. Je doute qu'il leur faille encore beaucoup de temps pour te trouver, puisque ça n'a pas été si difficile pour moi. Mais rassure-toi, ils n'ont pas mes talents de pisteur, ni mes contacts. Ça nous laisse un peu de temps pour préparer notre départ d'Irlande, car je ne te quitte plus, maintenant que je t'ai retrouvée. Mon devoir est de veiller sur toi, petite sœur. Et non, ne me regarde pas comme ça, je ne t'abandonnerai pas. Jamais.

— Oh Neil, Neil ! Je suis si heureuse que tu sois là !

— Et moi donc. Tu n'es plus seule, à présent. Et moi non plus, ajouta-t-il avec tendresse.

Tout en savourant la chaleur de son étreinte, l'esprit de Lorna bouillonnait pour trouver une issue. Des guerriers lancés à ses trousses ! Le cauchemar recommençait, mais malgré sa terreur, elle refusait de céder à la panique. Il y avait forcément une solution !

— Dans trois jours, un bateau me ramènera en Angleterre, souffla-t-elle. L'*Empress of The Seas*[1]. Je voyagerai en compagnie de Lady Lucinda Powell, une noble

1. « L'impératrice des mers ».

anglaise. Elle a déjà payé nos billets, et le mien est au nom de Lorna Bell.

Neil acquiesça et se passa une main sur le menton.

— Ce navire pourrait être notre salut, en effet. Nous attirerons moins l'attention en embarquant séparément, alors je t'y rejoindrai, une fois que tu seras à bord. Dans trois jours. L'*Empress of The Seas*. Cabine de Lucinda Powell, répéta-t-il. Je m'en souviendrai. Oh ! concernant Lorna Bell, ton nom d'emprunt…

— Oui ?

— Pas très original, tu aurais pu faire mieux, peut-être plus exotique, précisa-t-il avec un sourire mutin, qui rappela à Lorna le jeune garçon qu'il était encore, il y avait une éternité de cela.

Elle ne put s'empêcher de s'esclaffer à son tour, tout en le frappant amicalement sur le bras. Qu'il était agréable de rire !

— Pas très original, hein ? Plus exotique ? Un nom banal, c'est surtout très utile pour passer inaperçu !

Le sourire de Neil s'élargit.

— Tu as raison. Bell, c'est un bon choix. Même si je n'ai pas mis trop de temps à le trouver, et toi avec, ajouta-t-il avec un clin d'œil.

— C'est parce que tu me connais bien et que tu sais que j'ai toujours aimé ces fleurs[1]. Espérons que ceux qui me poursuivent seront moins doués que toi.

Elle grimaça et le regard de Neil s'assombrit.

— Restons-en à notre plan, et tout ira bien, affirma-t-il bien plus sérieusement. Dans trois jours, nous serons

1. *Bell* signifie « clochette », comme la forme de certaines fleurs colorées d'Écosse, notamment.

loin, puis nous partirons plus loin encore, et tout ça sera derrière nous.

— J'ai tellement hâte ! Mais d'ici là, promets-moi de ne pas prendre de risques inutiles. Je ne veux pas te perdre alors que nous venons juste de nous retrouver.

— Allons, je ne fais jamais de promesse que je ne peux tenir, tu devrais le savoir.

L'empêchant de protester, il la serra de nouveau contre son cœur. Fut un temps où cela aurait suffi à la convaincre que tout irait pour le mieux, qu'elle était en sécurité, mais tout était différent, à présent.

— Je dois partir, annonça-t-il en s'écartant d'elle. En attendant nos retrouvailles, je garderai un œil sur toi. Cela, je peux te le promettre.

Elle acquiesça, reconnaissante. Neil était le seul en qui elle avait entièrement confiance. Il l'embrassa sur le front, comme il l'avait fait tant de fois, par le passé.

— À dans trois jours, petite sœur.

Il disparut dans l'obscurité du fond de la ruelle, et ce fut comme s'il n'avait jamais été là. Pourtant, Lorna n'avait pas rêvé. Son odeur, sa chaleur et sa tendresse, elle les sentait encore sur elle. Si ce que Neil lui avait appris la glaçait d'effroi, elle reprenait également espoir, car il était vivant, et ils seraient ensemble pour faire face aux difficultés qui les attendaient.

Se remettant lentement du choc des révélations de son demi-frère et de leurs retrouvailles inespérées, elle inspira amplement pour retrouver sa contenance. Ensuite, seulement, elle retourna dans la rue principale. D'ici leur départ, elle devait faire profil bas, se comporter comme si rien n'avait changé… tout en restant plus que jamais sur ses gardes. Dissimulant son visage sous sa capuche, elle regarda de part et d'autre avant de reprendre sa route.

La demeure des Sinclair n'était plus très loin…

Chapitre 5

— Milord, voyons, vous me flattez…

Lady Lucinda jouait la séduction à la perfection. Lorna n'avait qu'à l'observer pour apprendre comment charmer un homme, bien qu'elle doutât fort – dans l'hypothèse peu probable où cela l'aurait intéressée – d'être elle-même capable d'autant de minauderies. Toutes ses pensées restaient focalisées sur Neil et sur les informations qu'il lui avait fournies. Les Comyn étaient sur ses traces, et, connaissant leur pugnacité, elle devinait qu'ils ne tarderaient pas à la trouver. Ne pouvaient-ils abandonner et la laisser enfin tranquille ? Quel danger s'imaginaient-ils qu'elle puisse représenter, à la traquer ainsi ? Inconscients de ses tourments, lords et ladies ne cessaient de converser, de s'admirer, de s'observer et de se tourner autour. Tant qu'ils ne recherchaient pas sa compagnie, ils pouvaient bien faire ce qui leur chantait ! Ces riches Anglais, tous bien mis de leur personne, méprisaient visiblement ceux qui les servaient et encore bien davantage les Irlandais, qu'ils avaient pour la plupart chassés de leurs propres terres. Comme ils devaient tout autant dédaigner les Écossais !

Une voix nasillarde la fit sursauter.

— Vous êtes là, ma douce colombe ! Moi qui craignais de déplorer votre absence, ce soir encore, quelle délicieuse vision !

La démarche légèrement tremblotante, Lord Acton venait vers elle, un sourire impérieux aux lèvres. Lorna se crispa. Combien de fois, encore, devrait-elle l'éconduire ? Elle avait beau fermement refuser ses avances, cet homme libidineux semblait déterminé à la mettre dans son lit. Rien que l'idée de ses mains grasses posées sur elle lui donna la nausée ! S'il parvenait à l'isoler dans ce recoin de la grande salle de réception, elle ne lui échapperait pas, pas plus qu'à sa convoitise ! Elle fondit en avant et s'écarta prestement sur le côté afin d'éviter qu'il ne cherche à l'attraper. Sans hésiter, les jupes relevées pour aller plus vite, elle se faufila jusque dans le couloir. Avec de la chance, Lord Acton serait trop ivre pour la suivre ! Malheureusement, elle l'entendait déjà l'appeler – ou se l'imaginait-elle, seulement ? Le souvenir de ses lèvres grasses et moites cherchant les siennes, quand il avait essayé de l'embrasser, lui souleva l'estomac. Ses poings la brûlèrent. Mais ici, dans sa situation, il lui était interdit de se défendre contre lui, de la manière dont il le méritait. Luttant contre sa vraie nature, contrainte de se montrer docile et servile pour ne pas attirer les soupçons, elle devait se résigner à se cacher, pour lui échapper !

Fébrile, elle enclencha la poignée de quelques portes, et se glissa derrière la première qu'elle trouva ouverte… Pour la refermer aussitôt après elle. Le dos plaqué contre la surface dure et rêche du bois, elle retint son souffle. Du couloir, la voix étouffée de Lord Acton la réclamait. Quelques secondes de plus, et il l'aurait vue ! Elle patienta dans l'obscurité des lieux, se tenant parfaitement immobile, de peur d'être découverte. Ce fut alors qu'elle perçut un bruit, ou plutôt un gémissement, qui venait du fond de la pièce. Un gloussement, à présent ! De quoi, ou plutôt de qui, pouvait-il bien s'agir ? Ces sons étaient suffisamment explicites : un couple en plein ébat se trouvait là, ignorant son intrusion ! N'osant pas bouger, son cœur battant la chamade, elle se recroquevilla sur elle-même et pria pour pouvoir partir sans que les amants remarquent sa présence. Quel cauchemar ! Pourquoi avait-il fallu qu'elle se réfugie dans cette chambre ? S'il n'était pas rare dans un château ou une telle demeure de surprendre deux personnes s'adonnant à l'acte d'amour, ne pas s'éclipser tout de suite était très impoli et d'autant plus malvenu ! Elle se serait sauvée de bonne grâce, si cela s'était avéré possible ! Lord Acton se trouvant encore dans le couloir, elle ne voyait, hélas, pas d'autres solutions que de rester. Les mains posées sur ses oreilles, les yeux clos, elle essaya de se fermer aux gémissements de la femme qui recommençaient, de plus en plus intensément, devenant presque frénétiques. Qui qu'elle fût, elle semblait prendre du plaisir. Beaucoup, même ! Sans vraiment le vouloir, elle se retourna et distingua, à la lueur de la lune, deux silhouettes couchées l'une sur l'autre, sur ce qui aurait pu être un lit, ou peut-être une banquette.

Je dois sortir d'ici ! Avant qu'ils n'en aient fini et me surprennent !

Impulsivement, sa main se posa sur la poignée de la porte qui s'entrouvrit – grâce à Dieu – en silence. Lorna se figea. Lord Acton était toujours là !

— Ma colombe, où êtes-vous ? Oh ! que j'aime ce petit jeu de cache-cache ! Attention, ma beauté, je vais vous trouver !

Dépitée, elle se résolut à refermer la porte et à prendre

son mal en patience. Avec de la chance, Lord Acton serait parti d'ici quelques minutes, avant que le couple n'en ait terminé.

— Oh ! oui ! Oui ! s'écria la femme.

Un accent anglais, assurément, nota distraitement Lorna. Jamais elle ne s'était sentie aussi embarrassée de sa vie ! Elle n'avait rien à faire ici, à espionner l'intimité de ce couple, même si c'était bien involontaire de sa part ! À son grand étonnement, les gémissements de plaisir de la femme la troublaient et l'intriguaient. Elle paraissait submergée par une extase que Lorna n'avait jamais ressentie entre les bras de Gavin. Un bien piètre amant, en comparaison de celui qui faisait crier cette femme avec tant de passion ! Comme elle l'enviait, cette inconnue, de vivre cela ! Connaîtrait-elle un jour de telles sensations ? Gavin avait été son seul amant, et elle ne se doutait pas jusque-là qu'on puisse donner tant de plaisir à une femme. Emportée par la curiosité, elle se laissa aller à s'imaginer le couple enlacé. Que pouvaient-ils bien faire, exactement ? Aux images qui lui venaient, son bas-ventre fut envahi de chaleur. Soudain honteuse, elle s'admonesta vivement et reprit pied dans la réalité. Ce n'était guère le moment de se comporter comme une débauchée ! Et surtout, cela ravivait en elle de douloureux souvenirs. Gavin avait non seulement pris sa virginité, mais il avait aussi brisé son cœur et nombre de ses rêves, quand il l'avait abandonnée presque du jour au lendemain. Elle avait découvert ensuite qu'il était parti dans un autre clan, pour y épouser la fille d'un charpentier. Après avoir pleuré toutes les larmes de son corps, elle avait décidé de ne plus jamais tomber amoureuse de quiconque. Plus jamais elle ne se laisserait abuser ainsi par un homme. La plupart de ceux qu'elle connaissait – ou avait connus – n'avaient pas plus d'honneur que de loyauté envers les femmes. Ils les trahissaient à la moindre occasion, n'hésitant pas à mentir pour partager leur couche. Comme si cette expérience était agréable ! Du moins, elle ne l'était pas pour elle… contrairement à l'inconnue qui continuait à haleter si vite qu'elle semblait sur le point de manquer de souffle.

Lorna soupira, prenant son mal en patience. Blair avait de la chance, d'avoir trouvé Connor. Et réciproquement. Lui et Neil faisaient partie des rares hommes d'exception qui auraient pu lui laisser croire en un avenir meilleur. Hélas, le mariage, l'amour véritable, ce n'était pour elle qu'une fable destinée à contenter les enfants. Et elle n'en était plus une depuis longtemps.

Enfin, la femme poussa un cri de jouissance, bientôt suivi par celui de son amant. Lord Acton ou non, Lorna devait partir, à présent. Impossible d'attendre plus longuement ! Elle mourrait de honte si le couple la découvrait. La voix sifflante de la femme arrêta son geste. Lorna la connaissait ! C'était celle de Lady Anne Barton, une amie de Lady Lucinda.

— Ainsi, les rumeurs à votre sujet ne sont nullement exagérées, gloussa cette dernière. Vous êtes aussi vigoureux et sauvage que la terre qui vous a vu naître, Rory Fraser… Est-ce que tous les Écossais sont comme vous ?

Un Écossais ? Rory Fraser, avait dit Lady Anne. Un Fraser… Lorna connaissait un peu ce clan des Highlands, du moins de réputation. Ils étaient puissants, lui semblait-il se souvenir. Et des alliés du roi Alexandre ! Que diable faisait ce Fraser ici ?

— Quelques-uns, répondit-il.

Sa voix était grave, sensuelle et envoûtante. De

plus, Lorna avait l'impression de le voir sourire, rien qu'à l'entendre s'exprimer. À sa façon particulière de rouler les « r », aucun doute possible, cet homme était un Highlander. Un guerrier féroce et impitoyable ! Un frisson d'effroi la traversa… Était-il ici pour elle ? Sans doute pas, se rassura-t-elle. Un envoyé du roi lancé à sa poursuite ne perdrait pas son temps au lit à s'amuser, au lieu de chercher à remplir sa mission !

Lady Anne s'esclaffa, et les bruits de baisers reprirent. Impatiente de mettre le plus de distance possible entre ce Rory Fraser et elle, Lorna poussa précautionneusement la porte et retourna dans le couloir. Celui-ci était désert, Dieu merci ! S'évertuant à calmer les battements effrénés de son cœur, elle suivit le chemin de la salle de réception. En y débouchant, elle soupira de soulagement. Le grossier et entreprenant lord Acton ne semblait pas y être revenu.

Lady Lucinda ne paraissait pas avoir remarqué la petite escapade de Lorna – ou s'en soucier. Quoi de surprenant ? Entourée de plusieurs lords anglais, plus distingués les uns que les autres, elle n'avait d'yeux que pour eux. Lorna lui laissait bien volontiers leur attention ! Des individus pour la plupart identiques à Lord Acton : avides, concupiscents, menteurs et ambitieux. Il n'y avait qu'à les écouter discuter entre eux, qu'à les regarder agir, pour s'en rendre compte !

Lady Lucinda, elle, semblait leur porter un grand intérêt. Elle les détaillait tour à tour, les jaugeant comme pour déterminer celui qui aurait l'honneur de lui plaire. S'isolerait-elle à son tour, tout comme Lady Anne l'avait fait plus tôt, pour…

Dieu tout-puissant, Lorna, cesse de penser à cela ! Personne ne doit jamais apprendre que tu te trouvais là !

Des moments de la scène qu'elle avait surprise lui revinrent néanmoins en mémoire : les gémissements de plaisir de Lady Anne ; les silhouettes indistinctes du couple ou encore la voix profonde et troublante du Highlander… qui sembla noyer tout le reste. Pourquoi ne parvenait-elle pas à chasser cette voix de son esprit ? Perdue dans ses pensées, elle remarqua à peine que le silence s'était fait autour d'elle et se retourna, curieuse.

Captivant tous les regards, un homme grand et musclé, sans être un colosse pour autant, venait de faire son entrée. Il avançait d'une démarche conquérante, au milieu des Anglais qui semblaient s'écarter naturellement sur son passage. Comme s'ils ressentaient, eux aussi, la force et la confiance qui émanaient de lui. Ses épais cheveux, d'un roux soutenu, flottaient librement sur ses larges épaules. Par-dessus celles-ci était jetée une cape sombre à revers de fourrure, maintenue par une broche. Le pantalon qu'il portait soulignait ses longues jambes, fines et musclées.

Lorna ne pouvait détacher ses yeux de lui, étrangement fascinée. Il ne pouvait s'agir que de ce Rory Fraser, qu'elle avait surpris au lit avec Lady Anne ! Le Highlander s'attarda à quelques pas seulement d'elle pour saluer certaines de ses connaissances. Si elle ne pouvait pas encore distinguer les traits de son visage, son regard descendit imperceptiblement de son torse jusqu'à son ventre plat qu'elle devinait sous sa lourde tunique grise… puis s'aventura plus bas. La protubérance au niveau de son entrejambe était si…

Une vision s'imposa brutalement à elle : leurs corps entièrement nus, enlacés et couchés sur un lit. C'était à elle qu'il donnait du plaisir, et non pas à Lady Anne. Un plaisir qui lui avait été jusque-là refusé. De ses mains, de sa bouche, il lui faisait découvrir des délices insoupçonnés. Puis il s'insinuait en elle, jusqu'à ce qu'enfin…

Seigneur Dieu !

Elle eut l'impression qu'un brasier s'emparait de son visage, alors qu'elle s'empourprait furieusement. Que lui avait-il pris, d'imaginer une telle chose ? Elle ne connaissait même pas cet homme !

Pire encore : à peine eut-elle relevé la tête que Rory Fraser plongea son regard dans le sien. Ce fut comme si le monde s'arrêtait. Ses prunelles, parsemées de touches de vert, étaient d'un brun magnifique, clair et lumineux, presque doré. Le cœur de Lorna manqua un battement. Cet homme n'était pas seulement extrêmement séduisant, il rayonnait de virilité ! Tandis qu'elle le détaillait sans retenue, comme si elle cherchait à graver dans sa mémoire chacun de ses traits, un sourire en coin se dessina à la commissure des lèvres du Highlander. Un sourire si satisfait, si charmeur, qu'elle aurait pu jurer qu'il lisait dans ses pensées ! Elle s'obligea à détourner les yeux. Jamais encore elle ne s'était sentie si embarrassée ! Aussi déstabilisée…

Que lui arrivait-il ? Cet homme était un ennemi ! Un allié du roi qui voulait sa tête ! Au lieu de l'admirer, elle devait le fuir !

Quand elle osa le regarder de nouveau, Rory Fraser s'était éloigné, accaparé par un petit groupe de jeunes femmes. À leur attitude, il était évident pour Lorna qu'elle était loin d'être la seule qu'il troublait. Certaines ladies gloussaient, d'autres le gratifiaient de sourires et d'œillades sans équivoque. Rien d'étonnant à ce qu'elles agissent ainsi, à ce qu'elles ne semblent plus voir que lui. Par sa présence, ce Highlander éclipsait tous les autres !

Pourtant, étrangement, alors qu'il parlait avec ces femmes, Lorna avait l'impression de toujours pouvoir sentir son regard brûlant posé sur elle. C'était un sentiment nouveau, à la fois excitant et effrayant, qu'elle avait bien du mal à comprendre.

Soudain, elle aperçut Lady Lucinda qui faisait un grand signe de la main dans sa direction. Lorna fit un pas en avant, persuadée qu'elle s'adressait à elle… et s'immobilisa. Ce n'était pas elle que la lady anglaise appelait. Mais Rory Fraser ! Celui-ci délaissa ses admiratrices déconfites pour rejoindre Lady Lucinda, qui l'accueillit avec chaleur. Ses prétendants rebroussèrent chemin, indéniablement déçus et contrariés par l'arrivée impromptue de ce rival. Lady Lucinda ne sembla pas les voir s'éloigner. Elle s'accrochait au bras du Highlander, tout en battant ostensiblement des cils à son intention. Lorna plissa les yeux, stupéfaite. Ces deux-là se connaissaient donc ? Comment diable était-ce possible, dans ce cas, qu'elle n'ait jamais entendu parler de cet homme avant ce soir ? Qu'elle ne l'ait même jamais vu ? Lui et Lady Lucinda avaient dû se rencontrer à une réception à laquelle elle était parvenue à échapper, c'était la seule explication possible. Cependant, le fait que Lady Lucinda n'ait jamais mentionné devant elle le nom de ce Rory Fraser qu'elle appréciait visiblement *énormément* était surprenant. Et s'il n'y avait que cela…

— Rory Fraser, souffla Lorna.

Si bas, si involontairement, qu'elle eut à peine conscience de s'exprimer à voix haute.

Dans sa bouche, ce nom avait le goût de la tentation et du danger.

Tout comme celui qui le portait.

Chapitre 6

Curieuse de savoir ce que Lady Lucinda et Rory Fraser pouvaient bien se dire, et de découvrir la nature exacte de leur relation, Lorna se rapprocha d'eux en silence. Comme ni l'un ni l'autre ne sembla s'apercevoir de sa présence, elle osa avancer un peu plus, tendant l'oreille.

— Veuillez m'excuser, chère amie, disait Rory. Un… léger imprévu m'a retenu plus que de raison.

Lorna ne put réprimer un soupir. Un léger imprévu ? Était-ce ainsi qu'il parlait de Lady Anne ?

— Oh ! moi qui avais si peur que vous ne m'ayez oubliée, me voilà rassurée, minauda Lady Lucinda, la bouche en cœur.

— Allons, comment le pourrais-je ? Une beauté telle que la vôtre est inoubliable.

Lorna leva les yeux au ciel. Visiblement, Lady Anne n'avait pas réussi à contenter à elle seule les désirs charnels de cet homme !

Lady Lucinda poussa un petit rire, délicat et cristallin. Celui-là même qu'elle adressait à ceux qu'elle souhaitait conquérir. Et à la façon dont Rory Fraser la dévorait du regard, elle ne devrait avoir aucun mal à parvenir à ses fins ! Peut-être étaient-ils déjà amants ?

— Je vous pardonne votre retard, dans ce cas, susurra Lady Lucinda, à condition que vous me consacriez le reste de la soirée à me parler de votre beau pays. Que portent en ce moment les dames, à la cour d'Écosse ? Qui cherche à séduire qui, et le roi Alexandre, en particulier ? Oh ! je me délecte tellement de ce genre de rumeurs ! ajouta-t-elle tout en tapotant le bras de Rory de ses doigts délicats. Si vous acceptez d'en partager quelques-unes avec moi je m'en montrerai… très reconnaissante.

Sans vraiment savoir pourquoi, Lorna n'aimait pas ce qu'il se passait. Ses poils s'étaient hérissés sur sa nuque, comme si cette conversation n'avait rien d'anodin, bien au contraire. Pourtant, aussi bien Rory Fraser que Lady Lucinda semblaient forts à leur aise, se souriant et riant tout en parlant. Mais quelque chose dans le comportement de ce Highlander la dérangeait. Comme si malgré son attitude affable et décontractée, il ne se sentait pas véritablement à sa place. Ou qu'il cachait quelque chose. Bien qu'éblouissant, son sourire, quand il s'adressait à Lady Lucinda, avait quelque chose de troublant. De faux. Lorna tenta de se raisonner. Elle s'imaginait des choses, très certainement. Sans doute avait-elle trop pris l'habitude de se méfier de tout et de tout le monde, voilà tout. Rien d'étonnant à ce que Rory Fraser se comporte ainsi ! Il se trouvait en terre étrangère, entouré de gens totalement différents de lui, à qui il s'efforçait de plaire… Et cela fonctionnait plutôt très bien, du moins avec les femmes. Lorna se sentit sotte. Elle les laissa s'éloigner et se contenta de les observer à distance.

Grand bien leur fasse, s'ils souhaitaient passer le reste de la soirée, voire la nuit ensemble ! Ce Rory Fraser pouvait bien trousser toutes les femmes ici présentes, si ça lui chantait, même Lady Lucinda, dès l'instant où il ne s'approchait pas d'elle. Lorna ne pouvait prendre le risque qu'il la soupçonne. C'était stupide. Comment aurait-il pu savoir qui elle était véritablement ? Jamais ils ne s'étaient rencontrés avant ce soir, et ce Highlander n'avait en rien l'air d'être à Dublin pour elle. Sans doute se trouvait-il ici pour mener quelque affaire pour son clan, ou toute autre chose… qui ne la concernait en rien.

Non. Rory Fraser n'est pas envoyé par les Comyn ni par le roi Alexandre. Il n'est pas à ta recherche. Tu ne risques rien, Lorna. Détends-toi.

Elle essayait surtout de se rassurer ! L'avertissement de Neil résonnait toujours lugubrement à ses oreilles : « Les Comyn sont sur tes traces. » Même si Rory Fraser n'était pas ici pour elle, elle n'en était pas moins en danger pour autant, car d'autres viendraient bientôt.

Dans trois jours, elle pourrait mieux respirer. Avec Neil, ils partiraient loin du danger. Ils disparaîtraient définitivement et seraient enfin entièrement libres. C'était un doux rêve auquel elle s'accrochait ; ce qui l'aidait à tenir, face aux menaces qui revenaient peser sur elle. En attendant, elle devait à tout prix éviter de se faire remarquer, en particulier de ce Highlander, dans l'hypothèse où il cacherait ses véritables intentions. Elle ne put cependant se retenir de poser son regard sur lui. Il discutait toujours avec Lady Lucinda, qui lui souriait lascivement. Oui, cet homme avait tout d'un séducteur à la recherche de proies faciles, et rien d'un mercenaire implacable lancé à ses trousses.

Elle alla se mêler aux conversations d'autres serviteurs, avant de chercher un peu de solitude. Combien de temps s'écoula ? Elle n'aurait su le dire, mais dehors le manteau sombre de la nuit recouvrait Dublin depuis ce qu'il lui semblait une éternité. Elle étouffa un bâillement... et sursauta. Une main était fermement posée sur son épaule ! Elle se retourna, craignant que ce ne soit Lord Acton, et fut stupéfaite de se retrouver face aux yeux pétillants de Rory Fraser ! Le Highlander se fendit d'un sourire moqueur, et elle fronça les sourcils, contrariée. S'amusait-il de sa stupeur ? Il était si proche qu'elle fut tentée de reculer de quelques pas... Ce qu'elle aurait fait, si son dos n'avait pas été collé au mur. Pire encore, Rory Fraser l'emprisonna en plaquant ses mains sur celui-ci, de part et d'autre d'elle, lui bloquant toute issue. Impossible de lui échapper ! Un sourire se dessina sur son visage viril tandis qu'il se penchait en avant, comme pour mieux encore la dévisager. Son odeur musquée l'enveloppa et elle déglutit péniblement. À la fois prisonnière de son corps et de son regard envoûtant, elle n'osait plus bouger. Mais que lui voulait-il ?

Enfin, après ce qui sembla durer une éternité, il ouvrit la bouche pour parler.

— Bien le bonsoir, *lass*[1]. Je suis Rory Fraser.

— Oh ! je sais bien qui vous êtes.

Elle avait parlé sans réfléchir ! Sa réponse fit s'élargir le sourire de Rory.

— Vous n'êtes pas une *Sasunnach*[2], n'est-ce pas ? Je pourrais parier que vous êtes tout aussi écossaise que moi.

Sa voix était particulièrement chaude et caressante, suave et sensuelle.

1. Terme affectueux utilisé pour « fille », ou « jeune fille ».

2. Terme gaélique écossais qui signifie à l'origine « Saxon » et qui désigne les personnes anglaises.

— Non, je… Je veux dire que oui, en effet, je… je suis née en Écosse.

Quelle sotte ! Trop troublée par l'intensité de son regard, elle n'avait même pas essayé de lui mentir et se mettait de plus à bafouiller ! Au moins avait-elle réussi à lui répondre. Pourquoi se sentait-elle si gauche, soudain ? Il lui sourit si aimablement que le souffle lui manqua.

— *Aye*[1], il me semblait bien. Je me trompe rarement, sur ce genre de choses.

Elle arqua un sourcil. Que voulait-il signifier par là ?

— Et que fait donc une si charmante Écossaise au milieu de tous ces… Anglais ?

À la manière dont il avait prononcé ce mot, il était évident qu'il n'avait guère de respect pour eux. Par contre, en ce qui concernait les Anglaises…

— J'accompagne Lady Lucinda Powell. Vous la connaissez déjà, n'est-ce pas ?

— En effet, je la connais.

Les yeux de Rory s'assombrirent un court instant, mais ce fut si fugace qu'elle se demanda si elle ne se l'était pas imaginé. Il se pencha vers elle, pour lui murmurer à l'oreille :

— Jamais je n'aurais cru trouver une adorable *lass* telle que vous au service d'une lady anglaise.

— C'est pourtant le cas.

Son souffle lui chatouillait délicieusement la peau. Sa voix séductrice rehaussée par son accent du nord était enivrante. Une douce chaleur naquit dans son bas-ventre et elle ne put retenir un tressaillement… Qui n'échappa pas, hélas, à ce vil tentateur.

1. « Oui ».

— Je serais ravi de vous tenir compagnie, murmura-t-il langoureusement. Que diriez-vous de vous isoler avec moi, histoire d'oublier toutes ces assommantes mondanités ? Tous les deux, nous pourrions...

— Non !

Les mains posées sur son torse ferme, elle le repoussa suffisamment pour pouvoir passer à côté de lui. Du moins, elle essaya. Avant qu'elle ne puisse s'enfuir, faisant preuve d'une étonnante dextérité, il se déplaça de façon à ce qu'elle n'ait de nouveau aucune issue. Elle le foudroya du regard.

— Laissez-moi partir. Tout de suite.

— Je regrette, *lass*, je ne peux pas. Vous êtes si stupéfiante que je suis incapable de m'empêcher de me repaître de votre beauté.

Il termina sa phrase avec un sourire désarmant. Ne pouvait-il cesser de la dévisager ainsi ? Il paraissait décidément prêt à tout pour parvenir à ses fins, même à mentir et à la cajoler en prétendant qu'elle était irrésistible ! Comment osait-il ? D'abord Lady Anne, ensuite Lady Lucinda et voilà qu'il essayait de la séduire, à présent... Tout cela en une seule soirée ! Combien de femmes comptait-il encore mettre dans son lit avant l'aube ? La colère montait en elle, et autre chose, aussi, qu'elle tentait d'ignorer. Pourquoi céder à ses avances lui semblait-il si tentant ? Sa raison lui hurlait de le fuir, mais son corps, lui, lui ordonnait tout autre chose. Si seulement il n'était pas si attirant, si seulement elle n'avait pas entendu Lady Anne prendre autant de plaisir entre ses bras !

Elle déglutit, chassant de son mieux ces pensées.

— Je ne vous plais pas ? demanda-t-il presque plaintivement.

Une faiblesse feinte pour l'amadouer, à l'évidence ! Ce Highlander savait exactement ce qu'il faisait et ne semblait pas habitué à ce qu'on le rejette. L'éclat de son sourire, la malice dans ses yeux, sa carrure, grande et musclée, ses cheveux flamboyants ou encore l'assurance et la force qui émanaient de lui… Rien d'étonnant à ce que tant de femmes succombent à son charme ! Mais Lorna ne connaissait que trop bien ce genre d'homme, et malgré l'attirance indéniable qu'il exerçait sur elle, elle lui ferait comprendre qu'elle n'était pas intéressée.

— Non. Absolument pas, mentit-elle. De plus, je suis… fiancée. J'exige donc que vous cessiez de m'importuner !

Parfait, elle était parvenue à prendre un ton ferme et déterminé ! Ce nouveau mensonge qui lui était venu instinctivement devrait suffire à le faire renoncer ! Ce simple mot « fiancé » suffisait généralement à lui servir de bouclier contre les hommes trop entreprenants. Rory s'écarta légèrement d'elle et esquissa une grimace, tout en se passant une main derrière la nuque.

— Fiancée, eh bien, j'espère que cet homme sait combien il est chanceux.

Elle leva la tête vers lui. Quelque chose dans son timbre de voix l'intrigua, sans qu'elle comprenne pourquoi.

— Serait-ce lui, là-bas ? ajouta-t-il avec dédain. Cet homme ne cesse de vous dévorer des yeux.

Elle suivit son geste de la main et croisa le regard concupiscent de Lord Acton. Ne pouvait-elle se débarrasser de lui pour de bon ?

— Pas du tout, Dieu merci ! Au contraire, il me répugne au plus haut point.

Les yeux de Rory s'assombrirent.

— Vous a-t-il fait du mal ?

— Non…

Mais il avait essayé, ajouta-t-elle en pensée. Rory poussa un léger grognement. Lord Acton venait précipitamment vers eux ! Elle devait partir ! Vite !

— Excusez-moi, je dois…

— *Nay*[1]. Attendez ici.

L'expression soudainement sévère, Rory fit demi-tour et interrompit la course de Lord Acton, lui bloquant le passage. De là où elle se trouvait, Lorna ne pouvait comprendre ce qu'ils se disaient, mais le teint de Lord Acton devint terriblement cireux. Il hocha la tête, lui jeta un dernier coup d'œil – il paraissait terrifié ! – avant de rebrousser chemin et de se mêler à un groupe de ses amis – ou plutôt, de se réfugier parmi eux. D'un pas tranquille et assuré, Rory revint ensuite vers elle. Si son visage était illuminé d'un ample sourire, ses iris semblaient abriter la puissance et la dangerosité d'une tempête.

— Voilà, *lass*. Il vous laissera en paix, à présent.

— Que lui avez-vous dit ?

Un éclat étrange passa dans les prunelles dorées du Highlander.

— Rien qui doive vous inquiéter. Je lui ai juste expliqué ce qu'il lui en coûterait d'essayer de forcer une femme contre son gré. Mais oublions cet imbécile. Où en étions-nous, avant qu'il ne nous interrompe ? Ah oui, nous parlions de votre *fiancé*. Existe-t-il vraiment, ou est-ce une excuse inventée précipitamment pour m'éconduire ? Si je ne vous plais pas, il vous suffit de me le dire.

— C'est ce que j'ai fait !

— *Aye*, mais je ne vous crois pas.

1. « Non ».

— Vous êtes incroyable de suffisance !

— Il paraît.

Le sourire du Highlander s'effaça et son regard se fit soudain plus acerbe.

— Dites-moi, *lass*… Vous vous exprimez plutôt bien, pour une simple servante. De quelle région d'Écosse êtes-vous originaire, précisément ? Votre accent suggère les Lowlands, cependant… Dans quel clan êtes-vous née ? Je ne crois pas que vous me l'ayez…

Prenant peur à ces questions intrusives, elle recula instinctivement.

— Je ne suis pas une simple servante, mais une dame de compagnie ! Quant au reste, ça ne vous regarde pas et je n'ai pas à vous répondre. Pourquoi insistez-vous autant ? Je vous ai déjà dit que mon fiancé…

— Il n'est pas là, à ce que je sache. D'ailleurs, où se trouve-t-il donc ? À sa place, je ne laisserais jamais mon adorable promise seule, à la merci de vauriens comme ce pitoyable lord anglais.

— Ou comme vous, peut-être ?

Il s'esclaffa.

— Oui. Ou comme moi.

Elle le dévisagea intensément.

— Je vous remercie pour ce que vous avez dit à Lord Acton, mais j'aurais très bien pu m'en sortir sans votre aide.

— J'en suis certain.

— Tant mieux. Et j'espère qu'en retour vous n'attendez de ma part rien de plus que cela ?

— Eh bien, sans doute, n'empêche que si…

Elle l'arrêta d'un geste alors qu'il se penchait vers elle.

— Je m'en voudrais terriblement de vous enlever

plus longtemps à vos admiratrices. Je suis sûre que vous trouverez sans mal une autre fille ravie de…

— *Aye*, sans doute, mais vous êtes la plus jolie, ici, alors j'espérais…

— Par pitié, cessez de me sourire ainsi !

— Mon sourire vous déplaît ?

Oh que non, au contraire, malheureusement ! Dieu merci, elle n'avait pas avoué cela à voix haute ! Elle déglutit péniblement et se reprit.

— Retournez donc auprès de vos ladies anglaises. Je ne doute aucunement que plusieurs d'entre elles sauront combler votre… appétit bien mieux que moi.

Avant qu'il ne puisse répondre quoi que ce soit, elle releva ses jupes aussi dignement que possible et s'en alla. Plus vite elle s'éloignerait de cet homme au regard troublant et à l'attitude contestable, mieux elle se porterait !

Cependant, imperceptiblement, elle ne put s'empêcher de se retourner. Si Rory n'avait pas esquissé un geste pour la retenir, ou la rattraper, ses yeux restaient rivés sur elle. En dépit de la distance qui les séparait à présent, elle en ressentait toute la chaleur et l'intensité. Comme s'il cherchait à lire en elle.

À découvrir ce qu'elle lui cachait.

Chapitre 7

Cordieu ! Qu'avait-il bien pu dire ou faire, pour qu'elle réagisse ainsi ? Rory était déconcerté par le comportement de la jeune Écossaise. Elle cherchait visiblement à le fuir, tout aussi sûrement que s'il était atteint de la peste ! Que venait-il de se passer ? Généralement, les femmes venaient à lui, et ne se sauvaient pas comme s'il était le diable en personne ! De plus, il ne la laissait pas indifférente. C'était évident ! À sa manière de le dévisager, de tressaillir quand il l'avait frôlée, de la réaction de sa peau sous son souffle, de ses rougissements quand elle le regardait… Même son cœur devait battre à tout rompre, sous son adorable poitrine ! Tout comme son propre corps avait réagi en sa présence. Ce qui le décontenançait, du moins, était ce qu'il avait ressenti rien qu'en posant les yeux sur cette fille. Un sentiment étrange s'était emparé de lui, qui l'avait quelque peu déstabilisé. Il avait éprouvé ce besoin d'aller lui parler, d'en découvrir davantage sur elle. Surtout si…

Comme il le pensait, elle était écossaise. C'était la première personne venant de son pays qu'il rencontrait depuis son arrivée à Dublin, près de deux mois plus tôt. Depuis, il n'avait cessé de chercher à remplir ses obligations auprès de son clan, et de son roi. Cependant, il n'avait guère avancé. Les informations qu'on lui avait fournies n'avaient mené qu'à des impasses. Cette fille, qu'il était censé retrouver, était même probablement morte, pour ce qu'il en savait ! Cela vaudrait sans doute mieux pour elle, par ailleurs.

Il laissa échapper un grognement. La jeune Écossaise l'avait tellement subjugué qu'il en avait oublié de lui demander son nom ! Quel imbécile ! Généralement, ce genre de chose lui importait peu, mais pas cette fois. Il devait savoir ! Il la chercha du regard, mais elle s'était déjà fondue dans la foule des convives. Maudits Anglais ! S'il n'était obligé de les côtoyer pour ses affaires, il les enverrait bien tous au diable ! Leurs femmes, par contre… avaient du potentiel. Du moins, certaines d'entre elles étaient chaudes comme la braise. Il avait pu maintes fois le constater par lui-même. Puisqu'il n'avançait guère dans son enquête, au moins pouvait-il joindre l'utile à l'agréable ! Qui le lui reprocherait ? Murtagh, sans doute, et certainement aussi Lachlan, songea-t-il avec un soupir. Quelle idée, aussi, avait eue son frère de l'envoyer seul en Irlande ! Il ne pouvait s'en prendre qu'à lui-même, si Rory ne tenait pas une promesse qu'il n'avait pas faite. Ce n'était pas comme si, de toute manière, il mettait beaucoup d'ardeur à remplir sa pitoyable mission…

Ses pensées le ramenèrent à la jeune femme qui l'intriguait tant. Des cheveux châtain clair aux magnifiques reflets dorés, des yeux d'un bleu étincelant… Elle pouvait correspondre à la description succincte qu'on lui avait faite de la fille McWilliams… comme des centaines d'autres Écossaises ! S'il avait eu quelques soupçons en apercevant cette jeune femme, ils avaient vite été balayés.

Elle ne pouvait être celle qu'on l'avait chargé de retrouver. Jamais une distinguée fille de chef de clan, même bâtarde et exilée, n'aurait accepté de se mettre au service d'une Anglaise. Et encore moins de se risquer ainsi, à la vue de tous, où on pourrait la reconnaître ! Au contraire, si cette McWilliams avait un sou de jugeote – ce dont il ne doutait guère, puisqu'elle échappait depuis des mois à ceux qui voulaient sa tête –, elle devait déjà se trouver à des centaines de lieues de là, bien à l'abri et cachée jusqu'à ce qu'on oublie jusqu'à son existence !

Néanmoins, il n'avait pu s'empêcher d'interroger la jeune fille. Par précaution, uniquement, et certes pas pour en découvrir plus sur elle ! Il était vrai qu'elle s'exprimait avec une certaine distinction, et que cela l'avait intrigué. Mais elle avait raison. Être dame de compagnie n'allait pas sans une certaine éducation. Ça n'en faisait pas une coupable pour autant ! « Je suis fiancée », avait-elle affirmé avec aplomb. Cela le fit sourire. Elle était tellement innocente et en même temps si effrontée…

Pour se distraire, il essaya de s'intéresser à ce que lui racontait une jeune lady anglaise qui venait de le rejoindre. Des balivernes sans intérêt, qui ne l'aidèrent guère à effacer de sa mémoire le magnifique visage de la jeune Écossaise. Malgré la simplicité de sa tenue, elle avait bien plus d'allure que toutes ces femmes réunies. Il se souvenait parfaitement de ses traits fins et délicats, de sa voix douce et mélodieuse, ou encore de ses yeux qui brillaient d'une vivacité peu commune.

Son nom, il devait connaître son nom ! Sans cela, il n'en dormirait pas durant des jours, il le savait. Cordieu, il pouvait bien prétendre ce qu'il voulait, il ne supportait pas l'échec ! Pas quand la fille lui plaisait autant… Lady

Lucinda le renseignerait, sans aucun doute. Il n'aurait aucun mal à apprendre d'elle ce qu'il souhaitait, et bien plus encore, à découvrir si elle lui cachait quelque chose, comme il le soupçonnait. Pouvait-elle être une espionne à la solde de la Couronne anglaise, comme il l'imaginait ? Elle s'évertuait tant à lui plaire, insistant pour qu'il l'introduise au plus vite à la cour d'Écosse, l'assaillant de questions, que c'en était dérangeant. Mais peut-être n'était-elle qu'une intrigante particulièrement ambitieuse, qui après avoir brûlé la plupart de ses options en Angleterre et en Irlande recherchait à présent la protection d'un riche Écossais influent ? Si tel était son objectif, elle perdait son temps, avec lui. Il n'était que le frère d'un laird, sans aucun titre qui valait qu'on se batte pour lui, et sans aucune ambition d'en obtenir un de sitôt.

Alors que d'autres femmes que l'Anglaise qui ne cessait de bavasser devant lui essayaient d'attirer son attention, il sentit fondre sur lui les regards mauvais et envieux de nombre de lords.

Il l'avait rapidement compris : les Anglais méprisaient les Écossais au moins tout autant qu'ils méprisaient les Irlandais. Et ce sentiment était amplement réciproque. Il masqua son amertume avec un sourire. Il y avait bien trop d'Anglais, ici, à son goût, sur cette terre qui ne leur appartenait pas légitimement. Comment pouvaient-ils se comporter ainsi, en conquérants, quand la plupart d'entre eux n'avait jamais mené le moindre combat ! Ils étaient bien comme les Lowlanders écossais, maniérés et poudrés, fiers d'étaler leur fortune et leurs titres au nez de tous, comme si cela les rendait plus respectables que les autres. Balivernes, ils ne seraient jamais aussi honorables que le plus misérable berger des Highlands ! Il soupira. Décidément, cette Anglaise devant lui le fatiguait. N'y tenant plus, il s'excusa auprès d'elle, pressé de trouver meilleure compagnie. Justement, Lady Anne lui adressait un signe de la main. Son expression se fit aguicheuse, mais il l'ignora. Ça ne lui disait plus rien, finalement. Le souvenir des magnifiques yeux bleus de l'Écossaise restait trop vivace en lui pour qu'il puisse déjà regarder une autre femme. Cependant, comme il ne la trouvait toujours pas – où diable était-elle passée ? –, il décida d'aller se servir un verre de whisky. Si le breuvage ambré lui réchauffa le palais et la gorge, il était cependant loin d'être aussi délectable que celui produit sur ses terres, ou même celui du clan McAsgaill, dirigé par Shaw, l'époux de sa cousine Brianna.

Ah, Brianna… Combien j'aimerais que tu te trouves ici, avec moi, plutôt qu'à des centaines de lieues… Ta seule présence illuminerait cette soirée et éclipserait les autres femmes…

Sauf une. Assurément. Il grommela un juron, devant l'absurdité des sentiments qu'il ressentait pour cette inconnue. Pourquoi la laissait-il autant le bouleverser ? En quoi était-elle si différente de toutes celles dont il avait croisé le chemin ? Sa beauté naturelle et sauvage lui rappelait tellement ses Hautes Terres natales que c'était peut-être cela, tout simplement, qui l'attirait autant en elle. Ou seraient-ce plutôt ses courbes délicieuses, ses seins ronds et pleins, sa peau qu'il devinait si douce sous ses doigts, ses yeux à la fois fougueux et prudents, sa flamme quand elle s'adressait à lui… et le fait qu'elle l'ait si vertement rejeté ?

Il aimait relever les défis.

Après avoir terminé son verre, il se mit à la recherche de Lady Lucinda. Avec de la chance, sa magnifique dame de compagnie se trouverait avec elle… et dans le cas contraire, il en était persuadé, il ne tarderait pas à la revoir.

Chapitre 8

Trois jours plus tard…

Le port de Dublin était en effervescence. Partout des hommes charriaient de lourdes caisses, soufflant sous l'effort, braillant de l'un à l'autre pour se faire entendre. Des bateaux étaient déchargés de leurs marchandises, d'autres, au contraire, voyaient leurs cales progressivement remplies. Des passagers commençaient à prendre place dans des canots pour rejoindre les navires qui mouillaient à l'écart. D'autres, comme Lorna et Lady Lucinda, accéderaient à leur bateau directement du quai. L'*Empress of The Seas* était plus grand encore que celui qui les avait menées à Dublin. Plus gracieux, également. Leurs bagages avaient déjà été montés à bord, et bientôt elles embarqueraient à leur tour. Nerveuse, Lorna ne cessait de scruter les environs. Son cœur battait plus vite à l'idée d'enfin revoir Neil. Comme elle était impatiente de le retrouver ! Où se cachait-il donc ? Il lui avait pourtant affirmé qu'il viendrait, mais elle ne le voyait nulle part et l'angoisse commençait à la saisir.

— Ah, enfin ! s'écria Lady Lucinda.

Cette dernière posa le pied sur la large planche en bois

qui mènerait les passagers du quai au pont du bateau. Lorna la suivit docilement, entendant à peine l'homme d'équipage qui les encourageait à s'avancer.

Si Neil n'arrive pas bientôt, il sera trop tard !

L'estomac noué par l'inquiétude, elle jeta un regard en arrière et ne découvrit que des visages inconnus. Peut-être Neil était-il à bord ! Oui, cela ne pouvait être que cela. Il l'attendait déjà, voilà tout ! S'accrochant à cet espoir et n'ayant pas d'autre choix que celui d'avancer tout en priant pour avoir raison, elle fit un nouveau pas en avant sur la passerelle brinquebalante. Une rafale de vent rabattit des mèches rebelles sur son visage, qui retombèrent sur ses yeux et l'empêchèrent de voir là où elle posait le pied. Elle voulut les dégager vivement d'un geste de la main, en fut déséquilibrée et trébucha dans sa manœuvre !

— Attention ! s'écria une voix masculine.

On lui saisit le bras avant qu'elle ne chute. Elle releva la tête et ôta de sa main libre les mèches qui lui brouillaient la vue. Dieu tout-puissant ! Rory Fraser ! C'était lui, son sauveur ! Impossible, mais pourtant… Ce séduisant visage aux traits virils, cette masse de cheveux flamboyants qui lui tombaient sur la nuque, ces yeux d'or pétillants qui la dévisageaient intensément, ce sourire charmeur… C'était bien lui ! Que diable faisait-il ici, sur ce navire ?

Il tenait toujours son bras, visiblement bien décidé à ne pas le lâcher avant qu'elle ne soit en sécurité sur le pont du navire. À peine y eut-elle mis un pied qu'elle se hâta de s'écarter de lui.

— Merci, balbutia-t-elle.

Pourquoi soutenir le regard de cet homme lui semblait-il au-dessus de ses forces ? Pourtant, elle s'y employa, refusant de lui laisser croire qu'il l'impressionnait.

— *Aye*, tout le plaisir était pour moi, répondit-il de sa voix suave.

Il lui souriait si innocemment que cela lui donna presque l'air juvénile. À bien l'observer, il était vrai qu'il ne paraissait pas aussi âgé qu'elle l'avait supposé. Il s'était rasé de près et, sans sa barbe qui lui mangeait en partie le visage, elle le trouva plus séduisant encore.

— Si vous n'avez plus besoin de moi, *lass*, je vous prie de m'excuser. Nous nous reverrons sans aucun doute durant la traversée.

À sa grande surprise, il la gratifia d'un clin d'œil, puis s'inclina brièvement devant elle, avant de se frayer un chemin parmi les autres passagers et les marins. Lorna resta un instant interdite, puis reprit ses esprits. Peste soit ce Rory Fraser ! La suivait-il ? S'était-elle trompée sur lui ? Pourrait-il la menacer ? Seigneur, s'il se doutait de quoi que ce soit… Tremblante, elle décida qu'elle s'en préoccuperait plus tard. Avant tout, elle devrait retrouver Neil ! Les doigts accrochés au bastingage, elle avait beau regarder alentour, elle ne le voyait toujours pas. Ni sur le pont ni à bord, nulle part ! Son sang se figea dans ses veines, la peur la saisissant. Et s'il ne venait pas ? S'il lui était arrivé quelque chose ? Si les Comyn l'avaient retrouvé, et…

— Lorna ! Petite sotte ! Ne reste pas plantée là ! Ne vois-tu pas que tu bloques le passage ?

Lady Lucinda la houspillait d'un ton sévère, et n'hésita pas à la pousser sur le côté.

— Occupe-toi de t'assurer que mes bagages sont bien tous dans ma cabine !

— Oui, milady.

Que n'en avait-elle à faire, de ces maudits bagages ! Elle ne pensait qu'à Neil ! Rebroussant chemin, elle espérait l'apercevoir parmi les derniers passagers qui s'engageaient sur la passerelle. Hélas, toujours rien ! La panique la saisit franchement. Son cœur battait trop fort. Elle avait du mal à réfléchir, presque à respirer tant l'angoisse lui donnait l'impression de suffoquer. Devait-elle descendre du navire, tant qu'il était encore temps, pour partir à sa recherche ? Ou était-il monté à bord, avant même son arrivée, se mêlant aux autres membres d'équipage et l'avait-elle tout simplement manqué ? Perdue, confuse, cherchant ce qu'il convenait de faire et ne voyant presque plus personne sur le quai, elle décida de se rendre au plus vite dans le quartier des passagers. Peut-être l'y attendait-il ? Bien sûr, quel meilleur endroit pour se retrouver que devant la cabine qu'elle partagerait avec Lady Lucinda ! C'était là, forcément, qu'il se trouvait ! Rassérénée, elle se hâta vers l'écoutille. Malheureusement, elle ne reconnut pas Neil parmi les passagers et membres d'équipage avançant dans l'étroit couloir. Quand enfin elle atteignit la cabine, ce fut pour y trouver son maigre bagage et les malles de Lady Lucinda. Mais de Neil, nulle trace !

De l'étage supérieur, des ordres fusèrent. Les hommes se mettaient à la manœuvre. Le bateau bougeait ! Non, pas déjà ! Pas sans Neil ! Sans réfléchir, elle fit demi-tour, bouscula les gens sur son passage et grimpa les marches de l'escalier qui remontait sur le pont. Quand elle ressortit à l'air libre, le vent la fouetta durement. Ce fut comme être cinglée d'une gifle glacée. Elle courut plus vite encore. Sur l'embarcadère qui rapetissait, un homme se tenait, comme figé dans une posture désespérée. Elle le reconnut aussitôt.

— Neil ! Neil !

Il lui criait lui aussi quelque chose, accompagné de vifs gestes du bras, mais très rapidement sa main se déplaça sur sa taille. Il posa un genou à terre, avant de presque s'effondrer. Lorna faillit hurler. Il était blessé ! Il avait besoin d'elle ! Elle entreprit d'enjamber le bastingage, bien décidée à nager pour le rejoindre. À peine avait-elle passé une jambe par-dessus la rambarde qu'on la tira brusquement en arrière. Elle voulut se débattre, mais l'homme qui la maintenait fermement – elle reconnut le capitaine du navire – ne céda pas.

— C'est trop tard, jeune fille, dit-il calmement, avec un fort accent anglais. Nous sommes bien trop loin du quai. Si vous sautez dans cette eau glacée, vous n'y survivrez pas. Peu importe que vous sachiez nager ou non, le poids de vos vêtements gorgés d'eau vous entraînerait au fond. Eh oui, vous couleriez à pic aussi sûrement qu'une pierre ! Je doute que ça lui rende service, à cet homme, là-bas.

Elle s'effondra, vaincue, car c'était la voix de la raison. Elle avait beau le vouloir de tout son être, de toute son âme, il lui était impossible de rejoindre son frère… et encore moins de lui porter secours ! Il était blessé, il souffrait, elle l'avait bien vu ! Survivrait-il, seulement ? Et qui l'avait attaqué ? Les Comyn, ou leurs mercenaires, peut-être ? Ces monstres, comme elle les haïssait !

La mort dans l'âme, elle jeta un dernier regard vers l'embarcadère et n'en crut pas ses yeux. Neil avait disparu ! Une bouffée d'espoir l'envahit. Sans doute ses blessures n'étaient-elles pas aussi graves qu'elle l'avait craint ! S'il avait eu assez de forces pour partir si vite, il vivrait !

Ensuite, peu importe le temps que cela prendrait, il la retrouverait, où qu'elle aille ! Ne l'avait-il pas déjà fait ?

Neil, je t'en prie, reste en vie…

Lentement, comme vidée de ses dernières forces, elle laissa le capitaine la soutenir pendant qu'elle revenait docilement sur le pont. Elle leva la tête vers lui. C'était un homme d'un certain âge et de taille moyenne, semblant aussi solide qu'un roc. Ses cheveux blonds étaient striés de blanc, et si son expression se voulait sévère, son regard trahissait sa gentillesse et son expérience. Avec douceur, il frotta les bras frigorifiés de Lorna pour les réchauffer. Quel pitoyable spectacle devait-elle lui offrir !

— Je sais que ça ne me concerne pas, murmura-t-il d'une voix compatissante, mais je suis curieux. Cet homme, qui est-il pour vous, pour que vous soyez prête à risquer votre vie pour lui ? Est-ce votre…

— C'est mon frère. Nous devions voyager ensemble sur ce navire, mais il a… manqué le départ.

Le capitaine arqua un sourcil, comme s'il n'était pas entièrement convaincu par son explication, mais il n'en dit rien.

— Fort bien. Votre frère embarquera demain par le prochain bateau, et vous vous retrouverez bientôt. Une petite journée de plus, ça ne vaut pas la peine de risquer la mort pour cela, n'est-ce pas ?

— Non. En effet.

— Nous sommes donc d'accord, et je me fie à votre parole, mademoiselle, pour ne plus avoir à vous surprendre dans cette situation. Retournez dans votre cabine, à présent, et buvez quelque chose de chaud, où vous tomberez malade. Le vent est fort et l'air encore plus frais en mer. Voulez-vous que je vous raccompagne ?

— Ce sera inutile, je connais le chemin, mais je vous remercie.

Elle lui sourit et il hocha la tête d'un air entendu.

— Bien. Alors puisque vous n'avez plus besoin de moi, je vous prie de m'excuser, le devoir m'appelle.

Sur ce, il la salua, et elle le regarda s'éloigner pour donner des ordres à ses marins. Tous les Anglais n'étaient pas de mauvais hommes, songea-t-elle. Laissée seule, elle resta quelques instants encore sur le pont, à regarder l'Irlande qui s'éloignait… et Neil avec elle.

Bientôt, oui, bientôt, nous nous retrouverons, souhaita-t-elle de toutes ses forces.

Alors qu'elle avançait vers l'écoutille, Rory Fraser et Lady Lucinda en sortirent. Instinctivement, Lorna se cacha dans un renfoncement pour ne pas se faire voir, et ils passèrent devant elle sans la remarquer. Marchant bras dessus bras dessous, ils s'arrêtèrent à l'endroit même où, quelques minutes plus tôt, elle avait manqué de sauter par-dessus bord. Le couple lui tournait le dos. Leurs yeux étaient rivés sur l'horizon. Si elle ne pouvait voir leurs visages, elle pouvait percevoir des bribes de leur conversation. Pas assez, cependant, pour bien les comprendre. Poussée par la curiosité, elle se rapprocha lentement et autant que possible, veillant à toujours rester camouflée dans l'ombre.

— Pourquoi ne m'avez-vous pas fait part plus tôt de vos projets ? se lamentait Lady Lucinda. J'en suis presque vexée.

— Ne le soyez pas. Ce voyage pour l'Angleterre s'est simplement décidé… précipitamment.

— Oh ! et pour quelle raison ? Non que je m'en

plaigne, le plaisir de votre compagnie rendra cette insipide traversée bien plus intéressante !

Elle se pressa davantage contre Rory, et Lorna crut voir le corps du Highlander se tendre. N'aimait-il pas cela ? Pourtant, il ne chercha pas à la repousser.

— J'ai une mission très importante à accomplir pour mon roi, lâcha-t-il sur le ton de la confidence. Comprenez que, si je vous en parle, Lucinda, c'est que j'ai la plus grande confiance en vous.

Lorna en eut le souffle coupé. Une mission pour le roi d'Écosse ? Rory Fraser était-il ici pour elle, finalement ? Si c'était bien le cas, il était son ennemi et, sur ce bateau, en pleine mer, comment lui échapper ?

Lady Lucinda gloussa.

— Vous avez éveillé ma curiosité, mon cher Rory, et je vous assure qu'en effet vous pouvez me faire entièrement confiance. Une mission royale, comme c'est fascinant ! Vous devez être vraiment très important, pour que la Couronne vous en confie l'accomplissement.

— Il semblerait, en effet.

— Décidément, vous êtes plein de surprises.

Les minauderies de Lady Lucinda contrariaient franchement Lorna, et elle s'en voulut de ressentir ce sentiment absurde. Si ce maudit Highlander pouvait passer par-dessus bord, là, tout de suite, cela arrangerait autrement ses affaires ! Fronçant les sourcils, s'évertuant à calmer ses nerfs qui s'emballaient, elle tendit l'oreille.

— Dites-m'en plus sur cette mission, poursuivit Lady Lucinda. Peut-être puis-je vous aider ?

— Je suis à la recherche d'une fugitive.

Lorna s'immobilisa, tétanisée. Nul doute possible. C'était elle que Rory Fraser voulait.

— Une femme… vraiment. Et qu'a-t-elle bien pu faire pour que le roi d'Écosse s'intéresse tant à elle ?

— Eh bien…

Rory se racla la gorge, prenant visiblement son temps pour répondre. Une attente qui sembla durer une éternité à Lorna ! Enfin, le Highlander se tourna vers Lady Lucinda et glissa ses bras autour de sa taille fine, l'attirant à lui.

— Cette femme… Elle est si prodigieuse qu'elle a prétend-on le pouvoir de rendre tous les hommes fous d'amour pour elle. C'est pourquoi j'ai ordre de la ramener au plus vite à la Cour, car Sa Majesté est très impatiente de faire sa connaissance. Il s'agit de quelqu'un, qui, devrais-je vous l'avouer, Lucinda, vous ressemble beaucoup, acheva-t-il d'un ton terriblement séducteur.

Lorna écarquilla les yeux de stupeur. Qu'est-ce que tout cela signifiait ? Mentait-il pour charmer Lady Lucinda, ou avait-il finalement renoncé à lui dévoiler le but véritable de sa mission ? Elle ne savait plus que penser !

Entre ses bras, l'Anglaise était prête à succomber.

— Oh ! Rory, vous vous moquez de moi, susurra-t-elle.

— Croyez-vous ?

— Vous savez pourtant que vous n'avez pas besoin de cela pour que je vous cède…

Elle glissa ses bras autour de son cou. Rory se pencha sur elle. Lorna en était certaine, ils allaient s'embrasser, mais ce qui se produisit la stupéfia. Rory dénoua avec douceur les bras de Lady Lucinda et l'écarta de lui. L'Anglaise était visiblement fort surprise et décontenancée.

— Je ne comprends pas, balbutia-t-elle. Vous me rejetez alors que je m'offre à vous ?

— Ah, mais vous méritez qu'on prenne le temps de

vous conquérir, milady, répliqua-t-il d'une voix taquine. Le plaisir de l'attente n'en vaut-il pas la peine ?

— Ne me faites tout de même point attendre trop longtemps, voulez-vous ?

Il esquissa un sourire. S'il sembla rassurer Lady Lucinda, il ne convainquit guère Lorna, tant il paraissait forcé. Elle était fort intriguée. Pourquoi Rory Fraser repoussait-il une femme pourtant à son goût ? Ne semblait-il pas enclin à n'être qu'un vil séducteur ? Comme s'il lisait ses pensées, il se tourna subitement vers elle et leurs regards se croisèrent. Tandis qu'elle se figeait d'être découverte, le sourire de Rory s'élargit. Elle sentit ses joues s'enflammer et, vivement, elle rebroussa chemin pour presque courir jusqu'à la cabine qu'elle partagerait avec Lady Lucinda durant le voyage – un luxe, car nombre de passagers devaient s'entasser dans une pièce commune. S'occuper les mains à ranger les robes de la lady anglaise l'aiderait à organiser ses pensées ! Un plan, elle devait échafauder un plan ! Ce qu'elle venait de découvrir l'effrayait terriblement. Soit le Highlander mentait, soit il disait la vérité… ce qu'elle était plus encline à croire. Pourquoi aurait-il parlé d'une fugitive, autrement ? Ce ne pouvait être une simple coïncidence. Pour quelle raison, alors, ne l'avait-il pas déjà arrêtée ?

Parce qu'il n'est pas certain, encore, de qui tu es, lui souffla sa petite voix intérieure. *Ne lui laisse pas la possibilité de le découvrir.*

Ses doigts se crispèrent. C'était décidé. Elle éviterait autant que possible de croiser son chemin durant la traversée. Ensuite, quoi qu'il advienne, dès que le bateau aurait accosté en Angleterre, elle s'enfuirait aussi loin que possible de ce maudit Highlander.

Chapitre 9

Du pont de l'*Empress of The Seas*, le paysage était splendide. Le soleil couchant faisait chatoyer les vagues qui écumaient sur le passage du navire, tandis que celui-ci fendait gracieusement les eaux. Voir les embruns, respirer l'iode, entendre le cri des mouettes, Lorna adorait cela ! Elle regardait vers l'horizon, par-dessus le bastingage, espérant apercevoir les côtes anglaises. Elle était fascinée par le magnifique spectacle des couleurs mordorées du crépuscule qui se reflétaient sur la mer d'Irlande. En arrière, les voiles blanches du bâtiment se détachaient sur les teintes chaudes du ciel. Lorna trépignait d'impatience. Dès le lendemain, cet interminable voyage prendrait fin ! Les bras croisés sur sa poitrine, elle resserra sur elle les pans de son épais manteau. Le capitaine avait dit vrai : la brise du large était décidément très fraîche, en particulier en cette saison. Son esprit se mit à divaguer vers de douces pensées : une fois à terre, elle trouverait le moyen d'être réunie avec Neil. Puis ils partiraient, tous les deux. Peut-être rejoindraient-ils Blair, Connor et Sorcha. Oui, ce serait merveilleux, et…

— Ah, c'est donc ici que vous vous cachiez, *lass*.

Elle se retourna vivement, surprise. Rory Fraser lui

faisait face, un sourire radieux aux lèvres. Cet homme souriait décidément plus que n'importe qui d'autre ! Il aurait eu bien tort de s'en priver, cela le rendait encore plus attirant et il devait en être conscient. Ses dents étaient blanches et régulières, et son attrait, indéniable. Combien il lui aurait été facile de lui faire confiance, en le voyant ainsi ! Mais elle le craignait bien trop, lui et sa mission, pour qu'il en soit ainsi.

Prudente, elle essaya de ne rien lui montrer de son émoi.

— Si vous cherchez Lady Lucinda, elle est dans sa cabine.

Il fit un pas vers elle. Sous la lumière du crépuscule, ses cheveux roux semblaient plus flamboyants encore. Lorna le trouva magnifique. Sa large poitrine était mise en valeur par une chemise blanche sous un tartan coloré, épinglé à son épaule gauche par une broche dorée. Un pantalon en lin vert sombre recouvrait ses longues jambes musclées. Il portait une épée en fourreau à sa ceinture. Une arme sans doute bien trop lourde pour qu'elle puisse l'utiliser… et qui pourrait la traverser de part en part d'un seul geste.

— À vrai dire, c'est vous que je souhaitais voir, Lorna Bell. J'aimerais que nous parlions.

Ses yeux perçants plongèrent dans les siens, et elle eut le sentiment étrange qu'il n'existait plus qu'eux au monde. Une sensation aussi fascinante qu'effrayante. Ce ne fut qu'alors qu'elle réalisa :

— Comment… comment connaissez-vous mon nom ?

— Lucinda. C'est elle, qui me l'a appris.

Bien sûr. Qu'avait-elle bien pu lui confier d'autre ?

— Eh bien, je n'ai rien à vous dire et vous prierais de…

— Je vous fais peur, c'est évident. Pourquoi ?

— Peur ? Et pourquoi donc aurais-je peur de vous ?

— Je ne sais pas. À vous de me le dire.

Elle soupira et s'efforça de ne pas se faire envoûter par l'intensité de son regard.

— Pour la dernière fois je vous demande de me laisser en paix.

Sa voix, moins ferme qu'elle l'avait souhaité, ne parut pas le convaincre. Il persistait à la dévisager, avec une telle insistance que cela en devenait déconcertant… mais aussi étrangement flatteur, ne put-elle s'empêcher de penser. Elle se le reprocha aussitôt. En dépit de son sourire, cet homme était son ennemi. Elle ne devait pas l'oublier. Comment parviendrait-elle à se débarrasser de lui ? Le pouvait-elle, seulement ? Il détourna enfin les yeux et soupira, tout en glissant une main sur sa nuque. Pourquoi donc semblait-il soudain embarrassé ?

Il s'éclaircit la gorge.

— D'ordinaire, les femmes m'adorent, mais vous… Votre attitude m'intrigue.

Cela l'intriguait ? Vraiment ? Se moquait-il d'elle ? Stupéfaite, elle le considéra avec attention. Ne voulait-il finalement que la séduire ? Pouvait-il réellement ignorer qui elle était ? Ou s'amusait-il à ses dépens, cherchant à la mettre dans son lit avant de la livrer à son roi ?

Il se fendit d'un sourire.

— Je dois avouer que vous êtes une énigme pour moi, *lass*. Une énigme et un défi, que j'ai très envie de relever.

Avait-il besoin de se rapprocher autant ? Elle fut secouée d'un frisson. Elle voulait s'enfuir, mais son corps refusait de bouger ! Quelle était cette force incroyable qui l'en empêchait ? Qui l'obligeait à rester immobile, à le contempler ? Voir ses épais cheveux s'ébouriffer sous la caresse du vent lui donna subitement très envie d'y glisser les doigts. Dieu merci, elle s'en abstint !

Il avança une main vers elle, effleura sa joue. Pourquoi diable ne le repoussait-elle pas ? Son corps échappait à sa raison, c'était comme s'il en avait pris le contrôle ! Elle était incapable de lutter contre l'attraction qu'il exerçait sur elle.

— Votre parfum est tout simplement délicieux, susurra-t-il en jouant avec une mèche de ses cheveux. Il me rappelle les vastes plaines d'Écosse, la senteur de ses magnifiques fleurs…

Un frisson la traversa. Son geste et son ton enjôleur, empreint de mélancolie, la bouleversaient. Elle aussi était, en dépit de tout, nostalgique de son pays, et…

Suffit, Lorna ! Il te veut du mal !

Comme émergeant trop brusquement d'un doux rêve, elle se dégagea de lui. La croyait-il vraiment si naïve ? Elle le foudroya du regard.

— Pourquoi insistez-vous autant ? Retournez plutôt auprès de votre Lady Lucinda et oubliez-moi !

Son ton sec ne parut pas l'émouvoir. Il semblait juste un peu déçu !

— Elle n'est pas ma…

Il voulut lui saisir le bras et elle s'écarta de lui.

— Par pitié, laissez-moi tranquille !

Elle ramassa ses jupes et entreprit de longer le pont pour mettre le plus de distance possible entre eux. À sa grande surprise, il l'arrêta en lui attrapant le poignet et l'obligea à lui faire face.

— N'ayez pas peur de moi, *lass*, murmura-t-il.

Une fois encore, elle se retrouva happée par sa voix suave et son regard captivant. Elle glapit, déconcertée, car les mains de Rory glissaient sur sa taille ! Il l'attira étroitement à lui, écrasa ses seins contre son torse ferme et effleura ses lèvres des siennes. Ce fut aussi léger et délicat, lui sembla-t-il, que la caresse d'une aile de papillon. Tout était allé si vite ! Elle était trop stupéfaite pour le repousser. En avait-elle seulement envie ? Prenant certainement son manque de réaction pour un consentement, il s'empara franchement de sa bouche. Toute pensée cohérente la quitta, tout aussi sûrement que sa volonté de fuir lui échappait ! Personne ne l'avait jamais embrassée de cette manière. Pas avec cette fougue, cette passion… comme s'ils s'appartenaient l'un à l'autre, et qu'il n'y avait rien de plus naturel que de se trouver entre ses bras. Comme il aurait été délicieux et facile de s'abandonner, de céder à l'implacable désir qui grandissait en elle ! Pas même Gavin ne… Penser à son premier amant lui fit l'effet d'une douche froide. Elle retrouva aussitôt ses esprits, échappa aux lèvres brûlantes de Rory et plaqua ses mains sur son torse ferme.

— Non ! Ce n'est pas bien !

— Vous aviez pourtant l'air d'apprécier ce baiser.

— Vous allez trop loin !

Il haussa un sourcil. Ses yeux étaient enfiévrés de concupiscence.

— Vous croyez ?

— Bien sûr que je le crois ! Je… Je vous rappelle que je suis fiancée !

— Oh. Eh bien, à mon avis, vous ne l'aimez pas tant que ça, votre promis, pour vous être ainsi abandonnée entre mes bras. Vous a-t-il déjà embrassée de cette manière ? Ou tout simplement embrassée ? J'en doute, à en croire votre réaction. Vous êtes tout empourprée et…

Quelle arrogance ! Même s'il avait raison. Personne ne lui avait jamais fait ressentir cela.

— Cela ne vous regarde en rien, s'exclama-t-elle. Et si jamais vous essayez encore de me toucher, je vous jure que…

— Que ?

— Je vous tuerai.

Rory semblait partagé entre la perplexité et l'amusement. Ce qui décupla la colère de Lorna. Elle pointa un doigt accusateur vers lui.

— Oui, parfaitement, je vous tuerai ! Et si je suis empourprée, comme vous le dites, c'est tout simplement d'indignation !

Il croisa les bras et la dévisagea avec intensité, comme s'il cherchait là encore à découvrir ses pensées secrètes.

— *Aye*. Fort bien. Prétendez ce que vous voulez, mentez-vous à vous-même, si cela vous fait plaisir, nous savons tous les deux que je n'ai rien imaginé. Mais comme je tiens à la vie, ajouta-t-il avec un sourire espiègle, et que si les yeux pouvaient tuer, les vôtres m'auraient déjà foudroyé sur place, je m'abstiendrai dès lors de vous approcher…

Il fit un pas en avant.

— … d'aussi prêt…

Puis un autre.

— … À moins que vous me le demandiez.

Il tendit la main vers elle. Son visage se rapprocha du sien. L'odeur de sa peau était si tentante ! Sa voix, tellement caressante ! Allait-il encore l'embrasser ? Elle déglutit sous l'intensité de son regard, où elle ne lisait que tendresse et promesses de plaisirs à venir.

Fuis, Lorna, sauve-toi !

Mais elle ne bougea pas.

— Cela n'arrivera pas. Jamais.

Pourquoi diable sa voix manquait-elle à ce point de conviction ? Était-elle vraiment si faible, devant lui ? Son cœur battait à tout rompre. Si fort qu'il semblait chercher à s'extirper de sa poitrine !

Il se pencha vers elle, murmurant son nom, et elle ne put s'empêcher de fermer les paupières, dans l'expectative… alors qu'elle aurait dû le rejeter, se sauver ! Une goutte d'eau tomba sur son visage. Suivie de nombreuses autres. Le vent soufflait violemment, charriant de l'eau glacée sur le pont. Des nuages sombres et menaçants s'amoncelaient dans le ciel nocturne. Le tonnerre gronda, au loin. Rory et Lorna s'écartèrent l'un de l'autre. Le charme était brisé.

— Une tempête se prépare, assura-t-il. Nous devrions nous mettre à l'abri. Venez, *lass*, je vous raccompagne à votre cabine.

Il lui offrit son bras, mais elle le refusa.

— Je retrouverai mon chemin. Seule.

Ne lui laissant pas l'occasion de l'arrêter, elle releva ses jupes et s'enfuit en courant. Ses larmes se mêlaient à la pluie qui tombait…

Chapitre 10

Rory ne quitta pas Lorna des yeux, jusqu'à ce qu'elle disparaisse dans les entrailles du navire. Ses poings étaient serrés de frustration. Sa mâchoire contractée lui faisait mal. Il ne comprenait pas ce qu'il venait de se passer. Du moins, pas entièrement. Il avait fait son possible pour se montrer charmant, même si, il devait l'avouer, il avait pu faire preuve d'une certaine maladresse. Cela ne lui ressemblait pas ! Comment se faisait-il que cette femme lui fasse perdre ses moyens ? Il n'avait pas voulu la contrarier, mais il y était néanmoins arrivé. À sa façon de lui dire qu'elle le tuerait s'il essayait encore de l'approcher, elle avait failli le convaincre. Presque.

Elle avait aimé qu'il l'embrasse ! Sa réaction, quand ses lèvres s'étaient posées sur les siennes, ne laissait aucune place au doute : il lui plaisait. Elle ne pouvait le tromper. Sa manière de le regarder, de frémir à son contact, le rougissement de ses joues sans même qu'elle semble en avoir conscience quand il se tenait près d'elle… Tout cela en était la preuve ! Elle luttait simplement contre l'évidence, probablement par loyauté pour ce fiancé dont elle ne cessait de parler et qu'elle érigeait en bouclier entre eux. Un mur qu'elle voulait certainement infranchissable, alors qu'elle lui fournissait d'elle-même les outils pour le détruire.

Pourquoi persistait-elle à le repousser ? Et surtout, pourquoi s'acharnait-il lui-même à vouloir la séduire ? Ce n'était par défi, enfin, pas entièrement, ni pour assouvir un quelconque besoin charnel – il lui serait facile de mettre une autre femme plus conciliante dans son lit. Non, Lorna était spéciale. Différente. Son rejet le blessait, pas uniquement dans sa fierté, mais quelque part ailleurs, plus profondément. Et s'il avait été certain de ne pas lui plaire, il n'aurait pas insisté auprès d'elle. Pourtant, il était persuadé du contraire ! De plus, bien qu'il la connaisse à peine, elle l'attirait, plus que toutes les autres femmes qu'il avait connues. Cette révélation le déstabilisait, le perturbait profondément. Que lui arrivait-il, soudain ? Depuis qu'il l'avait rencontrée, il n'avait fait que penser à elle. Et immanquablement, son corps réagissait. C'était pire encore quand il se trouvait près d'elle. Il la désirait ! Bien trop, lui semblait-il, pour qu'il ne s'en inquiète pas.

Mon pauvre Rory, l'air d'Irlande t'a rendu idiot !

Aucune femme, aussi troublante soit-elle, n'aurait dû envahir ainsi ses pensées ! Peut-être, finalement, Murtagh avait-il raison. Il n'était qu'un imbécile incapable d'écouter sa raison, plus blessé et vexé qu'il n'aurait été raisonnable par le refus d'une jeune femme. Il aurait dû se concentrer sur sa mission, et uniquement sur cela. Le roi ne comptait-il pas sur lui ? Ainsi que sur les autres, envoyés comme lui, à la chasse à la chimère… Hélas, comment occulter ce magnifique visage ? Ce regard mystérieux ? Leurs retrouvailles sur l'*Empress of The* Seas n'avaient d'ailleurs rien de fortuit. Il grimaça à cette idée. Que penserait-elle de lui, si elle savait ? Si elle découvrait la vérité ? D'un geste, il se débarrassa de cette pensée. Quelle importance ? S'il finissait par devoir supporter les conséquences de ses actes, ce ne serait pas avant un certain temps. Il ferma les yeux, se laissa bercer par le roulis du bateau. Là-haut, mouettes et cormorans semblaient l'encourager… ou se moquer de lui. Il les oublia bien vite, car l'adorable visage de Lorna éclipsa tout le reste.

Il saurait bien percer ses mystères… et espérait lever tous ses doutes à propos d'elle. Le tout était d'y parvenir sans l'effrayer davantage. Il réalisa alors combien il pleuvait, et qu'il était trempé. Dérouté par le tourment de ses pensées, il n'avait même pas songé à s'abriter.

Les cabines des passagers se trouvaient sous le pont principal. La coursive, déserte à cette heure, était faiblement éclairée par des lampes disposées contre les panneaux de bois. Lorna prenait garde où elle posait les pieds. Dans sa hâte, il ne manquerait plus qu'elle chute et se blesse ! Sa rencontre fortuite avec Rory Fraser l'avait fortement contrariée, bouleversée. Comment avait-il pu provoquer en elle tant d'émotions conflictuelles ? Sa présence sur ce navire n'était pas une simple coïncidence. Pas davantage que son acharnement à la poursuivre. Il savait qui elle était, ou du moins s'en doutait fortement, et il s'amusait avec elle, espérant sans doute qu'elle se trahisse ! Il voulait la voir nue, non pas pour la mettre dans son lit, comme il cherchait à le faire croire, mais pour examiner son dos à loisir et découvrir si oui ou non elle portait la marque ! Sans doute s'imaginait-il que ce serait bien plus agréable que de lui déchirer sa robe de force, comme ce misérable guerrier Comyn l'avait fait lors de la mise à sac de la forteresse des McWilliams ! N'était-ce qu'un simple jeu, pour lui, alors qu'elle risquait sa vie ? Pour lui échapper, sans doute aurait-elle mieux fait de risquer la mort pour rejoindre Neil à la nage !

Ne laisse plus jamais ce Highlander s'approcher de toi comme il l'a fait, ou il te conduira à ta perte, songea-t-elle amèrement. Qu'il soit là pour la ramener au roi, pour retrouver Sorcha ou pour toute autre raison qui n'avait rien à voir avec cela, le simple fait qu'il la perturbe autant suffisait à lui faire comprendre qu'il était dangereux. Sa façon de la regarder, les frissons qu'il provoquait en elle, la réaction incontrôlée de son corps quand il la touchait… et l'avait embrassée. La ferveur de son baiser avait évoqué tant de promesses et éveillé en elle un désir qu'elle croyait enfoui à tout jamais… Comment était-ce possible ? Une seule explication lui vint. Cet homme… C'était le diable en personne ! N'en avait-il pas le charme tentateur, la beauté corruptrice ?

Heureusement, bientôt, oui, très bientôt, elle serait loin de lui pour toujours ! Arrivée devant la porte de sa cabine, derrière laquelle elle percevait les soupirs de Lady Lucinda, elle inspira longuement et s'évertua à montrer un masque d'impassibilité avant d'entrer. Avec précaution, elle ouvrit doucement la porte et fut surprise par ce qu'elle découvrit. Assise par terre, la lady se trouvait au beau milieu d'un tas de vêtements. Son visage semblait plongé dans un linge, et Lorna crut percevoir quelques sanglots. Était-elle en train de pleurer ? Ce serait bien la première fois !

— Lady Lucinda ? Est-ce que tout va…

Elle n'eut pas le temps de terminer sa phrase que

l'Anglaise se tournait brusquement vers elle. Si ses yeux étaient en effet rougis, son expression, elle, avait tout de la contrariété.

— Lorna, enfin ! Où étais-tu passée ?

— Je… J'avais besoin de prendre un peu l'air. Je me sentais mal.

— Peuh, qu'ai-je à faire de tes excuses ! Figure-toi que le capitaine nous convie à sa table, ce soir, et je veux y être éblouissante ! Tu dois m'aider à me préparer !

Lorna s'immobilisa sur le seuil, stupéfaite.

— Il nous invite ? Toutes les deux ?

— Je sais, cela m'a étonnée, moi aussi, mais il a fermement insisté pour que tu viennes. Sans doute a-t-il eu pitié que tu te retrouves seule, pendant que je m'amuserais, et… Bah, quelle importance ! Viens ici, au lieu de rester plantée là comme une idiote !

Dîner à la table du capitaine ? Cela n'arrangeait guère Lorna, mais il lui semblait impossible de refuser. De plus, il s'était montré si gentil avec elle le jour du départ que cela n'aurait guère été correct. Le petit cri victorieux de Lady Lucinda l'extirpa de ses pensées.

— Voilà, ce sera celle-ci !

Elle tenait entre ses mains une splendide robe grenat. D'un bond, elle se redressa et alla s'asseoir devant la minuscule coiffeuse de la cabine. Elle grimaça tout en scrutant attentivement son visage.

— Seigneur, comme mes cheveux sont affreux ! Lorna, tu dois arranger ça !

— Bien sûr, milady. Vous serez sublime, ne vous inquiétez pas. Commençons donc par vous habiller, d'accord ?

— Oui. Très bien. Du moment que je suis parfaite ! Rory Fraser sera présent, et je compte bien l'impressionner !

Alors qu'elle aidait l'Anglaise à se vêtir, le cœur de Lorna manqua un battement.

— Rory Fraser ? Le capitaine l'a invité, lui aussi ?

Combien de temps devrait-elle encore subir la présence de cet homme, avant leur arrivée en Angleterre ?

— Bien sûr, pourquoi pas ? Il est l'unique frère du chef de son clan, et ce n'est pas rien ! Ne sais-tu pas à quel point les Fraser sont riches et influents ? Ils ont leur entrée à la cour du roi Alexandre, et leur renommée ferait rougir d'envie plus d'un lord anglais. Ah, ça, ce Rory Fraser est un excellent parti. Il n'a jamais été marié, et je compte bien y remédier !

Elle poussa un petit rire, et Lorna baissa les yeux. Non d'embarras, mais pour essayer de rassembler ses pensées. Le but de Lady Lucinda était clair. Et tant mieux pour elle, si elle y parvenait ! Pourtant, inexplicablement, l'imaginer dans les bras de Rory lui soulevait le cœur.

— Je vais vous brosser les cheveux, proposa-t-elle, un peu crispée. Venez vous asseoir.

Lady Lucinda, à présent habillée de la superbe robe qui lui allait à merveille, obéit tout en parlant :

— En plus d'être riche, ce Rory est tellement séduisant ! Si je me débrouille bien, il sera ce soir même dans mon lit ! À ce propos, je compte sur ta discrétion, n'est-ce pas ? Tu pourras rejoindre les autres passagers pour la nuit, ou dormir sur le pont, si tu as toujours autant envie de prendre l'air…

La mâchoire de Lorna se contracta, comprenant ce que cela signifiait.

— Comme vous voudrez, milady, murmura-t-elle.

— Bien, excellent ! À présent, termine ma coiffure et ne traîne pas. Hors de question de faire attendre plus longtemps mon futur époux ! Oh ! mais ne fais pas cette tête, ma pauvre fille, je ne suis pas stupide ! Il aime bien trop les femmes pour m'être fidèle, mais cela ne me dérange pas. Quand il m'aura menée à la Cour d'Écosse, je me trouverai des amants encore plus influents que lui. Oui, ce Rory Fraser est décidément un don du ciel !

Le sang de Lorna se glaça. Comment pouvait-on se montrer si calculatrice ? Même un homme comme Rory Fraser ne méritait pas une telle épouse… Ou peut-être que si ? Lady Lucinda voulait donc sérieusement le séduire. Il ne la rendrait jamais heureuse, ce qui ne semblait guère la préoccuper. Grand bien lui fasse, si c'était ce qu'elle souhaitait ! Elle continua de brosser en silence les longs cheveux soyeux de Lady Lucinda, pendant que cette dernière persistait à lui parler de l'avenir qu'elle s'imaginait obtenir grâce aux relations du cadet des Fraser. Ces deux-là feraient certainement un couple bien assorti, à jouer sans vergogne de leur charme et avec les sentiments des autres pour parvenir à leurs fins ! Lorna releva les épaisses mèches blondes de la lady pour en faire une élégante torsade, et manqua défaillir. Combien de fois avait-elle exécuté le même geste, pour Lady Ailis ? Penser à elle lui rappela le destin tragique de la pauvre femme, et raviva sa colère envers les responsables de son trépas… et du malheur de son existence. Pourrait-elle seulement se venger d'eux, un jour ? Leur faire payer leurs atrocités était tout aussi tentant qu'impossible. Que pourrait-elle faire contre ces puissants, elle, une misérable fugitive ? Sa faiblesse la tiraillait, et elle dut faire appel à toutes ses forces pour continuer à cacher ce qu'elle ressentait. Au moins était-elle parvenue à protéger Sorcha, et c'était sa plus belle réussite.

Elle s'efforça d'écouter les bavardages incessants de Lady Lucinda. Avec de la chance, cette dernière accaparerait suffisamment l'attention de Rory Fraser jusqu'à leur débarquement pour qu'elle n'ait pas à s'en préoccuper.

Chapitre 11

À peine Lorna et Lady Lucinda arrivèrent-elles au quartier des officiers qu'elles furent accueillies par le capitaine en personne. Il salua en premier Lady Lucinda, puis adressa un sourire amical à Lorna, qui le lui rendit bien volontiers.

— Bienvenue, mesdames. Nous n'attendions plus que vous.

Il s'écarta galamment pour les laisser passer. Lorna remarqua tout de suite Rory, nonchalamment adossé au mur. Instantanément, une lueur d'intérêt s'éveilla dans les iris du Highlander, qui vint à leur rencontre.

— Lady Lucinda, vous êtes très en beauté, ce soir.

— Voyons, combien de fois devrais-je vous le répéter ? Appelez-moi Lucinda. Ne sommes-nous pas de proches amis, à présent ?

— Certes, Lucinda. Nous le sommes.

Il ponctua ces derniers mots d'un clin d'œil, qui fit presque lever les yeux au ciel à Lorna. Elle s'apprêta à suivre Lady Lucinda qui allait s'asseoir à la droite du capitaine, mais Rory lui bloqua subitement le passage.

— C'est un grand plaisir pour moi que de vous revoir si vite, *lass*.

Sa voix n'était qu'un murmure, mais cela suffit à la faire frémir de la tête aux pieds ! Comment pouvait-il, en ces quelques mots, se montrer si suave, si sensuel, si viril ? Elle répondit d'un vague hochement de la tête, puis se hâta de passer à côté de lui pour rejoindre la place qu'un officier lui désigna. Elle n'eut guère le temps d'admirer la décoration du lieu que Rory vint s'asseoir… juste en face d'elle ! Ne pouvait-elle échapper à son regard, rien qu'un instant ? Même quand le capitaine proposa un toast, attirant l'attention sur lui, Rory la fixait ! Embarrassée, elle tenta de se focaliser sur le discours du capitaine qui levait son verre, mais elle entendait à peine ce qu'il disait. L'attention brûlante de Rory sur elle surpassait tout le reste. Enfin, les convives se rassirent et le dîner fut servi. Une soupe de légumes chaude en entrée. Elle sentait terriblement bon et devait être délicieuse, mais Lorna avait l'estomac bien trop noué pour réellement en apprécier toute la saveur. Dès qu'elle levait les yeux, c'était pour rencontrer ceux de ce maudit Highlander !

La voix du capitaine s'éleva, à la fois douce et impérieuse.

— Que dites-vous de l'*Empress of The Seas*, Lady Lucinda ?

— Votre navire est splendide, vraiment. Pour tout vous avouer, c'est même le plus beau sur lequel j'ai eu l'honneur de voyager.

Lorna haussa un sourcil. Lady Lucinda mentait avec une telle facilité ! Ne l'avait-elle pas déjà entendue prétendre plus d'une fois le contraire ? Mais ses flatteries eurent l'effet escompté sur ces messieurs. Le capitaine releva fièrement le menton, et ses officiers acquiescèrent sous le compliment.

— Et vous, Lorna, qu'en pensez-vous ? Appréciez-vous également ce voyage ?

Elle sursauta à la voix rauque et caressante de Rory. Un large sourire aux lèvres, il la détaillait effrontément, comme s'il se délectait de son émoi ! Se sentant prise au piège sous ce regard inquisiteur, elle fut saisie d'un léger vertige.

— Sans doute pas autant que je le voudrais, avoua-t-elle.

Il se pencha légèrement en avant, juste assez pour qu'elle sente son cœur battre encore un peu plus fort.

— Oh ! dans ce cas, y a-t-il quelque chose que je puisse faire pour vous le rendre plus agréable ? insista-t-il.

Disparaître ! Vous pouvez disparaître ! faillit-elle lui crier en retour. Dieu merci, elle s'en abstint à temps. Tous ces regards rivés sur elle, toute cette attention, tout cela à cause de ce maudit Rory Fraser !

— Non. Vous en avez déjà bien assez fait.

L'expression sur le visage de Rory s'assombrit si brièvement qu'elle crut se l'être imaginée.

— Et si nous parlions de notre chère Écosse ? proposa-t-il. Ma terre et les miens me manquent, et je suis certain qu'il en est de même pour vous, Lorna. Vous n'avez pas grandi dans les Highlands, mais je brûle de savoir d'où vous venez, exactement. Allons, je suis très curieux d'en apprendre davantage sur vous et votre famille…

Voilà qu'il recommençait à la questionner ! Croyait-il qu'elle lui répondrait plus facilement, alors qu'ils se trouvaient entourés ? Furieuse et décontenancée, cherchant la meilleure façon de l'éconduire, elle serrait si fort le manche de sa cuillère que les jointures de ses doigts en étaient devenues toutes blanches. La tête lui tournait. Être enfermée dans cet endroit clos, avec trop de gens trop proches, et surtout Rory qui cherchait à lui faire dévoiler ses origines, lui donnait l'impression que les murs cherchaient à se refermer sur elle. Comme si elle était prise au piège !

Lady Lucinda, heureusement, apporta une diversion bienvenue.

— Allons, mon cher Rory, pourquoi nous intéresser à ma dame de compagnie ? susurra-t-elle. Elle n'a certes rien à nous raconter de divertissant, je le crains.

— *Nay*. Je suis persuadé du contraire. Lorna, voudriez-vous…

Lady Lucinda le coupa d'un rire moqueur, presque méprisant. Ses yeux flamboyaient de rage ! De jalousie ! Mais ces sentiments ne transparaissaient sur aucun de ses traits, et c'est avec un sourire aimable qu'elle posa sa main sur l'avant-bras du capitaine.

— Racontez-nous donc plutôt l'une de vos aventures en mer, capitaine. Cela doit être autrement plus passionnant…

Ce dernier, semblant flatté par ce soudain intérêt, n'en écarta pas moins délicatement la main de la jeune femme de son bras. Ensuite, il s'éclaircit la gorge et entama son récit.

Rory n'en entendit pas le moindre mot. Incapable de détacher son regard de Lorna, il était désarçonné par son comportement. Certes, il lui avait bien semblé qu'elle pâlissait de seconde en seconde, et il avait mis cela sur le compte de son appréhension à se trouver à la table du capitaine, mais il commençait à douter qu'il ne s'agisse que de cela. Il avait pourtant essayé de la mettre à l'aise, et ne comprenait pas pourquoi, à chaque fois qu'il lui adressait la parole, elle agissait comme un agneau sur le point d'être dévoré par un loup ! C'était bien la première femme qui paraissait le craindre et il tenait à en découvrir la raison. Hélas, plus il l'observait, plus il tentait de l'apprivoiser, plus elle semblait se renfermer. Qu'avait-il bien pu faire ou dire pour la mettre dans cet état de fébrilité ? À moins que ce ne soit autre chose. Mais quoi donc ? Lorsqu'il l'avait questionnée, il avait sottement imaginé qu'elle serait heureuse de parler de ses terres natales. Que cela l'aiderait à s'ouvrir, à se sentir plus à son aise… et ce fut l'effet opposé qui se produisit. Au lieu de se détendre et d'apaiser ainsi les doutes qu'il entretenait à son sujet, elle était devenue si pâle, si nerveuse, qu'on aurait pu croire qu'il venait de lui proposer de forniquer avec lui à même la table, devant tous ! Dût-il l'avouer, l'imaginer nue, haletante et gémissante sous ses caresses, avait tout d'une irrésistible tentation. Son corps réagit aussitôt à l'excitation de ces images impudiques. Dieu merci, tant qu'il serait assis, personne ne s'en rendrait compte !

Soudain, Lorna se redressa, aussi blême qu'un spectre. Il sursauta, surpris. Avait-elle perçu ses pensées ?

— Je… Pardonnez-moi, je ne me sens pas très bien, balbutia-t-elle. Je dois prendre l'air.

— Encore ? Décidément, cela devient une habitude ! s'exclama Lucinda.

Rory lui jeta un regard torve. N'avait-elle donc aucune gentillesse en elle ? Aucune compassion ? Ne voyait-elle pas que Lorna semblait vraiment souffrante ? Inquiet, il se leva et tendit la main vers la jeune femme, ignorant l'expression furieuse qui se peignit instantanément sur le visage de la lady anglaise.

— Lorna, voulez-vous que je vous accompagne ?

Elle recula. Une biche paniquée, cherchant à échapper à un prédateur… ou se sentant prise au piège. Voilà ce qu'elle lui inspirait alors. Cela le désolait.

— Non ! Ne vous donnez pas cette peine, je… Excusez-moi !

Sans un mot de plus, elle fit demi-tour et sortit précipitamment. Ne suivant que son instinct, Rory bondit de sa chaise pour s'élancer à sa poursuite. Derrière lui surgit le cri de protestation de Lucinda, dont il n'eut que faire. Lorna semblait sur le point de s'évanouir, il ne pouvait décemment pas la laisser arpenter seule le navire ! D'autant plus qu'il se sentait responsable de sa fuite. L'avait-il bouleversée avec ses questions ? Sans doute avait-elle de bien mauvais souvenirs d'enfance, et les évoquer lui était-il trop douloureux ? Cela expliquerait pourquoi elle avait quitté l'Écosse et refusait obstinément d'en parler, à moins que, peut-être aussi… Le bateau tangua si brusquement qu'il fut projeté sur le côté. Son épaule heurta durement un mur, et il poussa un grognement exaspéré. Il devait se hâter. Lorna ne pouvait pas rester seule plus longtemps, surtout si elle se dirigeait vers le pont, comme il le pensait. C'était bien trop dangereux ! D'autant plus à cette heure et avec la tempête qui battait son plein…

Chapitre 12

L'*Empress of The Seas* était violemment ballotté de tous côtés. Les vagues se fracassaient avec rage sur sa coque, comme cherchant à la briser. À peine Lorna fut-elle sortie à l'air libre qu'elle fut cinglée en plein visage par une forte rafale chargée de pluie. Elle manqua d'en tomber à la renverse dans l'escalier, sous l'écoutille. Elle se rattrapa de justesse au chambranle en bois et n'hésita pas une seconde à s'engouffrer sur le pont. Tout, plutôt que retourner en bas ! Dans le fracas de la tempête, elle crut entendre quelqu'un crier son nom. Rory Fraser ! Il la suivait ! Sans se retourner, elle lutta contre la force du vent qui cherchait à la ramener en arrière. Tout en s'aidant du rebord du bastingage, elle parvint à faire un pas en avant, puis un autre, et encore un autre. Elle avança ainsi, sans trop savoir où elle se rendait ni durant combien de temps elle progressa. Le pont était désert, comme si seules une folle ou une désespérée pouvaient s'y tenir durant un tel chaos ! L'orage grondait horriblement ; les éclairs déchiraient le ciel nocturne ; les voiles semblaient hurler sous la puissance du vent ; la mer était tumultueuse et démontée ; les vagues, gigantesques et écumantes. Lorna frissonna. Jamais encore elle n'avait vu pareil déchaînement de violence ! Pourquoi les éléments s'acharnaient-ils ainsi contre le navire ? C'était comme s'ils cherchaient à le disloquer ! Sans arrêt, l'*Empress of The Seas* penchait dangereusement de gauche à droite, puis de droite à gauche. Lorna en avait des haut-le-cœur. Elle vacilla et manqua de tomber. Ses pieds glissaient sur le sol trempé. Impossible de rester ici plus longtemps, où elle risquait de chuter par-dessus bord. Dans ce chaos, elle n'aurait pas une chance. Personne ne la verrait et elle se noierait, voilà tout ! Refusant de s'abandonner à une mort certaine, et ne se voyant hélas pas d'autre choix pour le moment, elle décida de se rendre dans sa cabine. Lady Lucinda se trouvait très certainement encore dans le quartier des officiers, elle pourrait donc s'y réfugier en paix, réunir quelques affaires et ensuite… Et ensuite, quoi ? Où irait-elle ? Que ferait-elle ? Elle était encore en pleine mer d'Irlande ! Elle se souvint du regard mauvais que lui avait adressé Lady Lucinda, lors du dîner. Sans aucun doute était-elle furieuse que Rory se soit intéressé à sa dame de compagnie, plutôt qu'à elle. Lorna laissa échapper un juron. Qu'y pouvait-elle ? Elle qui aurait tout donné pour que ce soit le contraire ! De plus, Lady Lucinda se trompait : si Rory Fraser se préoccupait d'elle, c'était uniquement parce que…

Elle trébucha, n'y voyant presque plus rien tant la pluie tombait dru. Ses doigts s'agrippèrent à quelque chose de solide. Un tonneau tenu à d'autres par des cordages épais qui les nouaient et les ancraient au pont. Autrement, ils auraient certainement tous roulé dessus, pour finir leur course dans les profondeurs de l'océan. Elle se redressait à peine qu'on l'appela encore. La voix se noyait dans le hurlement du vent. Dans ce cataclysme, elle reconnut la haute silhouette de Rory Fraser. Il se tenait à l'autre bout du pont, vacillant lui aussi sur le sol mouillé et malmené, tandis qu'il progressait dans sa direction. La panique la saisit. Il ne devait pas la trouver ! Impulsivement, elle se cacha derrière les tonneaux. Recroquevillée, elle attendit en tremblant de froid et de peur. Quelques secondes plus tard, Rory passait devant elle… sans la voir. Il glissa, se rattrapa de justesse au bastingage et laissa échapper un grognement.

— Bon sang, Lorna, où êtes-vous ? Ce n'est pas un jeu ! Montrez-vous !

Son ton était autoritaire, inquiétant même, et elle ne bougea pas.

Il proféra un juron en poursuivant son chemin. Dès qu'il fut hors de vue, elle s'extirpa de sa cachette. À peine eut-elle fait quelques pas dans la direction opposée que des cris retentirent. Ils venaient de l'autre extrémité du pont. De là où devait à présent se trouver Rory Fraser ! Une lumière déchira la nuit, puis une autre, et une autre encore. Des flèches enflammées se fichaient dans les voiles ! Malgré la pluie, le feu prit, attisé par le vent. Une odeur âcre d'huile et de tissu brûlé envahit le pont. Un homme hurla :

— Ils nous attaquent ! Ils nous…

Son appel stoppa brusquement, remplacé par des cris et le cliquetis métallique de l'acier. Lorna se redressa, terrorisée. Là-bas, on se battait ! Des hommes en armes se frayaient un chemin parmi les membres d'équipage, les taillaient en pièces sur leur passage ! Des pirates ! Des pirates étaient montés à bord ! Ne pouvant venir en aide aux marins, elle se précipita vers l'écoutille qu'elle venait d'apercevoir. De là, elle se rendrait jusqu'au quartier des officiers, préviendrait le capitaine de ce qu'il se passait, il saurait quoi faire ! On lui agrippa le bras et elle fut brusquement tirée en arrière.

Elle hurla. Celui qui la maintenait fermement avait le visage d'un démon ! Un ignoble rictus déformait ses traits. Ses yeux étaient aussi noirs qu'un puits sans fond ! Elle se débattit encore plus fort, car cet homme, elle le connaissait ! C'était un Comyn ! Celui-là même qui lui avait arraché sa robe, au château ! Celui qu'elle avait cru mort, occis de la main de Connor !

— Garce, je te retrouve enfin ! cracha-t-il. Après ces mois de recherche, tu vas enfin…

Elle lui envoya un coup de genou dans l'entrejambe. Il beugla et la frappa au visage. Quand il voulut recommencer, elle fut plus rapide que lui et esquiva son poing avant de profiter du déséquilibre de son ennemi pour le pousser sur le côté. Dirigée par son seul instinct, elle s'élança droit devant elle ! Tandis qu'elle courait, manquant de chuter presque à chaque pas, elle entendait son adversaire la provoquer :

— Arrête, maudite ! Tu ne peux pas m'échapper !

Elle n'obéit pas. De nouveaux bruits de bataille surgissaient, semblant venir de tout le bateau. Les marins répliquaient ! Auraient-ils une seule chance contre ces guerriers expérimentés, et qu'elle devinait nombreux ? Le pont était devenu un spectacle de désolation cauchemardesque. Des restes de voiles calcinés tourbillonnaient dans le ciel tourmenté. Les flammes se propageaient au moindre morceau de bois, et même la pluie ne parvenait pas à les étouffer. De l'huile avait été déversée partout !

Lorna était épouvantée. Les Comyn avaient perdu l'esprit ! Étaient-ils stupides, ou déterminés à couler ce navire, à tuer tous ceux qui s'y trouvaient, uniquement pour s'assurer de mettre la main sur elle ? Elle comprit, alors. Celui qui l'avait attaquée était certes un Comyn, mais il n'en portait plus les couleurs. Ces hommes étaient des mercenaires, payés pour agir sans laisser de traces ! Ils ne voulaient risquer aucune preuve, aucun témoin, de leurs actes ignobles ! Même si elle se rendait, ces monstres n'épargneraient personne ! Les larmes lui montèrent aux yeux, car elle se sentait responsable du cataclysme qui s'abattait sur ce navire et ses passagers.

Non, les seuls responsables de ce massacre, ce sont les Comyn ! s'admonesta-t-elle. *Eux, et leur maudit roi fou !*

— Trouvez la bâtarde ! Elle ne peut pas être loin !

Ils se rapprochaient ! La vue brouillée, haletante, Lorna regarda de part et d'autre, cherchant une issue, une cachette, une arme, n'importe quoi ! L'écoutille lui était désormais inaccessible. Elle ne pouvait courir éternellement sur le pont ! Une idée lui vint alors : les chaloupes ! Elle se souvenait d'en avoir vu une, pas trop loin d'ici. Si seulement elle pouvait l'atteindre, elle aurait une chance. Pourvu que d'autres passagers et marins aient eu la même idée, et puissent aussi se sauver ! Cette lueur d'espoir galvanisa ses forces et elle redoubla d'ardeur en se dirigeant vers la proue. Tant pis pour sa bourse, ses affaires, ses vêtements, elle leur échapperait nue comme un ver, si elle le devait !

— Je la vois ! Elle est là ! Vite !

Un groupe de mercenaires se précipitait vers elle. Ils cherchaient à l'acculer contre le bastingage ! Celui qu'elle avait frappé était à leur tête.

— Fichue sorcière, tu ne peux plus te cacher !

L'expression triomphante, il tendit la main vers elle pour l'agripper. Elle recula, déterminée à lutter jusqu'au bout.

— Par les couilles du diable, tu nous as assez fait courir, misérable vermine ! Ça suffit ! Maintenant, viens là, et…

— Non !

Il poussa un grognement empli de rage et fit signe à ses hommes d'avancer. Encerclée, elle vit la folie et le vice dans leurs yeux. Son seul salut se trouvait derrière elle. En bas. Dans la mer démontée et ses vagues gigantesques qui lui semblaient aussi solides et dures que du granit. C'était la mort assurée qui l'y attendait, mais plutôt sauter que de se laisser prendre. Que de leur révéler où était Sorcha ! Elle se redressa d'un bond et passa une jambe par-dessus la balustrade.

Un mercenaire se rua sur elle.

— Pas question !

Juste avant de basculer, elle fut attrapée, agrippée, saisie par des mains brutales qui la jetèrent sur le pont, comme si elle n'était qu'un sac de jute ! Acculée, elle se mit à la recherche désespérée d'une arme pour se défendre… ou pour se tuer elle-même ! Celui qu'elle supposait être leur chef la releva de force.

— Si je t'arrache un œil, tu seras moins jolie, mais sûrement plus docile.

Elle lui cracha au visage, le défia avec toute la force de sa colère et de son désespoir.

— Tuez-moi donc, démon, qu'on en finisse !

— Ne me tente pas, bâtarde. Si le seigneur Comyn ne te voulait pas en vie, tu serais déjà…

— Lâche-la, *mac na galla*[1] !

1. « Fils de putain ».

La voix impérieuse et tout aussi glaciale que le vent les fit se retourner. Tenant fermement son épée ensanglantée à deux mains, Rory Fraser faisait face au groupe d'hommes. Les flammes de l'incendie faisaient jouer sur ses traits des ombres qui le rendaient plus terrifiant encore.

Celui qui entravait Lorna fit claquer sa langue.

— Ça ne risque pas, gamin, et si tu tiens à la vie, tu ferais bien de ne pas nous provoquer. La prime et la fille sont à nous. Ne t'en mêle pas.

Lorna frémit. Qu'allait faire Rory ? Accroché à son épée, il semblait hésiter, comme s'il mesurait l'issue probable du combat. Ses adversaires étaient bien plus nombreux et, malgré l'assurance qu'il affichait, il tenait à peine debout ! S'il se confrontait à ces hommes, il se ferait massacrer ! Et pourquoi diable les combattraient-ils ? Il n'avait aucune raison de risquer sa vie pour elle, qui n'était rien pour lui ! Peut-être choisirait-il plutôt de convaincre ses adversaires de partager la prime avec lui ? Le temps sembla se figer, et puis… les yeux de Rory croisèrent les siens. Elle y lut une détermination sans faille et, à sa grande surprise, il se campa résolument sur ses deux jambes, raffermit sa prise sur la garde de son arme.

— La récompense, clama-t-il. Vous ne l'aurez pas. Pas plus que la fille !

Il sourit lentement. *Très* lentement. On aurait dit qu'il avait perdu la raison ! La blancheur de ses dents contrastait avec le sang qui souillait son visage. Si Lorna était terrorisée par ce qui se déroulait, ce n'était pas le cas du chef des mercenaires.

— Tuez-le ! beugla-t-il.

Ses hommes dégainèrent leurs armes. Dans un rugissement terrifiant, Rory fondit sur eux.

Chapitre 13

Rory cherchait encore Lorna quand ces hommes avaient surgi sur le pont de l'*Empress of The Seas*. Telle une nuée de cafards, ils étaient aussitôt passés à l'attaque. Hurlants comme des possédés, ils avaient frappé, tailladé, massacré, assassiné tous ceux qu'ils croisaient ! Rory avait bien failli tomber, lui aussi. Deux guerriers s'étaient jetés sur lui, et si le navire n'avait pas violemment tangué à ce moment précis, il n'aurait sans doute pas échappé à la lame du troisième qui tentait de l'occire par-derrière. Pendant qu'il luttait pour sa vie, des flèches avaient enflammé les voiles, et le chaos s'était mêlé à la tempête. Une fois qu'il eut vaincu ses adversaires, mû par une rage qu'il n'avait pas cherché à maîtriser, il s'était précipité vers la proue. Lorna s'y trouvait, il en était certain, et il devait la retrouver avant que ces hommes ne le fassent ! Les membres d'équipage avaient beau se battre de leur mieux, ils n'étaient pas de taille et il en secourut plus d'un sur son chemin.

Quand, tout en titubant, il avait enfin aperçu Lorna, la panique l'avait disputé à la fureur : elle était piégée, encerclée par un groupe de ces maudits pirates ! Grâce au ciel, il était intervenu à temps ! Aucun de ces misérables n'avait semble-t-il eu le temps de poser la main sur elle ! L'accent de leur chef ne faisait aucun doute : ils étaient écossais. Et lorsque celui-ci avait mentionné la récompense qu'il entendait toucher pour *elle*, Rory avait compris. Ces hommes n'étaient pas de simples pirates. Leur attaque ne devait rien au hasard ; ils avaient été envoyés pour le faire. Par qui, cordieu ? Il en avait une certaine idée et s'en préoccuperait plus tard, car pour le moment il s'en moquait. Lorna était en danger et il ne les laisserait pas s'en prendre à elle. Ni à persconne d'autre sur ce navire ! Il y avait déjà eu bien trop d'innocents blessés ou tués par leur faute. Le regard terrifié de la jeune Écossaise avait fait bouillonner son sang dans ses veines. Il en avait oublié ses blessures et sa fatigue.

— Tuez-le ! avait ordonné le chef des mercenaires.

Très bien. Qu'ils essaient ! Comme tous les vrais Highlanders, Rory ne craignait pas la mort. Il avait rugi le cri de guerre de son clan et fondu droit sur ses adversaires.

À présent, il plongeait la pointe de son épée dans la poitrine de l'un, puis l'en extirpa pour bondir sur un autre. Sa lame siffla en direction du cou de l'homme, qui n'évita la frappe mortelle que de justesse. Pris d'une frénésie sauvage, il ne pensait plus qu'à les éliminer, tous jusqu'au dernier ! Le mercenaire recula, essayant désespérément de parer ses attaques répétées. Ses assauts féroces semblaient prendre ses ennemis au dépourvu ! Un colosse tenta une feinte, et Rory se projeta sur le côté, hors de portée. Les coups pleuvaient sans discontinuer. Les combattants haletaient, vociféraient, se tournaient autour dans une danse macabre.

— Abandonne, gamin, cracha le chef qui lui faisait face. Elle n'en vaut pas la peine, tu vas crever pour…

— Rory ! Attention !

L'avertissement de Lorna arriva juste à temps ! Menacé dans le dos par un misérable, il plongea de côté pour l'empêcher de lui enfoncer sa hache entre les omoplates. Cette attaque en traître décupla sa rage et sa détermination. Il poussa un hurlement en égorgeant l'homme, qui s'effondra en avant, face contre terre. Hélas, un autre en profita pour le frapper si violemment à l'avant-bras qu'il lui fit lâcher son arme. Ignorant la douleur qui lui vrillait le poignet, il se prépara à continuer le combat à mains nues. Ce fut alors qu'ils lui tombèrent tous dessus en même temps.

— Lâches ! Engeances du démon !

Il eut beau vociférer et se débattre furieusement, on lui tenait fermement les bras dans le dos. Ceux qui le maîtrisaient étaient forts, et le combat, inégal. Tandis qu'il luttait, un des mercenaires le cogna durement dans l'estomac. Il se plia en deux, suffocant sous la violence du coup. Le rire de l'homme cessa quand, dans un hurlement, Lorna sauta sur lui ! Telle une furie, elle s'accrocha à lui, le frappa, chercha à l'aveugler ! Rory rua, donna des coups de pied, cogna autant qu'il put. Au moment où Lorna se faisait agripper par les cheveux et jeter au sol, il parvint à se libérer et fondit sur celui qui venait de s'en prendre à elle. D'un geste vif, il lui faucha les jambes et tomba sur lui dès qu'il fut à terre. Son poing s'écrasa sur le nez épaté de l'homme, qui beugla quand l'os craqua.

— On ne voulait pas te tuer, Fraser, mais tu ne nous laisses pas le choix ! cria un autre.

Fraser ? Ces hommes savaient donc qui il ét… Il fut cloué au sol si brutalement qu'il en eut le souffle coupé. Maintenu par trois solides guerriers, il essaya de se libérer, en vain, cette fois. Une paire de bottes s'arrêta devant son nez. Le chef de ces misérables s'agenouilla devant lui et lui redressa la tête de force.

— Pauvre idiot que tu es, Fraser, grimaça-t-il. Tu te bats bien, mais pas assez, et pas pour la bonne cause. Dommage pour toi.

Il se redressa pour brandir à deux mains son épée, sa lame pointée sur la nuque de Rory.

— Vermines ! Chiens ! *Mac na galla* ! les insulta-t-il tout en se débattant. Vous le paierez de votre vie !

Le chef ricana, mais ne porta pas le coup mortel. Ses yeux s'écarquillèrent et sa bouche se tordit en un immonde rictus. Il lâcha son arme et porta sa main à son cou, juste au-dessus de la clavicule, dont un flot écarlate jaillissait. Le mouvement avait été si rapide, si vif, que même Rory n'en avait rien vu ! L'homme s'effondra et derrière lui se trouvait Lorna. Tremblante, apparemment choquée par ce qu'elle venait de faire, mais bien vivante ! Elle fit un bond en arrière pour tenter d'échapper aux vauriens qui se ruaient sur elle.

— *Nay* ! Ne la touchez pas ! hurla Rory.

Il se démena de plus belle, rouvrant ses blessures et réveillant la douleur. Lorna se jetait de côté, esquivait, se baissait, luttait pour ne pas se faire attraper par les mains tendues vers elle ! Elle ne tiendrait pas longtemps, et Rory, fermement entravé par ces misérables qui riaient de sa détresse, ne pouvait rien faire ! Soudain, il se revit des années en arrière, lors d'une autre attaque, près d'un refuge dévasté. Il luttait alors non pas contre des mercenaires, mais contre des Vikings. Et ce n'était pas Lorna, qu'il cherchait à protéger, mais Brianna[1]. Une situation presque identique, où il éprouvait la même colère, la même peur, et la même impuissance.

Non ! Pas cette fois !

La fureur décupla ses forces. Il repoussa ceux qui l'entravaient, les surprenant par sa violence. Il n'était plus qu'un animal sauvage, un ours déchaîné, une puissance de la nature incontrôlable.

Tout en hurlant le cri de guerre de son clan, il fondit sur l'homme qui maintenait Lorna au sol et le projeta d'un violent coup d'épaule par-dessus le bastingage. Ses appels à l'aide furent noyés dans le tumulte des vagues qui l'emportaient. Le vent soufflait en rafales hurlantes, la pluie tombait à verse et des éclairs accompagnés de tonitruants coups de tonnerre déchiraient le ciel, autrement aussi noir que les profondeurs de l'océan.

Se voulant un mur infranchissable, Rory se posta devant Lorna :

— Vite, petite, sauv…

Il ne put terminer sa phrase. La douleur dans son crâne fut foudroyante. Il s'effondra, à moitié assommé sous la force du coup. Les cris de Lorna lui semblaient venir de plus en plus loin, tandis que tout s'embrouillait autour de lui. C'était à peine s'il parvenait à tenir debout ! D'où était venue l'attaque ? Qui avait… L'*Empress of The Seas* chancela sous la puissance d'une vague particulièrement haute qui s'engouffra sur le pont, emportant la plupart de ses occupants avec elle. Comme d'autres, Rory perdit l'équilibre, et sa tête heurta brutalement le sol. De l'eau s'inséra dans son nez et sa bouche alors qu'il était entraîné

1. Voir *L'épouse du Highlander*, le tome précédent.

sur le sol, et il ne tarda pas à suffoquer. Se sentant se noyer, il ne sut comment il parvint à se redresser, toussant et crachant. Autour de lui, des gens tombaient, glissaient et hurlaient. Le pont s'inclina dangereusement et il s'accrocha au bastingage. Lorna ! Où était-elle ? Un craquement terrible retentit, suivi du bruit violent d'une chute. Le bateau trembla sous le choc, et quelqu'un hurla : « Le mât ! Le mât est tombé ! »

Ignorant la douleur qui irradiait dans la moindre parcelle de son corps, Rory réussit à se remettre debout. Il eut à peine le temps d'apercevoir Lorna, qui s'accrochait désespérément elle aussi, qu'une vague plus imposante encore que les autres frappa durement le bâtiment. Elle déferla sur le pont et entraîna avec elle tous ceux qui s'y trouvaient. Agrippé de toutes ses forces au bastingage, Rory essaya d'avancer vers Lorna. Elle n'était plus là ! Il ne restait plus que la corde à laquelle elle s'accrochait encore quelques secondes plus tôt !

Pris d'une terreur indicible, il se précipita pour la voir se débattre dans les flots déchaînés, en contrebas. Sans réfléchir, il plongea dans les eaux sombres et tumultueuses. Ce fut comme se jeter contre un mur de pierre ! Ses bras et ses jambes s'agitèrent férocement, luttant pour le maintenir à la surface.

— Lorna ! Lorn…

Une vague le submergea, l'entraînant brutalement sous l'eau glacée. Emporté par le courant, tout n'était plus que noirceur et tourbillons. Il n'y voyait rien, ne réussissait plus à distinguer le haut du bas, et ne pouvait qu'espérer nager dans la bonne direction. S'il se dirigeait vers le fond, au lieu de la surface, il était perdu ! Ses poumons le brûlaient terriblement. La souffrance était intenable. Il était tellement difficile de ne pas céder, de ne pas ouvrir la bouche pour tenter de respirer ! Il remercia le sel qui ravivait la douleur de ses blessures, l'aidant à rester éveillé !

Enfin, alors qu'il lui semblait lutter depuis une éternité, sa tête creva la surface et il avala une grosse bouffée d'air salvatrice. La tempête ne s'était nullement affaiblie, bien au contraire. La pluie torrentielle renforçait la puissance des vagues qui redoublaient d'ardeur. Le tonnerre grondait furieusement et Rory profitait de chaque éclair pour essayer de se repérer… et de trouver Lorna. Elle ne pouvait s'être noyée, il se refusait à seulement l'imaginer ! Il vit alors l'*Empress of The Seas*, à la fois si proche et si lointain, qui menait son propre combat contre les éléments déchaînés. Lorna cherchait-elle à rejoindre le navire ? Faisant appel aux forces qu'il lui restait encore, n'ayant pas d'autre repère et espérant que la jeune femme faisait de même, il se mit à nager vers le bateau.

Chapitre 14

Violemment secouée, malmenée et s'étouffant à moitié, Lorna luttait pour se maintenir à la surface. Heureusement qu'elle avait appris à nager dans son enfance ! Mais certes pas en pleine mer, et surtout pas lors d'une tempête ! C'était comme si un millier d'*each uisge*[1] voulaient sa perte ! Sa robe trempée l'alourdissait et gênait ses mouvements. Les paroles du capitaine de l'*Empress of The Seas* résonnèrent en elle : « Vos vêtements gorgés d'eau vous entraîneraient au fond. Vous couleriez à pic aussi sûrement qu'une pierre ! » Elle gigota de plus belle pour se dévêtir, mais à peine avait-elle ôté sa robe qu'une immense vague la submergea et l'emporta sous les flots. Serrant fermement les lèvres et les yeux, luttant contre la douleur qui enflammait ses poumons, elle nagea encore et encore, et creva enfin la surface. Elle ouvrit la bouche, inspira goulûment l'air glacial, qui fut comme un baume sur sa poitrine embrasée. Se battant pour ne pas couler, elle essaya de se repérer, mais la nuit était d'un noir d'encre, seulement illuminée par des éclairs épars.

1. « Cheval d'eau » en gaélique écossais, esprit maléfique des mers et des lochs.

Soudain, elle aperçut une lumière. Là-bas, le bateau ! Comment pouvait-il se trouver si loin ? Elle entreprit de nager vers lui, tantôt engloutie tantôt rejetée par les vagues grondantes.

Si l'*Empress of The Seas* était toujours à flot, il y avait de l'espoir ! Rory Fraser était-il encore à bord ? Il avait risqué sa vie pour elle ! Et Lady Lucinda ? Le capitaine et ses hommes ? Les autres passagers ? Qu'était-il advenu d'eux ? Avaient-ils vaincu les mercenaires ? Maudissant à la fois les Comyn et la tempête, elle lutta de plus belle, mais ses forces déclinaient. L'eau était tellement froide ! Comme si elle cherchait à l'emprisonner dans un étau de glace. Pour toujours ! Épuisée, Lorna grelottait, claquait des dents. L'eau salée qu'elle ne pouvait manquer d'avaler accentua sa nausée. Ses muscles ! Ses doigts ! Ses pieds ! Elle ne les sentait presque plus ! La tête lui tournait. La peur et la panique menaçaient de la faire hurler. Mais qui entendrait ses appels à l'aide ? Si elle ne rejoignait pas bientôt le navire, elle redoutait de ne plus pouvoir… Une vague l'engloutit, et lorsqu'elle remonta à la surface, crachant et suffocant, elle se trouvait plus éloignée encore du bateau qu'auparavant ! À bout de souffle et de forces, les membres endoloris, elle craignait que tout soit fini. Désespérée, sentant la menace de la Faucheuse peser sur elle, elle cria, appela à l'aide !

— Lorna !

Imaginait-elle qu'on lui répondait ? Non, c'était bien réel, elle en était certaine ! Quelqu'un… Un homme… Il nageait vers elle ! Ces cheveux roux, cette voix… Rory ! Cette fois encore, il se portait à son secours !

— Je suis là, Rory ! Je suis là !

Elle voulut progresser vers lui, mais très vite une nouvelle vague l'emporta sous l'eau. Dans les ténèbres.

Non ! Résolue à lutter jusqu'au bout et à rejoindre Rory, elle battit frénétiquement des bras pour remonter à la surface, mais la vague l'avait surprise et elle avait bu la tasse, sans pouvoir retenir son souffle. Ses poumons étaient comme emplis d'un feu ardent qui menaçait de la consumer ! Saisie de panique, ses mouvements se firent de plus en plus erratiques. Elle étouffait ! Ses pensées s'embrumèrent, perdirent toute cohérence. Son corps, vidé de ses ultimes forces, s'abandonna et sombra vers les profondeurs insondables de la mer d'Irlande.

Une main agrippa fermement son poignet. Elle se sentit entraînée vers le haut et ne lutta pas. Quand son visage creva la surface, elle chercha son air, crachant et toussant. Vivante ! Elle était vivante !

— Tout va bien, Lorna, je vous tiens ! Accrochez-vous !

Ses bras se nouèrent au cou de Rory, qui bataillait âprement pour les maintenir tous deux sur les flots déchaînés.

— Je ne vous lâcherai pas ! lui cria-t-il. À présent, nagez, ou nous mourrons tous les deux !

Incapable de parler, elle hocha la tête et fit de son mieux pour l'aider à lutter contre la mer en furie. Rory semblait si solide, si déterminé ! Elle y puisa de la force. Il cherchait à la sauver, elle n'avait pas le droit d'abandonner ! Les vagues persistaient à les emporter. Certaines les submergeaient, mais à chaque fois ils remontaient ensemble à la surface, étroitement liés l'un à l'autre. Comme si même la rage des éléments ligués contre eux ne pouvait les séparer. Lorna était épuisée, mais Rory l'encourageait à se battre. Sans lui, elle aurait certainement déjà coulé ! Quand il montra des signes de fatigue, elle trouva la force de le soutenir à son tour. Combien de temps luttèrent-ils ainsi, côte à côte et l'un pour l'autre, elle n'aurait su le dire, mais cela lui sembla durer une éternité.

— Là-bas !

Elle ne pouvait se l'être imaginé ! C'était bien des rochers, qu'elle avait perçus à la lueur vive et soudaine d'un éclair ! Derrière ceux-ci, la terre ferme ! Rory esquissa un sourire, et l'espoir leur redonna des forces. Se soutenant mutuellement, ils nagèrent tant bien que mal vers la masse sombre. Diable ! Le courant cherchait à les en éloigner ! À les entraîner vers le fond ! Ils redoublèrent d'efforts et parvinrent enfin jusqu'à un gros rocher affleurant à la surface. Leurs doigts engourdis s'y accrochèrent. Il était grand temps ! Une minute de plus, et c'en aurait été fini d'eux, tant ils n'avaient plus de forces. Ils restèrent ainsi quelques instants, à retrouver leur souffle.

— Le rivage ne peut être très loin, murmura Rory.

Il semblait si faible ! Des mèches de cheveux lui retombaient sur les yeux, et il les dégagea d'un geste. Il avait beau essayer de sourire pour la rassurer, il tremblait trop lui aussi pour réussir à cacher combien il était éreinté.

— Restons-là encore un petit moment, offrit-elle. Juste le temps de reprendre un peu de forces, et...

— *Nay.* Si nous n'atteignons pas rapidement le rivage, nous n'y parviendrons jamais. Il faut continuer, Lorna. Tout de suite. Tant qu'on le peut encore.

Elle hocha la tête.

— Très bien. Je suis prê...

Une nouvelle vague vint frapper le rocher sur lequel ils s'agrippaient et leur fit lâcher prise. Impossible de lutter contre cette puissance qui les emportait ! Lorna chercha à retrouver Rory. Dans ce tourbillon, ses mains ne rencontraient que le vide ! Ballottée de tous côtés, secouée si fort qu'elle eut l'impression que son corps se disloquait, elle réalisa avec stupeur que l'eau était soudainement devenue moins profonde. Sous ses doigts glissait du sable épais ! Elle entreprit de se relever. Ses pieds touchaient le sol, à présent, tandis que sa tête et son cou dépassaient de la surface. Les vagues l'avaient rapprochée du rivage ! Elle essaya d'avancer en marchant, chuta, retomba lourdement dans l'eau. Incapable de trouver la force de se redresser, malgré toute sa volonté, elle se traîna à moitié sur le ventre et rampa jusqu'à ce que les vagues cessent de la recouvrir et perdent en puissance. Enfin, elle s'extirpa de l'eau et s'effondra sur le sable. Elle cracha et toussa, puis inspira profondément, savourant la sensation de l'air pénétrant pleinement dans ses poumons… Elle se tourna sur le dos, ses yeux rivés sur le ciel nocturne, vide d'étoiles. Le rugissement des vagues, au loin, lui parvenait encore. Elle leur avait échappé. Elle avait survécu ! Et Rory ? Qu'était-il advenu de lui ? Terriblement inquiète, elle essaya de se lever, mais cet effort soudain fut celui de trop : tout se brouilla et elle perdit connaissance.

Chapitre 15

Les cris aigus des mouettes réveillèrent Lorna. Adoucie par la brise, la chaleur du soleil caressait son visage. Tout son corps lui faisait mal. Que s'était-il passé ? Où se trouvait-elle ? Lentement, les souvenirs lui revinrent en mémoire et elle ouvrit les yeux. Réussissant d'abord à se redresser sur un coude, elle put ensuite s'asseoir et découvrir le paysage qui l'entourait. C'était une petite crique cerclée de falaises. La mer était calme à présent, et, à voir les vagues se briser sereinement sur le rivage, il aurait été bien difficile de croire qu'elle s'était montrée si agressive et déchaînée, seulement quelques heures plus tôt. La pluie, également, avait cessé. Lorna essaya de se lever, dut s'y prendre à trois fois avant d'y parvenir, tant ses jambes chancelantes avaient du mal à la soutenir. Elle était couverte de sable. Les restes déchirés de sa tunique étaient alourdis d'eau salée et collaient désagréablement à sa peau.

Encore engourdie, elle tituba durant quelques pas, sans savoir où elle se rendait. Elle distingua une forme sombre, au loin, qui aurait pu être un corps, et se hâta vers elle. Ce n'était qu'une grosse branche, et non pas Rory, comme elle l'avait espéré. Quand la vague les avait brutalement séparés, elle l'avait perdu de vue et craignait qu'il ne s'en soit pas sorti. Qu'était-il advenu de l'*Empress of The Seas* et de ses passagers ? Le bateau avait-il finalement sombré ? Elle ne le voyait pas à l'horizon et ne pouvait que souhaiter qu'il eût rejoint un port. Peut-être qu'on les recherchait, Rory et elle, en ce moment même ? Ou peut-être, plus sûrement, les croyait-on morts, disparus dans la tempête, leurs cadavres gisant au fond de la mer d'Irlande… Ce serait certainement une bonne nouvelle pour elle, si tel était le cas. Ainsi, ses ennemis cesseraient de la pourchasser. Mais Rory, sa famille serait dévastée, en l'apprenant. Il avait parlé de son clan avec tant de chaleur…

Maudits soient ceux qui les avaient attaqués !

Elle continua à marcher, droit devant elle, tout en longeant la plage. Le sable était frais sous ses pieds, et elle s'y assit un instant, prise de faiblesse. Sa gorge sèche la faisait souffrir. Si elle ne trouvait pas bientôt de l'eau douce, les choses deviendraient encore plus compliquées. Là-haut, insensibles à ses tourments, les mouettes tournoyaient en criant, déchirant les nuages de leurs vols enfiévrés. Si seulement elle pouvait voler comme elles ! Elle pourrait mieux chercher Rory ! Sans lui, elle n'aurait jamais survécu jusqu'ici et il lui semblait injuste que le jeune Highlander ait pu périr en mer. Elle s'y refusait ! Il l'avait sortie des flots, l'avait soutenue alors qu'elle se croyait perdue… même si elle ne comprenait toujours pas les raisons qui l'avaient poussé à risquer ainsi sa vie pour elle, comment accepter qu'il puisse être mort ?

Rassemblant ses forces, elle se releva, déterminée à le trouver. Elle se faufila dans un passage étroit entre deux immenses rochers pour arriver dans une autre crique. Là non plus, il n'y avait aucun signe de vie, en dehors de la faune sauvage. Des oiseaux de mer s'envolèrent, contrariés de s'être fait déranger par cette intruse sur leur territoire. Lorna continua à marcher. Le soleil brillait dans son dos, ne gênant pas sa vue. Elle dégagea quelques mèches collantes de son front et entreprit d'appeler le Highlander, mais seul le cri perçant des mouettes lui répondit.

Par tous les saints, Rory Fraser, où êtes-vous ?

Plus elle le cherchait, plus la panique l'assaillait. Que ferait-elle, si elle ne le trouvait pas ? L'idée d'être seule, sur cette terre inconnue, la terrifiait. De plus, elle se culpabilisait de tout ce qui s'était passé ces dernières heures. Elle chassa ces idées mornes d'un mouvement de la tête. Se lamenter pouvait toujours attendre, elle devait agir… ou s'allonger pour mourir ! La première solution eut sa préférence, et elle entreprit d'escalader la roche attenante à la plage. En hauteur, elle aurait une vue d'ensemble idéale. Oui, de là-haut, de ce promontoire, elle découvrirait enfin où elle était ! Elle s'écorcha les doigts, les bras et les genoux. Grimaçant à chaque mouvement, elle serra les dents et ne s'arrêta que pour s'accrocher à une meilleure prise. Ses pieds glissèrent, parfois, mais Dieu merci, pas une fois elle ne chuta. S'enjoignant à ne surtout pas regarder en bas, elle grimpa sur une saillie rocheuse. De là, elle disposait d'une vue plongeante sur la plage et dégagée sur l'horizon. Une île ! Elle avait échoué sur une île ! D'autres étaient disséminées ici et là, certaines n'étant que des îlots, et un peu plus loin, elle en apercevait une bien plus imposante. Certainement l'île de Man, devina-t-elle. Là-bas, elle trouverait de l'aide, mais comment y parvenir ? Si la distance n'était pas très grande, elle ne pourrait jamais la parcourir à la nage. L'*Empress of The Seas* n'était pas en vue, et elle espéra que cela ne signifiait pas le pire pour le navire et ses passagers. Par ailleurs, elle ne vit aucun autre bateau. Tous étaient certainement restés à quai durant la terrible tempête et n'avaient pas encore repris la mer. Peut-être, plus tard, pourrait-elle trouver le moyen de manifester sa présence à l'un d'entre eux…

L'île où elle était réfugiée était encerclée de falaises. Elle semblait de forme arrondie, et avait au moins deux hautes collines, qui masquaient en partie la vue de prairies. Ce qui ressemblait à un chemin les traversait et menait à ce qui pouvait être une bâtisse. Le cœur de Lorna bondit dans sa poitrine : des hommes étaient déjà venus ici ! Avec de la chance, ils s'y trouvaient encore ! Ils l'aideraient à chercher Rory ! Elle imprima dans sa mémoire le trajet pour s'y rendre, entreprit sa descente… et s'immobilisa soudain. En contrebas, plus loin et à moitié caché par un énorme rocher : un corps gisait sur le sable ! Dans son excitation, elle prit sur elle pour ne pas se précipiter et risquer une mauvaise chute. À peine fut-elle de nouveau sur le sol qu'elle courut aussi vite que ses jambes le lui permettaient. Elle trébucha plusieurs fois, mais toujours se releva et ne s'arrêta pas avant d'arriver auprès de l'homme inerte. Il était couché sur le ventre. Ses vêtements étaient déchirés. Un bras était passé par-dessus sa tête, masquant son visage, mais pas ses cheveux flamboyants. Le cœur de Lorna s'emporta. C'était bien lui. C'était Rory !

Respirait-il ? Elle se laissa tomber à genoux près de lui et posa une main hésitante sur son épaule. Son corps était encore chaud ! Encouragée, elle le retourna doucement sur le dos. Ce ne fut pas simple, car il était lourd.

— Rory ! Rory, réveillez-vous, je vous en supplie !

Il ne réagit pas. Pas même quand elle caressa de ses doigts son front souillé d'une épaisse couche de sable pour l'en nettoyer. Elle frémit en découvrant plusieurs entailles sur son visage. Entreprenant de l'examiner plus avant, elle continua à lui parler doucement. Même si sa gorge la faisait atrocement souffrir à chaque mot, elle était persuadée qu'il pouvait l'entendre. Que cela l'aiderait à reprendre conscience ! Il était couvert de blessures. Si la plupart étaient superficielles, d'autres paraissaient suffisamment profondes pour qu'elle s'en inquiète. Combien de sang avait-il donc perdu ? Tremblante, elle le secoua, ne sachant que faire d'autre.

— Rory, ouvrez les yeux !

Comment le ramener à la vie ? Soudain, elle se rappela. Gavin le lui avait montré, une fois, après qu'il eut sauvé un jeune enfant de la noyade. Cela valait la peine d'essayer ! Priant pour se souvenir correctement, elle se pencha vers le visage du blessé. Ses paupières restaient dramatiquement closes, et il respirait à peine. Elle plaça une main sur son front, puis obstrua son nez en le pinçant entre deux doigts. Ensuite, elle bascula avec délicatesse la tête de Rory en arrière et lui souleva le menton, entrouvrant sa bouche. Fermant les yeux pour se donner du courage, elle posa ses lèvres sur les siennes afin d'insuffler dans sa bouche l'air qu'elle venait préalablement d'inspirer. La poitrine du Highlander se souleva doucement. Lorna se redressa pour reprendre son souffle et recommença. Elle continua ainsi, encore et encore, jusqu'à ce qu'il réagisse enfin ! Alors qu'il vomissait de l'eau, elle l'aida à se pencher sur le côté, pour qu'il ne s'étouffe pas. Comme elle était soulagée ! Elle avait réussi !

— Je suis tellement heureuse que vous ne soyez pas mort ! s'exclama-t-elle, partagée entre le rire et les larmes.

Rory gémit. Il se redressa lentement sur un coude et la dévisagea tout en clignant des yeux, comme s'il avait du mal à comprendre qu'elle n'était pas un rêve.

— L... Lorna ? Que...

Elle sourit et l'aida à s'asseoir, le temps qu'il retrouve ses facultés.

— Nous avons échoué sur une île. Mais tout va bien, maintenant. Nous sommes en vie. Tous les deux !

— Pour sûr la meilleure nouvelle de la journée ! Je...

Il se retourna vivement sur le côté pour vomir encore un peu d'eau, et elle lui tapota gentiment le dos pendant qu'il s'épanchait.

— Savez-vous où nous sommes ? demanda-t-il quand il en eut terminé.

— Pas exactement, non, mais je crois que l'île de Man n'est pas très loin. Du moins, à vol d'oiseau. Si je ne me trompe pas, c'est elle que j'ai aperçue, par là-bas, quand j'étais dans les hauteurs. Des marins en parlaient à bord, c'est pour ça que je m'en suis souvenue.

Il suivit du regard la direction qu'elle indiquait, puis se passa une main sur le menton, comme s'il réfléchissait.

— Ce serait logique, en effet, vu la route que le navire suivait. L'île de Man... Des amis à moi y sont installés. Ils nous aideront, si nous parvenons à les rejoindre. Non, quand nous y parviendrons, se corrigea-t-il avec un petit sourire.

Il essaya de se relever mais elle l'en dissuada.

— N'allez pas trop vite, vous êtes encore faible.

— Faible, moi ? Vous allez voir si je suis... Cordieu,

vous avez raison, je tiens à peine debout. Aidez-moi, voulez-vous.

Avec son soutien, il réussit à se redresser, mais grimaça en posant son pied au sol. La plaie à sa cuisse s'était rouverte. Lorna déchira un morceau de tissu de sa propre tunique pour lui en faire un bandage.

— Merci, *lass*, souffla-t-il.

Il leva la tête vers le ciel, puis fronça les sourcils.

— Nous devons trouver un abri. Le ciel se couvre vite, et je n'aime pas l'idée de nous retrouver de nouveau sous une trombe de pluie.

Lorna le considéra longuement. Avec sa jambe blessée, jamais il ne pourrait escalader la falaise, comme elle l'avait fait. Aucune importance. Ils n'auraient qu'à faire un détour.

— Par là, dit-elle. J'ai aperçu ce qui ressemblait à un petit bâtiment, tout à l'heure. Si nous continuons à longer la plage, nous finirons bien par trouver un chemin praticable pour y arriver.

— Je vous fais confiance. Allons-y.

Au bout d'un certain temps, ils parvinrent, comme Lorna l'avait espéré, à repérer un passage entre les rochers. Il était suffisamment large pour qu'ils puissent avancer côte à côte. Malgré sa bravade et le fait qu'il ne se plaigne jamais, Rory faiblissait, elle le sentait. Il progressait plus lentement, à présent, et plus d'une fois il serait tombé si elle ne l'avait pas soutenu.

— Encore un peu, l'encouragea-t-elle. Bientôt, vous pourrez vous reposer.

Il lui répondit d'un sourire, mais son visage se ferma aussitôt sous un rictus de douleur. Combien de temps tiendrait-il ainsi ? *Le temps qu'il faudra*, décida-t-elle. Car ils n'avaient pas d'autre choix. En chemin, ils trouvèrent un ruisseau et s'y abreuvèrent. Un véritable délice ! Un nectar de vie qui leur donna le regain de force nécessaire pour continuer leur route. Plus loin, le ruisseau fit place à une rivière et Lorna se sentit soulagée. Ils ne manqueraient pas d'eau douce, et pourraient même se laver ! Cependant, avait-elle pu se tromper de direction ? N'auraient-ils pas déjà dû rejoindre la bâtisse ? De là-haut, elle semblait pourtant plus proche ! Ils avancèrent sous les gouttes qui commençaient à tomber. Les yeux embués d'eau de pluie, Lorna continuait à guider son compagnon d'infortune, jusqu'à ce qu'enfin… Là ! Ils l'avaient trouvée ! Rory vacilla à l'instant même où ils franchirent le pas de ce qui se révéla être un *shieling*[1] encerclé de bruyère mauve. Les murs du petit bâtiment faits de pierre et de tourbe étaient soutenus par deux épais rondins de bois. Il n'y avait qu'une pièce et le tout ressemblait bien davantage à une grotte qu'à une maison, mais ce refuge était un don du ciel ! Après avoir aidé Rory à s'asseoir, Lorna s'assura que le toit de chaume serait suffisamment étanche pour les protéger des intempéries. Rassurée, elle prit le temps d'examiner l'intérieur. La pièce était relativement propre, entretenue et disposait même d'un coin pour y faire brûler un feu. Une petite réserve de tourbe y était préparée, comme patientant jusqu'au retour de son propriétaire.

— Quelqu'un vivait ici, jusqu'à récemment.

— Tant mieux, gémit Rory. Il nous dira exactement où nous sommes, quand il reviendra.

Il voulut se lever et chuta sous son propre poids.

1. Habitation temporaire utilisée alors principalement de façon saisonnière, l'été, par des paysans ou des bergers dans des zones isolées et insulaires.

— Cordieu !

Il s'accrocha si fort à elle tandis qu'elle se précipitait qu'elle crut qu'elle allait s'écrouler à son tour. Elle l'aida à s'allonger sur l'unique paillasse du lieu. Il semblait arrivé au bout de ses forces.

— Je… Je crois que je vais…

— Rory !

Il s'effondra, inconscient ! Elle le secoua doucement par l'épaule, mais ne parvint pas à le faire revenir à lui. Posant une main sur son front, elle fronça les sourcils, inquiète. Il était brûlant de fièvre ! Seigneur tout-puissant, comment le soigner ? Elle n'était pas guérisseuse !

Réfléchis, Lorna, réfléchis !

Certes, elle ne s'y connaissait que peu dans l'art de guérir, mais elle n'était pas idiote ni démunie pour autant ! Un feu ! Elle devait faire un feu, pour que leurs vêtements sèchent, et trouver de l'eau fraîche à lui faire boire. Elle commença par allumer le foyer, prenant garde à ce que la fumée s'échappe bien par l'ouverture prévue à cet effet et ne risque pas d'envahir l'intérieur du *shieling*. Ensuite, elle s'approcha de Rory, qui n'avait pas repris conscience. Ses yeux roulaient sous ses paupières, et il gémissait, comme s'il combattait un ennemi invisible. Elle entreprit de le dévêtir. Ses vêtements, trempés et gorgés de sel, ne feraient qu'aggraver son mal s'il les gardait sur lui.

— Je vais faire aussi doucement que possible, je vous le promets.

Il ne répondit pas, mais bougea légèrement et émit un petit grognement à mesure qu'elle lui ôtait sa chemise. Elle craignit de lui avoir fait mal, à cause de ses blessures, qu'elle devrait également nettoyer, d'une manière ou d'une autre, pour ne pas qu'elles s'infectent. Sans compter qu'elle devait s'assurer qu'il n'avait rien de cassé ! Pourvu qu'il n'en soit rien ! Lentement, elle glissa ses mains le long de ses épaules et de ses bras, palpa ses côtes, son ventre. Des bleus, des coupures, mais rien qui laisse penser à pire. Rassurée, elle poursuivit son inspection. Rien non plus sur ses jambes, en dehors de cette méchante plaie à la cuisse, celle-là même qui semblait le faire tant souffrir. Elle changea le bandage, essayant de se souvenir des plantes qu'utilisait la vieille Roselette, quand elle soignait les guerriers du clan. Rory gémit quand ses doigts l'effleurèrent et elle manqua de cesser. Le toucher était une telle épreuve ! Elle en ressentait de délicieux frissons et un émoi irrépressible. Ses yeux se posèrent sur lui, détaillant les traits virils de son visage, le sculptural dessin de ses muscles, s'attardant sur la ligne de toison auburn qui descendait de son nombril pour disparaître sous ses braies. Devrait-elle les lui ôter, également ? Qu'éprouverait-elle, en révélant la protubérance sous le tissu ? Tentée et curieuse, elle n'en fit cependant rien. Ce ne serait guère correct envers Rory, et certainement pas le moment de se laisser aller à de telles pensées ! Pourtant, elle le devait, pour soigner ses blessures aux jambes. S'efforçant de lutter contre les émotions qui menaçaient de la submerger, elle lui ôta finalement le vêtement. Si elle voulut détourner le regard, elle ne put s'empêcher de jeter un œil à son sexe qui se révélait à elle. Même au repos, il était énorme ! Bien plus que celui de Gavin. Se sentant rougir jusqu'aux oreilles, elle se détourna et se hâta de s'occuper de ses blessures, puis le recouvrit jusqu'au cou d'une couverture pliée près de la paillasse. Entre cela et le feu, il ne tarderait pas à se réchauffer.

Elle avait entendu dire que la chaleur de deux corps nus réunis serait un remède plus efficace et plus rapide. Peut-être devrait-elle s'y essayer ? Si elle se couchait auprès de lui, sans doute que… Non ! Elle ne pouvait pas faire ça ! Elle sortit précipitamment.

La pluie avait cessé et elle jugea que la nuit ne tomberait pas avant au moins une heure. Cela lui laissait un peu de temps. En plus de l'eau douce qu'elle irait chercher à la rivière, il fallait qu'elle essaie de reconnaître d'éventuelles plantes médicinales et trouve de quoi manger. Jamais encore elle n'avait chassé, mais elle avait déjà un peu pêché à la rivière, près du château familial. Si elle n'avait pas tout oublié, peut-être parviendrait-elle à ramener un poisson. Rory devait se nourrir, et elle aussi. Son ventre grommela ouvertement, comme lui rappelant cette évidence. Elle repéra alors un seau et un petit couteau, posés contre le mur du *shieling*. Elle s'en empara et partit en direction de la rivière. L'endroit semblait désert, en dehors de quelques lapins folâtrant dans les hautes herbes et des mouettes. Elle n'était donc pas totalement seule… mais se sentait en sécurité. Jamais personne ne viendrait la chercher ici ! Savourant cette sensation de liberté, qu'elle n'avait pas éprouvée depuis très longtemps, elle marcha jusqu'à la rivière pour y remplir son seau d'eau fraîche. À défaut d'une gourde, cela ferait bien l'affaire ! Elle se figea et un sourire se dessina sur son visage : dans un renfoncement nageaient des truites ! Quelle découverte inestimable ! Il lui serait bien plus facile de pêcher ici qu'en mer, avec les vagues et les remous, surtout sans matériel adéquat ! Ravie, elle remplit son seau d'eau et en profita pour se nettoyer sommairement. Sa peau la démangeait à cause du sel marin qui semblait s'y être incrusté et elle était heureuse de s'en débarrasser. Sans tarder davantage, elle se releva et fit demi-tour. Comment réagirait Rory si elle n'était pas présente à son réveil ? Croirait-il qu'elle l'avait abandonné ? La chercherait-il ? Cela ne ferait qu'aggraver son état, il ne fallait donc pas que cela se produise. Elle remettrait sa recherche de vers dans la vase et tenterait sa chance à la pêche un peu plus tard. Pourquoi tenait-elle soudainement tant au bien-être de Rory ? Certes, il s'était battu pour la sauver… peut-être l'avait-il fait pour récupérer seul par la suite la prime promise en la livrant aux autorités ? Elle valait bien plus vive que morte, et c'était peut-être la seule raison pour laquelle il avait lutté avec autant d'acharnement ! Ou était-ce tout autre chose ? Elle ne savait plus que penser ! Tout se brouillait dans sa tête. Avec du repos, elle y verrait plus clair.

Il lui aurait été si facile de l'abandonner, mais cette possibilité l'horrifiait. Elle aurait aussi bien fait de le tuer elle-même, dans ce cas, ou de le laisser à son sort, quand elle l'avait trouvé, inerte ! Non. Jamais elle n'aurait pu faire une telle chose. Il l'avait sauvée, quelle qu'en fût la raison, et elle le sauverait à son tour. Quelque chose en elle refusait de le quitter, et cela n'avait rien à voir avec un quelconque sens du devoir ou de reconnaissance. C'était un sentiment plus fort, plus profond, qui grandissait en elle. L'émoi qu'elle éprouvait rien qu'en posant les yeux sur lui l'effrayait, car elle perdait tout contrôle et ne voulait pas ressentir cela. Surtout pas envers un Fraser, un ennemi à la solde du roi d'Écosse ! Rory pouvait se montrer charmant et prétendre tout ce qu'il voulait, dès l'instant où il apprendrait quel sang coulait dans ses veines, il la ferait prisonnière et la livrerait à la Couronne. Pire encore : il la mépriserait, la haïrait.

Cela, elle ne devait pas l'oublier. *Jamais.*

Chapitre 16

— Argh ! Bon sang !

La luminosité, même faible, lui faisait mal aux yeux. Rory se passa une main sur le crâne et grimaça. La tête lui tournait, son front l'élançait terriblement et un lutin infatigable semblait s'amuser à le frapper avec un marteau ! Les souvenirs de ces dernières heures lui revinrent progressivement, confus pour certains, précis pour d'autres. Lorna et lui avaient marché jusqu'à ce refuge, et il s'y était presque aussitôt effondré. Déjà, sous son épaisse chevelure, il sentait une bosse poindre. Peut-être même deux ! Sans doute sa tête avait-elle été frappée par quelque chose quand l'immense vague l'avait emporté, le séparant brutalement de Lorna. Comme il avait eu peur pour elle, alors qu'il essayait de la sauver !

Où était-elle, d'ailleurs ? Depuis combien de temps était-il évanoui ? Lâchant un grognement, il s'appuya sur un coude. Tout son corps semblait être passé sous les sabots d'un cheval. Serrant les dents, il parvint à s'asseoir. Son nez se plissa sous l'odeur de renfermé, presque de moisissure, qui imprégnait les lieux, comme si le *shieling* avait été abandonné depuis des mois. Certainement depuis la fin de l'été précédent, comme il était d'usage…

Un feu de tourbe flambait, réchauffant la pièce exiguë et ses muscles endoloris. Lorna l'avait forcément allumé avant de partir, il en aurait été bien incapable lui-même. Il se palpa les côtes, là où la douleur se faisait particulièrement vive. Impossible de savoir si un os était brisé, mais il parvenait à respirer sans ressentir le besoin de hurler, ce qui lui sembla bon signe. Sa cuisse gauche était bandée, tout comme sa poitrine, ainsi que ses bras. Il ne put retenir un sourire. Lorna avait pris soin de lui. Et il était nu ! Elle l'avait donc déshabillé. Que n'aurait-il donné pour être alors conscient ! Il chassa les images sensuelles que cela lui inspirait. Ce n'était guère le moment de se laisser aller à des pensées frivoles ! Si elle avait agi ainsi, ce n'avait été que dans le but de le soigner. Il ne devait pas y chercher autre chose. À son grand regret.

Il ferait mieux de la trouver, pour la remercier. Où était-elle donc partie ? Il allait essayer de se lever quand elle apparut sur le seuil. Il en eut le souffle coupé. Elle était si belle ! Ses longs cheveux mouillés cascadaient librement sur ses épaules, retombant jusqu'à sa poitrine. Sa tunique encore humide montrait ses jambes nues depuis le genou et collait au reste de son corps, ne laissant que peu de place à l'imagination. Le sexe de Rory réagit aussitôt, et s'il fut heureux que son membre fonctionne toujours parfaitement, il le fut également que la couverture soit encore posée sur son entrejambe.

— Bonjour, *lass*.

Sa voix était tellement enrouée qu'il la reconnut à peine. Les yeux grands ouverts, Lorna paraissait si surprise qu'elle manqua d'en faire tomber le tas de linge – sa chemise et ses braies, reconnut-il – qu'elle portait dans ses bras.

— Enfin, vous êtes réveillé !

Son sourire lui réchauffa le cœur. Elle avait décidément le visage d'un ange ! Ses superbes iris brillaient tels deux précieux bijoux. S'il avait osé, il aurait tendu la main pour l'attirer à lui.

— Je m'en excuse, si je vous ai fait peur, dit-il. Mais je me sens mieux, à présent.

C'était un mensonge, car rien qu'à prononcer ces mots, sa poitrine se serra et tout se mit à tanguer autour de lui. Il se retint avec peine d'esquisser une grimace, masquant sa douleur. Pourvu qu'il n'ait pas de blessures internes ! C'était arrivé à l'un de ses compagnons, après qu'il eut été chargé par un aurochs, et le pauvre homme avait fini par succomber dans d'atroces souffrances. Bien que Rory ne fût alors qu'un enfant, cela l'avait tellement marqué qu'il s'en souvenait parfaitement.

Lorna étala les vêtements sur un banc, près du feu.

— Peut-être, mais vous avez encore de la fièvre, je le vois dans vos yeux. Ne bougez pas, je vais vous apporter à boire, ajouta-t-elle en plongeant un gobelet de terre cuite dans un seau. Je suis allée chercher de l'eau au ruisseau, avant de laver vos habits. Ils étaient pleins de sable et de sel.

Elle lui tendit le récipient, qu'il accepta avec gratitude.

— Merci, *lass*.

Il savoura chaque gorgée, s'efforçant de boire lentement pour ne pas s'étouffer, tant il avait soif. Au bout de deux verres, sa gorge ne le grattait plus et son mal de tête commençait à s'estomper.

— Ah, ça fait du bien ! J'en avais rudement besoin. Merci de prendre soin de moi. Et de m'avoir sauvé la vie.

— Vous avez aussi sauvé la mienne.

L'espace d'un instant, leurs regards se trouvèrent.

Elle fut la première à se détourner, comme gênée qu'il la détaille ainsi. Comment aurait-il pu s'en priver ? Elle était si jolie, avec ses joues qui rougissaient. Les flammes du feu de tourbe rehaussaient les chatoiements dorés de ses cheveux châtains et se reflétaient dans le bleu de ses yeux. Sans un mot, elle retourna s'affairer auprès des vêtements sur le banc en bois, comme si cela pouvait les aider à sécher plus rapidement. Elle semblait si nerveuse qu'il eut très envie, soudain, de la taquiner.

— Ce n'est pas juste, vous savez.

Elle se retourna vers lui, visiblement intriguée.

— Comment cela, pas juste ?

— Vous m'avez vu nu, n'est-ce pas ? Entièrement.

Elle ouvrit grand la bouche, mais aucun son n'en sortit. Son visage devint écarlate. Cela encouragea Rory à s'en amuser. Il insista :

— Je vous propose donc de vous déshabiller à votre tour, et je peux même vous y aider, si vous me le demandez. Ensuite, eh bien, si cela vous tente autant qu'à moi, nous pourrions nous blottir l'un contre l'autre. C'est très efficace pour se tenir chaud, alors… Qu'en pensez-vous ?

Sa stupéfaction était un délice. Elle paraissait si offusquée que cela ne la rendait que plus désirable encore.

— La fièvre vous fait délirer !

— *Nay.* Je ne fais qu'énoncer une vérité. Deux corps nus blottis l'un contre l'autre peuvent faire des merveilles contre le froid et l'humidité. Si nous voulons survivre, nous devons tout essayer, ne croyez-vous pas ?

Il avait volontairement pris un ton plus sérieux, ce qui ne fit que la contrarier davantage, tant elle semblait sur le point d'exploser ! Pourtant, l'éclat qu'il avait surpris dans ses yeux avait tout du désir. Même rien qu'un instant, elle avait été tentée !

Hélas, cela n'avait guère duré. Elle se planta devant lui, les poings sur les hanches. Comme elle avait l'air furieuse !

— Écoutez-moi bien, Rory Fraser, si je vous ai déshabillé, c'était uniquement pour panser vos blessures ! D'ailleurs, je vous ai peine regardé !

Elle mentait. Bien évidemment qu'elle l'avait regardé, et attentivement, même, il aurait pu en jurer ! De plus, elle avait aimé ce qu'elle avait vu. Son visage empourpré en témoignait ; l'intensité de son émoi, également. Elle pouvait bien prétendre ce qu'elle voulait, il lui plaisait. Son imagination s'emballa, lui soufflant combien il serait agréable de la tenir contre lui, d'embrasser sa bouche délicate, de caresser sa peau douce, de l'entendre gémir sous ses…

— Voulez-vous bien arrêter de me regarder ainsi, Fraser ?

Ah. Voilà qu'elle n'utilisait plus du tout son prénom. Elle devait être terriblement fâchée contre lui.

— Comment ça ? s'enquit-il, feignant l'innocence.

— Vous savez très bien !

— Voulez-vous dire que je devrais vous regarder autrement ? Ou cesser de le faire, peut-être ? Je préfère vous prévenir, *lass*, vous me demanderiez alors l'impossible.

— Oh ! mais… Vous êtes insupportable !

Il s'esclaffa.

— Certes. Vous n'êtes pas la première à me le dire.

— J'en viens presque à regretter de vous avoir sauvé…

Il sourit, tant elle était peu convaincante.

— *Aye*, cela non plus, vous n'êtes pas la première à me le dire. N'oubliez pas, cependant, que je vous ai secourue en premier ! Alors, à présent que nous sommes devenus si proches, vous et moi, si jamais vous changez d'avis au sujet de ma… proposition pour se tenir chaud, ajouta-t-il en ouvrant en grand la couverture, je me tiens à votre entière disposition !

Il ponctua ses mots d'un clin d'œil, qui la fit rougir de plus belle. Elle était tellement adorable qu'il avait bien du mal à se retenir de combler la distance qui les séparait pour savourer le goût de ses lèvres vermeilles.

Tout en riant, il attrapa son pantalon qu'elle lui jeta au visage. Il était encore humide, mais du moins ne sentait-il plus le sel. Il allait plaisanter de nouveau, quand il vit combien elle était contrariée, et se sentit stupide de l'avoir autant provoquée. Pourquoi n'avait-il pu s'en empêcher, pour commencer ?

— Ah, mes excuses, *lass*. Je me conduis comme un véritable *glaikit*[1], parfois, mais je vais faire un effort. Si nous voulons quitter cette île, nous devrons faire en sorte de bien nous entendre.

— En effet. C'est pourquoi j'accepte vos excuses. Mais ne recommencez pas.

Il sourit sans rien promettre.

— Je vous suis sincèrement reconnaissant de tout ce que vous avez fait pour moi, ajouta-t-il. Rien ne vous y obligeait.

— Au contraire. Vous avez risqué votre vie pour moi, sur le bateau et en mer. Vous aider à mon tour, c'est le moins que je puisse faire.

Son regard se voila, comme si elle revivait ces instants pénibles, et cela raviva en lui le besoin de la protéger.

1. « Idiot », « stupide » ou encore « imbécile ».

— Vous ne me devez rien, *lass*. Je n'ai fait que ce que l'honneur me dictait.

Elle se renfrogna imperceptiblement à ces mots, comme si un frisson venait de la traverser. Il fronça les sourcils, circonspect. Venait-elle vraiment d'esquisser un pas en arrière ? Le craignait-elle ?

— Je ne vous ferai aucun mal, assura-t-il.

En réponse, elle hocha lentement la tête. Elle ne le croyait pas. Que lui avait-on fait par le passé pour qu'elle accorde si difficilement sa confiance ?

Elle se détourna de lui pour aller se servir à son tour un peu d'eau. Il attendit qu'elle finisse de boire pour lui poser une des nombreuses questions qui lui brûlait les lèvres.

— *Lass*, ces misérables, sur le navire, que vous voulaient-ils ?

Cela la surprit tant que le gobelet lui échappa des mains. Sur son visage se lissait une terrible affliction, qui ôta à Rory toute envie de rire. Il se redressa et plongea son regard dans le sien. Si seulement elle pouvait y déceler sa sincérité !

— Vous pouvez tout me dire, Lorna. S'ils en avaient spécifiquement après vous, comme il le semblait, vous…

Elle se crispa.

— Vous vous trompez. Je ne suis qu'une simple dame de compagnie, ils m'ont prise pour une autre. Je ne sais rien de ces hommes !

Ses yeux brillaient d'un éclat féroce, où transparaissait également une grande frayeur. Elle paraissait le défier d'oser remettre sa parole en doute et, sans réfléchir, il glissa à bas de la paillasse pour se poster devant elle. Son visage était à la fois si doux et si affligé ! Impulsivement, il s'empara de ses mains. Elles étaient aussi froides que les eaux glacées de la mer tempétueuse à laquelle ils avaient échappé.

— Confiez-vous à moi, Lorna. Qu'est-ce qui vous effraie autant ? Ces hommes sont loin, à présent. Ils ne peuvent plus vous faire de mal, et même s'ils essayaient encore, je ne les laisserais pas faire.

Il voulait entendre de sa propre bouche une vérité qu'il redoutait… mais souhaitait plus encore qu'elle anéantisse le moindre soupçon à son égard. Plus vite il en aurait la certitude, mieux ce serait, mais cela changerait tout, ensuite, si elle était finalement celle que le roi Alexandre recherchait. Il espérait vraiment que ce ne fût pas le cas et qu'en effet ces mercenaires l'aient confondue avec une autre, comme elle l'avait assuré avec tant de véhémence.

— Je… Je vous le répète, Rory, balbutia-t-elle. Je ne les connais pas et ne les avais jamais vus auparavant.

— Ils ont parlé d'une prime.

— Sans doute m'ont-ils prise pour une noble dame ? Dans la pénombre et la confusion, c'est possible… Ou peut-être voulaient-ils juste… abuser de moi ?

Sa voix était nouée de sanglots. Les yeux mouillés de larmes, elle libéra ses mains des siennes et s'écarta de lui.

— Je ne veux plus y penser, je vous en prie, Rory. C'est trop douloureux. Ces horribles événements sont derrière nous et… n'en parlons plus, voulez-vous ?

Il acquiesça, sachant déjà qu'il reviendrait plus tard sur le sujet. Quand elle serait plus disposée à l'écouter et à lui répondre, car il devait savoir. S'il insistait trop, trop vite, elle prendrait peur et il n'obtiendrait rien d'elle. C'est pourquoi il ne l'arrêta pas quand elle lui tourna précipitamment le dos pour se rendre sur le seuil.

— J'ai vu des poissons dans la rivière, dit-elle en

s'emparant du seau. Je crois que je pourrais en attraper quelques-uns. Reposez-vous, je reviens vite.

Elle disparut à l'extérieur, le laissant seul. Poussant un long soupir, il voulut tout de même marcher un peu pour se dégourdir, et peut-être pourrait-il ensuite suivre Lorna, pour la protéger en cas de danger, mais sa jambe se déroba sous lui. Maudissant sa faiblesse, se sachant incapable de faire plus d'un pas ou deux avant de s'effondrer, et encore moins de se battre, il retourna s'étendre. Tant de sentiments et de pensées contraires le torturaient ! De plus, la tête lui tournait toujours, il avait encore de la fièvre. C'était cela, et rien d'autre, voulut-il se persuader, qui causait en lui tant de confusion ! Dormir un peu lui ferait du bien. Une fois reposé, il réfléchirait mieux. Il ferma les paupières.

Bientôt, ses pensées tourmentées s'effacèrent. Elles cédèrent la place à des songes mouvementés dans lesquels Lorna ne cessait de lui apparaître sans qu'il puisse jamais la rejoindre…

Chapitre 17

— Vous êtes pleine de ressources, *lass*. Décidément, vous êtes aussi belle que surprenante.

— Et vous n'êtes qu'un vil flatteur, Rory Fraser, répondit Lorna sans même réfléchir.

Elle s'en voulut aussitôt. Le compliment l'avait prise par surprise et elle n'avait pas trouvé de meilleure répartie. Les mains occupées à vider une petite truite au dos foncé, qu'elle avait pêchée le matin même, elle leva lentement la tête vers Rory. Il se tenait près d'elle – bien trop près ! Son immuable sourire aux lèvres, il la dévisageait, feignant de la regarder faire. Pour apprendre ! Comme s'il n'avait jamais effectué ce geste auparavant ! C'était pourtant bien ce qu'il assurait. Une excuse pour se rapprocher d'elle, plutôt !

« Si cela vous tente autant qu'à moi, nous pourrions nous blottir l'un contre l'autre. Il paraît que c'est très efficace pour se tenir chaud », avait-il clamé. Elle s'en souvenait comme s'il venait de prononcer ces mots ! Bien qu'elle y ait pensé elle-même, avant qu'il n'en parle, le fait qu'il lui fasse cette proposition l'avait bouleversée. La réaction de son corps, la chaleur soudaine que cela avait provoqué en elle et la pulsion première qu'elle avait eue d'accepter avant de se ressaisir l'avait presque effrayée. Comme elle haïssait le fait qu'il ne se trompe pas : elle avait en effet pleinement admiré sa nudité ! Le souvenir du dessin de ses muscles puissants et souples, de son torse ferme, de son ventre plat et… du reste de son corps restait encore trop vif en elle pour qu'elle n'en soit pas troublée.

Quand il se pencha un peu plus, que son souffle vint chatouiller son cou et son épaule, elle tressaillit et l'entendit presque sourire à sa réaction. Ce diable d'homme s'amusait décidément de l'émoi qu'il provoquait en elle ! Au lieu de s'en fâcher, elle préférait s'en réjouir, car cela signifiait qu'il reprenait des forces. Depuis que sa fièvre était tombée, deux jours plus tôt, il pouvait marcher sans aide. Guère longtemps, mais c'était un grand soulagement. Ses blessures étaient moins graves que ce qu'ils avaient redouté.

— J'aimerais vous aider, assura-t-il. Vous en avez déjà fait beaucoup et je veux participer.

— Plus tard, quand vous serez totalement remis, vous ferez votre part. En attendant, laissez-moi faire, je peux m'en sortir seule.

— Certainement pas.

— Excusez-moi ?

— Vous m'avez entendu, je refuse de vous laisser vous charger de toutes les corvées. Allons, donnez-moi cette truite, que je termine ! Je ne suis pas affaibli au point de ne pouvoir écailler un malheureux poisson ! Pendant ce temps, je ne sais pas, moi, allez dormir un peu, ou trouvez-vous une autre occupation plus gratifiante que celle-ci. Faites-moi cette faveur, ne discutez pas !

Il vint s'asseoir à ses côtés, son bras s'appuyant au sien, puis tendit la main, impatient qu'elle lui obéisse. Certes, elle comprenait qu'il souhaite se rendre utile, mais ce n'était pas le rôle d'un guerrier que de faire cela, alors qu'elle pouvait s'en occuper ! Devant son hésitation, il grommela quelque chose qu'elle ne comprit pas et essaya de se saisir de la truite, qui lui glissa presque des doigts ! Dans le mouvement, leurs mains se frôlèrent et ce contact fugace suffit à enflammer le désir en elle.

Presque d'un bond, elle s'écarta de lui, puis lui offrit le poisson.

— Très bien, puisque vous y tenez tellement ! s'exclama-t-elle trop vivement. Je… Je vais chercher de l'eau à la rivière.

Fébrile, furieuse contre son trouble et son emportement, elle alla prendre le seau. Sans pouvoir s'en empêcher, elle se retourna avant de sortir. Concentré sur l'écaillage de la truite, Rory ne lui prêtait pas attention. Avait-il seulement conscience du tumulte qu'il provoquait en elle ? Elle soupira en passant le seuil. L'air frais avait la senteur de l'iode, et le cri des mouettes l'accompagna sur le chemin… tout comme le visage de Rory, qui refusait de quitter ses pensées.

Elle savait pourtant qu'il était un indéniable séducteur, habitué à plaire. Il semblait adorer cela. Elle ne devait pas imaginer qu'il la voit autrement que comme une proie à conquérir… ou un défi à surmonter. Une fois mise dans son lit, elle doutait qu'il s'intéresse encore à elle. Cependant, tant qu'il cherchait à la charmer, et non à l'interroger sur son passé ou sur ces mercenaires, elle s'en accommoderait. Les questions qu'il lui avait posées au sujet de l'attaque sur le navire l'avaient tétanisée ! Comme il n'avait pas tenté d'en reparler depuis, elle était persuadée d'être parvenue à le convaincre de son ignorance à ce propos et en était fort soulagée. Il souhaitait qu'elle se confie à lui, c'était impossible ! Le faire signifierait pour lui une terrible déception, et la mort, pour elle… Elle ferma un instant les paupières, désireuse de chasser cette pensée qui lui brisait le cœur. Pour se préserver et survivre, elle devait continuer à lui mentir, même s'il avait risqué sa vie pour la sienne.

La beauté de la journée l'aida à chasser ces tristes perspectives. Elle s'abandonna à la douceur des rayons du soleil qui brillait haut dans un magnifique ciel bleu, parsemé de quelques nuages. Ses pieds foulaient l'herbe tendre et humide de la lande. Les rochers épars, couverts de mousse, lui rappelèrent ceux autour desquels elle aimait jouer, enfant, quand la vie lui semblait en dépit de tout plus douce et plus facile… Tant de choses s'étaient déroulées depuis, et Rory était entré dans sa vie. Le souvenir du baiser qu'ils avaient partagé sur le bateau lui revint brusquement en mémoire. Aussi violent et puissant que les vagues qui les avaient submergés. Cette attirance qu'elle éprouvait pour lui n'était pas acceptable. Elle lui était interdite !

Elle s'aperçut à peine qu'elle était déjà arrivée en vue de la rivière. Celle-ci coulait en contrebas et, de là où elle se trouvait, Lorna ne pouvait en deviner l'étendue. Peut-être se jetait-elle dans un loch, derrière les collines, ou encore directement dans la mer. Elle s'agenouilla et plongea ses doigts dans l'eau fraîche. L'hiver touchait à sa fin et le printemps pointait. La nature s'éveillait, et avec elle, les arbres et les fleurs. Ces dernières s'épanouissaient déjà par endroits : leurs teintes chatoyantes magnifiaient l'étendue verte de la lande. L'air était quant à lui envahi de délicieuses senteurs. Dans cette quiétude, Lorna se sentait merveilleusement bien. Si un temps elle s'était inquiétée de ne pouvoir revenir à la civilisation, elle se demandait à présent si elle ne ferait pas tout aussi bien de s'établir ici durablement. Même une fois Rory parti, elle saurait s'occuper seule de ses besoins et finirait bien par trouver un moyen de se rendre de temps à autre sur l'île de Man pour s'y procurer ce dont elle pourrait manquer. Une véritable canne à pêche, par exemple, ou du moins, de quoi s'en fabriquer une ! Le bâton pointu qu'elle s'était taillé dans une branche de frêne faisait pour le moment l'affaire, mais il ne serait pas assez robuste pour suffire longtemps. Ses premières tentatives, avec son instrument de fortune, n'avaient guère été fructueuses. Mais quand enfin, trempée et éreintée, croyant qu'elle n'y parviendrait plus, elle avait embroché une truite mordorée qui se tortillait et se débattait, un cri de victoire avait jailli de sa bouche. Elle avait hâte de découvrir le goût qu'elle aurait, une fois prête… et de pêcher de nouveau.

S'imaginant déjà ce que pourrait être cette nouvelle vie, elle se mit à sourire. C'était un doux rêve, qui ne se produirait sans doute pas, hélas. Pas tant qu'on la rechercherait, pas tant que Rory Fraser serait sur cette île, avec elle, et qu'il risquait de la démasquer. Pourtant, inexplicablement, l'imaginer hors de sa vie pour toujours lui nouait le ventre. Elle ravala difficilement sa salive, perturbée par ce sentiment persistant. Cet homme pourrait causer sa perte, elle devait cesser de s'attacher à lui ! Hélas, elle aimait sentir sa présence, même s'il l'exaspérait, la plupart du temps ! À chaque fois qu'il s'approchait d'elle, qu'il l'effleurait, son corps en réclamait davantage ! Cela l'effrayait et l'excitait, à son grand désarroi !

Elle secoua la tête, échouant à chasser ces pensées.

Rory obnubilait chacune d'elles ! Il l'attirait terriblement, elle ne pouvait le nier, mais cela devait cesser. Pourquoi était-ce si difficile ? Elle le connaissait à peine ! Mais ils s'étaient mutuellement sauvé la vie. Ce n'était pas rien.

La facilité avec laquelle il la troublait la perturbait. Elle le désirait, elle ne pouvait le nier. Mais il était son ennemi ! Ou le deviendrait bientôt… De frustration et de colère, elle lança un caillou dans la rivière. Il coula à pic, comme l'auraient dû ses sentiments. Quelle ampleur avaient-ils ? Jamais, oh grand jamais, Rory Fraser ne devait la voir nue. S'il découvrait la tache de naissance au creux de ses reins, elle n'aurait alors plus le loisir de s'appesantir sur de telles frivolités.

Il la haïrait et les conséquences seraient terribles.

— Peste que tout cela !

Furieuse contre elle-même et contre les pensées interdites qui bouillonnaient en elle, elle entreprit de rebrousser chemin.

Lorsqu'elle arriva en vue de la cabane, Rory en avait visiblement terminé avec sa corvée. Il se tenait d'une main contre le mur en pierre du *shieling*, et elle se demanda un instant lequel essayait d'empêcher l'autre de tomber. Il dut l'entendre venir, car il se tourna dans sa direction. Ses yeux se rivèrent aux siens, et plus elle approchait, plus elle en ressentait l'intensité. C'était une fois encore une sensation étonnante, comme s'il cherchait à sonder son âme pour obtenir les réponses qu'elle refusait de lui donner. Qu'elle ne *pouvait* lui donner !

Sous la lumière du soleil, les cheveux de Rory étaient semblables à une couronne de feu. Il avait ôté sa chemise et offrait librement à sa vue les muscles virilement dessinés de son torse. Même les bandages ne pouvaient les masquer. Ses longues jambes étaient nues, elles aussi, et il cachait ses parties intimes sous une couverture en lin brune qu'il avait nouée à sa taille. Un simple coup de vent, et ses attributs masculins lui seraient dévoilés… Elle rougit à cette pensée, car en vérité, une partie d'elle aurait souhaité que cela se produise. *Tu n'es qu'une dévergondée, Lorna McWilliams !* se reprocha-t-elle… Le sourire de Rory s'élargit quand elle arriva à sa hauteur. Il semblait sincèrement heureux de la retrouver, cela se voyait sur chacun de ses traits, dans l'éclat ravi de ses yeux. Il fit un pas vers elle, claudiquant sur sa jambe blessée, et tendit une main vers le seau qu'elle tenait.

— Je vais le prendre, laissez.

— Non, pas question, je…

— J'insiste.

Il semblait tant y tenir qu'elle accepta, et il la remercia d'un large sourire qui fit battre son cœur plus fort. Avec un soupir, elle le suivit vers le *shieling*. Une appétissante odeur la fit saliver.

Rory l'invita à s'asseoir près de lui et lui tendit une écuelle fumante, dont elle se saisit. Elle était affamée ! Les morceaux de poisson baignaient dans un bouillon agrémenté de quelques herbes aromatiques qu'elle avait cueillies au matin. C'était certes un maigre repas, sans pain, légumes ni fromage, mais il était plus que bienvenu. Pendant qu'elle dévorait, Rory l'observait, sans se servir lui-même. Elle haussa un sourcil.

— Vous ne mangez pas ?

— Je n'ai pas très faim.

— Il y en a assez pour deux.

— *Nay*. Je dînerai plus tard, ne vous inquiétez pas pour moi.

Oh que si, elle s'inquiétait ! De plus, l'estomac de Rory gronda furieusement. Bien sûr qu'il avait faim ! Il lui mentait seulement pour qu'elle ait son comptant, et il se contenterait des miettes… s'il en restait. Sa prévenance était aussi touchante que stupide !

— Quel bien cela fera-t-il si vous vous affamez pour moi ?

— Vous avez plus que moi besoin de reprendre des forces, *lass*.

Elle grimaça à cette remarque. C'était lui, qui devait se remettre de graves blessures, pas elle ! Elle alla lui remplir une écuelle qu'elle lui plaça sous le nez.

— Si vous ne mangez pas, je cesse moi aussi, déclara-t-elle. Toute cette nourriture serait gâchée. Ce n'est pas ce que vous voulez ?

Devant son obstination, ses yeux pétillèrent et il esquissa un sourire.

— Dans ce cas…

Il engloutit finalement sa part, puis se lécha les doigts. Elle frémit. Ce geste anodin éveillait en elle le souvenir de sa langue allant à la rencontre de la sienne, pendant leur baiser sur l'*Empress of The Seas*. Si seulement elle n'était pas la fille de son père et si Rory… S'il persistait à lui sourire ainsi, qui sait combien de temps encore elle pourrait résister à ces pulsions qui grandissaient en elle ? Il était bien trop viril, bien trop attirant – même quand il ne cherchait pas à l'être – pour qu'elle ne se sente pas vulnérable en sa présence. Même avec Gavin, qu'elle avait cru aimer, elle n'avait pas ressenti cela. Mais Gavin n'était alors qu'un tout jeune homme. Rory Fraser, lui, était un homme. *Un vrai*. Que ressentirait-elle sous ses caresses ? En réclamerait-elle, encore et toujours ? Songer aux gémissements et cris de plaisir de Lady Anne la fit tressaillir.

Rory s'étira soudain, l'extirpant de ses pensées.

— À vrai dire, même si j'aime bien le poisson, annonça-t-il, je préférerais manger de la viande. Un lapin bien gras pour le prochain repas, ça vous tente ?

Son ton était candide. Comme celui d'un enfant s'amusant de la situation et en retirant tous les avantages.

— Je ne sais pas chasser, avoua-t-elle.

— Je vous apprendrai, dans ce cas ! Et en échange, vous m'enseignerez la pêche. Le temps qu'un bateau nous secoure, et nous serons devenus tous deux des experts dans chaque domaine ! Je doute que quiconque vienne ici avant l'été prochain. Arriverez-vous à me supporter tout ce temps ?

S'il savait !

— Avec de la chance, quelqu'un viendra bien avant cela, objecta-t-elle. Mais si vous avez peur de vous ennuyer, nous trouverons bien de quoi nous…

D'un geste vif, il attrapa son poignet et l'attira à lui.

— Lorna…

Sa voix était éraillée. Lentement, elle leva les yeux vers lui. Son expression n'avait absolument plus rien d'enfantin. Au contraire.

— Vous l'ignorez peut-être, souffla-t-il, mais il existe des façons autrement plus agréables pour passer le temps que la chasse ou la pêche…

Chapitre 18

Comprenant parfaitement ce que Rory suggérait, le cœur de Lorna se mit à tambouriner dans sa poitrine. Une vision tentatrice s'imposa à elle : Rory, allongé nu sur elle et la couvrant de baisers… jusqu'à ce qu'il découvre avec horreur la marque au creux de ses reins ! Même s'il ne savait peut-être encore rien de cela, il serait intrigué et la questionnerait. Il finirait par apprendre la vérité à son sujet. Une telle chose ne devait pas se produire ! Jamais ! Aussitôt, elle plaqua ses mains sur son torse et le repoussa.

— Je vous l'ai déjà dit, je ne peux pas !

— Mais pourquoi ? Nous sommes seuls, sur une île perdue au milieu de rien, avec personne pour nous déranger. Après tout ce que nous avons traversé, nous méritons bien un peu de réconfort, vous ne croyez pas ?

Du réconfort ? Était-ce ainsi qu'il nommait ce qu'il lui proposait ? Il posa ses mains sur les siennes, rapprochant tant son visage du sien que leurs nez se touchèrent presque.

— J'ai envie de vous depuis la première fois où je vous ai vue et je suis persuadé que vous avez tout autant envie de moi. Votre corps me le laisse entendre à chaque instant, mais si ce n'est pas le cas, si je me trompe, regardez-moi dans les yeux et dites-le-moi. Si vous l'osez.

Lui mentir, encore ? Prétendre qu'elle ne brûlait pas de désir pour lui ? Il lui demandait l'impossible. Elle mourait d'envie de suivre ses pulsions, de se sentir libre d'aimer, de ressentir, d'oublier entre ses bras toutes les menaces qui pesaient sur elle... ne serait-ce que pour une nuit. Un doux rêve, qui se transformerait en cauchemar, si elle ne retrouvait pas très vite sa raison.

Au lieu de river son regard dans le sien, sachant que cela pourrait suffire à anéantir ses barrières, elle s'écarta de lui et entoura sa poitrine de ses bras. Comme pour ériger entre eux un impénétrable rempart.

— Lorna ?

Son ton inquiet manqua de la faire changer d'avis, mais elle n'avait pas le droit de céder. S'offrir à lui ? Pour qu'il la haïsse ensuite ? Elle ne pourrait le supporter.

— Vous vous méprenez, affirma-t-elle avec un aplomb qui lui demanda un terrible effort. Je ne ressens pour vous aucun désir, juste de la reconnaissance et de la gratitude. De plus, je vous l'ai déjà dit, je suis fiancée. Qui plus est à un homme merveilleux, que j'aime et que je me languis de retrouver.

Le regard de Rory s'assombrit et une expression indéchiffrable se peignit sur son visage. Il ne fit pas un geste vers elle. L'avait-elle convaincu cette fois ?

— Comment s'appelle-t-il ? Où se trouve-t-il ?

Réfléchir, vite !

— Neil. Il est anglais, il est charpentier et il m'attend à Londres. Voilà, vous savez tout. Êtes-vous satisfait, à présent ?

Seigneur Dieu, pourquoi avait-elle donné le nom de son frère ? C'était le premier qui lui était venu à l'esprit. Tout comme Londres, la première ville à laquelle elle ait pensé. Serait-ce crédible ? Feignant l'assurance, elle leva haut le menton.

— Fort bien, grogna Rory. Puisque ce Neil vous importe autant, je vous mènerai moi-même auprès de lui. Je suis très curieux de faire sa connaissance.

— Vous n'avez pas à…

— Allons, ce serait la moindre des choses. Vous et moi, nous nous sommes mutuellement sauvé la vie, et cela compte, pour moi. Je n'aurai la conscience tranquille que lorsque vous serez auprès de cet homme que vous aimez tant, en sécurité entre ses bras.

Son ton était inhabituellement sec et froid. Il semblait tellement déterminé ! Jamais elle ne le ferait changer d'avis. Il n'y avait rien de plus entêté qu'un fichu Highlander ! Puisqu'elle n'avait pas d'autre choix que de s'enfermer dans son mensonge, elle capitula.

— Qu'il en soit ainsi, alors.

Elle se détourna de lui, parcourue de sentiments contraires. Un silence pesant s'installa entre eux, et ils terminèrent leur repas sans plus s'adresser la moindre parole. Après avoir fini son assiette, elle s'accroupit et se pencha en avant pour récupérer toute la vaisselle sale.

— *Nay !* s'écria-t-il avant d'ajouter, plus doucement. Je veux dire, laissez, je vais m'en occuper.

Intriguée, elle leva la tête vers lui. Pourquoi semblait-il si nerveux, soudainement ? Ses joues avaient pris des couleurs presque aussi chaudes que ses cheveux, et un éclat vivace illuminait ses yeux. Il paraissait fébrile. La fièvre était-elle revenue ? Elle voulut poser sa main sur son front. Il la repoussa et se mit hors de sa portée.

— Vous vous sentez bien ? s'enquit-elle, sincèrement inquiète.

— Oui, je vais parfaitement bien. Comme je l'ai dit, je me charge de la corvée de vaisselle. Allez vous reposer.

— En êtes-vous sûr ? Parce que je peux…

— Surtout pas ! Je tiens à m'en occuper. Seul.

Il s'empara vivement des ustensiles et s'éloigna en boitillant en direction de la rivière, sous le regard interloqué de Lorna.

Que lui prenait-il, soudain, de la fuir ainsi ?

Pourvu qu'elle n'ait rien vu ! Ne voulant surtout pas que Lorna puisse comprendre qu'il était en pleine érection, Rory accéléra pour s'éloigner d'elle le plus rapidement possible. Certes, sa jambe blessée le faisait souffrir et ne l'aidait en rien, mais il ne ralentit pas pour autant, grimaçant à chaque pas. La vue de Lorna – ou plutôt, de ses formes affriolantes – était encore bien trop vivace dans son esprit. Elle s'était tellement penchée en cherchant à attraper un des plats en terre cuite qu'elle s'en était presque retrouvée à quatre pattes, offrant à ses yeux le délectable spectacle de ses magnifiques fesses rebondies. Sa longue chemise en moulait trop bien les rondeurs ! Le sang de Rory avait instantanément afflué dans son sexe. Ce fut pire ensuite, car son regard avait plongé dans l'échancrure du vêtement, si ample qu'il avait bénéficié d'une vue splendide de son décolleté ! Sa poitrine était si parfaite, semblait si douce, qu'il avait eu le plus grand mal à ne pas y poser les mains !

Cordieu, Rory, Cordieu !

Il grommelait, essayait en vain de penser à autre chose pour se calmer. Mais marcher, presque courir avec un sexe rigide et une jambe branlante n'était pas une mince affaire ! Il ne se souvenait pas d'avoir eu une érection aussi dure ! Aussi soudaine ! Avait-il jamais désiré une femme autant qu'elle ? La seule qui se refusait à lui ! Bon sang, fuir ainsi ne lui ressemblait pas, mais il avait promis ! Elle ne voulait pas de lui. Elle le lui avait clairement signifié.

L'escorter auprès de cet homme qu'il détestait déjà était la dernière chose qu'il voulait ! Mais puisqu'elle y tenait tant, eh bien, c'est ce qu'il ferait ! Ne s'y était-il pas engagé ? L'imbécile... Quelle importance, dès lors, que ses sentiments ? Il lui avait donné sa parole et, malgré tout ce qu'on pouvait raconter sur lui, il était homme d'honneur. Ce qui ne facilitait en rien sa mission première ! De rage, il frappa dans un caillou sur le chemin, étouffa entre ses dents serrées le cri de douleur que cela engendra dans sa jambe blessée. Pourquoi tout cela devait-il être si compliqué ? Ah, Lorna, Lorna... Rien que son nom résonnait dans sa tête dans un mélange de passion et de frustration ! Si seulement il ne la désirait pas tant ! Dieu merci, cette attirance n'étant que physique, il finirait bien par l'oublier dans les bras d'une autre... Ou pas. Se mentir à lui-même ne lui ressemblait pas. Il ne faisait pas que la vouloir dans son lit ! Il en réclamait davantage, et c'était presque terrifiant. Comment était-ce possible, de s'être autant attaché à cette fille, en si peu de temps ? Certes, il avait déjà cru ressentir cela pour une autre, mais jamais avec cette puissance, cette intensité, ce besoin primaire de ne faire qu'un avec elle. Entièrement.

Il glissa une main dans ses cheveux et sentit les bosses sur son crâne. Voilà l'explication : il avait reçu trop de coups sur la tête. Cela l'avait changé, rendu idiot, vulnérable ! Ce serait tellement plus simple pour lui, s'il ne s'agissait que de cela... Mais tout avait commencé lorsqu'il avait posé les yeux sur cette adorable fille qui semblait si perdue, au milieu de tous ces mondains anglais, qu'il n'avait pu s'empêcher de venir lui parler… et certes pas uniquement pour essayer d'obtenir d'elle des informations pour sa mission, qu'il préférait occulter, à présent.

Contenir ses pulsions quand Lorna se trouvait près de lui était devenu insupportable. Le pire était qu'elle ne s'en rendait certainement même pas compte ! À chaque fois qu'elle l'effleurait, qu'elle se retrouvait à dormir près de lui dans la promiscuité du *shieling*, qu'elle le regardait ou qu'elle souriait, il luttait âprement contre le désir qui s'éveillait immanquablement en lui. Il laissa échapper un grognement de frustration.

Ressentir cela, il ne le souhaitait pas !

Reprends-toi, Rory. Calme-toi et réfléchis… Que ferait Murtagh, à ta place ?

Sans doute ni mieux ni pire… Il serait surtout furieux qu'il ne se préoccupe pas uniquement de remplir la mission confiée par la Couronne ! De toute manière, Murtagh n'était pas le mieux placé pour lui prodiguer des conseils au sujet des femmes. Rory se souvenait parfaitement de son comportement maladroit envers Kenna, au début. N'empêche, il était tout de même parvenu à l'épouser ! Une vision soudaine de Lorna lui apparut. Elle souriait tout en s'avançant vers l'autel, mais l'homme qui l'attendait n'avait pas de visage. C'était ce maudit Neil, qu'elle aimait tant, et que Rory aurait certainement le plus grand mal à ne pas étrangler de ses mains !

La puissance de ses sentiments envers cette fille l'inquiétait. L'effrayait ! Pourquoi éprouvait-il cela ? Certes, elle n'était pas la première qu'il pouvait désirer ardemment, mais avec elle, quelque chose était véritablement différent. C'était comme si cette attirance impérieuse s'enracinait profondément en lui. Cet éclat dans ses yeux, cette détermination et cette tristesse qu'elle portait en elle lui donnait une irrépressible envie de la protéger. De la serrer contre lui, de lui assurer que, lui vivant, personne ne lui ferait jamais de mal. Comment ne pas l'admirer ? Elle était si courageuse, vive et dévouée. Ne l'avait-elle pas sauvé sur le rivage ? Elle aurait pu l'abandonner, mais elle était restée. Elle avait su quoi faire et l'avait ramené à la vie. Et maintenant, c'était elle qui les nourrissait, en allant à la pêche ! Pendant que lui nettoyait la vaisselle ! À genoux, les mains plongées dans l'eau fraîche, à frotter les écuelles… Lachlan se gausserait, s'il le voyait ainsi ! À vrai dire, cette situation le contrariait grandement. Il était un guerrier, un Highlander ! Dès le lendemain, il irait chasser. Il avait déjà repéré les lièvres qu'il pourrait piéger. Peut-être cette escapade l'aiderait-elle à se ressaisir… et il en profiterait pour faire signe au moindre navire qui passerait à proximité. Lorna semblait avoir tellement hâte de quitter cette île, pour retrouver l'homme qu'elle aimait. Pouvait-il l'en blâmer ? Elle était si convaincante qu'il était de plus en plus persuadé qu'elle n'avait rien à voir avec la fille McWilliams qu'on l'avait envoyé chercher. C'était déjà cela.

Bien plus tard, quand la fraîcheur de la nuit eut finalement raison de ses ardeurs, il revint au *shieling*. Lorna était endormie. Aux faibles lueurs du feu de tourbe qui se mourait, il se délecta de cette vision enchanteresse. Des boucles retombaient sur son adorable visage et il se retint difficilement de les en écarter. Alors qu'elle paraissait se reposer paisiblement, ses yeux roulèrent soudain sous ses paupières. Elle se mit à gémir et à remuer, comme si elle fuyait quelque créature démoniaque et invisible. Qu'est-ce qui pouvait la tourmenter autant, pour hanter ainsi son sommeil ? Serait-ce des souvenirs de la bataille sur le navire, leur lutte contre la mer déchaînée… ou autre chose, de plus ancien ?

Elle poussa un soupir plaintif et il en oublia tout le reste. Avec douceur, il s'allongea auprès d'elle et glissa un bras protecteur autour de sa taille pour l'attirer à lui. Après ce qu'il lui parut durer une éternité, elle se détendit enfin. Comme si sa présence était parvenue à l'apaiser… À chasser les peurs qui la torturaient. Son souffle se fit régulier. Elle s'était profondément assoupie. Il comptait essayer de s'endormir à son tour, quand elle se blottit contre lui. Sa tête était posée sur son épaule, sa main sur son torse. Il retint avec peine le désir qui lui fouailla instantanément les reins. N'osant plus bouger, il lutta contre l'appel impérieux de la posséder. Comment pourrait-il fermer l'œil, avec son corps qui réagissait avec tant d'ardeur à cette promiscuité ? Lorna remua et se pressa davantage contre lui. Pire encore : l'une de ses jambes vint se frotter contre son sexe, déjà au supplice ! Rory serra les dents. Ce serait un miracle, qu'il puisse se contrôler ! Pourtant, aussi difficile cela serait-il, il y parviendrait. Il avait promis ! La frustration le dévorait, mais Lorna ne voulait pas de lui et jamais il ne la forcerait. Ni elle ni personne. Ceux qui commettaient de telles horreurs lui répugnaient. Comment pourrait-il agir ainsi, alors qu'elle s'abandonnait, innocente, confiante et vulnérable, entre ses bras ? Il se contenta de caresser délicatement ses cheveux, s'enivrant de leur odeur florale. Le désir de se fondre en elle fit place à un autre bien plus fort, bien plus puissant : la prémunir de tout mal.

Chapitre 19

Quand Lorna ouvrit les yeux, elle se sentait plus reposée qu'elle ne l'avait été depuis bien longtemps. D'où lui venait ce soudain sentiment de sécurité ? Elle réalisa alors que son dos était pressé contre le torse de Rory, et que le bras de celui-ci enserrait sa taille, comme pour mieux la maintenir contre lui. D'abord surprise, elle hésita à se libérer de son étreinte. C'était si agréable ! Mais c'était mal, elle en était douloureusement consciente. Pourtant, cet interdit était une tentation délicieuse dont elle se délectait. Pourquoi se retrouvaient-ils ainsi, pour commencer ? Elle ne l'avait pas senti se glisser auprès d'elle. Sans doute avait-il eu froid – le feu de tourbe n'était plus que cendres – ou craint qu'elle n'ait froid, elle, et avait simplement voulu qu'ils se réchauffent. Un geste innocent. Elle ne devait rien y voir d'autre. C'était évident, puisqu'il avait tenu sa parole. Il ne l'avait pas touchée ! N'avait-il pas promis de veiller sur elle, et de ne plus chercher à la séduire ? Quelle ironie. C'était elle, à présent, qui était terriblement tentée ! Sans oser bouger, elle savoura la sensation de son corps ferme pressé contre le sien. Son souffle sur sa nuque était chaud et doux, il la chatouillait presque. Si elle bougeait, elle risquait de le réveiller, alors qu'il dormait si paisiblement ! Pourtant, elle devait se résoudre à se lever. L'avoir si près d'elle était trop troublant, trop tentant, bien trop dangereux ! Luttant contre l'envie irraisonnée de caresser chaque parcelle de son corps musclé, et bien plus encore, elle gigota aussi délicatement que possible pour se dégager de son étreinte et s'extirper de la paillasse sans le déranger. À peine eut-elle quitté la chaleur de ses bras qu'elle eut l'étrange impression d'un grand vide s'insinuant en elle. Sans un regard en arrière, tant la tentation de retourner se réfugier contre lui la tenaillait, elle posa sur ses épaules le vieux manteau qu'elle avait trouvé dans un coffre du *shieling* et sortit. Dehors, il faisait frais, mais le soleil brillait déjà. Quelle heure pouvait-il bien être ? Son ventre gronda. Elle était affamée. Rory le serait également, à son réveil. Comme il ne restait plus rien de la truite de la veille, elle décida d'aller leur chercher de quoi manger. Alors qu'elle se dirigeait vers la rivière, elle vit que les cormorans étaient à la chasse. Faisant preuve d'une stupéfiante vitesse, les oiseaux de mer plongeaient inlassablement dans les vagues, à la recherche de leur repas. Certains restaient un long moment sous l'eau, et quand ils en émergeaient pour dévorer leur proie frétillante, seul leur long cou dépassait. Le spectacle de ces animaux véloces au plumage noir était si fascinant qu'elle resta à les admirer. Ceux qui en avaient terminé retournaient ensuite à leurs nids, le long de la côte rocheuse.

Comme elle enviait leur talent pour attraper leur pitance ! Mais plus encore leur liberté d'agir comme bon leur semblait, d'aller là où ils le souhaitaient ! Une vie simple, sans menace perpétuelle, c'était à cela qu'elle aspirait. Finalement, elle repartit en direction de la rivière.

Le sol se recouvrait d'un magnifique tapis de jacinthes et, tandis qu'elle se penchait pour en savourer la senteur, des mouvements dans les herbes hautes attirèrent son attention. Un lièvre en surgit, pour disparaître rapidement de sa vue en quelques bonds gracieux. Si Rory parvenait à construire un piège, comme il l'avait laissé entendre, ils pourraient améliorer l'ordinaire ! Elle lui en parlerait dès son retour de la pêche. Sur cette pensée, elle suivit le cours de la rivière, à la recherche d'un trou d'eau. En chemin, elle reconnut des buissons et des arbrisseaux qui donneraient des baies – airelles, framboises ou groseilles – plus tard dans la saison. Il était encore trop tôt, hélas, mais elle imprima dans son esprit leur emplacement. Juste au cas où ! Perdue dans la contemplation du paysage qui l'entourait, elle réalisa combien l'Écosse lui manquait. Sa terre natale, le lieu où elle ne pourrait jamais revenir. Sans l'obstination de son père à ravir le trône, sans la soif de revanche du roi Alexandre II et des Comyn, tout aurait été si différent. Pour l'Écosse, pour elle, pour les siens, pour Sorcha, pour Lady Ailis… pour Neil. Où était-il, en ce moment ? La cherchait-il ? Bien sûr. S'il était toujours en vie. Le souvenir de son frère s'effondrant sur le quai du port de Dublin hantait ses nuits…

Refoulant les larmes qui lui venaient, elle arriva en vue d'une jolie petite cascade qui rompait le cours de la rivière. Les eaux pures retombaient dans un doux fracas depuis une anfractuosité dans la roche, pour rejoindre un bassin qui invitait à la détente. C'était inespéré ! Et absolument magnifique. Ravie, elle posa son seau et son bâton de pêche à terre. Des poissons nageaient dans les eaux cristallines, comme la défiant de les attraper. Des truites au dos foncé et au ventre blanc, et d'autres, plus petits et pour certains plus longs, dont elle ne connaissait pas le nom.

Elle rit.

— Oh ! vous pouvez bien me narguer, je vous aurai ! Mais plus tard.

Une envie irrésistible de plonger dans ce bassin la saisit. Elle pouvait bien s'accorder un peu de temps pour elle. Rory dormait encore et les poissons seraient toujours là quand elle en aurait terminé ! Se sentir libre, même juste pour quelques instants, elle en rêvait tellement. Elle fit glisser son manteau et sa tunique à ses pieds, puis, entièrement nue, elle s'immergea dans l'eau glacée ! Elle en eut le souffle coupé, mais une fois immergée elle se mit à nager et s'habitua progressivement à la température. Elle n'avait pas réalisé à quel point son corps était fatigué, meurtri, ses muscles, noués. Le bassin n'était pas très étendu, mais suffisamment pour qu'elle puisse s'y sentir à l'aise. Libérée de nombre de tensions. Elle aurait donné beaucoup pour que cet état de paix dure encore…

Quelque chose de lourd tomba près d'elle, si brusquement que des trombes d'eau furent projetées de tous côtés ! Elle poussa un cri de surprise et Rory remonta à la surface, les cheveux plaqués sur son front. Il la regarda, souriant et triomphant.

— Quelle découverte ! Cette cascade est un don du ciel !

— Vous m'avez fait peur ! s'écria-t-elle. Que faites-vous ici ? Vous dormiez, quand je suis partie !

Il s'esclaffa.

— Visiblement, *lass*, je ne dors plus.

Il semblait ravi et véritablement amusé par sa détresse. Car elle était terrifiée ! Elle était entièrement nue ! Elle s'enfonça dans l'eau, jusqu'au menton. Avait-il vu ses reins ?

Aperçu la marque ? Rien dans son attitude ne le laissait supposer. Néanmoins, elle devait partir se couvrir, et vite. Tous les deux, dans le plus simple appareil – il ne lui était guère difficile de deviner que Rory était nu lui aussi –, c'était bien trop risqué ! Rien que les gouttes translucides qui glissaient sur son torse solide lui donnaient une folle envie de poser les mains dessus, de se presser contre lui. Que ressentait-on, à faire l'amour dans un tel endroit ?

Seigneur Dieu, Lorna !

Avide de cacher son émoi et sa rougeur subite, elle se dirigea vers la berge.

— Vous partez déjà ?

Comment avait-il pu arriver si vite ? Il l'avait attrapée par la taille pour la soulever et la jetait à présent dans l'eau ! Comme si elle ne pesait rien ! Elle poussa sur ses pieds pour remonter à la surface et essuya ses yeux pour découvrir un Rory goguenard, qui se précipitait vers elle. Ah, ça, pas question de le laisser recommencer ! Non pas parce que ce jeu n'était pas tentant, mais parce que sa proximité avec lui l'était bien trop !

— Allons, *lass*, pourquoi me fuyez-vous ? Quand j'étais enfant, avec les autres gamins du château, nous adorions nous rendre au loch et…

D'un grand geste du bras, il la ramena en arrière et l'aspergea d'eau. Il rit et la railla en recommençant.

— Défendez-vous ! Ou demandez-vous grâce ? Je saurai me montrer magnanime, dans ce cas… Ou peut-être pas ! Si vous arrivez à me fatiguer, je promets de me charger de la corvée de vaisselle pendant au moins une semaine !

Il ponctua ses mots d'un clin d'œil. Lorna hésita. Ainsi, il voulait juste s'amuser ? L'entraîner dans un jeu innocent ? C'était inattendu, et elle en fut aussi stupéfaite que soulagée. Néanmoins, en dépit de son envie de se joindre à lui, elle ne pouvait accepter. Elle était encore nue !

— Retournez-vous, exigea-t-elle.

Il la regarda sans comprendre.

— Retournez-vous, je vous prie !

Cette fois, il obtempéra et elle se hâta de remonter sur la berge pour se vêtir. À peine avait-elle enfilé sa tunique que Rory la saisissait par le poignet pour la précipiter dans l'eau ! Elle en émergea, trempée, ainsi que son vêtement ! Rory éclata de rire, puis haussa innocemment les épaules.

— Mes excuses, *lass*, je n'ai pas pu m'en empêcher.

Son sourire et son enthousiasme étaient tels qu'elle ne parvint pas à se fâcher contre lui. Pire encore, elle comprit qu'ils se communiquaient à elle !

— Très bien, mais vous allez le regretter ! lança-t-elle sans même savoir ce qu'elle faisait.

Elle l'aspergea d'eau, le surprenant, et il se vengea à son tour. Ils continuèrent ainsi, donnant l'impression à Lorna de retomber en enfance. Elle n'avait pas autant ri depuis une éternité ! Mais ce jeu était bien trop risqué ! Revenant soudain à la réalité, elle s'éloigna pour rejoindre le bord, si vivement qu'elle glissa sur une pierre et tomba tête la première dans l'eau glacée ! Rory se précipita vers elle pour l'aider à se redresser.

— Eh bien, *lass*, est-ce que ça va ?

Non, cela n'allait pas ! Pas du tout, même ! Comment ne pouvait-il pas le remarquer ? Alors qu'elle avait voulu le fuir, elle se retrouvait à présent prisonnière de ses bras, la poitrine étroitement pressée contre son torse !

— Rory, lâchez-moi.

Elle avait murmuré cela si bas qu'elle doutât qu'il l'eut entendue, jusqu'à ce qu'il lui réponde d'une voix particulièrement rauque et ferme :

— *Nay.* Je ne peux pas. Je ne *veux* pas.

Ses paroles la tétanisèrent, mais moins que la brûlante passion qui flamboyait dans ses yeux plongés dans les siens. Son cœur battait furieusement. Le souffle court et la gorge sèche, elle savait qu'elle serait incapable de le repousser, l'eût-elle véritablement souhaité.

Chapitre 20

Éloigne-toi de lui, vite, avant qu'il ne soit trop tard, lui intima une voix intérieure.

Mais comment ? C'était impossible. Lorna n'arrivait plus à bouger ni même à penser normalement ! Était-ce à cause de l'intensité de son regard ardent rivé dans le sien ? De la puissance du désir qu'elle y lisait et qui faisait sans nul doute écho au sien ? Rory se pencha davantage sur elle, et souffla son nom. Ce fut un murmure si bas, si rauque, qu'un frisson délicieux la traversa. Leurs corps collés l'un contre l'autre, sa voix tendre et aimante, abolissaient en elle toute volonté. Il inclina la tête lentement, comme captivé lui-même par ses yeux. Par sa bouche. Par…

Elle plaqua ses lèvres sur les siennes. Seigneur Dieu ! C'était elle, qui l'avait embrassé ! Il resserra son étreinte, et répondit férocement à son baiser, comme s'il n'avait attendu que cela ! Le monde se mit à tourner autour d'eux, tandis que leurs langues se mêlaient en une danse effrénée. Une intense chaleur se saisit de son bas-ventre, s'emparant de tout son corps. Ce désir si violent, si puissant, trop longtemps refoulé, semblait tout balayer sur son passage ! Il la dominait ! Elle en oublia tout, ses peurs, ses craintes, l'univers, pour s'abandonner aux pulsions qui la submergeaient comme une vague déferlante. Les bras fermes de Rory la pressèrent davantage. Lui aussi, il en voulait davantage ! Son sexe dur frottait contre son ventre, renforçant sa propre excitation. Son intimité n'en fut que plus humide, impatiente de l'accueillir en elle. Elle aurait dû tout arrêter. Il n'était pas encore trop tard, elle… Il poussa un grognement sourd, alors que la main de Lorna était venue d'elle-même s'emparer du membre turgescent. Ses doigts le caressèrent, lui arrachant un soupir d'agonie, et leur baiser devint incontrôlable. Elle avait tort. Il était trop tard. Elle avait bien trop envie de lui pour reculer ! D'ici peu, ils ne feraient plus qu'un, et le savoir ne fit que renforcer son excitation. La pointe de ses seins se durcit, son sexe s'humidifia de désir.

— Lorna, Lorna…

À chaque fois que leurs lèvres se séparaient pour qu'ils puissent reprendre leur souffle, il murmurait son nom de sa voix enfiévrée. Elle continuait à faire jouer ses doigts sur son membre tendu, à lui arracher des gémissements de plus en plus rauques, de plus en plus saccadés. Alors, une des mains de Rory se glissa jusqu'à ses fesses, et il émit un grognement en l'obligeant à libérer de l'autre son sexe palpitant.

— Lorna, je… J'ai tellement envie de vous que si vous n'arrêtez pas, je ne…

Elle n'arrêta pas. Elle en était tout bonnement incapable, tout comme elle était incapable de se détacher de lui. Il reprit sa bouche avec passion, la porta jusque sur la berge et l'allongea sur son tartan. Il la libéra de ses lèvres pour la dévisager, comme si elle était la plus magnifique créature qu'il ait jamais contemplée !

— C'est vraiment ce que vous voulez ? souffla-t-il, les yeux brillants.

Elle hocha lentement la tête.

— Oui…

— Seigneur, merci !

Instantanément, il lui ôta sa tunique trempée pour que sa bouche puisse se délecter de ses mamelons dressés. Elle gémit sous les délicieuses sensations que cela faisait grandir en elle. Sa peau était chaude, ses muscles souples tressaillaient sous ses doigts. Il murmura son nom – du moins crut-elle le percevoir, alors qu'elle était submergée par le plaisir qu'il lui prodiguait. L'audace de ses baisers et de ses caresses lui arrachait des soupirs étranglés. L'un des doigts de Rory vint se frotter à son intimité, puis s'insinua en elle. Ce fut plus merveilleux encore quand un second doigt rejoignit le premier, et que le rythme de leurs caresses sur cette zone sensible s'accéléra.

— Rory ! Oh ! Rory !

En réponse, la bouche de Rory délaissa sa poitrine pour suivre le contour de son ventre, puis descendit plus bas. Quand sa langue remplaça ses doigts, elle sursauta de surprise… et de volupté ! Comment une chose si indécente pouvait être si délicieuse ! Jamais personne ne l'avait embrassée à cet endroit, encore moins de cette manière, et elle adorait ça ! Rory l'entraînait dans des sensations nouvelles, avec l'impression qu'elle ne pourrait jamais s'en repaître ! Il attisait tous ses sens, l'emportait dans un monde langoureux de plaisir intense qu'elle n'aurait jamais pu imaginer, même dans ses rêves les plus fous. Elle perdait toute raison, n'écoutait plus que les exigences de son corps sous ces caresses voluptueuses. Elle glissa ses doigts dans les cheveux de Rory, l'incitant à ne surtout pas s'arrêter ! Tremblante d'excitation, elle s'arqua sous lui. Sous ses paupières closes, elle crut soudain que l'univers explosait. Cette sensation puissante, cette vague incontrôlable de plaisir qui montait en elle, de son bas-ventre, pour déferler dans tout son être… Elle poussa des cris aigus sous l'intensité de la jouissance qui l'emportait. Haletante, il lui fallut quelques instants pour revenir à la réalité. C'était comme si son âme s'était échappée de son corps !

Patient, Rory se tenait au-dessus d'elle.

— Rory, c'était… C'était…

Elle ne put en dire plus. Comment décrire l'indescriptible ? Il lui sourit et posa délicatement ses lèvres sur les siennes.

— Nous ne sommes pas obligés d'aller plus loin, murmura-t-il.

Sa voix, ses mots mirent quelques secondes à se frayer un chemin en elle, tant elle avait du mal à penser clairement. Quand elle les saisit enfin, elle ne lui en fut que plus reconnaissante. Il la laissait choisir ! Elle n'eut pas besoin de se laisser convaincre. Elle décelait tant de désir dans ses yeux, sur chacun de ses traits, dans chaque tressaillement de son corps splendide si proche du sien. Et il arrêterait tout, si elle le lui demandait ? Après l'extase qu'il venait de lui faire connaître, comment aurait-elle pu le repousser ? Tout en elle le réclamait !

— Je ne suis plus vierge, avoua-t-elle. Et je vous veux en moi, Rory. Tout de suite !

L'avait-elle vraiment exprimé à voix haute ? Elle ne se reconnaissait plus ! À son ton presque plaintif, il eut un sourire radieux, empli de désir.

— À vos ordres, *lass*.

Il s'empara de sa bouche, enveloppa son corps du sien, puis empoigna ses cuisses et les écarta avec douceur. L'extrémité de son sexe vint se loger contre le sien. Frémissante, elle noua ses jambes autour de sa taille. Quand il la pénétra, elle s'agrippa à lui, l'encourageant à s'enfoncer encore plus profondément en elle. Elle ferma les yeux et il commença à onduler des hanches, d'abord lentement, puis de plus en plus vite, l'embrasant tout entière. Chaque coup de reins ravivait le feu de son désir, faisait monter inexorablement en elle un plaisir d'une intensité grandissante. Noyée dans des vagues voluptueuses, elle se rendit à peine compte que leurs doigts se nouaient. Leurs gémissements se mêlaient au rythme de leurs mouvements, en harmonie. Quand elle sentit la jouissance l'envahir tout entière, Rory gémit lui aussi de plus belle. Il poussa un dernier coup de reins et ils atteignirent ensemble le plaisir ultime. Haletant ils demeurèrent ensuite longtemps blottis l'un contre l'autre. Elle aurait souhaité que cela puisse durer l'éternité…

Quand elle ouvrit les yeux, elle comprit qu'elle s'était endormie entre les bras de Rory. Il lui caressait les cheveux, et elle se dégagea doucement pour lui faire face. Hélas, la magie de l'instant était passée, et la dure réalité lui revenait en plein visage. Ce qu'ils venaient de faire, de partager, était aussi merveilleux que terrible ! Comment pourrait-elle le lui dire, alors que son cœur lui intimait de n'en rien faire ?

— Je… Je suis désolée, balbutia-t-elle. Cela n'aurait jamais dû se produire.

La bouche de Rory tressaillit, puis il plongea son regard perçant dans le sien.

— Vous regrettez ? Parce que moi, certes pas.

Évidemment qu'il était sincère. Tout en lui le lui signifiait. Elle allait devoir lui mentir. Encore !

— Ce que je veux dire, c'est que… Ce que nous avons partagé était merveilleux…

— N'est-ce pas ? la coupa-t-il en souriant. Pour moi aussi, ça l'était.

Il voulut se pencher pour l'embrasser. Elle s'obligea à se détourner.

— Cependant, cela ne devra plus jamais se produire.

Elle s'interrompit, bouleversée par l'expression torturée de Rory. Comment aurait-il pu comprendre ? Quand il découvrirait qu'il avait aimé l'ennemie de son roi, il la haïrait !

— Nous avons fait l'amour parce que nous en avions autant envie l'un que l'autre, et c'était parfait, Lorna. Tout simplement parfait ! Par Dieu, jamais je n'avais ressenti un tel accomplissement. *Jamais !* Et à présent, vous m'annoncez que cela ne devrait jamais se reproduire ?

Elle déglutit péniblement. Soutenir son regard était si difficile ! Faire l'amour avec lui avait été l'expérience la plus merveilleuse de toute sa vie ! Rien ne l'avait préparée à cela, à ces sensations incroyables qui l'avaient assaillie, entre ses bras. Il suffirait d'un rien, elle le savait, pour qu'elle cède à la tentation de se réfugier contre lui. Hélas, elle ne le devait pas. Elle ne pouvait plus !

— C'est à cause de votre fiancé ? Vous vous sentez coupable ? Mais vous ne devez pas, *lass*, ce que nous avons fait… C'était…

— Une erreur.

— Une erreur. Tiens donc. Pourtant, je vous ai laissé le choix, me semble-t-il. Vous aviez la possibilité de m'arrêter, avant qu'il ne soit trop tard.

— Oui, mais…

Il lâcha un grognement courroucé.

— Serait-il plus facile, pour vous, de prétendre que je vous ai prise de force ? Cela satisferait-il votre maudit fiancé ? Sinon, ne lui en dites rien, et vivez malheureuse avec lui ! Dans le mensonge !

Il semblait furieux, à présent. Comment l'en blâmer ? Elle se comportait comme une garce. Il lâcha un juron, puis ferma les yeux. Quand il les rouvrit enfin, il paraissait avoir retrouvé sa maîtrise, et s'exprima d'un ton plus doux… mais tout aussi déterminé.

— Et si je vous arrachais à lui, que je l'obligeais à vous rendre votre liberté ? Accepteriez-vous le fait qu'il n'est pas celui qu'il vous faut ? Que peut-être…

— Non, je regrette, c'est impossible !

Plaquant ses mains sur son torse, elle bondit hors de sa portée. Un peu plus, et elle se serait de nouveau jetée dans ses bras ! Seule la force de sa volonté – ou de sa bêtise – l'en avait empêchée. Incapable de le regarder, elle était au bord des larmes. Ce qu'elle avait ressenti entre ses bras, quand il l'avait faite sienne, la bouleversait jusqu'aux tréfonds de son âme. Comment est-ce que cela avait pu être si beau, si merveilleux ? Jamais Gavin ne l'avait comblée ainsi, et elle avait eu l'impression, pour la première fois, de savoir ce que cela faisait, de se sentir aimée par un homme. Un homme qui finirait par la trahir, hélas, par fidélité et devoir envers son roi.

Rory poussa un grognement courroucé.

— Mais qu'a-t-il donc de si extraordinaire, cet homme, pour que vous y teniez tant ? Enfin, vous n'étiez déjà plus vierge ! L'ignorerait-il ? Pourquoi ne pouvez-vous accepter que…

Elle tremblait. Tout cela, c'en était trop, pour elle ! Comment lui dire que ce n'était pas ce fiancé imaginaire, le problème, mais le secret de sa naissance ! Le sang de son père ! Partagée entre ses sentiments pour Rory et la nécessité de le fuir, elle se sentait perdue. Démunie.

D'un geste brusque, elle récupéra sa tunique, qui gisait au sol parmi les herbes, et s'en revêtit vivement.

— Vous ne savez rien de moi, Rory Fraser. Rien du tout !

Sans lui laisser l'occasion de la retenir, le cœur meurtri, elle prit la fuite en courant. Hors de question qu'il puisse voir les larmes de désespoir qui coulaient sur ses joues !

Chapitre 21

Rory était décontenancé. Décontenancé, et furieux contre lui-même. Comment était-il possible de passer ainsi du paradis à l'enfer ? En quelques instants… de paroles malheureuses ? Car il avait bien dû dire quelque chose, pour qu'elle se sauve de la sorte ! Pour qu'elle prétende que c'était une erreur, qu'elle regrettait ! Que diable ! Elle n'avait pourtant pas l'air de regretter quoi que ce soit, quand il lui faisait l'amour ! Elle avait pris peur, soudain, et il en devinait aisément la raison. Si c'était, comme il le croyait, son fiancé qui la terrifiait, il se chargerait de lui. Il soupira et entreprit de se rhabiller. Lorna et lui devraient parler, une fois de retour au *shieling*. Il refusait de laisser les choses ainsi, entre eux. Il ne s'attendait certes pas à ce que les événements se déroulent de cette manière. Son intention première, quand il l'avait surprise à la cascade, avait juste été de la faire rire, de voir son visage s'illuminer sous un sourire, et il avait atteint son but. Oh ! bien sûr, la surprendre nue avait éveillé son désir, d'autant plus férocement après la nuit qu'il venait de passer ! Comme il avait pris plaisir à l'observer, pendant qu'elle nageait, subjugué par sa grâce et sa beauté ! Enfin, il avait aspiré une bonne goulée d'air frais pour calmer son cœur emballé et s'était enfin décidé à manifester sa présence. Il avait sauté dans l'eau, ils s'étaient amusés comme des enfants, et ensuite, eh bien, il n'avait plus rien contrôlé.

Jamais il n'avait connu une sensation aussi intense, aussi incroyable, avec aucune autre femme. C'était indescriptible ! Comme s'ils n'avaient réellement fait qu'un. Que leurs corps avaient été créés l'un pour l'autre, que leurs âmes étaient faites pour se rejoindre. Cette sensation d'extase, d'accomplissement, l'emplissait d'une plénitude qui comblait le vide en lui. Ce qu'il avait cru ressentir pour d'autres par le passé ne pouvait rivaliser avec la puissance de ce qu'il éprouvait pour elle. Sa vie avait basculé en un instant, et il en avait pleinement conscience.

Quand elle l'avait repoussé, son orgueil et sa fierté en avaient été si blessés qu'il avait failli hurler ! « Ça n'aurait jamais dû se produire, c'était une erreur. » Ces mots qu'elle avait prononcés lui avaient fait plus mal qu'un coup de poignard. Était-elle sérieuse ? Impossible de croire qu'elle le pensait vraiment !

Il décida de rentrer au *shieling*, où il espérait qu'elle se rendait. Il avait beaucoup de choses à lui dire, et cette fois, elle devrait l'écouter ! Elle pensait qu'il ne savait rien d'elle. Qu'il ne la comprenait pas. Par tous les saints… C'était tout le contraire. Il n'en savait que trop, à présent.

Quand il arriva à leur refuge, il fut heureux de voir qu'elle s'y trouvait, comme il l'escomptait. Elle s'arrêta à quelques pas du lieu, et il se hâta pour la rattraper. Lorsqu'elle se tourna vers lui, il remarqua qu'elle avait pleuré, et cela lui meurtrit le cœur. Elle avait l'air si malheureuse, si désespérée ! Et ce serait sans doute pire encore, ensuite. Ou peut-être pas. Résolu, il s'avança vers elle, conscient qu'il devrait dès à présent soupeser chacun de ses mots.

— *Lass*, vous et moi, nous devons parler.

Lorna se figea, consciente que ce moment viendrait. Comment aurait-elle pu l'éviter ? Après ce qu'il s'était passé entre eux, Rory avait raison. Ils devaient s'expliquer, même si ce n'était pas ce qu'elle souhaitait. Comment l'éloigner d'elle, à présent, sans éveiller ses soupçons ?

Pourvu que sa voix ne tremble pas !

— Je ne vous reproche rien, Rory. Il est vrai que je vous ai encouragé, car j'en avais autant envie que vous, mais c'était un moment d'égarement. À présent, nous devons en rester là et oublier ce qu'il s'est passé… Je vous en prie, n'insistez pas.

Il s'empara de ses mains. Doucement, il les caressa de ses pouces, comme s'il cherchait à l'apaiser. Elle n'osa pas bouger, espérant que les mots qu'il prononcerait mettraient fin à son calvaire.

— Lorna, ce n'est plus de cela, enfin, pas seulement, dont je souhaite discuter.

— Comment ?

— Je vous l'ai dit, je ne regrette rien, mais vous voir si mal, si coupable, me… Ah, pourquoi est-ce si difficile ?

Il la saisit par les épaules, avant de la relâcher, comme s'il ne savait pas quoi faire de ses mains. Puis, il poursuivit :

— Quand je dis que je ne vous ferai jamais souffrir, il faut me croire.

Où voulait-il en venir ? Instinctivement, elle hocha la tête. Comme elle voulait le croire, en effet !

— Bien, continua-t-il. Parce que ce que je m'apprête à vous révéler risque de changer bien des choses entre nous.

Tout, sans doute. Cela n'a rien à voir avec votre fiancé, ou ce que nous avons fait. C'est bien plus… compliqué.

Elle se figea. Quelque chose dans son expression de Rory l'inquiéta davantage que ses paroles. Il semblait si sérieux qu'elle prit peur et esquissa un pas en arrière. Il ne sembla pas s'en rendre compte, tandis qu'il continuait :

— Si je me trouvais à Dublin, c'est par ordre de mon roi. Notre rencontre lors de cette réception, *lass*, ne devait rien au hasard. Pas plus que ma présence sur l'*Empress of The Seas*.

Elle eut l'impression subite que ses poumons se vidaient entièrement d'air. Ce qu'elle craignait tant s'était produit : il était effectivement là pour elle, et il avait tout découvert !

— Je vous suivais.

Saisie d'un vertige, elle vacilla, rattrapée par les bras de Rory. C'en était terminé. Il *savait* et elle ne pouvait pas lui échapper. Comme elle s'en voulait ! Tout était de sa faute ! Pour un instant de bonheur, elle s'était trahie ! Un rictus s'étira sur les lèvres du jeune Highlander et ses prunelles s'assombrirent. Il secoua la tête sur le côté et soupira longuement. Quand il la regarda de nouveau, elle fut persuadée que tout était perdu.

— Vous et Lucinda, précisa-t-il en grimaçant. Je vous suivais. Toutes les deux.

Elle sursauta, écarquilla les yeux de surprise. Avait-elle bien entendu ?

— Lady Lucinda ? répéta-t-elle sans comprendre.

— *Aye.* N'avez-vous rien remarqué d'étrange, en sa compagnie ?

C'était incompréhensible. Pourquoi diable lui parlait-il de cette femme ? Quelque chose d'étrange ? Elle était totalement prise au dépourvu.

— Non… L'aurais-je dû ?

— Je ne sais pas. Je ne sais plus. Ça n'a plus guère d'importance, de toute façon.

Il se glissa une main derrière la nuque. Son expression était à la fois sérieuse et déchirée.

— Lorna, je dois retrouver une dangereuse traîtresse à la Couronne d'Écosse. C'est cela, la mission que le roi m'a confiée. N'avez-vous vraiment rien à me révéler, à ce sujet ?

Sa voix tressaillait légèrement, comme s'il craignait sa réponse, tout en la souhaitant. S'il n'était pas certain qu'elle était cette prétendue traîtresse, elle avait encore une chance ! Elle inspira amplement pour se donner du courage, se préparant à lui mentir cette fois encore, avec autant de conviction que possible. Comme elle détestait cela ! Tout avouer, même à cet homme auquel elle désirait tant faire confiance, serait trahir tous ceux qu'elle protégeait.

— Je n'y comprends rien, Rory, assura-t-elle en feignant l'innocence. Je suis navrée, mais je ne peux vous aider. Je ne sais que vous apprendre à propos de Lady Lucinda, que vous ne sachiez déjà. Tout ce que je souhaite, c'est retrouver au plus vite mon promis, qui doit me croire morte et me pleurer !

Elle se mordit la lèvre, espérant ne pas être allée trop loin. La mâchoire de Rory sembla se contracter et son regard se fit plus perçant encore.

— Votre promis. Évidemment, grommela-t-il.

Il la dévisagea longuement, durant ce qui lui sembla une éternité. Elle avala sa salive avec difficulté. L'avait-elle convaincu ? Quand enfin, il ouvrit la bouche pour parler, ce fut une autre voix, derrière eux, qui retentit.

— Hé, bien le bonjour, jeunes gens ! Excusez-moi de vous interrompre, mais il me semble que vous vous êtes installés chez moi.

Stupéfaits, ils se tournèrent vers l'homme qui venait de les surprendre. Vêtu d'une longue cape noire jetée par-dessus une robe de bure brune qui semblait trop grande pour lui, il arrivait visiblement du chemin qui menait derrière la colline. Son large sourire illuminait son visage émacié, tandis qu'il posait à terre le petit sac en toile de jute qu'il portait sur le dos.

— Ah, marcher autant n'est plus de mon âge, haleta-t-il. Je suis le frère Patrick ! Et je suis curieux de savoir qui vous êtes, et ce que vous faites ici.

Rory réagit le premier.

— Je suis Rory Fraser, et voici Lorna Bell. Nous avons fait naufrage, il y a quelques jours de cela, et avons échoué sur cette île. C'est donc votre *shieling* ?

— En effet ! Comme je suis ravi que vous ayez pu y trouver refuge ! Bienvenue, bienvenue ! poursuivit le frère Patrick en s'avançant pour prendre tour à tour leurs mains dans les siennes. Mes pauvres enfants, un naufrage ! Cela s'est passé durant la tempête, n'est-ce pas ? Nombre de navires en ont souffert, cela a dû être terrifiant !

Rory jeta un coup d'œil en biais à Lorna, puis grimaça.

— En fait, je dirais que…

— Votre bateau a donc sombré ?

— Nous ne savons pas, répondit Lorna.

— Oh ! je vois, eh bien, vous le découvrirez sans doute très vite ! Mais vous devez être affamés, venez, venez, j'ai avec moi du fromage, du pain et de la viande séchée !

Tout en parlant, il les invitait à le suivre en effectuant de grands gestes des bras, ce qui lui donnait l'allure étrange d'un oiseau difforme cherchant à battre des ailes pour s'envoler.

— Je viens ici chaque année au printemps pour prier dans la solitude, avant de laisser la place aux bergers pour l'été. C'est l'endroit idéal pour me rapprocher de notre Seigneur, voyez-vous, et je ne m'attendais certes pas à y trouver quelqu'un. Oh ! n'allez pas croire que cela me dérange, ou que…

Lorna l'interrompit soudain. Comment n'y avait-elle pas pensé avant ?

— Le bateau ! s'écria-t-elle. Le bateau qui vous a amené sur cette île, où est-il ?

— Par là, derrière la jetée, mais je crains que…

Elle ne l'écoutait déjà plus. Elle s'élançait vers la direction que le moine avait indiquée.

Elle n'avait plus qu'une idée en tête : atteindre ce bateau ! Le cœur battant, elle allait si vite qu'elle ne sentait presque plus ses jambes. Ses poumons la brûlaient. Hélas, en parvenant au bout de la jetée, à bout de souffle, elle ne put qu'apercevoir le bâtiment – à peine plus grand qu'une chaloupe – qui avait déjà repris la mer. Elle eut beau battre des bras et crier pour se manifester, il était trop tard ! Dépitée, elle se résolut à rebrousser chemin, plus lentement. Comment faire face à Rory, à présent ? Il la soupçonnait, c'était évident, ou croyait-il vraiment que Lady Lucinda aurait pu être celle qu'il recherchait et qu'elle pouvait l'aider à la démasquer ? Elle voulait se raccrocher à ce fol espoir, mais s'il avait persisté à la questionner, elle aurait fini par se trahir, par tout lui dévoiler ! Continuer à lui mentir lui devenait de plus en plus insupportable et sans l'arrivée impromptue du frère Patrick…

Elle soupira longuement. C'était un signe. Dieu lui avait envoyé le brave homme pour l'empêcher de commettre une terrible erreur ! Rory ne devait pas découvrir la vérité ! Il avait si facilement brisé les barrières qu'elle avait mis des mois à ériger. Elle l'avait laissé l'approcher, la toucher, la regarder, s'immiscer dans son cœur, dans son âme ! Comment avait-elle pu accumuler ainsi les erreurs ? Parce qu'elle n'était qu'une sotte, aveuglée par l'attraction indéniable qu'il exerçait sur elle ! Elle ne devait plus oublier qui elle était, ni qui était Rory. *Jamais !* Elle ne lui avouerait rien, jusqu'à ce qu'elle puisse disparaître de sa vie. Plutôt ne jamais le revoir que de lire dans ses yeux la déception, le mépris ou la haine…

En contrebas, elle percevait le fracas des vagues se brisant sur la falaise. Cela lui fit penser aux cormorans, dont elle avait surpris la chasse, et qui nichaient dans la paroi rocheuse. Cette fois encore, elle leur envia leur insouciance et leur capacité à voler. Que n'aurait-elle donné pour en être capable, elle aussi !

Quand elle revint au *shieling*, sa décision était prise : elle ignorerait les élans de son cœur et écouterait uniquement la voix de la raison. Continuer à mentir à Rory était la seule manière de les protéger… l'un comme l'autre. Elle refusait qu'il soit écartelé entre son devoir envers son roi et son honneur, qui l'inciterait à la défendre. Mieux valait pour lui, donc, qu'il reste dans l'ignorance.

Plongés en pleine discussion, Rory et le frère Patrick se tournèrent vers elle quand elle s'approcha.

— Alors ? demanda frère Patrick.

— Le bateau est parti, annonça-t-elle sombrement.

Il haussa légèrement les épaules.

— Eh bien, comme je le disais à votre époux…

— Il n'est pas mon époux.

Elle regretta d'avoir répondu aussi sèchement en voyant les iris de Rory se durcir et sa mâchoire se crisper.

— *Aye*. Nous ne sommes que de simples compagnons d'infortune, cracha-t-il avec amertume. C'est bien ainsi que vous nous définiriez, n'est-ce pas, *lass* ?

Il la défiait du regard et, sous son intensité, elle fut tentée de baisser les yeux, mais ne le fit pas.

— Oui, c'est tout à fait ça.

Pourquoi fallait-il que sa voix manque à ce point de conviction ? Rory esquissa un rictus, puis hocha la tête.

— Le frère Patrick m'a assuré que le bateau reviendrait d'ici à une semaine, au plus tard, pour le réapprovisionner. Vous n'aurez plus à me supporter bien longtemps, puisque cela semble tant vous peser.

Cela lui fit plus mal qu'elle n'aurait voulu l'admettre. Elle aurait souhaité le contredire, pouvoir lui crier que c'était tout le contraire qu'elle ressentait, mais elle n'en avait pas le droit. Il se leva d'un bond. La colère et la déception émanaient de tout son être.

— Restez là, tous les deux, je vais chercher de quoi dîner, déclara-t-il. J'ai besoin de prendre l'air. *Seul*.

Il s'éloigna à grandes enjambées. L'estomac noué, Lorna le regarda partir, sans mot dire. Frère Patrick brisa le silence en faisant claquer ses mains. Un sourire franc s'étira sur ses traits.

— Eh bien, mon enfant, je ne veux pas fourrer mon nez dans ce qui ne me regarde pas, mais si notre Seigneur tout-puissant vous a placés sur mon chemin, vous et ce jeune homme plein de fougue, ce ne peut être sans raison ! Tous les deux, il est évident que vous avez quelques problèmes de… communication, n'est-ce pas ?

Enfin, ce que j'en dis, c'est juste que si vous souhaitez vous confier à moi, je vous promets de vous écouter sans vous juger. Je vous aiderai, si je le peux.

Circonspecte et étonnée de sa proposition, elle le dévisagea longuement. Si ses traits étaient marqués par le temps et ses rides, accentuées par sa maigreur, Lorna le soupçonnait d'être moins âgé qu'il ne le paraissait. Son nez busqué surmontait une bouche fine. Il avait d'épais sourcils noirs au-dessus d'yeux d'un brun sombre habités de sagesse, et jusque-là elle n'avait pas remarqué qu'il louchait légèrement. De lui émanait une bonté désintéressée à laquelle elle n'était guère habituée. Surtout venant d'un homme d'Église. Le prêtre qui officiait au château de son enfance était un individu vicieux et torve auquel seul un fou aurait osé faire la moindre confidence.

Le frère Patrick, lui, inspirait inexplicablement confiance, mais elle ne pouvait s'autoriser à lui parler pour autant. Ses secrets avaient beau peser lourdement sur son âme, sur son cœur et sur chaque aspect de son existence, elle ne pouvait les dévoiler. Comme s'il avait ressenti sa réticence, Frère Patrick enserra ses mains entre les siennes.

— Rien ne vous y oblige, mon enfant. Nous ne nous connaissons même pas, après tout. Je ne suis qu'un humble serviteur de notre miséricordieux Seigneur, mais je m'efforcerai de soulager les tourments de votre âme si je le peux. Je n'aime point voir les gens souffrir, et il me semble que c'est votre cas.

Sa sollicitude la toucha, et elle lui sourit, pour le rassurer.

— Grand merci. Je ne l'oublierai pas.

— Bien ! Très bien ! Et si, à présent, nous préparions de quoi accompagner… Quoi que ce soit que ce jeune homme nous rapportera ? J'ai dans ma besace d'appétissants légumes et même quelques épices ! Une rareté, et un véritable délice qu'un généreux marchand m'a offert après que…

Elle ne l'entendait déjà plus. Toute son attention s'était dirigée vers l'endroit où Rory avait disparu. À son grand désarroi, il lui manquait.

Terriblement.

Chapitre 22

— Et c'est pourquoi je viens ici tous les printemps, racontait le frère Patrick. Ensuite, je laisse volontiers ma place à Fergus. C'est un berger un peu rustre, mais fort sympathique, quand on le connaît.

Il marqua une pause pour mordre à pleines dents dans une cuisse de lapin. La chasse avait été fructueuse, et Rory avait ramené deux bêtes avec lui. Il n'avait pas expliqué comment il avait réussi cet exploit, surtout en si peu de temps, et Lorna ne lui avait rien demandé. À vrai dire, elle avait évité de lui adresser le moindre mot depuis son retour et il n'avait pas non plus tenté de se rapprocher d'elle. Fort heureusement, le frère Patrick monopolisait la parole, et son enthousiasme adoucissait l'atmosphère. Jamais Lorna n'avait rencontré homme d'Église si verbeux !

— Envisagez-vous de devenir prêtre, un de ces jours ? s'enquit Rory.

— Dieu m'en préserve, mon garçon ! Je suis de ceux qui aiment les grands espaces, la nature et la solitude. La prêtrise n'est pas pour moi. Oh ! ne vous méprenez pas, je suis ravi de profiter de votre compagnie, mais dès que vous serez partis, ce ne sera plus qu'entre notre Seigneur et moi ! Ensuite, j'irai là où il me conduira... C'est ainsi que se déroule ma vie !

Il avala une gorgée de vin de la flasque qu'il avait rapportée avec lui, puis la tendit à Rory, qui but à son tour avant de la proposer à Lorna. Sous la lueur des flammes, leurs regards se rencontrèrent et son cœur se serra. Il n'y avait plus de sourire sur ses lèvres, plus d'amusement dans ses yeux. Il n'était plus le Rory fougueux et charmeur de la cascade, mais un autre, bien plus sombre.

— Nos chemins se sépareront bientôt, annonça-t-il gravement.

Lorna ne sut pas déterminer s'il s'adressait à elle ou au frère Patrick.

— Certes, certes, répliqua celui-ci. Et où irez-vous donc, une fois sur l'île de Man ? Je connais une bonne auberge, là-bas. La Sirène Dansante. Le nom est étrange, mais l'aubergiste est honnête et sa femme, bonne cuisinière. Dites-leur que vous venez de ma part, ils vous recevront bien. Ah, il doit aussi me rester quelques pièces, si vous...

Alors qu'il se mettait à farfouiller dans la poche de sa soutane, Rory l'arrêta d'un geste.

— C'est très généreux, frère Patrick, mais j'ai des amis, sur place, qui pourront nous héberger et nous aider. Ensuite, nous partirons pour l'Angleterre. J'ai promis à cette jeune dame de la conduire auprès de son promis, à Londres, et je compte bien tenir parole.

Il marqua ses mots d'un dédain manifeste, ce qui n'échappa ni à Lorna ni au frère Patrick. Le regard de ce dernier passa de l'un à l'autre, puis il fronça tant ses sourcils épais que cela donna l'impression qu'ils n'en formaient qu'un seul.

— Vous n'aimez pas trop les Anglais, n'est-ce pas ? dit-il.

— En effet. Les *Sasunnach* ne sont qu'une bande de lâches efféminés et maniérés, incapables de satisfaire une femme et encore moins de veiller sur elle. Tous ceux que j'ai rencontrés étaient ainsi, et je ne doute pas que ce soit une généralité.

Lorna en eut le souffle coupé. Rory insultait ouvertement son fiancé ! Du moins l'aurait-il fait, si celui-ci était réel. Sans réfléchir, elle répliqua :

— Mon promis n'est pas un lâche. Vous vous en rendrez compte, quand vous le verrez.

Voilà qu'elle défendait l'honneur d'un homme qui n'existait pas ! Rory ricana dédaigneusement, puis porta à ses lèvres la flasque de frère Patrick. Après en avoir avalé une bonne rasade, il s'essuya la bouche d'un revers de la main.

— Si vous le dites, *lass*. Ce doit être un homme absolument merveilleux, pour que vous l'aimiez autant. J'ai terriblement hâte de le rencontrer pour…

… lui arracher la tête ! semblait-il sur le point de clamer, tant ses yeux exprimaient de colère ! Il ne termina cependant pas sa phrase et se mura dans le silence. Son regard se perdit dans les flammes du feu de tourbe. Rongée par la culpabilité, Lorna essaya de se concentrer sur le morceau de viande qu'elle tenait entre ses doigts, mais fut incapable de lui faire honneur, malgré la faim qui la tenaillait. Voir Rory ainsi lui broyait le cœur. Elle se consola en se disant que cela aurait été bien pire, s'il avait eu l'assurance qu'elle était bien celle dont son roi voulait la perte…

Brisant le silence et la tension palpable, le frère Patrick s'éclaircit bruyamment la voix.

— Bien bien bien, vous ai-je déjà raconté ma première

rencontre avec Fergus ? Ah ça, c'était quelque chose ! Vous l'aimeriez beaucoup, ce fichu berger entêté, j'en suis certain, même si son franc-parler peut parfois surprendre. D'ailleurs, ça me rappelle la fois où…

Le brave homme essayait de les distraire, pourtant, Lorna ne parvenait pas à s'attacher à ses paroles. Tout ce qu'elle voyait, c'était le visage figé de Rory. Ses traits crispés, son expression fermée, son corps tendu, ses poings serrés… Comme s'il sentait son inspection, il tourna la tête vers elle. Les émotions conflictuelles dans ses yeux la bouleversèrent. Un feu ardent y brûlait. Il semblait l'appeler à lui, chercher à atteindre jusqu'à son âme. Continuer à le regarder, à sentir sa frustration et sa colère, lui devenait insupportable… C'était trop douloureux ! Brusquement, elle se leva.

— Je suis épuisée, je vais me coucher. Excusez-moi.

Sans se retourner, de peur de fondre en larmes si elle s'y essayait, elle s'engouffra à l'intérieur. Malgré ses protestations, plus tôt dans la journée, Rory et frère Patrick avaient insisté pour lui en laisser l'entière jouissance, arguant préférer dormir à l'extérieur, à la belle étoile. Ils avaient tant insisté qu'elle avait fini par accepter. L'estomac noué et la gorge serrée, elle se laissa retomber sur la paillasse puis tira sur elle une vieille couverture en lin. Venant du dehors lui parvenaient les voix étouffées des deux hommes. Elle n'aurait su dire combien de temps ils parlèrent encore, car lentement, bercée par le son de leur discussion tranquille, elle réussit à s'assoupir.

Le manteau sombre de la nuit recouvrait à présent les reliefs de l'île. Si la lumière de la lune et des étoiles en perçait la noirceur, elle ne parvenait pas à adoucir l'humeur de Rory. Allongé près du feu qui se mourait à l'extérieur, il tardait à trouver le sommeil. Les ronflements réguliers de frère Patrick, endormi à quelques pas de lui, ne l'y aidaient guère. Trop de tourments l'accablaient ! Rien ne se passait comme il l'avait prévu. Tout allait de travers ! Non seulement il n'avait pas accompli la mission pour son roi et avait de moins en moins envie d'y parvenir, mais il se retrouvait de plus attaché à une femme qui en aimait un autre ! C'était cela, le plus difficile. Supporter sa présence, sans pouvoir l'approcher, et encore moins la toucher ! Un rival, il pouvait s'en arranger, mais s'il y avait autre chose de bien plus grave, comme il le redoutait, comment pourrait-il l'aider si elle ne lui accordait pas sa confiance ?

Jamais il ne s'était senti autant en colère ! Il avait pourtant tout fait pour l'inciter à se confier à lui, afin qu'il puisse enfin réduire ses doutes à néant ! Elle semblait si vulnérable, si triste, parfois… qu'il était difficile de se retenir de la prendre dans ses bras, de la laisser s'épancher sur son épaule, de chasser ses tourments par sa tendresse et ses baisers… Le souvenir de leurs corps nus entremêlés surgit en lui tel un feu ardent. Son sexe réagit instantanément et il poussa un grognement de frustration. Lorna lui faisait perdre la tête, l'emplissait de confusion ! Au point qu'il lui avait presque avoué ce qu'il savait en la questionnant, pour changer d'avis, finalement, en la voyant devenir plus blême qu'un spectre. Il avait alors parlé de ses prétendus soupçons à propos de Lady Lucinda, espérant que cela l'encouragerait à se confier à lui, enfin ! Mais elle n'avait rien révélé, s'accrochant à ce Neil qui l'attendait en Angleterre… et c'était lui, qui s'était retrouvé piégé. Son cœur battait plus fort en sa présence. Il se sentait maladroit, gauche et stupide, comme un puceau devant sa première conquête, et il détestait ça !

Il devait chasser cette fille de sa tête, où il deviendrait fou. De l'air ! Il avait besoin d'air ! De s'éloigner de ce *shieling* où elle dormait, certainement avec la crainte qu'il puisse venir l'y rejoindre dans son sommeil ! Il soupira. Quel genre de monstre s'imaginait-elle qu'il était ? Depuis qu'il l'avait questionnée, elle le regardait comme s'il s'apprêtait à fondre sur elle pour la dévorer ! Il voulait l'apaiser, et il ne faisait que l'effrayer.

Ses pas le menaient en direction de la rivière. La lune brillait dans le ciel nocturne et sans nuages. Une promesse d'un lendemain sans pluie, sauf dans son cœur, pensa-t-il amèrement. Il enragea contre lui-même. Quel genre d'homme était-il en train de devenir ? Jamais il ne s'était senti aussi vulnérable ! Si c'était cela que l'on ressentait en étant amoureux, il ne voulait plus l'être ! Depuis le départ, il avait raison : l'amour n'était pas fait pour lui. Cela le faisait tant souffrir alors qu'il était bien plus heureux avant ! C'était de sa faute, aussi, à toujours s'amouracher de femmes inaccessibles ! Il se retint avec peine de hurler sa rage. Il y avait tant de colère qui brûlait en lui ! Mais il devait se reprendre. Vite. Si Lorna ne voulait pas de lui, c'était entièrement son droit. Il devait l'accepter et respecter son choix.

Tout autour, la nature sauvage était splendide. La lune se reflétait sur la mer d'Irlande, qui semblait s'étendre à l'infini, ses teintes bleu foncé se fondant à l'horizon avec l'encre de la nuit. La brise qui faisait danser les herbes hautes s'insinuait dans les cheveux de Rory, en une caresse si douce qu'il voulut s'imaginer un instant qu'il s'agissait des doigts de Lorna venant s'y glisser. Rejetant vivement cette pensée, il inspira amplement l'air nocturne pour s'en imprégner. Les paupières closes, il ouvrit ses oreilles aux bruits de la nuit. Si tout semblait calme, en dehors des bruits des insectes, ce n'était qu'une façade. La chasse battait son plein. Il perçut les petits cris d'une proie aux prises avec un prédateur. Un renard, peut-être… Non, plutôt une chouette effraie, dont il reconnut le chuintement caractéristique, qui venait d'attraper un lapin. Toujours la même histoire, pensa Rory. Le chasseur et la proie… mais l'issue d'une telle rencontre pouvait être bien différente que celle à laquelle on s'attendait. Il en faisait l'amère expérience. Tout en y réfléchissant, il recommença à marcher, insensible à la morsure du vent froid iodé qui se levait. Sans doute s'était-il trompé, depuis le début. Lorna n'était pas une McWilliams, ou peut-être que si, il ne savait plus. Il n'était plus sûr de rien, sauf du fait qu'il tenait à elle !

Arrivé à la rivière, il s'aspergea longuement le visage d'eau glacée. Cela l'aida quelque peu à se calmer et à s'éclaircir l'esprit.

Quand il prit le chemin du retour, bien plus tard, il avait une idée précise de la manière d'arranger les choses.

Chapitre 23

Lorna s'éveilla au son de la voix éraillée de frère Patrick, qui chantonnait dans une langue qui lui était inconnue. Elle étira ses muscles endoloris avant de se lever pour le rejoindre. Dehors, le soleil brillait déjà haut dans le ciel et une appétissante odeur de graines grillées la fit saliver.

Frère Patrick l'accueillit avec un sourire avenant.

— Avez-vous bien dormi, mon enfant ? J'espère que nous n'avons pas fait trop de bruit, ce matin. Vous sembliez tellement épuisée que nous avons préféré vous laisser vous reposer.

Elle ne put s'empêcher de répondre à son sourire. Pour un moine prétextant apprécier la solitude, frère Patrick était décidément très prévenant et bavard.

— Merci, j'en avais bien besoin.

La vérité était qu'elle n'avait que peu dormi, tant elle avait eu un sommeil tourmenté, entrecoupé de nombreuses phases de réveil. Ses cauchemars l'avaient entraînée dans un univers peuplé de démons aux couleurs des Comyn, qui cherchaient à lui faire subir les pires tortures. Dans ces songes, Rory se tenait à l'écart, immobile, comme incapable de déterminer qui il devait soutenir…

Les sourcils du frère Patrick se froncèrent.

— Vous allez bien ? s'enquit-il. Vous êtes toute pâle. Venez donc vous asseoir près de moi.

Elle obéit docilement, le visage de Rory occupant une fois encore toutes ses pensées.

— Je me suis juste levée trop vite du lit, éluda-t-elle.

Il n'insista pas, lui tendit un bol de porridge et de fruits secs, qu'elle accepta de bon cœur. Pour un moine censé avoir fait vœu de pauvreté et devant vivre chichement, il faisait preuve de ressources insoupçonnées ! Picorant dans son assiette, elle regarda autour d'eux, cherchant involontairement Rory.

Frère Patrick la dévisagea avec un éclat étrange dans les yeux.

— Le jeune Highlander est parti il y a plus de deux heures, annonça-t-il soudain. Pour vérifier ses pièges, m'a-t-il expliqué. Peut-être devriez-vous le retrouver pour l'aider, quand vous aurez fini de manger ?

— Je ne crois pas que ce soit une bonne idée, frère Patrick.

— Ah, je ne vous oblige à rien, mais je suis certain qu'il apprécierait votre compagnie.

Elle ne répondit pas, tant elle en doutait. Rory était tellement en colère contre elle ! Impossible de l'en blâmer. Elle n'avait fait que l'éviter, agissant comme si sa seule présence la rebutait, désormais. Le frère Patrick se pencha en avant et plongea son regard dans le sien.

— J'ignore ce qu'il s'est passé, mais il me semble évident qu'il s'agit d'une querelle d'amoureux.

Elle releva la tête si brusquement qu'elle manqua d'en avaler de travers. Le sourire de frère Patrick s'élargit.

— Vous et ce jeune Highlander. Il n'y a qu'à vous

regarder, tous les deux, pour se rendre compte que vous tenez l'un à l'autre. De plus, nous avons quelque peu parlé lui et moi, quand vous êtes partie dormir, hier soir. Cela le contrarie… férocement, que vous soyez promise à un autre.

Elle déglutit difficilement, la gorge nouée.

S'il n'y avait que ça !

— Vous n'avez pas l'air très heureuse non plus, ajouta-t-il d'un ton compatissant. Peut-être devriez-vous reconsidérer ce mariage ? En rediscuter également avec Rory ? Je suis certain qu'il est possible d'arranger les choses, entre vous.

Comment serait-ce possible ? Même si elle le souhaitait de toutes ses forces, elle ne pouvait changer la nature du sang qui coulait dans ses veines, ni le devoir de Rory envers le roi d'Écosse. Le frère Patrick n'avait aucune idée de ce qui les séparait, et même à lui, un homme d'Église à l'évidente bonté, elle refusait de trop en dire.

— Cela ne servirait à rien. Les choses sont ce qu'elles sont. On ne choisit pas forcément son destin.

— Croyez-vous ? Si le Seigneur vous a réunis, ce ne peut être sans raison. Il ne fait jamais rien autrement !

Elle soupira et se tourna vers lui :

— Frère Patrick, est-ce habituel pour les moines de se montrer aussi… directs ?

Il secoua la tête et émit un petit rire.

— Ah, mon enfant, c'est que nous ne sommes pas exempts de défauts, et moi certainement bien plus que beaucoup d'autres ! On m'a souvent dit que je parlais trop et je crois que cela se confirme encore aujourd'hui ! Je ne voulais pas vous embarrasser. À présent, je vais vous laisser profiter de votre repas en toute quiétude, pour me promener un peu. Peut-être rapporterai-je quelques coquillages ! Oh ! et je ne serais pas contre du poisson, aussi, pour le déjeuner. Croyez-vous pouvoir m'en rapporter quelques-uns ?

Son ton s'était fait étonnamment mielleux. Lorna hocha la tête, quelque peu surprise et méfiante face à ce qui ressemblait à une injonction déguisée.

— Certainement.

— Parfait ! À tout à l'heure, donc.

Il s'éloigna en chantonnant vers la plage, son panier dans une main et son bâton de marche dans l'autre. Quand il fut hors de vue, elle s'empara de sa canne à pêche improvisée et du seau, pour partir en direction de la rivière. Leur conversation résonnait encore dans son esprit. Était-il si facile de lire en elle ? En Rory ? Bien sûr. La tension entre eux était palpable, et elle regrettait profondément la distance qui s'était installée. La situation les faisait indéniablement souffrir, l'un comme l'autre. Pourtant, elle n'avait pas d'autre choix que de la faire durer.

La chaleur des rayons du soleil était une délicieuse caresse, qui ne parvenait cependant pas à l'apaiser. Une brise iodée faisait voleter ses longs cheveux désordonnés par sa nuit agitée. Dans le ciel, des mouettes criardes fendaient les nuages blancs, plongeaient vers les vagues. Une étendue verdoyante tapissait le sol de la lande, parsemée de rochers, et des cailloux roulèrent sous les pieds de Lorna. Son regard fut attiré par des massifs de fleurs mauves, écarlates et jaunes. Leur parfum subtil se mêlait à celui de l'herbe, des arbres et de la mer. Elle ralentit le pas et ferma les yeux pour inspirer profondément, comme pour s'enivrer de la nature qui renaissait. Cela suffirait-il à lui apporter un peu de sérénité ?

Un hurlement de rage, au loin, l'extirpa brutalement de sa rêverie.

Rory ! C'était Rory !

Impulsivement, elle s'élança vers la rivière, d'où avait surgi le cri. Était-il en danger ? Était-il blessé ? Obnubilée par ces pensées, effrayée à l'idée qu'il puisse lui être arrivé malheur, elle courut aussi vite que ses jambes le lui permirent… et s'immobilisa. Non loin de la cascade, Rory était debout, immergé jusqu'aux cuisses. Non seulement il semblait aller parfaitement bien, mais surtout… il était uniquement vêtu de sa chemise ! Longue, certes, mais qui se soulevait à chacun de ses mouvements ou sous l'emprise du vent, dévoilant ses fesses fermes et musclées. C'était loin d'être la première fois qu'elle voyait un homme pêcher ainsi, car c'était une manière efficace de le faire sans tremper tous ses vêtements, mais aucun n'était aussi séduisant que lui. Impossible pour elle d'en détacher les yeux ! Maudissant sa faiblesse, elle ne s'en délecta pas moins du spectacle de son corps qui se tendait sous l'effort. Il ne l'avait pas remarquée, trop concentré sur le bâton de pêche – presque identique au sien – qu'il tenait en main. Il leva le bras, puis d'un geste vif, plongea l'extrémité pointue du bâton dans l'eau.

— Cordieu ! Encore raté !

Lorna plaqua une main sur sa bouche pour étouffer son soupir de soulagement. C'était donc cela, la source de son cri ? Parce qu'il ne parvenait pas à attraper de poisson ? Elle aperçut alors la besace vide près de son plaid, lui-même posé sur un rocher. La chasse n'avait semble-t-il pas été plus fructueuse ! À présent rassurée sur le sort du jeune homme, et honteuse de l'observer à son insu, elle aurait dû s'en aller, mais son corps refusait de lui obéir. Elle était comme hypnotisée par sa vue. Sous la lueur du soleil, des gouttes d'eau scintillaient sur la peau humide de ses cuisses et de ses bras dénudés depuis le haut des coudes. Plus les secondes s'égrenaient, plus elle était fascinée par sa musculature puissante, par ses longues jambes, par le galbe parfait de son fessier, par ce qu'elle savait se trouver de l'autre côté !

Des images impudiques de son impressionnante virilité l'assaillirent, éveillant en elle le feu d'un désir ardent qu'elle avait bien du mal à refouler.

Ne reste pas là plus longtemps, Lorna… Va-t'en !

Mais comment rompre le charme qui l'enveloppait ? Le monde entier avait disparu. Il n'existait plus pour elle que Rory. Comme il était difficile de lutter contre l'implacable pulsion qui lui intimait de le rejoindre ! De poser ses mains sur lui, de sentir les siennes parcourir son corps, de savourer le goût de sa peau, de sa bouche, de revivre toutes ces sensations exquises qu'il avait su provoquer en elle…

Elle sursauta, comprenant soudain. Un piège ! C'était donc un piège, que lui avait tendu le frère Patrick. C'était pour cela, qu'il l'avait incitée à se rendre à la rivière. Il savait qu'elle y trouverait Rory ! Il voulait les obliger à se parler ! Comme si c'était à cela, parler, qu'elle aspirait, au moment même !

Frémissante, elle eut du mal à déglutir. Elle devait lutter. Ne pas céder ! Pour lui, comme pour elle, elle devait s'opposer à cette irrésistible tentation qui la poussait à se manifester.

Si elle échouait, elle redoutait de ne pouvoir se retenir de se précipiter entre ses bras…

Chapitre 24

Un sourire se dessina lentement sur les lèvres de Rory. Lorna avait beau tenter de se cacher, il savait qu'elle l'observait. Malgré le fracas de la cascade, il avait perçu sa présence dès l'instant où elle était arrivée près des rochers derrière lesquels elle se dissimulait. Combien elle devait s'étonner de le voir essayer, en vain, d'attraper ces maudits poissons ! Il s'y évertuait pourtant depuis plus d'une heure, mais ces diables de bestioles étaient rapides. Comme il l'espérait, elle était venue ! Que ferait-elle, s'il se retournait ? S'il cherchait à la rejoindre ? Chercherait-elle à le fuir ? Sans doute. Il avait senti sa peur, sa réticence, quand il avait tenté de lui soutirer des réponses, la dernière fois…

Ne la brusque pas, Rory, laisse-lui encore du temps…

Il étira les muscles endoloris de ses bras, à force de manœuvres infructueuses. Puisque Lorna semblait décidée à l'espionner, sans se manifester, autant lui offrir un beau spectacle ! Peut-être cela suffirait-il à l'amadouer ? C'était un vœu pieux, mais au point où il en était… Si elle le sentait vulnérable, serait-elle tentée de venir lui parler ? Pas un seul instant ils n'avaient été seuls, depuis l'arrivée de frère Patrick. Il voulait juste discuter avec Lorna, l'inciter à se confier à lui ! Du moins, c'était ce dont il persistait à se convaincre. Ce qu'il attendait d'elle, en réalité, c'était bien autre chose ! Sentant son regard brûlant posé sur lui, le désir fouailla ses reins. Il glissa une main dans ses cheveux humides, comme si cela pouvait suffire à lui faire reprendre ses esprits. Pêcher ! Attraper enfin un fichu poisson ! Cela devrait laisser le temps à Lorna de se décider ou non de se montrer. Si elle n'en faisait rien, il finirait par aller la débusquer lui-même ! Fronçant les sourcils, il brandit de nouveau le bâton. Sous l'eau, des poissons de tailles et de formes diverses venaient jusqu'à frôler ses cuisses nues, comme se moquant de lui. Il ne pouvait leur donner entièrement tort, il se comportait de piètre manière ces derniers temps, mais il n'abandonnerait pas pour autant.

Toi, là, tu me nargues depuis trop longtemps !

Il se prépara à frapper un poisson longiligne. Une anguille, lui sembla-t-il. L'animal, aux reflets argentés et dorés, se mouvait si rapidement qu'il était difficile de bien le voir. Rory patienta, le temps que la bête s'habitue à sa présence, puis soudain, d'un geste rapide, il plongea la pointe du bâton dans l'eau ! En le ramenant à lui, il poussa un cri de victoire. L'anguille, embrochée, se tortillait et se débattait, en vain.

— Enfin ! Je t'ai eue !

Il allait l'amener jusqu'à la grève, quand il surprit un mouvement furtif. Ainsi, Lorna s'était décidée à se montrer ! Elle s'extirpait lentement de sa cachette et, lorsqu'il la découvrit, il en eut le souffle coupé. Avec sa chevelure en désordre qui retombait en cascade sur ses épaules, sa tunique qui soulignait outrageusement son corps splendide, elle faillit lui faire perdre toute mesure.

— Depuis combien de temps êtes-vous là, à m'observer ? s'enquit-il, feignant la surprise.

— Eh bien, en toute honnêteté… sans doute depuis aussi longtemps que vous avez compris que j'étais là.

Il s'esclaffa.

— *Aye*, vous avez certainement raison.

Il songea un instant à lui demander de se retourner, le temps qu'il mette le poisson dans le seau, qu'il ramasse son pantalon et s'en vêtisse, mais l'envie de la taquiner était trop forte. D'avance, il se délectait de lire la stupéfaction sur son visage. Avec une lenteur délibérée, il sortit de l'eau, lui laissant le loisir de le détailler à sa guise. Le regard de Lorna se focalisa sur son entrejambe, et elle rougit furieusement.

— Comment diable pêcher peut vous… exciter autant ? balbutia-t-elle.

— Ce n'est pas la pêche, qui me fait cet effet-là. Vous le savez très bien.

Comment pourrait-elle continuer à le repousser, à nier qu'il lui plaisait, à clamer qu'elle en aimait un autre ? Victorieux, il se rapprocha d'elle tout en plongeant son regard dans le sien. Les battements de son cœur s'accélérèrent quand il l'effleura en passant près d'elle. Comme il avait envie de la toucher ! De l'attraper, de la serrer tout contre lui ! Mais il n'en fit rien. Il ne devait pas aller trop vite. Tout en s'agenouillant pour déposer l'anguille dans le seau, il sentait toujours ses yeux plaqués sur lui.

— Si vous persistez à me contempler ainsi, *lass*, je risque de perdre tout contrôle.

Elle eut un adorable petit hoquet de surprise et recula d'un pas quand il se redressa.

— Vous et frère Patrick, vous avez manigancé tout cela ?

— C'était mon idée, en fait, que de vous faire venir. Pour que nous puissions parler… en privé. Frère Patrick a simplement eu la gentillesse de m'y aider.

Elle se rembrunit, et un voile de tristesse obscurcit ses iris.

— Très bien. Alors, parlons, puisque c'est ce que vous voulez. Mais remettez d'abord votre pantalon.

— C'est vraiment ce que vous souhaitez ?

— Je… Eh bien… Bien sûr que c'est ce que je veux !

Elle avait hésité quelques secondes de trop pour être persuasive. Ses yeux s'écartèrent de son membre tendu, puis elle ajouta :

— Autrement, je préfère m'en aller.

Il esquissa un rictus. Sa voix tremblante manquait terriblement de conviction. Elle luttait contre l'évidence.

— *Nay.* Que je m'exécute ou non, vous ne partirez pas. Nous le savons tous les deux.

Il se perdait dans la profondeur de ses yeux. Ressentait-elle aussi cette indéniable attirance ? Ce sentiment irrépressible qui les menait l'un à l'autre ? Bien sûr. Faute de quoi, elle ne le regarderait pas ainsi ; elle ne sursauterait pas au moindre de leurs effleurements ; elle ne rougirait pas autant en découvrant à quel point il la désirait. Certes, il s'était juré de ne pas la brusquer, et encore moins de chercher à la provoquer. Encore des promesses qu'il se révélait bien incapable de tenir. Comment exiger de lui l'impossible ? Il devait le lui dire. Tout de suite. N'était-ce pas pour cela qu'il avait planifié cette rencontre ? Avant qu'il ne soit trop tard.

— Je vous désire tellement que c'en est douloureux, *lass*. Jamais je n'ai ressenti ça pour quiconque auparavant et ça m'effraie, mais ça me rend heureux, aussi… Une fois que nous aurons quitté cet îlot, tout sera différent, mais aujourd'hui… je tenais à ce que vous le sachiez. C'est pourquoi vous devez croire en moi, quand je vous affirme que je ne vous blesserai pas.

À présent, c'était à elle de décider. Il la dévisagea, torturé entre le désir et la raison ; entre cette insoutenable passion qui brûlait en lui et ce besoin irrépressible de connaître la vérité. Allait-elle enfin briser le silence ? Les lèvres de Lorna tressaillirent. Ses yeux se perlèrent de larmes, et il tendit la main pour essuyer celle qui coulait sur sa joue. Elle frémit sous sa caresse, mais ne s'écarta pas.

— Rory, arrêtez, ou sinon…

— Sinon ?

— Je n'aurais plus la force de vous résister…

Avait-il bien entendu ? Elle avait murmuré si bas, d'une voix si émue, qu'il ne pouvait en être certain. Sans pouvoir se contrôler plus longtemps, il se pencha vers elle et effleura sa bouche de la sienne. Elle pouvait encore l'arrêter, elle pouvait…

— Que Dieu me pardonne, gémit-elle. J'ai envie de vous, Rory. Je vous désire tellement que ça me fait mal, à moi aussi ! Mais je ne peux pas ! Je ne peux !

Elle le repoussa et tourna les talons si brusquement que son pied glissa sur la terre meuble. Perdant l'équilibre, elle tomba en arrière vers la rivière en poussant un cri d'effroi. Réagissant d'instinct, Rory se précipita pour l'attraper.

Lorna ne put contrôler sa chute, mais au lieu de se retrouver dans l'eau, comme elle s'y attendait, elle atterrit sur quelque chose de bien plus solide. Le ventre de Rory ! Celui-ci émit un grognement de douleur au moment où les fesses de Lorna heurtèrent brutalement ses parties intimes. À moitié assise à l'envers sur les longues jambes musclées du Highlander, elle se tourna vers lui, inquiète.

— Rory ! Je suis désolée, je… Avez-vous mal ?

Il poussa un gémissement si plaintif qu'elle comprit qu'il l'exagérait certainement.

— Je survivrai, je crois… même si ma dignité a été fichtrement blessée. Bien moins que mon estomac, cependant. Lui, j'ignore s'il s'en remettra un jour… mais peut-être qu'un baiser pourrait… Je ne sais pas, moi, m'aider à guérir plus vite ?

Il se mit à sourire. Hélas, elle ne pouvait s'autoriser à l'embrasser, comme il le lui demandait, bien qu'elle le souhaitât de tout son cœur.

— Je dois partir, souffla-t-elle précipitamment.

Elle voulut se relever, mais il glissa ses mains sur sa taille, l'attira à lui. Ses pupilles se dilatèrent quand il murmura son nom, et elle se noya dans la tendresse de sa voix, dans son regard, dans toutes ces émotions qu'elle y découvrait. Elle ne sut pas vraiment qui en prit l'initiative, mais leurs bouches se rejoignirent en un baiser empli de passion et de désespoir. C'était folie, mais pendant cette étreinte volée à une éternité de solitude, elle aspirait à se laisser emporter par la puissance des sentiments qu'elle éprouvait pour lui. Tout oublier, entre ses bras… Elle le désirait si ardemment !

Et elle ne le pouvait pas. La déchirure dans son cœur était trop grande, tant elle avait l'impression de le tromper. Il y avait trop de mensonges, entre eux. Trop de choses qu'elle lui cachait, trop de choses qu'il ignorait d'elle… et qu'elle ne pouvait lui confier. Posant ses mains sur son torse, elle le repoussa doucement. Son incompréhension manifeste face à ce geste la fit se sentir plus mal encore.

— Lorna, ne me fuyez pas. Je ne suis pas votre ennemi.

Mais vous le deviendrez ! cria une voix en elle.

— Je suis désolée, Rory, murmura-t-elle en se relevant.

— Désolée de quoi ? De céder à vos sentiments ?

— Non, au contraire, de vous avoir laissé croire que j'éprouvais… autre chose qu'une simple attirance pour vous. J'aime mon promis, je refuse de le trahir encore.

Comme il était douloureux de le rejeter ainsi ! De lui mentir, encore ! Il crispa les poings. Ses yeux se parèrent de colère… puis d'autre chose, qu'elle ne parvint pas à définir.

— Votre promis, dites-vous… Êtes-vous certaine qu'il n'y a que cela ?

Il exigeait d'elle une réponse qu'elle ne pouvait lui donner. Trop de vies, en plus de la sienne, étaient en jeu ! Elle s'obligea à acquiescer.

— Fort bien, puisque c'est la seule réponse que vous entendez me donner, je devrais m'en contenter. Soyez rassurée, *lass*, je ne chercherai plus à vous séduire, tant que vous serez liée à un autre.

Les larmes lui montèrent aux yeux, tant elle regrettait ce fossé qu'elle creusait entre eux. Si seulement elle pouvait tout lui dire ! Lui avouer ce qu'elle ressentait pour lui, qui elle était, les tourments qui l'assaillaient !

— Je vous en suis reconnaissante, gémit-elle. À présent, j'aimerais retourner au *shieling*. Frère Patrick doit s'inquiéter de notre longue absence.

— Certainement, grommela-t-il, visiblement contrarié. Laissez-moi me vêtir convenablement, et…

Elle l'arrêta d'un geste.

— Inutile, je... Je rentre seule. Prenez tout votre temps.

Incapable de supporter davantage le poids de sa culpabilité, elle fit demi-tour et repartit à travers la lande.

Chapitre 25

Les jours suivants, Rory tint sa promesse. Il ne chercha plus à se retrouver isolé avec Lorna, ce dont elle lui était reconnaissante. Cela lui facilitait la tâche, d'autant plus qu'il n'essaya plus de la questionner sur son passé, son fiancé, ou quoi que ce soit qui n'ait à voir avec leur existence sur cette île. Il ne mentionna pas davantage la mission confiée par son roi, comme s'il l'avait même oubliée. Était-ce seulement possible ? Si frère Patrick remarqua la tension entre eux, il n'en parla pas. Au contraire, il égayait leurs journées de ses joyeux bavardages, faisait passer le temps plus vite, jusqu'à ce que la réalité les rattrape… Quand ce matin-là, Rory avait annoncé voir un bateau à l'horizon et cherché à lui faire signe, Lorna en avait eu l'estomac noué. Frère Patrick l'avait confirmé, c'était bien l'embarcation qui les emmènerait, Rory et elle, sur l'île de Man.

Elle leva les yeux vers le ciel, où s'amoncelaient de lourds nuages gris. Le temps était aussi morne que son humeur, et il se mettrait sans doute bientôt à pleuvoir, avant même que la chaloupe accoste. La réalité se rappelait ainsi à elle : d'ici peu, à moins qu'ils ne la croient morte, elle redeviendrait une fugitive recherchée par des êtres puissants et déterminés. Elle le devait, pourtant. Rester ici ne faisait que l'éloigner de Neil, qu'elle ne retrouverait pas autrement. Et puis, il y avait Rory, déterminée à la ramener auprès de son prétendu promis… Avec un soupir, elle se tourna vers le frère Patrick, qui lui souriait.

— Mon enfant, votre avenir sera bien plus radieux que ce que vous semblez craindre, lui assura-t-il de sa voix douce. Dieu est bon, il y pourvoira, ayez la foi !

La gorge sèche, son regard se perdit sur Rory. Debout sur un gros rocher, une main au-dessus de ses yeux pour les protéger du soleil, il scrutait l'horizon. Il se tourna brièvement.

— Ils seront là d'ici peu, annonça-t-il.

Elle qui avait tant attendu ce moment, voilà qu'elle le redoutait, à présent ! *Ayez la foi…*

Les mots de frère Patrick résonnèrent en elle. Avoir la foi. Si seulement elle en était capable… Pourtant, elle acquiesça et s'efforça de lui rendre son sourire. Il était si prévenant, si aimable, qu'elle n'eut pas le cœur à lui montrer la peine et l'angoisse qu'elle ressentait. Il ne fut certainement pas dupe, car il vint instantanément lui tapoter gentiment l'épaule. Comme pour la rassurer. Un geste qu'aurait fait un père pour son enfant, ce que le sien n'avait jamais fait pour elle.

— Vous êtes une bonne personne, Lorna, ne l'oubliez jamais. Et votre Rory, l'est tout autant, n'en doutez point. Dieu veillera sur vous deux.

Mon Rory. S'il savait… Jamais il ne serait à elle, et elle ne pourrait jamais être totalement à lui.

Rory sauta à bas du rocher, et vint vers eux.

— Ils arrivent. Je vais les aider à accoster et à débarquer vos provisions, frère Patrick, et ensuite, Lorna, nous partirons.

Il la regarda à peine, avant de se hâter de rejoindre les marins qui manœuvraient. Alors qu'elle finissait de rassembler leurs maigres possessions, il revenait vers le *shieling*, en compagnie de deux matelots. Leurs bras étaient chargés de sacs qu'ils allèrent déposer près de l'habitation. Frère Patrick les remercia, puis les accompagna tous jusqu'au rivage, où les attendaient l'embarcation et un troisième matelot.

Lorna étreignit Frère Patrick.

— Adieu, frère Patrick, murmura-t-elle. Merci pour tout.

Le brave homme l'enlaça chaleureusement, puis lui offrit son plus beau sourire.

— Dieu vous garde, mes enfants.

Rory hocha la tête, puis offrit sa main à Lorna pour l'aider à monter à bord. Son regard à la fois doux et impérieux plongea dans le sien, durant ce qu'il lui sembla durer une éternité. Elle soupira, tendit sa main pour la poser dans la sienne et poussa un cri de surprise. À peine l'avait-il saisie qu'il l'attirait à lui pour la soulever dans ses bras !

— Laissez-moi faire, sauf si vous voulez que vos jolis pieds soient mouillés.

Elle ne protesta pas et il la déposa délicatement dans la chaloupe, puis grimpa à son tour. Une fois tout le monde à bord, les matelots commencèrent à ramer, et Rory entreprit de leur proposer son aide, qu'ils acceptèrent avec reconnaissance. Autour d'eux, la mer d'Irlande était si magnifique, calme et apaisée, que Lorna se laissa doucement bercer par les chants des rameurs. Les côtes sud de l'île de Man se rapprochaient, inexorablement. Là-haut, les nuages s'en étaient allés et le ciel était à présent d'un bleu immaculé. Elle voulut y voir un bon augure. Des mouettes suivirent un instant le sillage de la chaloupe, espérant sans doute que ce soit un navire de pêche dont elles pouvaient espérer quelque pitance, avant de retourner en criant vers l'île qu'ils venaient de quitter. Cette dernière lui semblait si petite, à présent, à peine plus grande qu'un îlot, alors qu'elle avait représenté l'entièreté du monde pour un temps…

— Préparez-vous à débarquer ! annonça Alfred, le plus âgé des marins du bord.

Lorna retint son souffle. Elle ne pouvait plus reculer. Castletown, la capitale, était prospère et grouillante de vie. Lorna n'eut guère besoin d'attendre de mettre un pied sur le quai pour s'en rendre compte. Le port, enclavé dans une grande baie, accueillait de nombreux navires. Des voiliers, pour la plupart. Certains, surtout les plus grands qui devaient transporter des marchandises, lui rappelèrent des navires scandinaves, dont ils s'inspiraient indéniablement. D'autres, plus modestes, lui semblèrent être de petits navires de pêche. La chaloupe alla accoster dans un espace étroit, entre deux autres de même facture. Un des matelots sauta sur le quai pour y amarrer l'embarcation. La première chose que Lorna remarqua fut l'effervescence qui régnait. Partout, on s'affairait, on se hélait. Des hommes charriaient des caisses, chargeaient des navires de marchandises, en déchargeaient d'autres. Des femmes aux vêtements sales et aux visages fatigués tentaient d'attirer l'attention de quelques-uns, avant d'être chassées, pour revenir ensuite. L'air était un mélange d'iode, de relents de poisson frais, de sueur et d'épices. Toutes les voix et les senteurs se mélangeaient, les couleurs, le bruit, tant de monde, d'un seul coup, après la quiétude de ces derniers temps, était quelque peu déstabilisant ! Lorna s'emplit de courage et monta à son tour sur le quai, aidée par le plus jeune des matelots. Déjà à terre, Rory discutait avec Alfred. Ce dernier secouait vivement les mains devant lui, signifiant clairement sa désapprobation.

— Non, m'sieur, vous ne nous devez rien ! Rien du tout ! Ce n'était pas grand-chose que de vous prendre avec nous, vous et la jeune dame, et vous nous avez aidés à ramer, alors nous sommes quittes. Et puis, je peux bien faire ça pour des amis de frère Patrick.

Rory sourit et hocha la tête.

— *Aye.* Dans ce cas, je n'insisterai pas. Connaîtriez-vous par hasard un dénommé Bjorn ? Sauf erreur de ma part, il tient une forge, dans cette ville.

Alfred se frotta le menton, comme s'il réfléchissait, puis son visage buriné s'illumina.

— Ah, je vois de qui il s'agit ! Un jeune Nordique aux yeux aussi bleus qu'un fjord, et fort comme un bœuf, c'est ça ?

— Ça lui ressemble, en effet.

— Si c'est bien celui à qui je pense, vous le trouverez en remontant cette rue, là-bas, après les premières maisons des pêcheurs. Tournez ensuite à droite, puis prenez la troisième à gauche. La forge est sur une petite place, vous ne pourrez pas la manquer.

Rory le remercia, puis s'adressa à Lorna.

— Prête ?

Il lui tendit la main, mais elle n'y posa pas la sienne. Le toucher, même seulement ainsi, raviverait les sentiments qu'elle tentait désespérément de refouler. Elle baissa les yeux, incertaine de parvenir longtemps à résister à l'appel des élans de son cœur.

— Oui, allons-y, déclara-t-elle en le contournant.

Elle l'entendit pousser un soupir, puis il vint marcher à ses côtés. Suivant les instructions d'Albert, ils s'engagèrent dans une des nombreuses ruelles étroites et sinueuses qui remontaient vers le cœur de la cité. C'était sinistre ! Comme si le soleil avait renoncé à y faire pénétrer sa lumière. Dans certaines d'entre elles, il fallait se serrer sur le côté pour laisser circuler les autres passants. Parmi eux, des femmes qui ralentissaient pour dévisager Rory sans retenue. Certaines l'aguichaient même effrontément ! S'il ne leur prêtait que peu d'attention, Lorna ne pouvait s'empêcher de les fusiller du regard. Mais comment aurait-elle pu le leur reprocher ? Rory était l'homme le plus fascinant qu'elle ait jamais rencontré. Et il avait été à elle, comme elle avait été à lui, pendant un temps bien trop court. Elle secoua la tête, contrariée. Elle devait cesser d'y penser et de se lamenter ! Elle ne voyait pas d'autre issue que de le fuir, tant qu'elle le pouvait encore. En regardant autour d'elle, elle réalisa combien il serait facile de se perdre, dans ce dédale ! Abandonner Rory, s'enfuir en lâche la déchirait, mais elle n'aurait peut-être pas d'autre chance. Que ferait-elle ensuite ? Elle ne savait pas exactement, mais elle trouverait le moyen de quitter cette île, d'une manière ou d'une autre, et de retrouver Neil. S'il était encore en vie… Profitant de l'arrivée providentielle d'un groupe de voyageurs bruyants, elle s'apprêta à bifurquer dans une ruelle, sur la gauche. *Maintenant !* Elle s'élança à peine qu'on la tira brutalement en arrière, et elle fut brusquement plaquée contre le torse de Rory. Elle leva la tête vers lui, et il ouvrit la bouche comme pour s'exprimer, mais les mots semblèrent se figer dans sa gorge. Ses yeux plongèrent dans les siens. Elle déglutit péniblement sous leur intensité… et la colère contenue qu'elle y décelait. Savait-il ce qu'elle avait essayé de faire ? Que pouvait-il bien penser, à la dévisager ainsi ? Il émit un grognement sourd et s'empara de sa bouche. Férocement. Avidement ! Il avait le goût de l'interdit, de la passion, de tout ce à quoi elle était forcée de renoncer ! Il la serrait si fort qu'elle n'aurait pu le repousser, l'aurait-elle voulu. Quand il la libéra, ils étaient à bout de souffle.

— Ne me fuyez pas, *lass*. Peu importe l'avenir qui nous attend, je veux que nous l'affrontions ensemble. Oh ! je sais. Vous êtes promise à un autre et, pour je ne sais quelle raison, vous semblez prête à tout pour le rejoindre. Mais c'est moi, que vous voulez, et pas lui.

Comment le nier ? C'était impossible ! Pourtant, elle devait l'en convaincre.

— Rory, ce n'est pas…

— J'ai bien réfléchi. Je ferai en sorte qu'il renonce à vous, quitte à le tuer de mes propres mains, s'il le faut, plutôt que de vous laisser à lui, ou à quiconque.

— Vous ne pouvez pas…

— Oh que si. Je peux et je le ferai. Une fois que vous serez libérée de votre passé, de cet homme qui vous hante et de quelque promesse que vous ayez pu faire, tout sera plus simple. En attendant, je ne vous quitte plus de l'œil ! Inutile donc de chercher encore à me semer, ou à m'échapper.

Sans lui laisser le temps de répliquer, il lui saisit fermement la main et l'entraîna dans les ruelles sombres de Castletown. La stupeur de Lorna ne l'arrêta pas. Il n'y avait pas plus entêté qu'un Highlander !

Chapitre 26

Rory et Lorna émergèrent enfin sur une place ouverte. C'était jour de marché. Devant plusieurs échoppes et boutiques, des marchands braillaient pour attirer les clients. Là encore, l'odeur iodée était très prégnante, car sur de nombreux étals se trouvaient des produits de la mer – saumons, anguilles, hareng fumé, moules, coquillages... Se mêlaient à ces relents les senteurs florales de fioles parfumées qu'une femme proposait de découvrir au tout-venant. Un peu plus loin se trouvait un étal de potions colorées aux noms étranges dont un homme au teint foncé et vêtu d'une tunique écarlate vantait les bienfaits. D'autres encore vendaient de la salaison ; des pots peints en terre cuite ; des œufs ; du fromage ; du mouton ; des bijoux ou des vêtements qui là encore marquaient l'évidente influence scandinave sur l'île de Man... Rory et Lorna furent tentés par le fumet appétissant de pains tout juste sortis du four, mais ils ne s'attardèrent pas, car Rory venait de trouver ce qu'ils cherchaient. La pression de ses doigts sur la main de Lorna s'accentua.

— Là, s'écria-t-il. C'est Bjorn ! Eh, Bjorn ! Bjorn !

Tout en appelant, il faisait de grands mouvements de sa main libre vers un jeune homme qui battait le fer.

Grand et solidement bâti, vêtu d'un long tablier beige, ce dernier abaissa le marteau qu'il utilisait pour frapper le métal et leva les yeux vers eux. Ses longs cheveux bruns étaient nattés et retenus en arrière. Une barbe de quelques jours encadrait sa mâchoire. Sur ses bras nus, Lorna crut distinguer plusieurs dessins, dont l'un lui sembla représenter un ours.

— Par les cornes de Loki[1] ! Rory ! Rory Fraser ! Fichu gredin, que fais-tu ici ?

Les deux hommes se saluèrent d'une accolade virile.

— C'est une longue histoire, que je me ferai un plaisir de te raconter devant un bon repas ! Voici Lorna. C'est ma... Euh, c'est une jeune femme que j'ai juré de protéger.

Bjorn haussa un sourcil. Ses yeux d'un bleu très clair se posèrent sur elle, puis sur Rory, avant de revenir sur elle. Un sourire s'étira sur son visage, dévoilant une dentition parfaite.

— Bienvenue à vous deux ! Entrez vite, j'avais justement besoin d'une pause ! Par Ymir[2], vous avez l'air de deux pouilleux dans ces guenilles. Qu'est-ce qui vous est arrivé ?

— Un naufrage.

— Un naufrage, hein ? Eh bien, ça prouve donc une fois encore que ces fichus barbares des Highlands sont incapables de naviguer correctement !

— Peut-être, mais contrairement à ces stupides Vikings, eux au moins, ils savent combattre ! répliqua Rory.

Bjorn s'esclaffa et envoya virilement son poing sur l'épaule de Rory. Les deux feignirent de se battre, tout en

1. Dieu nordique du mensonge et de la discorde.

2. Géant dont la carcasse aurait servi à bâtir le monde.

pénétrant dans l'arrière-boutique. Lorna leur emboîta le pas, ne pouvant refréner un sourire à les voir se chamailler ainsi. Nul doute qu'ils s'appréciaient beaucoup ! La pièce de vie était modeste, mais accueillante. Un beau feu flambait dans une cheminée de pierre, au-dessus de laquelle était accrochée une magnifique épée. La lame rutilait dans la lumière des flammes, rehaussant la délicatesse des motifs élaborés qu'on y avait gravés. Sur la poignée, Lorna devina le dessin d'un serpent, ou peut-être plutôt d'un dragon, comme ceux des légendes. Ainsi, cet animal fantastique était aussi connu chez les peuples du Nord…

La voix grave de Bjorn murmura soudain à son oreille.

— Elle est belle, n'est-ce pas ? C'est mon œuvre, et j'en suis si fier que je refuse de la vendre, même si on m'en a offert par trois fois déjà une petite fortune.

De ses doigts, il caressa presque amoureusement le pommeau de l'arme. Combien de temps lui avait-il fallu pour confectionner une telle splendeur ?

— Personne n'a cherché à te la voler ? s'enquit Rory.

— Oh ! si, une fois. Mais les quatre idiots qui ont tenté leur chance n'auront plus jamais l'occasion de recommencer.

Un sourire carnassier se dessina sur son visage, et un éclat féroce illumina ses yeux. Lorna ne put réprimer un frisson. Sans aucun doute, Bjorn était un homme qu'il valait mieux avoir comme ami que comme ennemi.

— Mais nous aurons tout le temps de parler de ça une autre fois. Venez vous asseoir ! Vous devez mourir de soif !

Comme Bjorn l'invitait d'un geste, Lorna s'installa à la table au centre de la pièce, auprès de Rory. Alors que Bjorn leur servait à boire, elle demanda :

— Comment vous êtes-vous rencontrés, tous les deux ?

— Eh bien, c'était il y a quelque temps déjà, répondit Bjorn. Pour faire court, je m'étais retrouvé sous les ordres de Blovurr Duffgalsonn. Un chef viking ambitieux et malin, mais surtout un maudit *bacraut*[1] ! Il était parvenu à rallier un certain nombre d'entre nous, et aussi à s'allier avec quelques clans des Highlands, avec l'idée de nous couvrir de gloire et de richesse.

Les yeux de Bjorn s'assombrirent. Il avala une rasade de bière, nettoya la mousse de sa bouche d'un revers de la main, puis poursuivit :

— Tout ça, c'était qu'un foutu mensonge. Si on était là, c'était en fait pour que Blovurr, lui, s'enrichisse, ça c'est sûr, mais surtout pour qu'il puisse se venger de Shaw McAsgaill, un chef de clan écossais. Ils avaient le même père, mais pour Blovurr, Shaw n'était rien de plus qu'un maudit bâtard, un fils d'esclave, qui avait sali l'honneur de sa lignée. Sa lignée ! Tu parles, comme s'il ne s'était jamais préoccupé d'autre chose que de lui-même… Finalement, quand j'ai compris qu'il perdait l'esprit, je me suis retourné contre lui, et il me l'a chèrement fait payer. J'en porte encore des cicatrices.

Il serra fermement les poings, comme prêt à en découdre sur-le-champ avec ce Blovurr. Rory s'éclaircit la gorge et poursuivit son récit à sa place.

— Shaw a vaincu Blovurr, mais avant ça, ce maudit Viking avait bien failli tuer Brianna, la femme de Shaw. Dieu merci, elle s'en est remise.

— Heureusement, confirma Bjorn, sinon, ça t'aurait rendu encore plus fou, pas vrai ?

Rory grimaça.

1. Insulte en vieux norrois, qu'on peut traduire par : « trou du cul ».

— Certes. Mais elle va bien, à présent. C'est le principal.

Dans sa voix nouée, Lorna perçut de la colère, du soulagement, et autre chose, aussi, qu'elle ne parvint pas précisément à définir. Était-ce du regret ?

— Qui est Brianna, pour vous ? demanda-t-elle.

— Ma cousine, et c'est quelqu'un… que j'aime beaucoup.

— C'est le peu qu'on puisse dire, confirma Bjorn avec un sourire narquois.

Rory le foudroya du regard, puis ajouta :

— Donc, quand tout fut terminé, j'ai fait la connaissance de Bjorn et nous sommes devenus amis. Il est aussi venu passer quelque temps à Crimson Castle, le château de ma famille, avant de s'installer ici.

— Et il n'y est pas seul.

La voix grave, mais indéniablement féminine, qui venait de les surprendre appartenait à une femme grande et magnifique. Elle souriait, révélant ses dents parfaites et d'un blanc éclatant. Lorna tressaillit : on aurait dit une déesse ! Sous une robe de laine plissée et brodée, elle portait une tunique sans manches. À sa ceinture de cuir étaient glissées des clés, et de splendides bijoux ouvragés paraient ses poignets. Ses longs cheveux blond-roux cascadaient dans son dos, jusqu'à la taille. La peau diaphane de son visage était aussi délicate que ses traits, mais ses bras nus étaient, eux, couturés de cicatrices. Que lui était-il donc arrivé ?

Elle s'élança vers Rory qui bondit presque de son siège pour venir l'étreindre.

— Freydis ! Quelle joie de te revoir !

— Ah, Rory ! Tu m'as énormément manqué, souffla-t-elle en se pressant contre lui.

Lorna les observa, curieuse de savoir qui était exactement cette Freydis, et quelle était – ou avait été – sa relation avec Rory. À les voir ainsi, elle en éprouva un pincement de jalousie.

Bjorn sembla deviner ses pensées.

— Freydis est ma sœur aînée, lui murmura-t-il à l'oreille. Elle et Rory furent un temps… très proches. Mais c'est terminé, depuis longtemps.

Le cœur de Lorna se serra. À la manière dont ils se dévoraient des yeux, on aurait pu s'imaginer le contraire ! Dieu merci, Bjorn les sépara en tendant un gobelet rempli de bière à Freydis. Elle s'en saisit aussitôt pour le boire aussi avidement qu'un homme aurait pu le faire.

— Rory et son amie Lorna viennent d'arriver à Castletown, lui apprit Bjorn. Ils ont fait naufrage, et…

— Naufrage ? répéta Freydis. Ça explique ces vêtements… ou plutôt, le misérable état de leurs tenues.

Elle plongea son regard incisif sur Lorna, comme si elle s'apercevait seulement de sa présence. Après quelques secondes qu'elle sembla passer à la jauger, elle lui adressa finalement un sourire.

— Eh bien, je vous prêterai une de mes robes, même s'il faudra sans doute un peu la retoucher. Bjorn, tu donneras un pantalon et une chemise à Rory. Mais d'abord, ferme la boutique. La soirée risque d'être longue.

Bjorn hocha la tête et s'exécuta sans broncher. Au ton qu'avait employé Freydis, Lorna comprit qu'elle avait l'habitude de se faire obéir. Quelle autorité envers un homme, fût-il son frère cadet, venant d'une femme ! Les Scandinaves disposaient-elles toutes d'autant de liberté ? Freydis alla se resservir à boire, avant de s'asseoir une fois Bjorn revenu.

— Eh bien, j'ai hâte d'apprendre ce qui vous est arrivé, à tous les deux, dit-elle. Te connaissant, Rory, ça ne peut qu'être de graves ennuis.

— Tu me connais bien, en effet. Mais Bjorn, n'avions-nous pas parlé d'un bon repas ? Je suis affamé.

— Je m'en occupe, déclara Freydis. Je sais combien tu adores ma cuisine.

Bientôt, un ragoût mijotait dans une grosse marmite au-dessus du feu. Son odeur appétissante faisait saliver d'envie. En attendant qu'il soit prêt à être dégusté, Rory relata à Bjorn et Freydis les événements qui les avaient conduits, Lorna et lui, jusqu'ici. De leur rencontre à Dublin à leur arrivée à Castletown. Lorna l'écoutait sans l'interrompre, le laissant leur expliquer sa version des faits, et reconnaissante qu'il occulte tout ce qui s'était passé d'intime entre eux. Si Bjorn l'arrêtait de temps à autre pour demander quelques précisions, Freydis semblait boire ses paroles.

— J'ai entendu parler de ce bateau, l'*Empress of The Seas*, déclara Bjorn. Il est arrivé à bon port, d'après ce qu'on nous en a dit, mais il était si salement amoché que c'était paraît-il un miracle qu'il n'ait pas sombré. Les passagers étaient indemnes, et plusieurs des membres d'équipage repêchés aussi. Le charpentier qui m'en a causé a mentionné une attaque de pirates d'une rare violence, mais jamais je n'aurais imaginé que vous étiez à bord.

Lorna avait beau ne pas apprécier plus que cela Lady Lucinda, elle était soulagée de savoir qu'elle allait bien, tout comme les autres passagers. Elle espérait que le capitaine était en vie, lui aussi.

— Et pourtant si, nous y étions, assura Rory. Enfin,

jusqu'à ce que nous nous retrouvions projetés par-dessus bord. Personne n'a lancé de recherches, pour nous ?

Bjorn secoua négativement la tête.

— Pas que je sache. Je trinque à votre survie !

Il s'octroya une nouvelle rasade de bière, et Rory leva son verre pour trinquer avec lui. Freydis, elle, s'inclina soudainement vers Lorna.

— Alors comme ça, vous êtes fiancée ? Et cet homme vous attend à Londres ?

Elle sentait sur elle le regard brûlant de Rory et sa nervosité, palpable, alors qu'il se tenait à ses côtés.

— En effet, c'est la vérité, souffla-t-elle, mal à l'aise de devoir continuer à mentir.

Bjorn fronça les sourcils, comme s'il réfléchissait. Freydis se leva pour aller touiller la marmite. Elle revint ensuite auprès de Rory, collant sous son nez sa plantureuse poitrine pendant qu'elle lui versait une généreuse portion de ragoût :

— L'Angleterre ? soupira-t-elle. C'est donc là que vous vous rendez. J'aurais supposé que tu préférerais retourner en Écosse au plus vite, Rory. Murtagh doit t'attendre avec impatience.

— Je ne peux pas rentrer. J'ai une mission à accomplir.

— Retrouver cette fugitive ?

Il grimaça.

— *Nay*. Pas seulement. Je dois avant tout m'assurer de la sécurité de Lorna.

— Les Anglais, c'est une maudite engeance, s'écria Bjorn. Nous ne les aimons pas trop, par ici, et ils n'ont aucune autorité sur notre île. Pas plus que les Écossais, par ailleurs, précisa-t-il à l'intention de Rory avec un petit sourire.

Loin de répondre à cette provocation amicale, ce dernier haussa négligemment les épaules.

— Je laisse bien volontiers la politique à d'autres. Tout ce qui m'importe, c'est de tenir ma parole et d'escorter Lorna là où elle le voudra. Alors, si vous acceptez de nous payer la traversée, somme que je vous rembourserai bien évidemment, nous partirons dès demain à bord du prochain bateau en partance pour l'Angleterre.

Freydis l'interrompit en plaçant une main sur son bras.

— Allons, ne sois pas stupide, rien ne presse ! Restez plutôt avec nous quelques jours, au moins le temps de vous refaire une santé. Personne ne vous cherchera de problèmes, tu le sais bien, car autrement, ils auront affaire à moi !

Elle joignit le geste à la parole, en frappant durement sa paume ouverte de son poing fermé. Ses yeux d'une teinte bleu acier brillaient d'un éclat ardent, comme si elle était impatiente, en effet, de se battre ! Lorna la toisa avec curiosité. Elle avait entendu parler de ces guerrières vikings, ces femmes qui se battaient avec la même férocité que leurs hommes, mais elle n'en avait encore jamais vu de ses propres yeux. Freydis était-elle une de ces combattantes ? Cela expliquerait-il les nombreuses cicatrices sur ses bras ? Elle n'eut pas le temps de s'interroger davantage que Bjorn s'esclaffa :

— Elle en est parfaitement capable, croyez-moi !

Chapitre 27

La nuit était tombée depuis quelques heures déjà sur Castletown. Lorna ne parvenait toujours pas à trouver le sommeil. Blottie sous une couverture, dans la chambre de Bjorn qu'elle partageait avec Rory, elle ressentait bien trop la présence du jeune Highlander dans la pièce pour réussir à dormir. Cela aurait très certainement été pire encore pour elle, si celui-ci avait préféré s'installer dans la chambre de Freydis, comme elle le lui avait proposé ! Rory avait poliment, mais fermement refusé. « J'ai promis de ne pas vous quitter des yeux », s'était-il justifié auprès de Lorna. Et il avait décrété qu'il n'y avait pas à discuter. Freydis s'était contentée de hausser les épaules pour marquer sa déception, et Bjorn avait esquissé un sourire en coin. À présent, savoir Rory si proche tout en étant hors de sa portée était une véritable torture ! À sa respiration régulière et apaisée, elle comprit qu'il dormait. Dans la faible lueur du feu qui se mourait, elle devinait sa silhouette avachie dans le fauteuil. Comment pouvait-il se reposer ainsi ? Cela devait être vraiment inconfortable. Il avait pourtant insisté pour s'y installer, prétendant que cela lui conviendrait parfaitement. Le lit de Bjorn était certes fait pour une seule personne, mais elle culpabilisait. Elle hésitait à réveiller Rory, à lui proposer de partager le lit de Bjorn avec elle. Prendrait-il cela comme une invitation à bien autre chose ? À cette pensée, elle sentit ses joues s'enflammer et une onde de chaleur la traverser. Comme il était tentant de rechercher la sécurité de ses bras… mais cela ne serait pas bien, ni pour lui ni pour elle. Elle ne voulait pas lui donner de faux espoirs, l'illusion qu'elle pourrait faire partie de sa vie, comme il semblait le souhaiter. Lui tournant le dos, elle s'emmitoufla sous la couverture et se recroquevilla sur elle-même. Les yeux clos, elle essaya de fermer son esprit pour trouver le repos. En vain. Le moindre bruit la gardait éveillée. Le bruissement du vent dans les feuilles des arbres au-dehors, le chuintement d'une chouette, le craquement du bois de la maison… et surtout, la respiration de Rory, qui se transforma subitement en gémissements saccadés. Il grommela quelque chose, sembla s'agiter. De là où elle se trouvait, elle ne distinguait pas son visage, mais elle voyait ses bras se mouvoir dans le vide, comme cherchant à repousser un assaillant invisible… ou à attraper quelqu'un. Lentement, intriguée, elle se leva pour le rejoindre. Il murmurait des mots inintelligibles. En se rapprochant encore, elle s'immobilisa.

— Lorna… Lorna…

Oui, elle en était convaincue, à présent. C'était bien elle, qu'il réclamait ! Son ton était si effrayé, si désespéré, qu'elle en eut les larmes aux yeux. Pour quelle raison l'appelait-il ainsi ? Mue par son seul instinct, elle l'attira doucement à elle et l'étreignit, posant son visage contre son cœur.

— Je suis là, Rory, je suis là… Tout va bien.

Ses bras l'emprisonnèrent férocement et il ouvrit franchement les yeux.

— Lorna ! Je vous ai vue mourir, et je ne pouvais rien faire pour vous sauver !

Il tremblait, refusait de la laisser partir. Sa tête restait pressée contre sa poitrine. Entendait-il les battements effrénés de son cœur ? Son souffle chaud courait sur elle, son odeur musquée l'enveloppait tout entière. Elle osait à peine respirer, de peur que cela ne suffise à les séparer. Elle ferma les yeux et laissa ses doigts caresser les épaules de Rory, se glisser dans ses cheveux. Si sa raison lui intimait de s'écarter de lui, son cœur la poussait à rester et à le rassurer.

— J'ai eu si peur de vous perdre, je crois même que je n'ai jamais eu aussi peur de toute ma vie, avoua-t-il.

Il la serra encore plus étroitement contre lui.

— Je vais bien, Rory, murmura-t-elle, la gorge nouée.

— Dieu soit loué. Ce n'était qu'un horrible cauchemar…

Il soupira et la libéra juste assez pour river ses yeux dans les siens.

— Je suis désolé, *lass*. Je ne voulais pas vous réveiller, et encore moins vous effrayer.

— Ce n'est rien, ne vous inquiétez pas. Je suis seulement contente que… vous alliez bien.

— Et moi, que *vous* alliez bien. À présent, retournez vous coucher. Ça vaudra bien mieux, pour nous deux, parce qu'à vous tenir ainsi contre moi, je risque de…

Il ne termina pas sa phrase. Sa voix était basse, emplie de désir et de regrets. Oui, s'éloigner de lui, le laisser là et rejoindre seule le lit de Bjorn. C'était certainement ce qu'il était raisonnable de faire. Qu'attendait-elle donc pour s'extirper de ses bras ? Elle en était tout simplement incapable. Elle ne le voulait pas. Elle ne pouvait pas.

— Lorna…

— Oui ?

— Si vous ne retournez pas au lit tout de suite, de vous-même, je me retrouverai obligé de vous y porter. Ensuite, je préfère vous prévenir, il est fort possible que je vous débarrasse de cette encombrante chemise de nuit que Freydis vous a gentiment prêtée. Ce n'est pas que je n'en ai pas envie, au contraire. Mais je vous ai fait une promesse…

Il parlait lentement, comme si prononcer chaque mot lui coûtait. Sa promesse, elle ne l'avait pas oubliée : « Soyez rassurée, *lass*, je ne chercherai plus à vous séduire, tant que vous serez liée à un autre. » Hélas, sa voix rauque, emplie de désir et de passion, n'était que tentation. Peu importait combien elle voulait lui céder. Elle devait résister. Maudits soient tous ces mensonges, qu'elle était obligée de leur imposer !

— Bonne nuit, Rory, souffla-t-elle, la gorge nouée.

— Bonne nuit, *lass*.

Tout en se blottissant sous la couverture, malgré l'épuisement qui lui piquait les yeux, elle ne parvenait toujours pas à trouver le sommeil. Avec Rory à quelques pas seulement d'elle, son esprit était en ébullition. S'était-il rendormi ? Ou était-il, tout comme elle, tourmenté par une multitude d'émotions ? De frustration, elle enfouit sa tête dans l'oreiller de plumes, espérant enfin sombrer dans le sommeil. Pour ne plus penser à rien…

Rory ferma les yeux et essaya de se calmer. Savoir Lorna, la femme qu'il désirait le plus au monde, si proche de lui et en même temps inaccessible, lui déchirait les entrailles. Pourquoi diable lui avait-il fait cette maudite promesse ? Jamais serment ne lui avait été si difficile à tenir, mais il ne voulait pas la décevoir. Tant qu'elle ne lui demanderait pas, il ne la toucherait pas. Ensuite, lorsqu'elle serait libérée de son encombrant fiancé, tout serait différent. Une sombre histoire de famille devait se tenir derrière tout ça, pour qu'elle s'acharne à retrouver cet homme. Le paiement d'une dette, peut-être ? Elle devait se sentir redevable envers ce Neil, pour une raison qu'elle refusait de lui dévoiler… À moins qu'elle ne lui mente. Il ne savait plus que penser ! Elle lui cachait tant de choses, il pouvait le sentir, mais tenait-il tant que cela à découvrir la vérité ?

Un imbécile, voilà ce que tu es, se morigéna-t-il. *Tu devrais simplement aller la retrouver, puis prendre ce que tu considères être à toi…*

Mais Lorna n'était pas à lui. Pas encore. Pas avant qu'elle ne le veuille véritablement… Comme la vie lui semblait facile, avant ! Les femmes abondaient, l'amusement tout autant… mais la frivolité de cette existence passée ne lui manquait pas. Car Lorna n'en faisait pas partie…

Incapable de trouver le sommeil, il finit par se lever de son inconfortable fauteuil. Il allait sortir prendre l'air, afin de se rafraîchir les sens, mais sur une impulsion, il se tourna vers la silhouette endormie, dans le lit. Dieu qu'elle était belle, calme et paisible ! Son pouls s'accélérera. Encore quelques pas et il savourerait de ses doigts la délicatesse de sa peau, la chaleur de son corps, la… Sa mâchoire se crispa et il retint un grognement de frustration. Ne pouvait-il se trouver près d'elle sans instantanément la désirer ? C'était si puissant que c'en était douloureux. Il voulut se détourner de cette tentation, mais s'en révéla incapable. Venant s'asseoir près d'elle, il la contempla en silence sans pouvoir décider de ce qu'il ferait ensuite. La raison lui dictait de s'éloigner, mais la tendresse qu'il éprouvait pour elle l'en empêchait. Que lui arrivait-il ? Jamais encore il n'avait ressenti cela pour une femme. Pas même pour Brianna. Il se souvint des paroles que cette dernière lui avait murmurées, il y avait une éternité de cela, lui semblait-il :

« Quelque part, j'en suis certaine, se trouve celle qui fera ton bonheur, celle pour qui tu donneras tout sans hésiter, celle qui fera battre ton cœur si fort que seuls ses baisers pourront t'apaiser… »[1]

Cette femme, l'avait-il enfin trouvée ? Quelle torture, puisqu'elle était loyale à un autre ! Lorna gémit et grimaça dans son sommeil. D'une main presque timide, il effleura ses cheveux. Elle murmura quelque chose qu'il ne saisit pas, mais elle semblait poursuivie par quelque menace invisible. Décidément, leurs songes à tous deux paraissaient déterminés à ne leur octroyer aucun repos. Par sa seule présence, elle était parvenue à le calmer. Peut-être devrait-il essayer d'en faire autant… Il s'étendit derrière elle et l'entoura de ses bras, lui souffla des mots doux en gaélique. Le lit n'était pas grand, et ils se retrouvèrent collés l'un à l'autre. Enfin, elle sembla se détendre, et il continua à la serrer tout contre lui, jusqu'à ce que le sommeil l'emporte à son tour…

Quand Lorna entrouvrit les yeux, la pièce était plongée dans la pénombre. Le feu de tourbe s'était éteint, laissant

1. Voir le tome 2, *L'épouse du Highlander.*

pour seul vestige quelques braises rougeoyantes. Pourtant, malgré le vent qui grondait furieusement à l'extérieur, elle avait chaud et se sentait étrangement bien. L'esprit embrumé, elle comprit alors qu'elle était pressée contre un corps ferme et qu'une paire de bras l'emprisonnait. Ce ne pouvait être que Rory ! Elle reconnaissait son odeur, le contact de sa peau contre la sienne… Que faisait-il là ? Sans doute avait-il eu froid, ou recherchait-il simplement le confort du lit. Ou avait-il peur qu'elle ne cherche à s'échapper, pendant qu'il dormait. Quelle qu'en fût la raison, il était impossible pour elle de le repousser, de le réveiller, de le chasser loin d'elle. Pas alors qu'elle était si bien contre lui ! Comme si sa présence, forte et sécurisante, l'enveloppait tel un manteau épais durant une glaciale nuit d'hiver. Fermant les yeux, elle demeura ainsi éveillée, savourant cet instant paisible entre eux. Car cela ne pourrait durer, elle en était douloureusement consciente. Rory gémit doucement et remua dans son sommeil, pendant qu'elle n'osait bouger. Son souffle chaud courait sur sa nuque, éveillant en elle de délicieux frémissements. S'efforçant de se détendre, doutant qu'elle puisse s'endormir dans ces conditions, elle ne s'en blottit pas moins contre lui… et cela suffit pour l'aider à glisser dans le sommeil.

Quand elle s'éveilla de nouveau, elle se sentait reposée et apaisée. Dans son dos, Rory émit un léger ronflement. Les rayons du soleil perçaient à travers le volet. Dehors retentissaient les bruits de la rue : les claquements des sabots sur les pavés, les voix des commerçants qui ouvraient leurs boutiques et les discussions des passants. Lorna tendit l'oreille. Au rez-de-chaussée, Freydis et Bjorn parlaient, probablement en prenant leur collation du matin. Sans doute ferait-elle mieux de les rejoindre, avant que Rory n'ouvre les yeux. Tant qu'elle avait le courage de quitter la sécurité de ses bras. Avec précaution, elle s'extirpa du lit et remonta la couverture jusqu'aux épaules de Rory. Elle ne put résister à la tentation de remettre en place une de ses mèches de cheveux, qui lui retombait sur le visage. Il gémit sous sa caresse, mais ne se réveilla pas. Qu'il était beau, et si tranquille. Cette image de lui, elle souhaitait la conserver dans sa mémoire, aussi longtemps qu'elle vivrait. C'est avec cette pensée qu'elle sortit de la chambre et entreprit de descendre l'escalier.

Chapitre 28

— Ah, Rory, si tu savais combien j'aimerais que tu restes avec nous pour toujours ! s'exclama Freydis. Tu te souviens, comme on s'amusait bien ensemble, dans le temps ?

La jeune femme le gratifia d'une œillade aguichante. Lorna eut l'impression qu'on lui donnait un coup de poing dans le ventre en le voyant lui répondre d'un sourire enjôleur. Depuis qu'il était venu les rejoindre en bas, Freydis ne cessait de le dévorer du regard ! À présent qu'ils se promenaient tous les trois au marché, en attendant que Bjorn les rejoigne avant de se rendre au port à la recherche d'un bateau en partance prochaine pour l'Angleterre, c'était encore pire. Rory et Freydis ne se quittaient plus ! Leur intimité, la facilité avec laquelle ils s'entretenaient ensemble, était une torture, mais Lorna devait s'efforcer de ne rien montrer de sa jalousie. C'était à peine si Rory et elle avaient échangé quelques mots. La magie de la nuit passée avait disparu, et il semblait prendre le plus grand plaisir aux attentions de Freydis. Si Lorna avait imaginé pouvoir profiter de cette distraction pour fuir, elle se trompait. Dès qu'elle esquissait un mouvement pour s'éloigner de plus de trois pas, l'attention de Rory se portait instantanément sur elle, comme s'il se rappelait soudain qu'elle existait ! Freydis émit un rire joyeux et pressa son épaule contre celle du jeune Highlander, qui ne s'écarta pas. Dépitée, Lorna fit semblant de s'intéresser à l'étal d'un marchand de tissus. C'était certes douloureux que d'assister à ce jeu de séduction, mais n'était-ce pas elle, après tout, qui avait fermement rejeté Rory ? Comment lui reprocher, à présent, de le voir répondre aux avances d'une autre ? Freydis était ravissante et pleine de vie. Rien de plus normal qu'il s'intéresse ainsi à elle. De plus, Bjorn avait précisé qu'ils avaient été intimes, par le passé. Lorna ne pouvait même pas en vouloir à cette femme. Elle l'enviait, plutôt, de cette liberté qu'elle affichait !

Arrête donc ! Tu es censée être fiancée et amoureuse, se blâma-t-elle. *Agis comme telle !*

Elle laissa ses doigts courir sur une étoffe, bien incapable d'en apprécier la qualité, tant elle était bouleversée.

— Tout va bien, *lass* ?

Elle sursauta à cette voix tant aimée. Rory se tenait près d'elle, la tête penchée sur le côté, l'air soucieux. Il tendit la main vers l'étoffe qu'elle serrait entre ses doigts tremblants, les frôlant volontairement.

— Si vous voulez à ce point ce tissu, ce qui semble être le cas à la manière dont vous vous y agrippez, dit-il, je peux vous l'offrir.

Il se rapprocha d'elle, fit glisser une de ses mains derrière son dos. En plus de la toucher, ne pouvait-il cesser de la dévisager de cette façon ? Elle se sentait comme envoûtée par ses yeux, qui brillaient d'un éclat concupiscent. Un appel auquel sa lucidité ne pouvait l'autoriser à répondre.

— Non, je… Je trouvais juste cette matière agréable. Où est Freydis ?

— Elle parle avec un de ses amis, là-bas. Un menuisier, je crois.

Il haussa imperceptiblement les épaules. S'en moquait-il vraiment ? En effet, la jeune femme conversait un peu plus loin avec un homme qui avait l'âge d'être son père. Une raison suffisante, comprit Lorna, pour que Rory ne s'en soucie pas. Cet homme n'aurait pu constituer pour lui un rival. Qui, par ailleurs, l'aurait pu ? Aux yeux de Lorna, il ne pourrait jamais y avoir personne d'autre que lui dans sa vie.

— Rory…

— Oui, *lass* ?

— Qu'y a-t-il exactement, entre Freydis et vous ?

Les mots étaient sortis tous seuls ! Mais le mal était fait et elle leva la tête vers Rory, appréhendant sa réponse. Il la fixa d'un air étrange, puis une ébauche de sourire se dessina sur ses lèvres.

— Pourquoi cela vous intéresse-t-il ?

— Pour rien, je… Je suis juste curieuse.

— *Nay.* Vous êtes jalouse.

— Bien sûr que non !

— Oh que si, vous l'êtes.

Un sourire de fierté illumina son visage, puis il continua d'un ton sérieux.

— Eh bien, Freydis et moi avons été très proches, fut un temps, mais c'est terminé. À présent, nous sommes de simples amis. Lorna… Je ne partagerai pas sa couche, si c'est ce qui vous préoccupe. Depuis la première fois où je vous ai vue, je n'ai plus désiré aucune autre femme.

Il se pencha lentement vers elle, mêla ses doigts aux

cheveux sur sa nuque, l'attira à lui. Comme saisie d'un vertige, elle retint son souffle, incapable de se dérober. Il allait l'embrasser, et elle savait déjà qu'elle le laisserait faire.

La magie de l'instant fut brisée lorsqu'une joyeuse voix masculine se fit entendre derrière eux.

— Ah, vous voilà enfin ! Désolé, je tombe mal ?

— On peut le dire, Bjorn.

Rory grommela un juron, tandis que Lorna s'éloignait de lui, le cœur battant. Bjorn les dévisagea tour à tour, une main passée sur son cou, visiblement conscient de l'embarras de la situation.

— Bon, eh bien, j'ai fermé la forge pour la matinée, alors nous pouvons aller au port, quand vous voudrez.

— Je suis prêt. Venez, Lorna.

Mais Freydis, qui venait de les rejoindre, s'interposa et attrapa son bras.

— Attendez ! Pourquoi ne resterait-elle pas plutôt avec moi ? Cela nous permettra de faire un peu mieux connaissance.

Rory rechigna.

— Je ne sais pas. J'ai promis de veiller sur elle et je n'aime pas qu'elle ne soit pas près de moi.

— Allons, elle ne risque rien, ici ! insista Freydis.

Comme il hésitait toujours, Lorna intervint. Elle voyait là une occasion unique de pouvoir fuir ! Ou d'en effet découvrir davantage la jeune femme, avide qu'elle était de comprendre ce que Rory avait tant aimé en elle, et aimait peut-être encore.

— J'aime l'idée de Freydis, et j'accepte sa proposition. Vous deux, vous n'aurez qu'à nous retrouver sur le retour.

Le visage de Freydis s'éclaira d'un sourire ravi, et celui de Rory s'assombrit d'autant.

— C'est vraiment ce que vous voulez ?

— Oui.

Il poussa un long soupir.

— Très bien, alors. Mais vous resterez ensemble. Constamment.

— Tu es encore pire qu'un père autoritaire, Rory ! s'exclama Freydis en riant. Nous sommes sur une île, ta précieuse Lorna ne va pas s'envoler, tout de même ! Allons, tout ira très bien ! Partez, maintenant !

Il esquissa un rictus avant de s'adresser à Lorna.

— Je n'aime pas ça, *lass*, mais je veux vous faire confiance, murmura-t-il, uniquement pour elle. Ne me décevez pas.

Il s'inclina brièvement devant elle, puis s'éloigna avec Bjorn. Lorna se retrouva seule avec Freydis. Celle-ci se montra très amicale, lui présentant les commerçants et artisans de sa connaissance, lui expliquant desquels elle devait se méfier, et auprès desquels elle pouvait faire de bonnes affaires. À la surprise de Lorna, ce fut un moment très agréable. Freydis était vraiment prévenante, comme une sœur l'aurait fait. En vérité, il était terriblement facile de l'aimer, et elle comprit pourquoi Rory l'appréciait tant.

Le ciel commença à se couvrir et le vent se leva. Lorna remit des mèches de cheveux rebelles, qui se perdaient sur son visage, en place. Elle vit alors que Freydis avait clos ses paupières et qu'elle inspirait amplement l'air frais venu de la mer, comme s'en délectant.

— Cela me rappelle ma terre natale, dit-elle.

— D'où venez-vous ?

— D'un petit village, au Danemark. Parfois, quand le vent souffle fort et est aussi frais qu'aujourd'hui, je ferme les yeux et imagine que je m'y trouve encore. Oh ! ne vous méprenez pas, j'aime vivre ici, mais il m'arrive d'être nostalgique.

Elle se saisit des mains de Lorna.

— Mes excuses, vous n'avez pas envie d'entendre cela.

— Au contraire, je…

— Freydis ! Ma commande est-elle prête ?

Lorna sursauta à la voix forte et pâteuse de l'homme corpulent qui venait de les interrompre. Ses cheveux gris coupés court encadraient un visage rougeaud et bienveillant.

— Passe demain à la forge, Elliot, et tu devrais être satisfait, répondit la jeune femme.

— Demain, je ne pourrai point. J'en ai besoin aujourd'hui, et…

Lorna n'entendit pas la suite. Là-bas, cet homme qui venait d'arriver sur la place du marché… Il portait les couleurs honnies des Comyn ! Quand il se retourna et qu'elle découvrit ses traits, que leurs regards se croisèrent, son sang se glaça dans ses veines. Cet homme… C'était l'un de ceux qui les avaient attaqués, Rory et elle, sur l'*Empress of The Seas* ! Elle voulut prévenir Freydis du danger. Trop tard, il se précipitait déjà vers elle !

— Attrapez-la !

La peur au ventre, elle s'enfuit en courant. Elle avait tant espéré qu'ils la croient morte, qu'ils abandonnent les recherches ! Elle se fraya un passage parmi la foule compacte des badauds, s'attendant à ce que cela ralentisse aussi ses poursuivants. Ils hurlaient, lui ordonnaient de s'arrêter, au nom du roi ! Cela ne la poussa qu'à accélérer davantage. Leur maudit roi pouvait bien pourrir en enfer, puisque c'était le sort qu'il lui réservait ! Le souffle court, le cœur battant si fort dans sa poitrine qu'elle le croyait prêt à exploser, elle courait sans savoir où elle allait. Ces ruelles étaient un véritable labyrinthe ! Au bord de la panique, elle continua au hasard, avec l'effroyable impression qu'elle ne faisait que retarder l'inévitable. Ses poursuivants gagnaient du terrain ! Soudain, elle manqua de hurler : elle était dans une impasse ! Prise au piège ! Terrifiée, elle chercha une échappatoire, mais les murs qui l'entouraient étaient trop hauts pour qu'elle puisse y grimper. Il était trop tard pour rebrousser chemin. Ses ennemis – au nombre de six – lui bloquaient l'unique issue.

Le plus massif d'entre eux, qu'elle supposa être le chef de ces misérables, fit un pas en avant.

— C'est fini, clama-t-il. Enfin, vous êtes à nous.

Il avait des épaules démesurées, un corps tout en muscles et des cuisses énormes. Un colosse, contre lequel elle n'aurait eu aucune chance même s'il avait été seul !

Une arme, trouve une arme !

— Par votre faute, continua-t-il, j'ai perdu des hommes de valeur, sur ce maudit navire. Dieu m'est témoin que je rêve de vous le faire payer, mais heureusement pour vous, j'ai pour ordre de vous ramener vivante. De préférence, en tout cas.

Elle frémit. Dans son regard inflexible, elle ne trouva nulle compassion, uniquement un puits de ténèbres. Il n'hésiterait pas à l'assassiner, ici même ! Esquissant un sourire mauvais, il tendit la main vers elle.

— À présent, suivez-nous, qu'on en finisse.

Le suivre ? Qu'elle résiste ou non, cela signifiait la mort ! Que ce soit dans cette ruelle sordide ou en Écosse, tout était terminé ! Elle ne voulait pas mourir, mais périr ici, dans cette triste ruelle, lui éviterait la torture. Sa décision fut prise. Elle n'avait plus rien à perdre ! Tête baissée, elle s'approcha lentement du guerrier massif, feignant l'obéissance… et plongea sur lui pour le désarmer ! Il fut si effaré par son audace qu'elle parvint à le délester de son *dirk*[1]. Brandissant l'arme devant elle, elle essaya de profiter de la confusion pour se tailler un chemin parmi ces hommes. Vers la sortie !

Hélas, l'effet de surprise passa trop vite. Son poignet fut entravé, tordu, jusqu'à ce qu'elle pousse un cri de douleur et laisse tomber le couteau à terre. On lui cogna si fort l'arrière du crâne qu'elle en fut à moitié assommée ! Le chef la releva de force. Elle était bien trop sonnée pour comprendre ce qu'il vociférait. De hardiesse, elle lui cracha au visage, ce qui lui valut une gifle monumentale en retour. Son cou craqua et tout se brouilla. Seules la douleur et la peur la maintenaient éveillée. Cela et la sensation glacée d'une lame pressée contre sa gorge ! C'en était terminé. Elle était vaincue, mais elle trouva la force de les invectiver encore.

— Qu'est-ce que vous attendez, démons ? Misérables pouilleux ! Tuez-moi !

La lame s'enfonça un peu plus. Alors qu'elle aurait dû être terrifiée, elle était étrangement sereine. Une fois morte, jamais ils ne pourraient l'interroger au sujet de Sorcha, jamais ils ne découvriraient où elle était réfugiée…

Adieu, petite sœur…

Elle ferma les yeux, prête à accepter son destin. Alors, le visage souriant de Rory lui apparut. Lui qu'elle avait appris à connaître, et qu'elle ne reverrait plus jamais.

1. Long couteau écossais à double tranchant.

Découvrirait-il seulement ce qu'il lui était arrivé ? Que ferait-il, alors ? Cela lui arracha des larmes.

Des larmes de regrets, car jamais elle ne pourrait lui avouer combien elle l'aimait.

Chapitre 29

Un hurlement furieux, sauvage et dévastateur, retentit dans la ruelle. Lorna fut projetée à terre et se réceptionna durement sur les pavés. Toujours en partie assommée, elle parvint à ramper pour se mettre hors de portée de ses agresseurs. Partout, lui semblait-il, on criait, on gesticulait ! Recroquevillée contre un mur, elle réussit péniblement à ouvrir les yeux. Était-ce seulement possible ? Était-elle en train de rêver ? Rory pouvait-il être vraiment là, à se battre contre ces hommes ? Oui, elle en était certaine, à présent : il était venu à son secours ! Et il n'était pas seul : Bjorn et Freydis luttaient à ses côtés ! Armés d'épée, ils taillaient leurs ennemis en pièces. S'ils étaient indéniablement de valeureux combattants, Rory était le plus acharné des trois. Il frappait, esquivait, attaquait sans arrêt, avec habileté et violence. Sur ses traits enfiévrés se lisait une expression tellement farouche ! Il n'avait plus rien du jeune Highlander charmeur et rieur qu'elle connaissait. Il était redevenu l'impitoyable guerrier qu'elle avait découvert sur l'*Empress of The Seas*. Soudain, elle poussa un cri d'alerte pour le prévenir, mais il avait déjà vu l'homme qui se jetait sur son dos. Il se retourna prestement, évita le coup porté d'un mouvement souple, puis abattit sa lame sur son adversaire. Le cadavre alla rejoindre ceux de ses camarades. La bataille était terminée.

Haletant, Rory lâcha son épée à terre et se précipita auprès de Lorna. Ses mains se posèrent sur son visage, son cou, ses bras, comme à la recherche frénétique d'éventuelles blessures.

— Vous ont-ils fait du mal, *lass* ? Vous ont-ils touchée ?

Sa voix tremblait d'inquiétude.

— Rory, oh, Rory, j'ai eu si peur ! Sans vous, Bjorn et Freydis, je… je…

Les mots se nouèrent dans sa gorge et il l'attira prestement à lui. Elle se laissa pleurer contre son épaule, pendant qu'il l'étreignait étroitement. Quand elle en eut terminé, il l'aida à se relever. Freydis leur jeta un bref coup d'œil, puis frappa dédaigneusement du pied l'un des cadavres.

— Qui sont ces hommes ? Qu'est-ce qu'ils vous voulaient ?

— Ça ne semble pas évident ? répondit Rory. Cette bande de voleurs en avait après sa bourse et sa vertu. Heureusement, tu es venue nous trouver à temps, Freydis. Autrement…

Son visage se para d'un rictus mauvais et sa main se crispa sur l'épaule de Lorna. Tout en lui témoignait de sa colère et de la peur qu'il avait éprouvée. Ainsi, Freydis avait compris ce qu'il se passait et avait aussitôt cherché de l'aide. Lorna se tourna vers elle et Bjorn.

— Un grand merci. À tous les deux.

— Je suis contente que vous n'ayez rien. Quand j'ai vu ces hommes vous poursuivre, j'ai juste fait ce que j'avais à faire. Et je dois avouer qu'un peu d'exercice ne fut pas pour me déplaire !

Lâchant un juron, Bjorn essuya sa lame sur sa cuisse,

puis se planta devant Rory pour désigner les cadavres. Il semblait inquiet.

— Des bandits, dis-tu ? Ces hommes savaient se battre. Trop bien pour n'être que de vulgaires voleurs. Et le plaid de celui-là ne te rappelle rien ? On dirait pourtant les couleurs des…

Rory le coupa d'un geste.

— Ils ne sont personne. Laisse-les pourrir ici, les rats s'en occuperont.

— Si tu le dis.

Lorna ne put réprimer un frisson. En la défendant courageusement, en tuant ces mercenaires, ils s'étaient tous mis en grand danger. Personne ne devrait découvrir ce qu'ils avaient fait pour elle !

— Partons d'ici, dit-elle. Je ne… supporte plus la vue de tout ce sang.

Qu'ils la croient trop sensible, s'ils le souhaitaient, du moment qu'ils s'en allaient avant qu'on ne les surprenne ! Elle sentit le regard de Bjorn peser sur elle. Il semblait sur le point d'ajouter quelque chose, mais Freydis le devança :

— Elle a raison, mieux vaut ne pas être là quand on les découvrira. Inutile d'attendre qu'on nous pose des questions auxquelles nous n'aimerions pas répondre…

La manière dont elle la dévisagea troubla Lorna. Que savait vraiment Freydis ? En silence et sans un regard en arrière, ils quittèrent enfin les lieux.

Durant tout le trajet de retour, Rory marcha à ses côtés. Un bras glissé autour de sa taille pour la soutenir, il partageait avec elle sa chaleur et sa force tout en lui murmurant des paroles rassurantes. Une fois revenus à la forge, elle fut invitée à s'asseoir et se retrouva séparée de lui. Elle en ressentait un vide immense. Il se trouvait pourtant non loin, à quelques pas seulement, mais cela aurait pu tout aussi bien être à l'autre bout de la terre, tant son contact lui manquait.

Bjorn lui apporta un gobelet de vin chaud aux épices, qu'elle accepta avec reconnaissance. Assise en bout de table, les bras croisés sur sa magnifique poitrine, Freydis lâcha un grognement agacé.

— Cessez de nous prendre pour des imbéciles, tous les deux. Ces hommes étaient des Écossais, et des Comyn. Oui, Bjorn me l'a confirmé. Ils vous cherchaient, Lorna. La façon qu'ils ont eue de vous courir après et leur détermination… Cela ne devait rien au hasard. J'exige de savoir qui ils étaient, et ce qu'ils vous voulaient !

— Crier et exiger, ça n'a jamais rien résolu, Freydis, intervint Bjorn.

— Que crois-tu que feront les compagnons de ceux que nous avons tués, en découvrant ce massacre ? Ils chercheront vengeance ! Jamais je ne reculerai devant quiconque, mais je veux savoir pourquoi nous nous battons !

Rory, qui jusque-là s'était tenu silencieux, abaissa violemment son poing sur la table.

— Pour quelqu'un qui en vaut amplement la peine ! As-tu vraiment besoin d'en connaître plus ?

Freydis balaya vigoureusement l'air de sa main.

— Oui. Bien sûr que j'en ai besoin ! Je te fais confiance, Rory, mais puisque nous avons risqué nos vies pour ton amie, j'exige de savoir qui la menace, pourquoi, et pour quelle raison tu cherches tant à la protéger !

— C'est bien simple, c'est parce que …

Lorna bondit de sa chaise.

— Je ne vous mettrai pas plus en danger ! Dès demain à l'aube, ou même à l'instant, si vous préférez, je partirai.

Tous les trois avaient tourné la tête vers elle, et leurs expressions étaient très différentes. Bjorn semblait soucieux, Freydis, confuse et Rory, déterminé.

Freydis leva les mains, en signe d'apaisement.

— Ce n'est pas ce que j'ai voulu dire. Je ne souhaite pas votre départ. Ni celui d'aucun d'entre vous. J'ai juste besoin de connaître mes adversaires, pour mieux me préparer à les vaincre. Allez-vous nous apprendre, à présent, qui étaient ces hommes ? Quoi que vous ayez à nous confier, nous ne vous trahirons pas.

Les doigts de Lorna se crispèrent sur son gobelet, manquant d'en renverser le contenu. Certes, Freydis était sincère, et tout comme Bjorn et Rory, elle méritait de connaître la vérité. Aurait-elle le courage de la leur avouer ? Rory vint se placer près d'elle et posa une main réconfortante sur son épaule. Elle ferma les paupières. Le moment était venu. Impossible de reculer davantage, elle le leur devait.

— Ces hommes étaient en effet des Comyn, souffla-t-elle. Ils faisaient partie du même groupe que ceux qui nous ont attaqués, sur le bateau.

— C'est bien ce qu'il me semblait.

Ainsi, Rory le savait. Évidemment. Il était loin d'être un imbécile et venait d'un clan important. Aucune chance qu'il n'ait pas reconnu les couleurs des puissants Comyn ! Elle s'en voulut d'avoir osé… d'avoir voulu penser qu'il n'avait rien remarqué. Il s'agenouilla auprès d'elle, enserra ses mains dans les siennes. Ses paumes étaient chaudes, rassurantes, tendres.

— Continuez.

Il y avait tant d'attente dans son regard ! Comment lui dire ? Comment lui avouer qu'elle lui avait menti, tout ce temps ? Elle le décevrait tellement ! Il la haïrait !

— Je... Je... C'est à cause de ma famille.

— Votre famille ? demanda Bjorn.

— Oui. Mon père... Il s'est fait beaucoup d'ennemis. Des ennemis puissants et influents. Pour me protéger, j'ai dû partir loin de chez moi. Fuir pour ne jamais revenir.

Ses doigts se crispèrent sur ceux de Rory. Elle en avait déjà beaucoup dit, et le reste ne parvenait pas à franchir ses lèvres. C'était trop difficile, trop douloureux, que d'avouer abruptement ce qu'elle cachait depuis si longtemps. Bjorn jeta un coup d'œil à sa sœur, puis déclara d'une voix forte :

— Eh bien, ça ne change rien. Comme nous l'avons dit, vous et Rory pouvez rester chez nous aussi longtemps que vous le souhaitez. Comyn ou pas, les Écossais n'ont aucune autorité, ici, et s'ils cherchent encore à vous nuire, ils le paieront de leur vie tout comme ceux qui ont déjà essayé.

— Bjorn parle pour nous deux, assura Freydis. Qu'ils viennent par centaines, s'ils le souhaitent, et nous nous chargerons de les recevoir !

Son sourire était carnassier, mais ses yeux étaient empreints de sympathie. Lorna fut terriblement touchée de leur réaction. Rory, lui, resta silencieux, mais pas un instant, il ne lâcha ses mains.

Lorna s'adressa à Bjorn et Freydis.

— Je vous remercie. Sincèrement. Mais les Comyn sont très puissants et dangereux. S'ils découvrent que vous me cachez, ils s'en prendront à vous. Pour le bien de tous, mieux vaut que je m'en aille, et le plus vite possible. Une fois de retour en Angleterre, je…

— Vous chercherez refuge auprès de votre fiancé, c'est bien cela ? Croyez-vous qu'il sera de taille à vous protéger, plus que moi ?

L'expression de Rory s'était sensiblement durcie. Son ton, également. Et ses yeux, c'était pire encore !

— Je ne suis pas fiancée, avoua-t-elle. Cet homme n'existe même pas. C'était un pitoyable mensonge. Pour vous éloigner de moi.

Les yeux de Rory s'écarquillèrent. Sa bouche s'ouvrit en grand et, à sa grande surprise, au lieu de se mettre en colère, comme elle s'y attendait, il éclata de rire !

— Eh bien, je crains que cela ait totalement échoué, hoqueta-t-il, tant il s'esclaffait. Cordieu, c'est la meilleure nouvelle de la journée !

Il l'étreignit avec tant de ferveur qu'elle en eut le souffle coupé. Bjorn et Freydis échangèrent un regard intrigué, puis cette dernière haussa les épaules, avant d'esquisser un sourire à leur intention. Avec le rire de Rory, toute tension avait subitement disparu de la pièce. Lorna en était terriblement soulagée. Si seulement il avait pu en être de même pour la culpabilité qui continuait de la ronger ! Car si elle lui avait enfin avoué un certain nombre de choses, il y avait tant d'autres informations qu'elle était, hélas, encore obligée de lui cacher…

Chapitre 30

Le lendemain, Lorna vit à peine Rory, occupé au port à préparer leur départ prochain pour l'Angleterre. Mais le soir venu, il la rejoignit dans la chambre de Bjorn. Debout, devant la cheminée, il semblait réfléchir. Les flammes du feu de tourbe accentuaient la teinte cramoisie de ses cheveux.

— Vous savez, *lass*, les Comyn ne sont pas tous aussi mauvais que ceux que nous avons combattus, assura-t-il. Je connais personnellement certains d'entre eux et je leur parlerai en votre faveur. Tout s'arrangera.

Parler en sa faveur, auprès des Comyn… Si cela pouvait suffire ! Hélas, rien ne pourrait changer le sang qui coulait dans ses veines, ni faire disparaître la haine que le roi d'Écosse et ses proches éprouvaient envers les siens. Ils n'auraient de cesse tant que le moindre McWilliams serait encore de ce monde.

— Merci, Rory.

Ce fut tout ce qu'elle parvint à lui répondre. Tout s'embrouillait, se mêlait dans sa tête. Ses sentiments pour lui, sa lutte pour ne pas tout lui révéler au risque de le perdre, sa fausse impression d'être enfin en totale sécurité, ses années de solitude et de mensonges qui lui intimaient de ne faire confiance à personne... Elle devait se reprendre. Réfléchir.

— Ce n'est rien, ajouta Rory. Cependant...

— Cependant ?

— Je crois que vous ne me dites pas tout.

Elle retint sa respiration. Comme elle le redoutait, il cherchait à en savoir davantage ! Rory était loin d'être un sot, rien d'étonnant à ce qu'il se pose encore des questions, qu'il imagine – à raison – qu'elle ne lui avait pas tout révélé à son sujet. Le cœur battant plus fort, elle leva lentement la tête vers lui. Il lui fallait éluder !

— Je regrette sincèrement de vous avoir menti, Rory. J'espère que vous me pardonnerez.

Il soupira et se passa une main sur la nuque.

— Ce n'est pas de votre faux fiancé qu'il s'agit. Enfin, pas seulement. Lorna... Je sais que vous avez peur, mais que dois-je encore faire pour que vous me fassiez entièrement confiance ?

— Ce n'est pas en vous que je n'ai pas confiance, Rory.

Quand il saurait, tout changerait, entre eux. Plus jamais il ne la regarderait avec autant de tendresse.

— Me craignez-vous à ce point, *lass* ?

Sa voix était enrouée, comme si prononcer ces mots lui était difficile. Une lueur étincelait dans son regard et un muscle nerveux faisait tressaillir un côté de sa mâchoire. Il était évident qu'elle le torturait en refusant de tout lui avouer !

Elle vint lui faire face.

— Non. Je n'ai pas peur de vous. Pas du tout.

Il esquissa un sourire empreint de tristesse, puis lui caressa la joue.

— Dans ce cas, révélez-moi le secret qui vous ronge. J'ai besoin de l'entendre de votre bouche.

— Vous êtes un Fraser, Rory. Votre loyauté va à votre roi et, si je vous avoue l'entière vérité, vous souffrirez. Je ne veux pas que vous soyez déchiré entre votre devoir et ce que vous pensez ressentir pour moi. Pour votre propre bien, vous devez me laisser partir… et m'oublier.

Il l'attira si vite à lui qu'elle ne put réagir.

— Pour mon propre bien, au contraire, je m'y refuse !

Ses lèvres se plaquèrent sur les siennes. Il l'embrassa si passionnément que pendant un merveilleux instant, bien trop court, elle en oublia tout. Un dernier baiser. Un baiser d'adieu. Elle pouvait bien le lui accorder ! Quand il la libéra, ses jambes flageolantes la soutenaient à peine. Ses bras se raccrochèrent instinctivement au cou de Rory.

— Osez à présent clamer que vous ne voulez pas de moi, *lass*. Que vous ne ressentez rien pour moi. Osez prétendre que vous ne m'aimez pas !

Si seulement elle en était capable ! Comme elle refusait de lui mentir sur la puissance des sentiments qu'elle éprouvait pour lui, elle préféra garder le silence. Il secoua la tête et poussa un long soupir.

— Très bien. Puisque vous ne voulez pas parler, c'est vous, qui allez m'écouter. Je ne peux pas vous laisser m'échapper, je le crains. Parce que… avant vous, j'ignorais ce que c'était d'aimer une femme. D'être prêt à tout pour elle. Aujourd'hui, j'en sais suffisamment pour être certain que vous êtes celle que j'ai toujours cherchée, celle que j'ai toujours désirée, celle pour qui j'oublierai toutes les autres. Je veux vous combler, encore et toujours, de toutes les manières possibles…

Elle en avait les larmes aux yeux.

— Non, Rory, il ne faut pas…

— Je sais, je ne suis que le frère cadet d'un laird, un écervelé sans titre ni fortune à vous offrir, et je parle souvent sans réfléchir, mais pas cette fois, Lorna. Je vous aime, et rien ne pourra jamais changer ça. Rien, vous m'entendez ?

Son cœur se serra à cette stupéfiante déclaration. Était-ce seulement possible ? Oui. Il l'aimait sincèrement. Elle le lisait dans ses yeux. Le percevait dans sa voix. Le ressentait dans chacun de ses gestes, alors que ses mains glissaient sur ses épaules, sur sa nuque, avec une tendresse qui la faisait tressaillir de tout son être. Elle ne pouvait plus continuer à lui mentir. Tout cela la rongeait, la détruisait, depuis trop longtemps !

— Rory, je ne suis pas celle que vous croyez, je…

Il la fit taire d'un baiser et, quand il la libéra, l'expression triomphante, ce qu'il annonça la pétrifia.

— D'ici deux jours, vous et moi, nous partons pour l'Écosse.

— L'Écosse ? glapit-elle.

— J'ai tout arrangé avec le capitaine du navire. C'est un brave homme.

L'horreur la saisit. C'était la mort, qui l'attendait là-bas !

— Je… Ce n'est pas ce qui était prévu, Rory. C'est en Angleterre, que je dois me rendre ! Je ne peux pas retourner en Écosse ! Je ne *veux* pas !

Prise de panique, elle s'écarta précipitamment de lui. De la sueur coulait le long de son dos. Tout son corps semblait être pris dans un étau de glace. Venait-il de lui mentir, en lui laissant croire qu'il l'aimait, alors qu'il la menait à sa perte ? Comment pouvait-il se montrer aussi cruel ? Le cri sinistre de la *bean-shìdh*[1] sembla résonner dans son crâne.

Rory fit un pas vers elle. Elle recula d'autant.

— J'ai décidé de vous conduire sur les terres de mon clan, à Crimson Castle, annonça-t-il. Personne ne viendra vous chercher, là-bas, le temps que… j'arrange les choses avec les Comyn.

Se réfugier au sein de son clan, auprès de lui ? Était-ce bien cela, ce qu'il lui proposait ? Les siens seraient considérés comme des traîtres à la Couronne ! Rory risquerait la potence, ou pire encore ! Elle ne pouvait le laisser commettre cette folie !

— Vous avez promis de m'escorter en Angleterre, et si vous choisissez de rompre votre serment, j'irai seule, déclara-t-elle aussi fermement que sa voix tremblante le lui permettait. Mais je ne vous suivrai pas en Écosse, c'est hors de question.

Les traits de Rory se tendirent. Son regard s'assombrit, reflétant une profonde détermination. Et quand il parla, ce fut comme entendre le tonnerre gronder dans les montagnes.

— *Nay.* Vous avez assez fui, Lorna McWilliams. Cela s'arrête. Aujourd'hui.

Rory ne s'attendait pas à cette réaction. Lorna blêmit gravement, comme si elle venait subitement de perdre tout son sang. Elle vacilla, se retint au rebord du lit, sur lequel elle se laissa retomber. Elle semblait sur le point de s'effondrer !

1. Créature mythologique appelée plus communément « Banshee », dont le cri annonce une mort prochaine.

— Ainsi, vous saviez…, balbutia-t-elle. Depuis quand ?

Bien. Elle ne cherchait pas à nier. C'était déjà ça.

— Depuis un bon moment. En fait, j'avais des doutes depuis notre rencontre, à Dublin, mais je ne parvenais pas à croire que la charmante Écossaise à qui je m'adressais soit la redoutable harpie qu'on m'avait décrite. Et puis, plus je vous découvrais, plus je réalisais combien on m'avait trompé. Vous ne pouviez être une menace pour la Couronne, c'était absurde. Cependant, j'avais toujours des soupçons, mais vous m'avez parlé de votre promis avec tant de conviction que je ne savais plus que penser. Et puis, il y a eu l'attaque sur le navire, et votre marque de naissance, au creux de vos reins. Oui, je l'ai tout de suite aperçue. La fois où je vous ai surprise, à nager près de la cascade. Je ne voulais pas vous faire fuir, alors je n'en ai rien dit, d'autant plus que je n'étais pas véritablement certain de ce que j'avais vu. J'espérais toujours que vous vous ouvririez à moi, volontairement. Le fait que vous ayez continué à me mentir m'a blessé, mais je ne peux vous en blâmer. Ce que vous avez vécu a dû être terrifiant.

Semblable à une biche terrorisée, elle leva vers lui des yeux emplis de frayeur, alors qu'elle saisissait la portée de sa révélation.

— Vous saviez donc, depuis tout ce temps… Tout n'a été que mensonges, entre nous. Depuis le début !

— *Nay*. Pas tout.

Il lui sourit, s'agenouilla devant elle et caressa sa joue de son pouce. Comme elle semblait apeurée, affligée ! Il devait faire cesser ce supplice.

— J'avais pour ordre de vous retrouver et de vous ramener à la cour. Mais ce n'est pas ce que j'ai l'intention de faire. J'ai dit que je vous aimais, et c'est l'entière vérité. Jamais je ne permettrai qu'on vous fasse du mal, et je sais ce qui vous attend, si je vous remets au roi ou à William Comyn.

— Ils me tueront.

— *Nay*, parce que je vous protégerai. Mon clan vous cachera, et vous deviendrez l'une des nôtres. Le roi, les Comyn, tout le monde oubliera votre existence, et vous cesserez de fuir pour enfin vivre en paix. Avec moi.

— C'est impossible, vous serez en grand danger, votre clan et vous, si quelqu'un le découvre. Il y a déjà eu bien trop de morts, je ne peux vous laisser prendre ce risque !

— Je sais parfaitement ce que je fais, Lorna, en vous offrant ma protection. Vous n'êtes en rien responsable du sang qui coule dans vos veines, pas plus que je ne le suis du mien. Je me moque de qui est votre père, de ce qu'il a fait ou tenté de faire. Comme tellement d'autres ! Il n'y a pas un laird, un roi ou un chef de clan dans ce monde qui n'ait pas guerroyé, triché, menti, pour obtenir encore plus de puissance. Vous n'avez pas à répondre de ses actes, assura-t-il d'une voix plus douce, presque caressante. Vous êtes innocente.

Il posa la main de Lorna sur son propre cœur. Peut-être cela l'aiderait-il à appuyer ses paroles, à la convaincre.

— Épousez-moi. Cessez de fuir et devenez ma femme. Une Fraser, et non plus une McWilliams. Je vous promets de tout faire pour vous rendre heureuse, mais si vous ne m'aimez pas en retour, eh bien, cela ne m'empêchera pas de continuer à veiller sur vous. Rien ne le pourra.

Il voyait l'émotion dans ses yeux, certainement semblable à celle qu'il éprouvait. Elle sanglotait, incapable de prononcer le moindre mot. Si elle le rejetait, il serait obligé de l'accepter, mais il refusait d'envisager cette terrible possibilité.

Après ce qu'il lui sembla durer une éternité, elle le surprit en se jetant brusquement dans ses bras.

— Oh Rory, Rory ! Je vous aime tellement !

Un bonheur infini le submergea. L'étreignant de toutes ses forces, il l'emprisonna de ses bras, avec la ferme intention de ne plus jamais la laisser en partir. Son visage s'enfouit dans la douceur de sa chevelure.

— Dois-je prendre cela pour un accord ? lui chuchota-t-il tout en lui mordillant l'oreille.

— Oui ! Oui !

Un élan puissant s'éleva en lui. Sa femme ! Elle allait devenir sa femme ! Il l'embrassa fougueusement, et elle répondit avec la même passion à son baiser. Sa soif d'elle était si violente, si puissante ! Comme un courant contre lequel on ne pouvait lutter. Il aspirait à l'entraîner dans un univers de passion, de plaisir et d'extase, où ils ne pourraient plus se passer l'un de l'autre. Sans plus attendre, il l'allongea sur le lit et la dévêtit, puis se débarrassa à son tour de ses vêtements encombrants avant de venir auprès d'elle. Leurs lèvres se retrouvèrent, leurs corps s'enlacèrent, leurs mains se caressèrent. Plus rien n'existait que ces sensations exquises qui les submergeaient.

— Lorna, gémit-il. Dis-moi encore que tu m'aimes. Que tu me veux. Moi, et aucun autre, pour aussi longtemps que je vivrai. Quoi qu'il arrive…

— Je t'aime, Rory. Et je te veux, toi, pour toujours. Rien que toi…

Il déposa un chapelet de baiser dans son cou, sur ses épaules, sa poitrine. Ses lèvres vinrent se refermer sur l'un de ses mamelons, lui arrachant un soupir étranglé. Elle se cambra et glissa ses mains dans ses cheveux, tandis qu'il continuait à l'explorer de sa langue et de ses doigts. Elle s'agrippait à lui, leurs jambes s'entremêlaient. La bouche toujours sur son sein, il fit descendre sa main le long de son corps voluptueux, jusqu'à s'immiscer entre ses cuisses, pour en caresser la peau fine. Sentir sa toison soyeuse contre sa paume était une tentation à laquelle il ne tarda pas à céder. Ses doigts s'insinuèrent dans son sexe chaud et humide, ce qui la fit se cambrer instantanément. Elle posa une main sur la sienne, soupira son nom et l'incita à continuer. À aller plus vite, plus fort. Sa langue vint remplacer ses doigts, et elle gémit de plus belle. Enhardi, il s'enfonça encore davantage dans son intimité. Son corps fut soudain parcouru de longs frissons, et elle se renversa en arrière, les yeux clos. Comme elle se cabrait contre sa bouche, il plaça ses mains sous ses fesses pour la maintenir plus fermement. Les râles qu'elle poussa lorsque la jouissance la submergea exacerbèrent son propre plaisir. Il l'avait satisfaite, une fois, et ce n'était que le début, se promit-il.

Le corps encore parcouru de voluptueux frissons, Lorna repoussa doucement Rory et le fit mettre sur le dos. Elle voulait lui offrir autant de plaisir qu'il lui en faisait ressentir ! Docile, il la laissa faire et ne la quitta pas des yeux tandis qu'elle effleurait de ses doigts sa verge, chaude et dure. Ses gémissements ravivaient la flamme en elle. Enhardie, elle s'empara franchement de son sexe palpitant sous sa paume, effectuant des mouvements de va-et-vient lascifs. Les paupières closes, Rory frémissait, se laissait emporter par les sensations qu'elle lui imposait. Mais il posa soudain une main sur la sienne, pour l'arrêter.

— Pas trop vite, *mo chridhe*[1]. Nous avons tout notre temps…

Sa voix n'était plus qu'un murmure éraillé, une supplique à peine voilée. Soudain, il poussa un grognement et l'attira à lui pour s'emparer de sa bouche. Quand il la libéra, il la contempla avec tant de délectation qu'elle sentit ses joues s'enflammer.

— Je le jure sur tout ce qui m'est cher, je n'ai jamais désiré aucune autre femme autant que toi. Jamais !

Il l'assaillit de baisers, semblant déterminé à goûter chaque parcelle de sa peau. Comme elle aimait cela ! Emportée par ses caresses impérieuses et par l'insoutenable chaleur qui grandissait en elle de nouveau, elle s'abandonnait à lui, sans retenue. Sa bouche, sa langue, ses mains, tout en lui lui faisait perdre la tête ! À son tour, elle laissa ses lèvres errer sur le splendide corps nu de Rory, joua de sa langue sur ses muscles saillants, s'enivra de la texture de sa peau, de son odeur musquée et terriblement excitante. Sa bouche descendit plus bas. Elle s'attarda un instant sur la ligne de poils, glissant du nombril jusqu'à la verge frémissante, pour se refermer délicatement sur cette dernière. Plus elle y goûtait, plus le souffle de Rory se faisait rauque. Comme elle aimait l'entendre gémir ainsi ! Il haleta de plus en plus vite, puis murmura son nom et l'obligea à se redresser.

— Tu me rends fou, Lorna…

— Je te veux en moi, Rory. Maintenant, supplia-t-elle.

Il se plaça au-dessus d'elle, l'extrémité de son sexe venant se frotter au sien, puis il la pénétra soudainement.

1. « Mon cœur ».

Elle se cambra pour mieux s'offrir à lui et accompagner ses mouvements de va-et-vient.

— Oui, Rory, oh oui !

Frémissante, ses jambes reposant sur les épaules solides de Rory, elle se laissa emporter par les sensations voluptueuses qui grandissaient en elle, telle une marée déferlante. Il lui donnait tant de plaisir que ses gémissements se muèrent en râles suppliants. Dieu merci, exactement comme elle en avait envie, il bougea de plus en plus vite, de plus en plus fort, la possédant tout entière ! Plus rien ne comptait que ce plaisir partagé, ce lien qui les unissait en cet instant magique. Balayée par une jouissance presque insoutenable, elle s'accrocha à lui, poussa un cri bientôt rejoint par celui de Rory.

Ils firent ainsi l'amour toute la nuit, encore et encore, jusqu'à ce qu'épuisés et comblés ils se blottissent tendrement l'un contre l'autre. Seul le bruit de leurs respirations saccadées rompait le silence. Il n'y avait plus besoin de mots, entre eux.

Chapitre 31

— J'ai toujours su qu'il y avait quelque chose d'étrange, à son sujet.

Si les mots pouvaient paraître secs, le ton amical de Freydis les adoucissait. Tout comme son frère, elle semblait prendre la mesure des révélations de Lorna et de Rory. Ils leur avaient tout avoué au sujet des origines de Lorna, le matin même, dès leur réveil. Lorna se sentait soulagée de ne plus avoir à mentir. La main de Rory pressa la sienne, puis il la porta à ses lèvres. Son cœur avait du mal à supporter autant de bonheur. Rory connaissait la vérité, et il l'aimait tout de même. Allant jusqu'à lui offrir le mariage ! C'était si merveilleux, si inattendu, si inespéré ! Elle avait l'impression d'être en plein rêve éveillé. Le regard de Freydis passait de l'un à l'autre, puis un sourire se dessina sur son visage.

— Vous avez l'air bien satisfaits, tous les deux, murmura-t-elle d'un air mutin. La nuit a été plus qu'agitée, n'est-ce pas ? Et pas seulement à cause de votre… discussion.

Son sourire s'élargit, et Lorna sentit ses joues s'empourprer. Rory s'esclaffa et la gratifia d'un baiser sonore.

— Bah, clama Bjorn d'un ton amusé, c'est clair que les murs ne sont pas si épais que ça, et…

Il grimaça et rattrapa le torchon que Rory lui envoya prestement à la figure.

— Je comprends mieux pourquoi ces guerriers vous cherchaient, ajouta-t-il à l'intention de Lorna, tout en mâchonnant un bout de pain. Et pourquoi ils tenaient tant à vous ramener avec eux. C'est une sacrée prime, qui doit peser sur votre tête, pas vrai ?

Rory émit un petit grognement et se pencha en avant.

— Si jamais tu t'imagines la réclamer, tu devras me passer sur le corps.

— Ça se pourrait, s'esclaffa Bjorn. Après tout, le toit de la forge a bien besoin d'être retapé et…

Freydis le fit taire en le frappant à l'épaule.

— Suffit, tous les deux, ce n'est guère le moment de plaisanter. Comment allez-vous vous y prendre, pour retourner à Crimson Castle sans vous faire repérer ? C'est une folie, Rory. Vous feriez bien mieux de rester avec nous. Sur notre île, vous n'auriez rien à craindre. Ce ne sont pas les Écossais qui font la loi, ici.

Lorna soupira.

— Hélas, cela n'a pas empêché les Comyn de me retrouver. Quand ils apprendront ce qu'il s'est passé, ils reviendront. Plus nombreux.

— Peuh, je n'ai pas peur de ces hommes ni de leurs mercenaires, gronda Bjorn tout en mordant dans une cuisse de poulet. Freydis non plus.

— C'est bien vrai, petit frère ! s'exclama cette dernière.

Lorna leur sourit. Tous deux s'étaient déjà montrés très généreux et, s'ils avaient certes fait preuve d'un immense courage et d'une indéniable maîtrise du combat, ils n'auraient aucune chance contre toute une armée. Rory sembla du même avis.

— *Aye*, je n'en doute pas, mais nous avons suffisamment abusé de votre hospitalité, assura-t-il. Notre décision est prise : il est temps pour nous de rentrer à la maison.

« À la maison… » La gorge de Lorna se noua. Ces mots, s'ils signifiaient beaucoup pour Rory, avaient-ils encore le moindre sens pour elle ? Elle leva les yeux vers lui et il hocha la tête, le regard plongé dans le sien. Devinait-il ses pensées ? Il lui sourit et ses doutes s'envolèrent : sa maison serait là où il se trouverait, et nulle part ailleurs.

— J'y ai bien réfléchi et j'ai tout planifié, assura-t-il. Nous ferons croire à tous que Lorna McWilliams est morte, noyée durant la tempête. Murtagh me soutiendra, le roi sera rassuré et, même si William Comyn proteste, il sera obligé de s'incliner devant Alexandre. Ce qui compte, pour le roi, c'est l'anéantissement de la menace d'une nouvelle rébellion, et avec la dernière des McWilliams officiellement disparue, il ordonnera aux Comyn d'abandonner à leur tour.

Les paupières de Lorna se fermèrent à ces mots. En réalité, Sorcha était la véritable héritière des McWilliams, pas elle. Elle n'en avait encore rien dit à Rory, jugeant que cela ne ferait que compliquer les choses. Certes, elle lui faisait entièrement confiance, à présent, mais c'était une information capitale qu'elle ne pouvait lui divulguer. Mieux valait que tous croient Sorcha morte. Comme Lorna le serait bientôt aux yeux du monde, pour renaître auprès de Rory. Ensuite, quand tout serait apaisé, que ces malheurs seraient derrière eux, elle lui en parlerait. De son frère Neil, qu'elle espérait de tout cœur retrouver un jour prochain, également. Que n'aurait-elle donné pour qu'il soit présent, avec eux, autour de cette table !

La voix de Freydis s'éleva.

— Ce sera aussi facile, crois-tu ? demanda-t-elle à Rory.

— En tout cas, ça vaut la peine d'essayer, non ? Ensuite, Lorna deviendra ma femme aux yeux de tous. Une Fraser que personne ne contestera.

La jeune Nordique se laissa choir sur sa chaise.

— Et personne, jamais, ne la reconnaîtra ? Personne ne risquera de la trahir ?

— *Nay*. Parce que nous serons prudents, que peu de gens savent à quoi elle ressemble et que, ensuite, plus personne ne s'en préoccupera.

Freydis poussa un long soupir.

— Tu es toujours si passionné et si naïf, Rory, mais ça fait partie de ton charme. J'espère sincèrement que votre plan fonctionnera, même si je reste persuadée que c'est de la folie.

Bjorn lui jeta un coup d'œil vif et réprobateur, puis il leva son gobelet :

— Par le grand Odin ! Rory Fraser, bientôt marié ! Voilà qui mérite d'être célébré ! Trinquons, mes amis, à vos projets, avant que vous n'embarquiez pour votre nouvelle vie !

Lorna s'exécuta de bon cœur, voulant croire à leur réussite. Quand Rory lui avait exposé son plan, elle aussi avait émis de forts doutes, mais il semblait si sûr de lui ! Elle avait fini par se laisser convaincre. Il serra plus étroitement sa main dans la sienne, lui communiquant sa chaleur et la force de son amour. Ensemble, elle en était certaine, ils pourraient abattre tous les obstacles qui se mettraient sur leur route.

Le jour du départ arriva. Un soleil pâle éclairait le quai. Les mouettes envahissaient de leurs cris le ciel matinal, surplombant les flots calmes. Le vent frais du nord s'engouffrait dans les cheveux de Lorna alors que le petit bateau marchand sur lequel Rory et elle avaient embarqué venait d'appareiller. Elle dégagea une mèche rebelle qui lui chatouillait la joue et jeta un regard en arrière. Bjorn et Freydis se tenaient sur le ponton, hautes et fières silhouettes qui se floutaient au fur et à mesure que le navire s'éloignait sur les eaux calmes de la mer d'Irlande. Après un dernier geste de la main, ils firent demi-tour, retournant certainement à la forge. De l'autre côté, les côtes écossaises se devinaient déjà. Lorna ne put réprimer un frisson, mais la présence de Rory la rassura. Avec lui, elle n'avait plus peur de rien ! Sa main chercha la sienne, et leurs doigts se nouèrent. Il se pencha pour l'embrasser sur le front.

— Le pire est derrière nous, *mo chridhe*. C'est une toute nouvelle vie qui nous attend, à présent. Si tu savais comme j'ai hâte de te présenter à ma famille ! Tu vas les adorer. Kenna est fantastique, Owen est adorable, Lachlan… est Lachlan, et si Murtagh peut sembler un peu brusque, au début, c'est un homme bon, au fond. Le meilleur frère qu'on puisse rêver d'avoir… et je t'interdis de le lui répéter, acheva-t-il avec un large sourire. J'ai une réputation à entretenir !

Elle s'esclaffa à son tour. La manière dont il parlait de ses proches l'émouvait profondément. Tant de tendresse transparaissait dans sa voix, dans son regard, dès qu'il les évoquait ! Murtagh, Kenna, Owen, ou encore Lachlan, le meilleur ami de Rory… Comme elle avait hâte de faire leur connaissance !

— Je ne peux rien promettre, répliqua-t-elle pour le taquiner. Cacher un tel secret à un honorable chef de clan, et de surcroît le frère de mon époux, ne serait sans doute pas la chose la plus…

Il la fit taire d'un baiser.

— Mon époux… T'entendre prononcer ce mot me remplit de joie, plus que tu ne peux l'imaginer, *lass*.

Elle se blottit contre lui, envahie d'un bonheur qu'elle n'aurait jamais cru connaître. Il l'emprisonna dans ses bras.

— Une fois à Dumfries, annonça-t-il, nous nous procurerons des chevaux. Et après quelques jours de chevauchée, nous arriverons sur les terres de mon clan, où un prêtre nous mariera. J'ai tellement hâte que tu deviennes ma femme, aux yeux de tous !

Une bouffée d'émotion étreignit Lorna, troublée par une crainte qu'elle ne pouvait s'empêcher de ressentir. Comment réagirait Murtagh Fraser, chef de son clan, en découvrant qui elle était et que son frère unique entendait l'épouser ? Il était fort probable qu'il n'accepte pas cette union. Qu'il devienne même fou de colère ! Rory lui avait assuré que cela ne se produirait pas mais, dans le cas contraire, il se retrouverait obligé de choisir entre sa famille et elle, cela serait insupportable ! Mais elle en avait assez d'avoir peur, de se méfier de tous, constamment. Surtout, elle avait confiance en Rory. À l'en croire, elle n'avait aucun souci à se faire : les siens l'accepteraient.

Le vent étant favorable, le trajet jusqu'en Écosse se déroula sans encombre. Si bien qu'ils arrivèrent au port en avance sur l'horaire prévu. Peu de gens se trouvaient sur le quai, et personne ne leur prêta attention. Rapidement, les hommes d'équipage s'occupèrent de débarquer les marchandises – quelques caisses de tissu, de bois, ou encore de hareng. Certains parlaient déjà de la manière dont ils allaient dépenser leurs gages dans les tavernes et auprès de filles de joie, pendant que d'autres envisageaient de rejoindre leurs familles. Lorna suivit Rory à terre. Après l'effervescence de Castletown, ce petit port du Galloway où ils avaient accosté lui paraissait bien plus tranquille, tout autant que le modeste village qui le bordait. Les maisons aux toits de chaume et aux murs de pierre l'emplirent d'une nostalgie profonde. Ne ressentant ici nulle menace, elle se détendit quelque peu.

— Bienvenue en Écosse, *lass*, lui dit Rory.

Elle lui sourit, emplie de sentiments contraires. Comment pouvait-elle éprouver en même temps autant de bonheur, et tant d'appréhension ?

— Nous devons trouver des chevaux, ou une voiture, pour nous rendre à Dumfries, ajouta-t-il. Viens.

Grâce à la bourse que Bjorn et Freydis leur avaient procurée – Rory et Lorna leur avaient juré de les rembourser –, ils n'eurent guère de difficulté à convaincre un charroyeur de les mener à Dumfries. Assis à l'arrière de sa charrette, au milieu de ballots de paille et de sacs de grain, leur position n'était pas des plus confortables, mais cela leur suffisait amplement. Bercée par le doux cahot de la voiture, le visage appuyé contre l'épaule de Rory, Lorna finit même par s'assoupir. Le trajet se déroula comme dans un rêve et, après avoir quitté le charroyeur, ils se rendirent au marché de Dumfries, presque aussi vivant et peuplé que celui de Castletown, pour se procurer des provisions pour le reste de leur voyage. Viande séchée, fromage, biscuits secs, gourdes d'eau et aussi une de bière qu'ils rangèrent dans des sacoches : en plus de cela, ils chasseraient et cueilleraient des baies en chemin. Rory termina leurs achats par un *sporran*[1] en cuir noir et bordé de fourrure grise, qu'il accrocha à sa ceinture et dans lequel il rangea l'argent qu'il leur restait.

Ils se rendirent ensuite dans une écurie où un palefrenier entre deux âges essaya tout d'abord de leur vendre au prix fort deux pauvres bêtes fatiguées. Rory foudroya l'homme du regard si sévèrement qu'il n'eut pas besoin de marchander pour que celui-ci leur propose rapidement deux montures robustes, au meilleur prix.

Une fois les chevaux prêts commença leur longue chevauchée jusqu'aux terres des Fraser. Peu habituée à monter à cheval, et certainement pas aussi intensément, Lorna souffrait. Ses reins, son dos, ses fesses, ses jambes… Son corps tout entier était douloureux. Pourtant, pas une fois elle ne se plaignit. L'enthousiasme de Rory la gagnait, et elle savourait la vision du paysage enchanteur qui défilait autour d'eux. Au loin se devinaient des cottages, à flanc de colline. Des fleurs aux teintes vives – chardons, campanules, pissenlits et d'autres encore qu'elle ne sût pas reconnaître – apportaient des touches de couleurs dans le vert tendre des fougères. L'air lui-même paraissait embaumer de mille senteurs. Le printemps s'épanouissait. Tout était si chatoyant ! Bien davantage, lui semblait-il, que ce qu'elle avait connu, sur les terres de son enfance. Mais peut-être était-ce simplement la présence de Rory auprès d'elle, ainsi que la perspective de passer chaque jour de sa vie à ses côtés, qui lui donnait l'impression que tout était plus beau. Plus vivant. Elle se tourna vers lui et il lui rendit son sourire.

— Plus nous monterons vers le nord, plus la nature

1. « Sacoche ».

deviendra sauvage, montagneuse et escarpée, lui expliqua-t-il. De plus en plus magnifique, aussi.

Elle acquiesça, ne doutant pas un instant qu'il disait vrai. Comme elle avait hâte de découvrir les terres où il avait grandi ! Mais il y avait encore beaucoup de chemin à faire. Elle frémit quand ils croisèrent la route d'un groupe de cavaliers, qui Dieu merci les regardèrent à peine. Les routes ne pouvaient jamais être sûres, car le risque d'y faire une mauvaise rencontre était toujours présent et, même si Rory était un valeureux guerrier, elle préférait qu'il n'ait pas à user de ses talents pour la protéger. Heureusement, en dehors des cavaliers, ils furent seulement salués par quelques familles, avançant à pied ou guidant une charrette sur le chemin, quand ils s'écartèrent pour les laisser passer.

Au crépuscule, Rory décida d'installer leur campement pour la nuit dans une petite clairière, à l'écart de la route. Les arbres qui les entouraient seraient suffisants pour masquer leur présence, à condition qu'ils ne fassent pas de feu. Encore loin de leur destination, il ne voulait pas prendre le risque d'attirer inutilement l'attention.

— Nous nous réchaufferons l'un l'autre, assura-t-il à Lorna avec un sourire.

— Cela me semble une très bonne idée.

Sa réponse spontanée le séduit, mais en l'aidant à descendre de monture, il s'aperçut à quel point elle était épuisée. Ses jambes vacillaient de fatigue, et il la soutint par la taille tandis qu'elle s'accrochait à ses bras pour ne pas tomber.

— La journée a été longue, murmura-t-il. Repose-toi, pendant que je m'occupe des chevaux.

Elle voulut protester, mais il l'obligea à s'asseoir pendant qu'il retournait vers les bêtes. À peine lui avait-il tourné le dos qu'il l'entendit se relever. Munie de leurs gourdes, elle se dirigeait lentement vers le cours d'eau qu'ils avaient aperçu, plus loin, entre deux rangées d'arbres. Il la regarda faire, admiratif. Malgré son corps qui devait la faire terriblement souffrir après cette intense journée de chevauchée, elle était bien décidée à faire sa part de travail. Non seulement était-elle courageuse, mais aussi déterminée et absolument splendide. Un ange venu du ciel, et qui faisait de lui l'homme le plus heureux au monde. Une fois qu'il en aurait fini avec les chevaux, et qu'ils auraient eux-mêmes dîné, il lui proposerait de la masser. Cela ferait du bien à ses muscles endoloris. C'était différent, pour lui. Chevaucher lui était devenu aussi habituel et naturel que respirer, mais il se souvenait de ses crampes, quand enfant il avait commencé à monter à cheval sur de longues distances. Elle revint vers lui, sa délicieuse silhouette se découpant sur les chaudes lumières du crépuscule. Son corps réagit instantanément à l'appel du désir. Une fois qu'elle se sentirait mieux, il lui ferait l'amour, en pleine nature. Le ton presque provocant avec lequel elle avait répondu à son invitation l'incitait à croire qu'elle le souhaitait tout aussi ardemment que lui.

Néanmoins, il garderait son épée à portée de main. Juste au cas où. Bien que rien ne semble les menacer, sans feu, ils restaient des proies pour d'éventuels animaux sauvages. Mais avec le feu, d'autres prédateurs, bien plus dangereux que de simples bêtes, pourraient les trouver. Il ne voulait pas inquiéter Lorna, mais il ne se sentirait vraiment en sécurité qu'une fois sur les terres de son clan.

Durant tout le repas, fait de viande séchée, de pain

devenu un peu trop rance et de fromage, il afficha un air joyeux et enjoué. Toute son attention était rivée sur Lorna. Sa simple présence auprès de lui était un délice ! Bientôt, elle serait sa femme. *Sa* femme ! Il avait encore du mal à y croire. Lui qui n'aurait jamais imaginé prendre épouse ! En tout cas, pas par choix. Et voilà qu'il allait s'unir par amour. Enfin, il comprenait pleinement ce que Murtagh ressentait pour Kenna, ce que Ian éprouvait pour Fenella, la profondeur des sentiments de Shaw et Brianna. Il sourit, songeant à ce que sa charmante cousine lui dirait, quand elle saurait. Nul doute qu'elle serait ravie pour lui. Pour eux ! Lorna et elle s'entendraient à merveille. Qu'il était impatient de pouvoir les présenter l'une à l'autre !

Le dîner terminé, comme il l'espérait, elle accepta avec gratitude ses massages. Ses mains expertes manœuvraient sur son corps, apaisant ses douleurs, dénouant les nœuds qui s'y étaient formés. Les gémissements de contentement de la jeune femme se transformèrent en quelque chose de bien plus viscéral, quand poussé par le désir qui le tiraillait, ses caresses se firent autrement plus familières. Elle l'attira à elle pour l'embrasser. Cette nuit-là, ils firent l'amour tout en douceur, tendrement, sur une couverture posée à même le sol. Lorna s'endormit entre ses bras.

Lui resta éveillé et monta la garde pour le reste de la nuit.

Chapitre 32

Aux premières lueurs de l'aube, après un frugal petit déjeuner, Rory se chargea des chevaux, tandis que Lorna terminait de ranger leurs affaires dans leurs sacoches. Lorsque toute trace de leur campement fut effacée, il l'aida à monter en selle. Dans la manœuvre, il fit ouvertement glisser ses mains sur ses fesses, pour les presser affectueusement. Elle hoqueta de surprise et, en se retournant trop vite, perdit l'équilibre et retomba dans ses bras.

— Rory !

Il s'esclaffa et la maintint tout contre lui.

— Désolé, c'était trop tentant. Je n'ai pas pu m'en empêcher.

Son sourire charmeur la désarma, et elle ne put se retenir de rire à son tour.

— Pour cette fois, je te pardonne, dit-elle.

— Pour cette fois, seulement ? Car j'entends bien recommencer, et ce, aussi souvent que possible. Bien qu'il n'y ait pas que cette partie de ton corps que je me languis de toucher, il y a aussi…

Sur une impulsion, elle pressa ses lèvres contre les siennes, puis les goûta de sa langue, lentement. Puisqu'il cherchait à la provoquer, elle pouvait faire de même ! Comme elle l'espérait, Rory répondit d'un profond gémissement et voulut l'attirer davantage à lui. Elle le laissa faire un instant, puis la réalité de leur situation la fit revenir à la raison. Ils devaient reprendre la route. À regret, elle s'écarta de lui.

— Plus tard, c'est promis, murmura-t-elle.

Il s'empara de ses mains pour les porter à sa bouche, et en embrassa le dos.

— Tu as raison. Plus vite nous serons chez nous, plus vite nous serons libres de nous aimer autant que nous le souhaitons. En route !

Pleine d'espoir, elle le suivit alors qu'il s'engageait sur le sentier.

Hélas, les deux journées suivantes se révélèrent particulièrement pénibles et éreintantes. Un crachin les accompagnait depuis des heures, et l'humidité pénétrait jusque dans leurs os. Ils avaient suivi un temps la voie principale, avant de repartir dans la lande. Les sabots des chevaux, lancés au galop, arrachaient des mottes de terre boueuse sur leur passage. Les rochers se faisaient de plus en plus nombreux au fur et à mesure de leur avancée vers le nord, et ils durent diriger prudemment leurs montures pour les éviter. Cependant, ils progressaient relativement vite, malgré les éléments qui se faisaient plus rudes. Enfin, ils ralentirent en abordant les montagnes. Lorna flatta l'encolure de son cheval, qui souffla bruyamment. La pauvre bête était épuisée et, s'ils persistaient à ce rythme, elle finirait par s'écrouler de fatigue.

— Rory, arrêtons-nous, où nous devrons continuer le voyage à pied, plaida-t-elle.

Il stoppa son hongre et grommela quelque chose, avant de se retourner vers elle.

— *Aye*. Ici, nous serons bien.

L'endroit était magnifique. Un vallon dans lequel s'écoulait un petit ruisseau. Ils y dirigèrent leurs montures pour qu'elles puissent s'abreuver à loisir, pendant qu'eux-mêmes remplissaient leurs gourdes. Lorna s'accorda le temps de mieux admirer le paysage. De gros chardons pourvus de fleurs mauves et dorées s'étalaient au milieu des roches. Des pins, suffisamment hauts et larges, leur procureraient un abri relatif en cas d'averse. Elle inspira amplement l'air vivifiant, puis posa les yeux sur Rory, qui s'aspergeait le visage d'eau fraîche. Quand il releva la tête, un soupir de satisfaction lui échappa. Il semblait totalement dans son élément, ici. Dans ce paysage rude, sauvage et splendide. Tout comme lui. Comme elle était chanceuse, d'aimer un tel homme et d'être aimée de lui en retour ! Rien que pour cela, elle se sentait bénie. Ici, maintenant, elle avait l'impression de revivre.

Il vint à elle, lui tendit la main pour l'aider à se relever et elle s'en saisit. Ils s'assirent ensuite sur deux rochers relativement plats pour déguster leur repas.

— Il ne nous reste plus beaucoup de provisions, nota Lorna.

— Demain, j'irai chasser.

— Combien de temps, encore, avant que nous n'arrivions à Crimson Castle ?

— Une journée, ou deux, tout au plus. Cela dépendra des bêtes, et du repos que nous devrons prendre.

— Alors, ce que nous avons encore sera suffisant. Ne perdons pas de temps à chasser, ou pêcher. Nous aurons tout le loisir de manger et de dormir, une fois arrivés.

Nous ne nous arrêterons que pour le confort des chevaux. Qu'en penses-tu ?

Il lui sourit.

— Que tu es la voix de la sagesse, mon amour.

Un vent glacial se leva alors qu'ils reprenaient la route. Plus ils montaient vers le nord, plus cela empirait. Le temps était tellement changeant, dans les Highlands ! Rory lui expliqua que ce phénomène était relativement fréquent, quelle que soit la saison. Ayant grandi plus au sud, elle n'était guère habituée à des éléments d'une telle violence. Ses yeux la piquaient douloureusement. Sa bouche lui semblait être prise dans un étau de glace et elle avait la terrible impression que le froid lui sciait les os. Elle serrait les dents, tremblait de tous ses membres sous son manteau. Rory vint à sa hauteur pour lui frictionner le dos.

— Une tempête se lève, dit-il, ses mots à moitié noyés dans le souffle du vent. Nous devons trouver un abri, et vite. À une demi-heure d'ici, sur la route principale, nous devrions voir une auberge. Je n'y suis pas venu depuis très longtemps, mais nous pourrons y passer la nuit.

Il était évident qu'il n'aimait pas cela. Jusqu'à présent, ils avaient évité autant que possible de se retrouver dans un lieu clos, mais les chevaux renâclaient. Ils progressaient à peine sous cette pluie battante qui les fouettait violemment, le vent renforçant sa puissance. Trop épuisée pour s'inquiéter davantage et soucieuse de la santé de leurs bêtes, Lorna acquiesça d'un signe de tête.

— Oui, allons-y.

Elle ne rêvait plus que d'un refuge pour leurs courageuses montures et, pour Rory et elle, d'un bon repas chaud auprès d'un feu. Un lit confortable, après ces nuits passées à même le sol, ne serait pas non plus pour lui déplaire ! Sous l'orage qui grondait, ils traversèrent un passage étroit – particulièrement délicat à négocier, d'autant plus qu'ils n'y voyaient qu'à peine. Ils avancèrent lentement, prudemment, avant de rejoindre enfin une route plus praticable. Les chevaux peinaient dangereusement, à présent. S'ils n'arrivaient pas très vite à l'auberge, Lorna n'était pas certaine qu'ils tiendraient encore longtemps ! Elle aussi, elle avait tellement froid… Même Rory se tenait, penché en avant, contracté, les bras serrés contre son corps, comme pour tenter d'y conserver des reliquats de chaleur. Enfin, alors que Lorna ne l'espérait plus, l'auberge apparut au bout de la route, tel un phare salvateur au milieu d'une tempête. Le bâtiment d'un étage était plus large que haut, avec des murs gris en pierre – pour certains recouverts de lierre – et un long toit de chaume. La grange se tenait un peu à l'écart, à flanc de coteau. Ils mirent pied à terre et confièrent les chevaux à un vieux palefrenier, qui promit contre quelques pièces de prendre grand soin d'eux. À la manière douce et tendre dont il parla aux bêtes, et à ses gestes assurés en dépit de son âge avancé, Lorna voulut bien croire que leurs montures étaient entre de bonnes mains. Ses jambes étaient si lasses de ces longues heures de difficile chevauchée qu'elles se dérobèrent sous elle. Rory l'attira à lui pour la soulever dans ses bras, visiblement déterminé à la porter jusque dans l'auberge. Aurait-elle souhaité lui demander qu'il la repose, qu'elle en aurait été bien incapable, tant elle était harassée… Comment pouvait-il sentir aussi bon, après une telle chevauchée ? Elle s'enroula contre lui, profitant de sa chaleur réconfortante et des mots tendres qu'il lui murmurait.

Quand il poussa la porte de l'auberge, Lorna toujours dans ses bras, le silence se fit instantanément et tous les regards se braquèrent sur eux. Une foule envahissait la salle, comme si tous les voyageurs à des lieues à la ronde avaient été guidés par la tempête pour venir passer la nuit là ! C'était sans doute le cas. Alors que Rory la déposait délicatement au sol et glissait un bras autour de sa taille, elle s'accrocha à lui, encore peu confiante en la capacité de ses jambes à la porter. Ils essuyèrent de leurs mains libres leurs visages mouillés, pendant que leurs vêtements, trempés par la pluie glacée, dégoulinaient à même le sol. Une servante gironde à l'allure affable se précipita vers eux. Rory sembla remarquer qu'elle sourcillait devant la flaque à leurs pieds.

— Nos excuses pour…

Elle le coupa d'un geste de la main, comme si ce n'était finalement pas utile d'en parler.

— Ce n'est qu'un peu d'eau, rien d'irréparable, et vous n'y êtes pour rien ! déclara-t-elle avec un accent écossais si prononcé que Lorna eut un peu de peine à la comprendre. Allons, venez vite vous réchauffer auprès du feu ! Jamais vu un temps pareil, et pourtant j'en ai vu ! Par le ciel, je parle, je parle, mais vous êtes si pâles, vous devez être affamés ! Un peu de ragoût, voilà ce qui vous fera du bien ! Oh ! je m'appelle Moïra, je suis la femme de l'aubergiste et ce sont mes filles, là-bas, qui servent les autres clients.

Avec un sourire franc, elle les conduisit jusqu'à une petite table inoccupée, près de la cheminée. Une odeur appétissante s'échappait de l'énorme marmite qui y chauffait. Lorna était affamée ! Cependant, avant qu'ils ne puissent s'asseoir, Moïra leur prit leurs capes et manteaux gorgés d'eau des mains pour les mettre à sécher. Elle revint ensuite leur porter à chacun une couverture épaisse et douce. Un véritable bonheur !

— Merci, murmura Lorna, sincèrement reconnaissante.

Moïra lui sourit en retour, comme si ce n'était rien, puis leur servit deux écuelles de ragoût de mouton. Lorna plongea son regard dans son plat fumant, ses mains plaquées de part et d'autre du récipient, dont la chaleur lui faisait le plus grand bien. Ça sentait tellement bon ! De la viande dans une sauce crémeuse où nageaient des légumes coupés en morceaux, c'était exactement ce dont ils avaient besoin ! Un bon repas chaud, revigorant, après toutes ces épuisantes journées à cheval et la tempête qu'ils avaient essuyée. Accompagnant Rory, elle enfourna une première bouchée. C'était délicieux. La viande était fondante, la sauce à la bière particulièrement onctueuse. Une véritable résurrection ! Rory paya Moïra, qui s'en alla ensuite leur chercher deux timbales de fer et un pichet de bière. Puis, des hommes attablés la hélèrent, et elle s'excusa pour aller les rejoindre. La bouche pleine de nourriture, Lorna leva la tête vers Rory. Il semblait soudain étrangement tendu, comme à l'affût. Elle suivit son regard. Il se posait tour à tour sur chaque personne présente dans la grande salle commune, comme cherchant à en déceler les moindres secrets. Pourtant, depuis que Moïra les avait accueillis, plus personne ne paraissait leur prêter attention. Les discussions étaient de nouveau bourdonnantes, et une ambiance joyeuse régnait. La plupart des clients étaient des hommes, mais certains étaient accompagnés de femmes. Parmi ceux qui ne l'étaient pas, nombreux contemplaient éhontément les deux jeunes et jolies filles de Moïra, qui en plus de leur mère, déambulaient au milieu des tables. L'une d'elles, aux longs cheveux châtains, esquiva avec habileté une main se voulant trop familière, puis reprit son travail comme si de rien n'était. Puisque tout paraissait normal, pourquoi Rory semblait-il si nerveux ?

Elle allait le lui demander quand elle remarqua qu'il ne quittait pas des yeux un groupe de voyageurs. Ils étaient cinq, buvaient sec et s'esclaffaient bruyamment. De là où elle se trouvait, elle ne parvenait pas à distinguer nettement leurs traits. Si deux étaient assez chétifs, les trois autres avaient tout de colosses.

— Rory, y a-t-il un problème, avec eux ? s'enquit-elle à voix basse.

— *Nay*, ce n'est rien.

Il la gratifia d'un sourire se voulant rassurant, mais quelque chose dans ses yeux l'intrigua. Elle se pencha un peu plus vers lui.

— Ces hommes, tu les connais ?

— *Nay*. Mais je trouve qu'ils boivent trop. Ça ne me plaît pas.

— Il ne s'agit que de ça ?

Il soupira et la considéra longuement, avant de parler.

— Ne bouge pas d'ici, je reviens tout de suite.

Avant qu'elle puisse le retenir, il s'était levé pour partager quelques mots avec Moïra, tout en observant discrètement les inconnus. Quand il revint enfin à leur table, il semblait plus détendu.

— Tout va bien, ce ne sont que des voyageurs, qui retournent dans le Sud. Je reprendrais bien une assiette de ce délicieux ragoût, pas toi ?

Avec un sourire, il fit signe à Moïra qui se fit un plaisir de les resservir. Progressivement, autour d'eux, la salle se vida, ne laissant plus qu'une dizaine de clients sur la trentaine qui étaient présents à leur arrivée. Certains montaient à l'étage, certainement pour rejoindre leurs chambres. D'autres sortaient, sans doute assez fous ou inconscients pour braver la tempête qui sévissait encore. Le vent s'engouffrait à l'intérieur à chaque fois que l'on ouvrait la porte. Imperceptiblement, les yeux de Lorna se fermaient. Le ventre plein, réchauffée, elle se sentait envahie d'une délicieuse langueur, mais un cri d'indignation l'en extirpa. Une des serveuses, la plus jeune, une adorable brunette aux iris gris, était aux prises avec une brute à la barbe hirsute.

— T'as rien à craindre de moi, petite, viens donc ! éructa-t-il.

— Je ne suis pas au menu, je vous l'ai déjà dit !

D'un mouvement fluide, elle esquiva la main tendue de l'homme. Plus rapide que sa carrure ne l'aurait laissé deviner, il se releva de sa chaise pour enlacer la serveuse par la taille.

— Un baiser, rien qu'un ! exigea-t-il, tout en cherchant brutalement à l'embrasser.

— Lâchez-moi !

Plus véloce que le tavernier chétif, Rory les rejoignit d'un bond et plaça la pointe de son couteau sur la gorge de l'ivrogne. Aussitôt, celui-ci leva les mains, libérant la fille.

— Eh, pas la peine de s'énerver, mon ami, on voulait juste s'amuser !

— Je ne crois pas qu'elle, elle s'amusait, rugit Rory. Des excuses s'imposent !

— Des excuses ? Et puis quoi enc…

La lame pressa davantage sa gorge, et le visage de l'homme blêmit quand une goutte de sang perla.

— Une petite pièce, en sus, puisque vous le proposez si gentiment, suggéra Rory. Elle le mérite bien, pour vous avoir supporté toute la soirée, ne croyez-vous pas ? Ensuite, vous pourrez vous en aller... chercher refuge ailleurs.

L'homme sembla hésiter. Soudain, il repoussa brusquement Rory en arrière et se jeta sur lui ! Celui-ci esquiva l'assaut et répliqua en envoyant son poing fermé dans l'estomac de son adversaire. Le souffle coupé, la brute bascula en avant. Le genou de Rory percuta durement le menton du misérable, qui s'effondra.

— Rory ! Attention !

Il eut à peine le temps de se retourner. Lorna avait déjà bondi pour fracasser un pichet de bière sur la tête du lâche qui entendait l'attaquer par-derrière ! L'homme poussa un grognement, ses mains pressées sur le côté de son crâne d'où dégoulinait du sang mêlé à du liquide ambré. Furieux, il leva le poing sur Lorna, mais son coup ne porta pas. Rory l'étala d'une bonne droite en plein visage, et le misérable partit rejoindre son comparse à terre.

Rory se posta devant Lorna et la jeune serveuse, les protégeant de son corps.

— Vous en avez eu assez ? cria-t-il aux deux ivrognes.

Il fit un pas en avant, menaçant, et ils s'enfuirent sans demander leur reste. À peine furent-ils partis que la serveuse se jetait dans les bras de Rory.

— Merci ! À vous aussi, *lass* ! ajouta-t-elle à l'intention de Lorna.

La pauvre enfant – elle ne devait guère avoir plus de treize ans – tremblait de tous ses membres. Elle quitta les bras de Rory pour se blottir dans ceux de sa mère.

— Oui, grand merci à vous, voyageurs, dit Moïra. On

ne peut se permettre de refuser des clients, mais croyez-moi, ces deux-là ne sont pas près de remettre les pieds ici !

— De foutus vauriens, pas de doute, grommela le tavernier. Vous avez toute notre reconnaissance, et votre repas, c'est la maison qui offre.

— Et la chambre, pour la nuit ? Vous nous l'offrez aussi ? osa Rory, avec un sourire désarmant.

Moïra pouffa devant son impertinence et jeta un coup d'œil à ses deux filles, puis à son époux.

— Vous le mériteriez bien, tiens ! Hélas, nous n'en avons plus aucune de libre, et je n'ai plus qu'un coin de la grange à vous proposer. Mais sans doute pourrions-nous…

— Ils n'ont qu'à prendre la mienne.

Celui qui venait de parler était un Écossais de haute stature, mais si émacié que la peau de son visage peinait à masquer ses os saillants. Son nez était busqué, et ses yeux gris semblaient aussi acérés que ceux d'un aigle. Instinctivement, Lorna glissa sa main dans celle de Rory, et le visage de l'homme s'éclaira d'un sourire.

— Un jeune couple tel que le vôtre mérite bien mieux que de dormir sur la paille, au milieu des chevaux. Donnez-leur ma chambre, madame, ajouta-t-il à l'intention de Moïra.

— C'est très généreux de votre part, répondit Rory, mais nous ne pouvons accepter. La grange nous conviendra très bien.

Le sourire de l'homme s'élargit, et une lueur s'alluma dans son regard.

— J'insiste. Je dois partir, de toute façon. Autant que cela vous profite.

Il glissa quelques pièces sur le comptoir, s'enroula dans

sa cape épaisse et sortit dans la nuit. La tempête grondait encore, mais la pluie tombait moins dru.

— Eh bien, j'espère qu'il sait ce qu'il fait, lâcha Moïra.

Elle haussa les épaules et fit un signe de la main à Lorna et Rory, les invitant à la suivre.

— Cet homme, vous le connaissez, Moïra ? s'enquit Lorna.

— Non, j'ignore tout de lui. C'est la première fois qu'il vient à l'auberge, et nous ne demandons que rarement le nom de nos clients, même à ceux qui dorment ici.

Ils gravirent un escalier, passèrent deux portes, Moïra ouvrit la troisième.

— Vos manteaux seront secs, demain matin, à votre réveil. Et un copieux petit déjeuner vous attendra, aussi. Ça ne vous coûtera rien. Merci encore d'avoir secouru ma petite, souffla-t-elle, émue.

Elle leur laissa la clé avant de s'excuser pour redescendre au rez-de-chaussée. Lorna entra la première dans la chambre. La pièce était simple mais propre, avec un lit, une petite table sur laquelle se trouvaient une chandelle qu'elle se hâta d'allumer, un broc d'eau et une bassine. Une unique fenêtre donnait sur l'extérieur, où les éléments persistaient à déverser leur colère sur la lande. Lorna vint s'asseoir sur le lit, glissa sa main sur les draps. Ils étaient propres et frais. Le matelas, moelleux. C'était bien mieux que ce qu'elle aurait pu espérer.

Rory souffla en se laissant retomber à ses côtés.

— Nous devrions remercier cet homme pour ce bon lit !

— C'est bien, ce que tu as fait, murmura Lorna.

— Aider la serveuse, tu veux dire, ou nous avoir obtenu cette fabuleuse chambre ? Il est vrai que faire l'amour dans un lit est bien plus agréable que sur de la paille, mais…

Elle pouffa et lui envoya sans réfléchir un des deux oreillers au visage, ce qui le fit rire aussi.

— Idiot ! répondit-elle tout en esquivant l'oreiller qu'il lui lançait, à son tour. Tu as eu raison de secourir cette jeune fille, elle était terrifiée et ces deux hommes n'étaient que des brutes !

— Tu m'as bien aidé, à ce propos. Je crois que celui que tu as frappé ne t'oubliera pas de sitôt. Il aura certainement une belle bosse.

— J'espère bien. Je regrette même de ne pas avoir cogné plus fort !

Il s'esclaffa.

— Freydis et Bjorn auraient donné cher pour voir ça ! Quand la situation sera apaisée, nous leur rendrons visite, ou ils viendront nous voir. D'ici à quelques semaines, tout au plus. En attendant, j'enverrai un messager les rembourser.

D'ici à quelques semaines… Tout pourrait-il être terminé, comme il semblait en être persuadé ? Le roi Alexandre II, les Comyn, les ennemis de son clan, l'auraient-ils oubliée ? Rory prévoyait de la faire passer pour morte. Elle priait pour que ce mensonge soit cru par ceux qui voulaient sa disparition. Comment prévenir Neil, cependant, qu'il n'en était rien ? Son pauvre frère, le retrouverait-elle un jour ? Il devait tellement s'inquiéter. Pourvu qu'il soit encore en vie et en sécurité ! La dernière fois qu'elle l'avait aperçu, il lui avait paru si mal en point… Intérieurement, elle pria pour lui, ainsi que pour tous ceux auxquels elle tenait. Elle termina par Rory, qu'elle aimait tant. En se tournant vers lui, elle le surprit à la regarder avec tendresse, mais la lueur qu'elle voyait s'intensifier dans ses iris n'avait rien d'innocent. Quand il l'attira à lui pour l'embrasser, elle s'abandonna entre ses bras. Ses caresses et ses baisers l'emportaient dans un monde où ils n'existaient plus que l'un pour l'autre…

Chapitre 33

Lorna faisait un rêve magnifique. Rory et elle couraient dans la lande, leurs pieds nus foulant une herbe trop verte pour être de ce monde. Toutes les couleurs étaient tellement exacerbées ! Même le soleil brillait plus intensément qu'à l'ordinaire. Une sensation de paix et de bonheur absolu l'envahissait. Au loin, elle vit que quatre personnes les attendaient. Sans avoir besoin de distinguer leurs traits, elle savait de qui il s'agissait : derrière la petite Sorcha se trouvaient Blair, Connor et Neil. Comme elle avait hâte de les serrer contre elle ! De leur présenter Rory, de…

On la secouait par les épaules. Elle voulut se dérober, mais la pression s'accentua tant qu'elle ouvrit les paupières. Il faisait encore nuit. La tempête ne rugissait plus. Sauf dans les yeux de Rory, penché au-dessus d'elle.

— Habille-toi, vite, ordonna-t-il. Nous devons partir !

Sans réfléchir, elle sauta du lit et entreprit d'enfiler sa tenue de voyage. Échangeant un regard avec Rory, elle s'apprêtait à lui demander des explications, quand il lui fit signe de se taire et d'écouter. Des éclats de voix venaient du rez-de-chaussée. Des voix fortes, autoritaires, masculines. Et celles, aussi, du tavernier et de Moïra qui protestaient… Pressant l'oreille contre la porte, Rory poussa un juron.

— J'ignore qui ils sont, mais ils sont nombreux, ils nous cherchent et ne nous veulent pas du bien. Moïra et son mari essaient de les retenir, mais ils savent que nous sommes là et ne tarderont pas à… Cordieu, les voilà déjà !

Les pas des hommes résonnaient, lourds et sinistres, dans l'escalier qui menait à l'étage. Ils leur bloquaient cette issue ! Lorna jeta sa besace sur son dos et se précipita à la fenêtre.

— Par ici, vite !

Ils n'avaient plus le choix. Pourvu qu'ils ne se rompent pas le cou ! Rory l'écarta sur le côté, regarda à l'extérieur.

— La voie est libre. Toi d'abord !

Il l'aida à descendre, puis passa à son tour par la fenêtre et la rejoignit prestement. À peine furent-ils tous deux au sol, à courir main dans la main vers les écuries, que des voix beuglaient de la chambre qu'ils occupaient. Une tête dépassa soudain de la fenêtre.

— Là-bas ! Ils vont vers la grange !

Rory lâcha un juron au moment où deux hommes sortis de l'ombre surgissaient devant eux ! Il brandit aussitôt son épée et se lança à l'assaut. Après avoir dévié le coup qu'on lui portait, il frappa à son tour et blessa l'un de ses adversaires à la cuisse. L'autre en profita pour attaquer, mais il parvint à le faire reculer. Pendant qu'il combattait, Lorna s'obligea à ne pas regarder en arrière et fonça vers l'écurie. Leurs ennemis étaient trop nombreux, et Rory, seul contre tous, ne pourrait les arrêter. Leur seule chance était la fuite, et ils avaient besoin de leurs chevaux pour cela ! Par chance, le tumulte du combat et les cris avaient réveillé le vieux palefrenier, qui sans poser de questions l'aida à préparer les bêtes. Tant pis pour leurs sacoches, ils n'avaient pas le temps ! Au moment où elle allait ressortir avec leurs montures qu'elle tenait par la bride, elle vit que Rory était encerclé par plusieurs guerriers en armes. D'autres gisaient à terre. Ceux qu'il avait vaincus.

— Qui êtes-vous ? rugit-il férocement. Qu'est-ce que vous voulez ?

L'un des hommes s'avança. Stupéfaite, Lorna reconnut celui qui leur avait offert d'occuper sa chambre, la veille !

— Mon nom est Raibert Ramsay, et si nous en sommes là, c'est qu'une prime coure sur votre tête, Rory Fraser. L'ignorez-vous donc ?

— J'ignorais tout de cette prime, en effet. De quoi s'agit-il, précisément ?

— Il faut croire qu'un mari bafoué n'a pas apprécié l'intérêt que vous portiez à sa femme. Un certain Alban, du clan Cameron. Cela vous dit quelque chose ?

Rory parut réfléchir.

— *Nay*. Il s'agit donc d'une erreur. Vous me confondez avec un autre.

Ramsay s'esclaffa.

— Eh bien, j'en doute fort, car lui semble parfaitement se souvenir de vous ! Grâce à sa description, je vous ai reconnu dès que vous avez bondi au secours de cette servante, hier soir. Quelle surprise et quelle chance, pour moi, que de vous rencontrer dans ce coin perdu !

— J'imagine bien, en effet. Cependant, la chance est capricieuse, alors à votre place, je quitterais les lieux avant qu'elle ne vous quitte pour tourner en ma faveur, et que je vous tue tous, les uns après les autres.

Le sourire narquois de Ramsay s'étendit sur ses lèvres fines.

— C'est une proposition intéressante, Fraser, mais ce qui l'est encore bien plus est cette fille, qui vous accompagne. Celle qui a crié votre nom pour vous alerter, quand vous étiez aux prises avec ces ivrognes. Où se cache-t-elle, à présent ?

— La fille ? Quelle fille ?

— Allons, Fraser, ne faites pas l'ignorant. Si c'est bien d'elle qu'il s'agit, ce dont je ne doute guère, sa prime est très supérieure à la vôtre, car contrairement à vous, elle n'est pas recherchée par un petit chef de clan, mais par le roi en personne ! Une traîtresse à la Couronne, voilà qui sera du plus bel effet sur mon tableau de chasse, bien plus que votre tête, je dois l'avouer. Dites-moi où elle est, et je vous épargnerai… peut-être.

— Je ne vois pas de qui vous voulez parler, et je crois surtout que vous étiez tellement ivre que vous vous êtes imaginé des choses, hier soir. À présent, si vous avez fini de me faire perdre mon temps, combattez ou fuyez !

Il leva son épée et se mit en garde.

Ramsay cracha au sol, puis leva un bras. Ses hommes fondirent sur Rory en beuglant… et s'immobilisèrent, surpris par un bruit de cavalcade. Montée sur son cheval, tenant les rênes du hongre de Rory dans sa main gauche, Lorna fonçait droit sur eux ! Sous la violence de l'assaut, les guerriers se dispersèrent, libérant un passage à Rory qui sauta prestement en selle. Lorna et lui lancèrent aussitôt leurs montures au galop. Mais l'effet de surprise étant passé, les mercenaires réagissaient déjà…

Le cœur de Lorna battait férocement à ses tempes. Les cuisses serrées sur les flancs de son cheval qu'elle encourageait de la voix, les mains crispées sur les rênes, elle était terriblement consciente que leurs ennemis se lançaient à leur poursuite.

— Par là ! ordonna Rory.

La forêt ! Bien sûr ! S'ils l'atteignaient, ils pourraient s'y cacher, semer leurs poursuivants ! Ils bifurquèrent brusquement, sortirent du chemin et s'engagèrent dans une petite clairière. L'aube se levait. Les silhouettes des arbres se dessinaient sur l'horizon mordoré. Presque côte à côte, Rory et Lorna talonnaient leurs montures écumantes. Penchés sur l'encolure des animaux, ils les poussaient dans leurs derniers retranchements. Ces derniers soufflaient, peinaient, leurs naseaux fumaient et leurs corps luisaient de sueur. Lorna frémit. Malgré leurs efforts, ils perdaient du terrain ! Leurs chevaux n'étaient pas faits pour tenir longtemps à une telle allure, surtout pas après les journées de voyage intenses qu'ils avaient déjà dû supporter. Quelque chose siffla près de son oreille. Une flèche ! Par tous les saints, ils leur tiraient dessus ! Retenant le cri qui cherchait à jaillir de sa gorge, elle baissa la tête juste à temps pour éviter la branche d'un frêne qui l'aurait autrement frappée en plein visage. Une nouvelle flèche la manqua, mais une autre se ficha juste derrière sa cuisse, dans le flanc de son cheval ! Hennissant de souffrance, il se cabra si brusquement qu'elle fut désarçonnée et projetée à terre. La chute fut brutale ; la réception, pire encore. Elle resta étendue, étourdie, cherchant à reprendre son souffle et ses esprits pendant que sa monture s'enfuyait. Elle crut entendre Rory hurler son nom, puis il poussa un atroce cri de douleur qui fut pour elle le plus terrifiant des sons.

— Rory ! Rory !

En dépit de ses appels désespérés, elle ne le voyait pas dans l'épaisseur de la végétation. Pourquoi ne lui répondait-il pas ? Où était-il ? Saisie d'une indicible frayeur, elle voulut se relever, mais il était trop tard : elle était encerclée !

Depuis la hauteur de son cheval baie, Ramsay, les traits déformés par la colère, lança des ordres à ses hommes.

— Vous deux, saisissez-la ! Toi, toi et toi, poursuivez l'autre !

— Non ! Laissez-moi !

Elle essaya de lutter, mais ceux qui l'entravaient étaient bien trop forts pour qu'elle ait la moindre chance de leur échapper. Ramsay mit pied à terre. Un sourire cruel se dessina sur son visage émacié.

— Tournez-la, que je vois son dos.

Elle eut beau se débattre, hurler, rien n'y fit. Les bras maintenus fermement par deux guerriers, elle se retrouva à genoux, tandis que Ramsay se glissait derrière elle. Il déchira brutalement le tissu de sa tunique, exposant ses reins à la vue de tous.

— C'est bien la marque maudite des McWilliams, annonça-t-il triomphalement. Cette fille est la bâtarde que le seigneur Comyn recherche ! Notre fortune est faite !

— Et Rory Fraser ?

— Il n'ira pas bien loin. Plusieurs flèches l'ont touché et il est peut-être déjà tombé de cheval. Mort ou vif, ça ne changera rien pour nous.

À ces mots, prise d'une rage folle, Lorna hurla comme une démente. Rory, blessé ou pire encore ! Non, c'était impossible !

— Monstre ! Assassin ! cracha-t-elle en se débattant. Si jamais il…

Ramsay haussa les épaules.

— S'il meurt, je serais payé tout autant qu'en le ramenant vivant. Vous, par contre, vous valez beaucoup plus intacte. Malcolm, conduis-la au campement et surveille-la. Si elle s'échappe, ou si on la touche, j'aurai ta tête, c'est bien compris ? Tamhas et Donald, allez avec lui.

Le dénommé Malcolm, un colosse aux dents pourries, l'agrippa rudement. Bien qu'elle résiste de toutes ses forces, cherchant même à mordre, elle fut étroitement ligotée. Quand elle lui envoya un coup de tête dans le menton, il la frappa si fort qu'elle vit tournoyer des étoiles devant elle. Étourdie, elle s'effondra à terre et crut entendre Ramsay invectiver Malcolm, tandis qu'on la relevait. On la jeta ensuite sur la croupe d'un cheval, si brusquement qu'elle en eut le souffle coupé. Tout s'assombrit autour d'elle. Son ultime pensée fut pour Rory…

Il fallait revenir la chercher ! À tout prix ! Seule la force de cette pensée permettait à Rory de ne pas s'effondrer. Pourtant, l'aurait-il voulu, il était trop tard. Si elle était encore en vie – et bien sûr qu'elle l'était ! –, elle était à présent leur prisonnière ! Tout s'était passé tellement vite ! Quand il avait entendu le hennissement de son cheval, qu'il l'avait vue se faire désarçonner, il avait aussitôt fait demi-tour. C'est là qu'une première flèche l'avait touché près du cœur, puis une autre, dans le flanc, et encore une autre, dans le ventre. D'autres continuaient de pleuvoir sur lui. En dépit du danger, il ne s'arrêta pas. S'il ne craignait pas la mort, celle de Lorna le terrifiait ! Il devait la rejoindre ! Mais son cheval avait paniqué. Refusant de lui obéir, il avait brusquement changé de direction pour fuir le danger malgré ses efforts pour le contrôler.

Ce maudit animal l'emportait loin d'elle ! Il fut tenté de se jeter à terre, mais à cette vitesse il risquait surtout de se rompre le cou. Comment diable la sauverait-il, s'il succombait avant même de l'avoir rejointe ?

Une douleur cuisante vrillait chacun de ses muscles, et il perdait du sang. Penser devenait difficile. La tête lui tournait franchement et il ne tarderait sans doute plus à s'évanouir. Derrière, le fracas de cavaliers lui parvint, comme venant de très loin. S'il se laissait attraper, s'il se faisait prendre, ou s'il réussissait par miracle à les tuer tous, il retrouverait Lorna ! Cette dernière pensée lui donna le sursaut d'énergie dont il avait besoin. Avec effort, il essaya encore de faire bifurquer son cheval, mais un vertige le saisit. Avant même qu'il ne s'effondre sur l'encolure de l'animal, les ténèbres s'étaient abattues sur lui.

Chapitre 34

La tête de Lorna lui tournait. La douleur lancinante ne l'avait pas quittée depuis des heures. Ses yeux entrouverts ne découvrirent que la pénombre. Une odeur pestilentielle assaillit ses narines. Celle de l'urine, de la pourriture… de la mort. Un instant, elle se crut revenue dans le sinistre tunnel secret qui les avait menés, Connor, Sorcha et elle, hors du château des McWilliams, pendant que les Comyn pillaient, dévastaient, tuaient et violaient ! Le visage de Lady Ailis, agonisante, lui fit monter les larmes aux yeux. Comme elle s'était sentie impuissante, alors, et combien elle ressentait la même chose, à présent ! La panique la submergea, de terrifiants souvenirs se ravivant dans la confusion de son esprit. D'horribles images lui revenaient, mélange de la réalité et de ses cauchemars. Des cavaliers ressemblant à des démons venus de l'enfer les poursuivaient, Rory et elle. Elle était tombée de cheval, et Rory avait crié. Son hurlement de douleur et de rage résonnait encore en elle. Des larmes brûlantes coulèrent sur ses joues. Était-il seulement encore en vie ? Elle avait rêvé de lui. Il agonisait dans ses bras, son corps meurtri de blessures profondes… Imaginer que cela puisse se produire était une véritable torture. Elle se sentit vaciller, au bord de l'évanouissement, et s'obligea à ravaler ses larmes. Tirant sur les chaînes qui entravaient ses poignets pour réussir à joindre le bout de ses doigts, elle murmura une prière pour lui.

— Seigneur, faites qu'il soit en vie, protégez-le… et surtout, qu'il ne cherche pas à venir me sauver…

Car si jamais il tentait quoi que ce soit… Cela faisait des jours, ou même des semaines, lui semblait-il, qu'elle était enfermée dans cette geôle sordide. Elle ignorait où elle se trouvait exactement, et mesurer le temps qui s'écoulait était difficile, en ces lieux sombres où la lumière du soleil pénétrait avec réticence. La porte du cachot grinça en s'ouvrant. Accompagné d'un garde, un homme de moyenne stature entra. Ses cheveux noirs lui retombaient sur les épaules, et l'intelligence se lisait dans la profondeur de ses yeux bruns. Son nom était Colin Balfour, lui avait-il appris en se présentant, la première fois qu'il était venu pour l'interroger, et il avait tout d'un Lowlander admiratif des Anglais. Sa tenue, ses manières, tout en lui en témoignait. Elle l'avait instantanément méprisé, tant il lui rappelait Lord Acton. Il avait voulu qu'elle lui parle de Rory, et elle avait tout d'abord prétendu ignorer qui il était. Balfour avait insisté et, devant l'évidence des témoignages qu'il lui rapportait, il lui avait été impossible de nier plus longtemps. Certes, elle connaissait Rory, mais elle avait assuré qu'il ignorait tout de sa véritable identité, qu'elle l'avait trompé et qu'il était innocent. Cela n'avait guère semblé émouvoir Balfour qui avait alors suggéré que cela n'avait plus guère d'importance, puisque Rory avait certainement péri. Les hommes de Ramsay l'auraient vu chuter de cheval et tomber dans un ravin. Ils n'avaient pu retrouver son corps, sans doute emporté par le fleuve. Refusant d'y croire, elle avait fait appel à toutes ses forces pour ne pas hurler. Impossible d'envisager son trépas ! La simple idée de vivre dans un monde où il n'existait plus lui était insupportable. Balfour avait esquissé un sourire sans joie, puis étaient venues les questions sur Sorcha, de plus en plus insistantes. Car c'était elle, uniquement, qui l'intéressait ! Ou plutôt, qui intéressait la Couronne. Tout aussi inlassablement, elle lui répondait la même chose :

— Ma sœur est morte. Exécutée atrocement, sur la place du marché de Forfar. Combien de fois encore devrais-je vous le répéter ? Vous servez un monstre, un meurtrier d'enfant ! N'en éprouvez-vous aucune honte ?

Balfour plissa les yeux, ce qui lui donna l'expression encore plus revêche. Les traits tirés, il semblait exténué.

— Vous ne pouvez ignorer que cette pauvre petite n'était pas Sorcha McWilliams. En persistant à me mentir, vous ne faites que prolonger votre supplice… et le mien.

— Prétendez ce que vous voulez, Sorcha est morte, sur cette place ! Peu importe ce que vous comptez me faire subir, cela ne fera aucune différence !

— Suffit ! Des témoins vous ont vue vous enfuir du château McWilliams avec un bébé dans les bras ! Votre demi-sœur ! La fille du laird ! Où est-elle ? Où l'avez-vous cachée ?

Il criait, à présent, et leva la main comme pour la frapper. S'il s'était jusque-là montré sévère, voire menaçant, il n'avait jamais fait preuve de brutalité. Contrairement au garde qui l'accompagnait, depuis sa précédente venue. Lui prenait grand plaisir à la cogner quand elle s'enfermait dans le silence.

Elle défia Balfour du regard.

— Quel courage, que de vous en prendre à une femme désarmée et entravée ! Vous pouvez me frapper autant que vous le souhaitez, lâche, ou ordonner à votre misérable garde de s'en charger comme il aime tant à le faire, mais vous n'aurez jamais Sorcha ! Jamais !

Le coup partit si vite qu'elle ne put réagir. Balfour semblait encore plus surpris qu'elle. Il regardait sa main comme si elle lui était étrangère, puis la rabaissa en poussant un long soupir.

— Je ne voulais pas en arriver là, mais vous ne cessez de me provoquer, et cela doit cesser… Écoutez, jeune fille, tout cela me déplaît autant qu'à vous, mais j'ai des ordres et je dois obtenir des réponses. Le roi ne peut tolérer qu'on puisse menacer son trône. L'Écosse est sous le joug de si nombreuses menaces ! Vous devez comprendre ce qui se joue, ici. Si les rebelles protègent votre sœur, ou découvrent avant nous où elle se trouve, ils se serviront d'elle pour parvenir à leurs fins. Il y aura une révolte, une guerre… et de nombreux morts. Si vous ne m'aidez pas en vous montrant raisonnable, leur sang sera sur vos mains.

— Celui d'une enfant innocente, et de tous ceux de mon clan, pèse déjà sur celles de votre maudit roi et de William Comyn ! J'espère que le visage de chacune de leurs victimes les hante chaque minute de leurs misérables existences !

Le garde avança d'un pas, l'expression furieuse, sans doute parce qu'elle venait d'insulter son monarque. Pour ce qu'elle en avait à faire ! Balfour arrêta l'homme d'un geste.

— Laissez-nous seuls, ordonna-t-il.

Le garde hésita, puis obtempéra. Ensuite, Balfour

s'accroupit devant elle, pour plonger son regard dans le sien. Il inclina la tête sur le côté et parut attendre… Mais attendre quoi ? Elle fronça les sourcils. Le frapper d'un bon coup de pied lui sembla fort tentant, mais il restait hors de portée. Tant pis, elle allait essayer quand même !

— Si vous me jurez sur la Bible que Sorcha McWilliams est morte et que c'est bien elle qui fut exécutée au marché de Forfar, je ferais en sorte de vous croire et… nous cesserons de la chercher.

Ses mots l'immobilisèrent. Était-ce un piège ? Certainement, ce serait bien trop facile ! Elle refusait de croire quoi que cet homme puisse lui promettre.

— Je le jure, clama-t-elle avec autant d'assurance qu'il lui fut permis.

Il la dévisagea un long moment, puis se releva tout en soupirant, visiblement déçu.

— Fort bien, persistez à me mentir, si c'est ce que vous voulez. J'aurais préféré en être certain, mais quel que soit le véritable sort de votre sœur, vous confirmerez son décès devant le peuple, lors de votre exécution.

— Mon exé…

Un sourire las étira les traits de Balfour.

— Bien sûr, que croyiez-vous qu'il vous arriverait ? Des hommes sont morts pour vous retrouver ! Même bâtarde, vous êtes la dernière descendante connue encore en vie du traître McWilliams. Et par la nature de votre sang, une ennemie de la Couronne. Les juges vous ont déjà condamnée à mort.

Il se pencha vers elle, une étrange lueur dans le regard.

— Profitez bien de vos derniers jours de vie, Lorna McWilliams, et recommandez votre âme à Dieu. Je ne peux que vous souhaiter une fin rapide, bien que je doute que cela se produise. Oh ! et j'avais presque oublié, ajouta-t-il, une lueur cruelle dans les yeux, le cadavre de Rory Fraser a été retrouvé. Ce matin même.

Un étau de glace emprisonna le cœur de Lorna.

— Vous mentez ! Il ne peut pas être mort !

— Je crains que si, vous m'en voyez navré.

Son étrange sourire en coin témoignait du contraire. Folle de rage et de terreur à l'idée qu'il puisse dire vrai, elle se jeta en avant pour le frapper. Ses entraves accrochées au mur l'en empêchèrent, la stoppant brutalement à mi-course. Elle se débattit, cria, injuria Balfour qui se contentait de la regarder, comme si elle n'était qu'un vague désagrément dont il avait hâte de se débarrasser.

— Il est en vie ! Vous mentez ! Vous mentez !

Avec un haussement d'épaules, il sortit de la geôle pendant qu'elle continuait de tirer désespérément sur ses chaînes en vociférant. De colère, elle envoya un violent coup de pied dans l'écuelle de nourriture apportée par le garde, plus tôt. Le récipient se fracassa contre la porte. Anéantie, elle se laissa choir au sol. Balfour s'était moqué d'elle. C'était évident. Il cherchait juste à la faire souffrir pour qu'elle cède au désespoir, qu'elle perde la raison, qu'elle lui avoue tout au sujet de Sorcha ! Autrement… Non, elle refusait de s'y résoudre… Rory ne pouvait être mort, parti pour toujours. Impossible ! Elle le sentirait, au fond d'elle, sinon ! Pourtant, elle l'avait entendu crier de douleur, avant qu'elle ne se fasse prendre. Ce misérable Balfour semblait si sûr de lui, si satisfait, quand il le lui avait annoncé. C'était l'engeance du démon ! Bouleversée, perdue, elle se recroquevilla contre le mur. Si c'était vrai, si Rory lui avait été arraché… Dans la solitude de sa cellule, elle hurla sa douleur, encore et encore, jusqu'à ce qu'elle n'en ait plus la force.

Balfour ne revint pas la voir, les jours suivants. Elle resta prostrée, la plupart du temps simulant l'acceptation de son sort. En réalité, elle se tenait à l'affût de la moindre occasion de s'échapper. Elle avait largement eu le loisir de réfléchir et de laisser sa raison prendre le dessus sur tout le reste. Si Rory avait succombé, ce qu'elle n'accepterait jamais de croire sans avoir vu son cadavre de ses propres yeux, elle n'aurait plus rien à perdre et n'aurait de cesse de le venger. Ramsay et tous ses hommes, aucun d'eux n'en réchapperait ! Pas plus que le roi, ou William Comyn, voulut-elle se persuader. Même Balfour paierait ! Elle trouverait bien un moyen de parvenir à ses fins, du moins s'imaginait-elle nombre de stratagèmes pour y parvenir. Mais si Rory était encore en vie, comme elle l'espérait de tout son être, elle le retrouverait ! Hélas, elle se rendit vite compte que tout cela n'était que vœux pieux renforcés par la fièvre. Ses espoirs, cette vengeance qu'elle s'imaginait accomplir, ne lui servaient qu'à conserver la raison. Avoir un but, même illusoire, l'aidait à tenir. De toute manière, elle ne parviendrait à rien, si elle restait enfermée ici, à attendre l'heure de son exécution ! Jusqu'à présent, ses tentatives de fuite s'étaient révélées sans effet. Elle avait essayé de corrompre le garde, de le séduire, de l'amadouer, allant jusqu'à feindre un malaise pour l'attirer… en vain. Rien n'avait fonctionné. De plus, le manque de nourriture et d'eau se faisait gravement sentir. De sommeil, aussi. Pour la punir de son comportement, lui avait expliqué le garde, il l'avait privée de nourriture et d'eau depuis… Elle n'aurait su dire depuis combien de temps ! Sa gorge était si sèche et douloureuse. Ses crampes d'estomac tout autant. C'était comme si ses ennemis attendaient qu'elle meure de faim ou de soif. N'avaient-ils pas la patience, finalement, de la voir subir la potence ? Ou quelle que soit l'exécution qu'ils avaient prévue pour elle… Sa seule compagnie était celle des rats, qu'elle s'efforçait de chasser quand ils s'approchaient trop, pour ne pas qu'ils la mordent. Ses forces la quittaient, et la tête lui tournait de plus en plus. Son esprit s'embrumait. Seul son espoir farouche que Sorcha et Rory soient en sécurité lui permettait de survivre. Enfin, la porte s'ouvrit et un rai de lumière s'infiltra dans la cellule. Balfour, suivi de deux autres hommes, entra. Son expression était impénétrable, mais à sa surprise Lorna crut déceler quelque regret dans ses yeux.

— C'est le moment, n'est-ce pas ? souffla-t-elle faiblement.

Balfour s'éclaircit la gorge et hocha la tête, puis il fit signe aux gardes quand elle tenta maladroitement de se redresser. Ses jambes vacillèrent instantanément sous elle.

— Détachez-la et maintenez-la debout.

Pendant qu'ils obtempéraient, elle s'imaginait encore surprendre ces hommes. Une fois libérée de ses chaînes, peut-être pourrait-elle se glisser entre eux, pousser Balfour sur le côté et s'enfuir ? Hélas, sa faiblesse n'était pas feinte. C'était à peine si elle parvenait à marcher, même avec leur aide. Comment aurait-elle pu se défendre ou tenter quoi que ce soit ? Combien de temps était-elle restée confinée dans cette prison, enchaînée au mur, pour ne même plus pouvoir se tenir debout seule ? Pourtant, au bout de quelques pas dans ce long couloir sombre et puant, sa marche se fit un peu plus assurée. Au moins se tiendrait-elle droite et non avachie devant la foule haineuse qui l'attendait. Elle entendait déjà leurs acclamations, à ces gens qui considéraient sûrement que justice serait faite. Comme si sa vie ou sa mort allait changer quoi que ce soit au sort de l'Écosse ! Devant elle, Balfour avançait d'un pas hésitant. Il semblait très nerveux. Peut-être même plus qu'elle. Cela l'intrigua. C'était à croire que c'était lui, et non elle, qui verrait son existence s'achever d'ici peu. Ils parvinrent à la large porte qui menait à l'extérieur.

— Laissez-moi. Je peux marcher seule, à présent, assura-t-elle aux gardes.

Ils la lâchèrent et reculèrent, se tenant un pas en arrière. Elle trébucha, mais ne tomba pas.

— Je suis désolé de ce qui vous arrive, déclara Balfour. Sincèrement. Sachez que je n'en tire nul plaisir.

Elle eut la force d'esquisser un sourire narquois. Comme s'il en pensait le moindre mot ! Lui, qui la condamnait tout autant que son roi, pour le simple fait de sa naissance ! Lui, qui avait semblé prendre tant de joie malsaine à lui annoncer la mort de Rory ! Comment osait-il se prétendre désolé, alors qu'il avait aimé la torturer ?

Il s'avança vers elle, posa ses sales doigts sous son menton pour le relever et mieux plonger son regard dans le sien. Pour la première fois, elle y lut de la lubricité.

— Vous êtes jeune et très jolie, du moins le seriez-vous certainement, sans toute cette… crasse. Quel dommage. En m'avouant où se trouve votre sœur, vous sauveriez votre vie. Il est encore temps de tout me dire.

Elle lui cracha son mépris au visage, et l'expression sur les traits de Balfour changea du tout au tout.

— Je retire ce que j'ai dit, gronda-t-il d'un ton où la

haine transparaissait. Votre mort me sera un spectacle infiniment délectable !

— Sale…

— Silence, femme !

Un des gardes la poussa brutalement en avant. L'intensité de la lumière du jour la surprit, après tout ce temps passé dans la pénombre, et elle plissa les yeux pour s'y ajuster. La clameur de la foule résonnait lugubrement à ses oreilles bourdonnantes, mais elle croisa aussi parmi tous ces gens des visages qui lui semblèrent compatissants. Peut-être des partisans de son clan décimé, ou des gens avec du cœur, conscients qu'elle n'était ni coupable ni responsable de ce qu'il lui arrivait. Sur l'estrade en bois, qui surplombait la populace, l'attendait le bourreau. C'était un titan armé d'une gigantesque claymore. L'arme qui allait la décapiter. C'était donc cela, qu'ils avaient décidé pour elle. Au moins, ce serait rapide. Balfour serait déçu. On la poussa dans le dos, l'incitant à avancer.

Elle perçut à peine les mots que proclamait le crieur public à son approche. Levant fièrement la tête, se tenant aussi droite qu'elle en était capable, marchant lentement sur ses jambes qui, hélas, flageolaient encore, elle inspira longuement pour se donner du courage. Pour Rory, pour tous ceux qu'elle aimait, et puisque rien d'autre n'était possible, elle affronterait dignement son destin.

Chapitre 35

— Arrêtez ! Au nom du ciel, arrêtez !

Le bourreau stoppa son geste et garda les bras levés, sa claymore prête à frapper. Entourés d'un nuage de poussière, une dizaine de cavaliers arrivaient au galop sur la place du village, juste avant que le coup fatal ne soit porté. Lorna, agenouillée devant le billot sur lequel sa tête était posée, se retourna lentement. Celui qui dirigeait ces guerriers, qui venait d'ordonner au bourreau de s'immobiliser… C'était impossible ! Elle devait rêver ! Rory ne pouvait être là ! Pourtant, c'était bien lui qu'elle vit freiner son cheval devant l'estrade, si brusquement que l'animal se cabra. Éperdue de bonheur et de soulagement, elle en aurait hurlé de joie. Il était vivant ! Et il était revenu, pour elle…

— Libérez-la ! Immédiatement ! Je suis Rory Fraser, du clan Fraser, et j'exige qu'on me rende ma femme !

Son ton impérieux fit hésiter le bourreau, qui se tourna vers Balfour. Ce dernier regardait Rory et ses hommes avec l'expression incrédule de celui qui ne comprend rien à la situation. Il bafouilla quelque chose d'inintelligible, puis sembla se reprendre et s'écria, presque menaçant :

— Cette femme est une McWilliams, et comme tous

ceux de son clan maudit, elle a trahi la Couronne ! Elle a été condamnée à mort par jugement et la sentence doit être exécutée, au nom du roi !

Il fit signe à ses gardes, qui vinrent se placer devant lui. Le lâche ! pensa Lorna. Les autres, ceux qui encerclaient la foule, se rapprochèrent des Highlanders de Rory. Celui-ci semblait pris d'une fureur noire.

— Vous vous trompez ! Cette femme est mienne ! Une Fraser, et non pas une McWilliams ! Remettez-la-moi saine et sauve, sur-le-champ, si vous ne voulez pas, vous, perdre votre tête !

Balfour balbutia sous la menace.

— Nous ne pouvons pas…

— Vous feriez bien de le pouvoir, au contraire !

Rory bondit sur l'estrade, se plaçant entre Lorna et le bourreau. Il menaça Balfour de son épée. Celui-ci blêmit et recula vivement.

Rory semblait hors de lui.

— Comment croyez-vous que le roi Alexandre réagira, misérable, quand il apprendra que par votre stupidité, vous avez manqué d'assassiner une de ses parentes par alliance ? Que vous avez osé mettre ma parole en doute, alors que je vous affirme que vous faites erreur sur la personne ? Dois-je vous rappeler les liens qui unissent mon clan à la Couronne ? Celle que vous recherchez est déjà morte, j'ai vu son cadavre de mes propres yeux ! À présent, qu'on la libère !

La foule, abasourdie par ce qu'elle entendait, se mit à gronder. Certains semblaient commencer à hésiter, tandis que les autres, moins nombreux à présent, voulaient une mise à mort, qu'importe sa culpabilité. Chacun prenait parti pour un camp ou pour l'autre, et on commença à se battre ! Les gardes semblaient démunis : devaient-ils continuer à surveiller les guerriers de Rory, ou bien tenter de maîtriser la foule ? Certains choisirent de se mesurer aux Highlanders, qui répliquèrent aussitôt. La lutte devint générale, incontrôlable. Pendant que le chaos se déchaînait, Balfour se mit à hurler des ordres, que personne ou presque ne parut entendre… Rory le fit taire d'un puissant coup de poing qui l'envoya à terre. Il se précipita ensuite vers Lorna, sans voir qu'un garde se ruait vers lui par le côté, arme brandie. Le voir ainsi en grand danger déploya en elle une énergie nouvelle. Instinctivement, poussée par la seule force de son amour, elle fonça tête baissée dans les jambes de l'homme, qui vacilla sous la surprise de l'assaut et manqua de chuter. Rory le désarma d'un habile coup d'épée, puis lui envoya un violent coup de pied en pleine poitrine. Le garde tomba à bas de l'estrade, disparaissant dans la foule déchaînée. D'un geste vif, Rory coupa les liens de Lorna. Elle s'accrocha à lui, pleurant et riant tout à la fois pendant qu'il dévorait son visage de baisers.

— Vivant ! Tu es vivant !

— Bien sûr que je le suis, *mo chridhe*. Embrasse-moi encore pour t'en assurer.

Elle obéit avec joie.

— Ils m'avaient dit que tu étais mort, Rory ! C'était horrible ! Je ne voulais pas les croire, mais…

— Comme tu peux le voir, ils ont menti. C'est pour toi, seulement, que j'avais peur. Je craignais tant d'arriver trop tard !

Il l'étreignit étroitement, puis s'écarta d'elle. Autour d'eux, tout n'était que désordre et confusion.

— Nous partons, mais je dois m'assurer de quelque chose, avant.

Il alla relever Balfour de force, alors que ce dernier cherchait à s'éloigner en rampant. Rory colla son visage au sien, l'expression si déterminée et menaçante que Lorna en aurait presque eu peur elle-même.

— Comme je l'ai dit, cette femme est mienne rugit-il. Elle n'a aucun lien de près ou de loin avec le clan McWilliams, et il s'agit d'une grave erreur de votre part que d'avoir conclu l'inverse. Est-ce bien clair ?

Visiblement terrorisé, Balfour acquiesça. Cela ne suffit pas à Rory.

— Si je ne vous étripe pas sur place, pour ce que vous lui avez fait subir, c'est uniquement pour que vous puissiez le signifier à qui de droit : Lorna McWilliams est morte et cette femme n'a rien à voir avec elle. Vous le jurerez sur votre vie, si nécessaire.

— O… Oui… Je le ferai…

— Il vaudrait mieux. Parce que si jamais j'entends quoi que ce soit qui me laisse penser le contraire, je vous retrouverai et vous le ferai très chèrement payer. Me suis-je bien fait comprendre ?

Balfour était tétanisé, terrifié. Un mouton sous le joug d'un lion !

— Parfaitement, gémit-il. Cette femme est vôtre, elle n'a pas une goutte de sang McWilliams dans les veines. La bâtarde est morte. C'est très clair. Assurément. J'ai fait une terrible erreur…

Un rictus se dessina lentement sur le visage de Rory. Il ouvrit sa main et, libéré de sa poigne, Balfour retomba lourdement à terre. Sans un regard pour lui, Rory rejoignit Lorna. Il la souleva pour l'emporter dans ses bras et la déposa sur l'encolure de son cheval. Ensuite, il bondit en selle derrière elle et, tout en s'emparant des rênes d'une main, glissa son bras libre autour de son ventre, pour la maintenir contre lui. Sa chaleur et sa force l'enveloppèrent.

— Lachlan ! s'écria-t-il. Nous partons !

Un des cavaliers, un géant aux longs cheveux châtains et aux muscles saillants, fit signe à ses camarades. Rory et Lorna en tête de colonne, les Highlanders quittèrent les lieux au galop.

L'étreinte de Rory se resserra sur elle, et elle s'accrocha à son bras.

— Jamais je ne t'abandonnerai, tant que j'aurai un souffle de vie, lui assura-t-il. Je te retrouverai toujours, où que tu sois. Toujours.

Elle leva la tête vers lui, bouleversée de tout ce qu'il avait risqué et risquait encore, pour la sauver. Le méritait-elle vraiment ?

— Rory, tu n'aurais pas dû venir… En me secourant, tu as pris énormément de risques. Et ton clan…

— Je sais très bien ce que je fais. D'ici peu, nous serons à Crimson Castle et plus personne ne te nuira. Aie confiance.

Elle avait certes confiance en lui, plus qu'en quiconque, mais n'en pria pas moins pour que personne n'ait à payer de sa vie le prix de sa liberté.

Rory tenait fermement Lorna contre lui. La sentir si proche raviva instantanément en lui un violent désir au creux des reins. Si son corps réagissait à son contact, comme il le faisait toujours, c'était surtout son cœur et son âme qui renaissaient. Il avait réussi ! Elle était sauve, et entre ses bras. Qu'aurait-il fait, dans le cas contraire ?

En l'apercevant, la tête posée sur le billot, avec la lame du bourreau prête à s'abattre, il avait eu l'impression que le monde s'effondrait. Lachlan vint galoper à leurs côtés, et Rory l'accueillit d'un sourire reconnaissant. Sans lui, jamais il n'aurait pu sauver Lorna du sort funeste qu'on lui promettait. Lachlan répondit d'un signe de tête. Il ne prononça pas un mot, mais ses yeux en disaient long : d'importants problèmes les attendaient. Rory n'en avait cure. Il ne regrettait rien et son optimisme le poussait à croire qu'il avait suffisamment effrayé l'envoyé du roi pour qu'il ne les trahisse pas. Lorna était saine et sauve, et il se moquait du reste. Ils chevauchèrent sans relâche, pour ne faire une véritable halte qu'à la tombée de la nuit. Lorna était épuisée. Elle avait somnolé contre lui durant une grande partie du chemin et s'était précipitée sur la gourde d'eau qu'il lui avait tendue. Elle était affamée, aussi. Cordieu, elle était si pâle ! Il regretta de ne pas s'en être préoccupé plus tôt, mais par excès de prudence, il n'avait pu s'autoriser aucun arrêt avant. Qu'avait-elle subi, entre les mains de ses tortionnaires ? Se l'imaginer raviva sa fureur. N'aurait-il pas mieux fait de massacrer le responsable, au lieu de l'épargner ? Trop tard pour y songer, désormais. Ce qui était fait était fait, et derrière eux. Seul l'avenir importait. *Leur* avenir. Ensemble. Lachlan vint mener son cheval près du sien, pour le faire boire au ruisseau.

— Personne ne semble nous suivre, annonça-t-il. Les sentinelles nous alerteront, si ça change.

— Je doute que cela se produise. Nous nous sommes montrés assez convaincants pour ça, non ?

— Toi, surtout ! Ça m'étonnerait que cet envoyé de la Couronne envenime les choses et ose contester ta version. Jamais encore je n'avais vu un homme si près de se chier dessus !

Il secoua la tête en riant, avant d'ajouter plus sérieusement, tout en désignant Lorna de la main :

— Comment va-t-elle ?

— Elle est exténuée, et choquée, mais elle s'en remettra. Je m'en assurerai.

Il la couva du regard. Elle était allongée sur un plaid près du feu qu'un de ses hommes venait d'allumer, et semblait assoupie. La voix de Lachlan le ramena à lui :

— Et toi, Rory ? Tes blessures ?

— Ça ira. Aucune ne s'est rouverte. J'ai encore mal par endroits, mais je me remettrai d'autant mieux qu'elle est à présent en sécurité, parmi nous.

— J'imagine, en effet.

Rory posa sa main sur l'épaule de son ami. De retour d'une visite au clan Caldwell, d'où il était originaire, Lachlan l'avait miraculeusement trouvé, inconscient sur la grève, et soigné. Sans lui, tout aurait mal tourné. Dieu merci, les flèches n'avaient touché aucun organe vital, et la détermination de Rory à retrouver Lorna l'avait aidé à se remettre bien plus vite qu'espéré. Les hommes qu'ils avaient envoyés à sa recherche étaient revenus avec la sombre nouvelle de son exécution, annoncée pour le lendemain, sur la place publique de Weem, un village dont Rory n'avait jamais entendu parler avant cela. La minute suivante, il avait sauté en selle, suivi des siens et guidé par leurs éclaireurs.

— Merci encore, Lachlan, de m'avoir soigné et… pour tout le reste.

Lachlan émit un petit grognement, puis l'étreignit fraternellement.

— Bah, ce n'est rien. Tu aurais fait la même chose pour moi. Et puis, qu'aurais-je pu faire d'autre, en apprenant que tu devais sauver ta femme ? *Ta* femme ! Je n'arrive toujours pas à y croire ! Jamais je n'aurai imaginé que tu souhaites te marier ! Elle doit être exceptionnelle, pour te supporter.

Rory sourit, et ses yeux se posèrent sur la silhouette endormie de Lorna.

— Pour sûr, qu'elle l'est.

— Et tu renonceras à toutes les autres, pour elle ? En es-tu vraiment capable ?

— Je l'aime, Lachlan. Vraiment. Les autres femmes n'existent plus, pour moi.

Lachlan ne put masquer sa stupéfaction.

— Eh bien, je suis heureux d'être en vie, rien que pour entendre ça ! Mais la pauvre ignore ce qui l'attend, à vivre avec un chien fou tel que toi. Devrais-je la prévenir qu'elle mérite un meilleur parti ? Moi, par exemple ?

— Si tu oses essayer de me la voler, *mo bhràthair*[1], malgré toute l'affection que je te porte, je devrais te tuer. Lentement. Très lentement, même. Je doute que tu apprécies.

Une lueur de défi s'alluma dans le regard de Lachlan.

— Tu peux toujours t'en persuader, je ne crains pas grand-chose. Tu n'as aucune chance de me battre. Je suis plus grand, plus rapide et plus fort que toi.

— Mais beaucoup moins séduisant, tu dois l'admettre.

— Ça, je ne sais pas, mais beaucoup moins présomptueux, c'est certain.

Ils s'esclaffèrent. Qu'il était bon de se retrouver ainsi,

1. « Mon frère », en gaélique écossais.

à plaisanter, comme avant ! Comme Lachlan lui avait manqué ! C'était presque comme si rien n'avait changé, alors qu'au fond tout était différent.

— J'ai hâte de voir la tête de Murtagh quand il découvrira que tu reviens avec une épouse !

Rory grimaça. Évidemment, qu'il serait surpris, et sans doute encore plus que cela, quand il apprendrait qui elle était. Chercherait-il alors à la chasser ? Voudrait-il l'envoyer à la Cour, comme le roi l'exigerait ? Ou l'accepterait-il dans leur clan, comme Rory l'espérait ? Tout cela, il en aurait le cœur net dès le lendemain, à leur arrivée à Crimson Castle. Pour le moment, il ne voulait plus penser qu'à la joie de ses retrouvailles avec celle qu'il aimait plus que tout. Il s'excusa auprès de Lachlan, puis partit la rejoindre. Le désir de la tenir serrée tout contre lui était irrésistible, surtout après avoir eu si peur de la perdre. Il s'allongea près d'elle et malgré le sommeil qui l'occupait, elle se blottit tout naturellement entre ses bras. Il l'étreignit tendrement, plus que jamais résolu à la protéger du monde entier, s'il le fallait.

Chapitre 36

Comme Rory l'avait prévu, ils arrivèrent le lendemain en vue de Crimson Castle. Stupéfaite par ce qu'elle découvrait, Lorna ne pouvait quitter la forteresse des yeux. Perchée sur les hauteurs et surplombant un village, elle était encore plus impressionnante que ce que Rory lui en avait décrit. Plus belle et majestueuse, aussi. Ses hautes murailles semblaient se fondre dans une falaise qui plongeait en contrebas, jusque dans les eaux sombres et profondes d'un grand loch. Assise devant Rory qui menait fièrement son cheval sur le chemin sinueux qui remontait vers le château, elle profitait du spectacle. Se rapprochant des grandes portes, il la serrait si fort contre lui qu'elle en avait presque du mal à respirer. L'émotion de retrouver son foyer semblait l'envahir tout entier. Elle la sentait dans son souffle sur ses cheveux, dans la tension de ses bras autour d'elle, dans la fermeté de ses cuisses pressées contre le poitrail luisant de sueur du cheval. Comme elle se sentait nerveuse, elle aussi ! Parmi les villageois qui les saluaient, certains lui jetaient, à elle, quelques regards curieux. Quand ils eurent passé les portes de la forteresse, ils s'arrêtèrent dans une grande cour intérieure. Déjà, de jeunes palefreniers bousculaient des volailles qui s'éparpillèrent en caquetant, pour venir s'affairer auprès d'eux. Rory mit pied à terre sur le sol poussiéreux, puis glissa ses mains sur la taille de Lorna pour l'aider à faire de même. Elle réalisa qu'elle tremblait lorsqu'il l'attira à lui pour lui murmurer à l'oreille que tout se passerait bien. Comme elle aurait souhaité en être aussi certaine ! Serait-elle vraiment la bienvenue, comme il l'assurait ? L'expression peinte sur le visage de l'homme imposant qui se précipitait vers eux augurait tout l'inverse. Ses traits étaient décomposés par ce qui ressemblait à de la fureur, et ses yeux d'un vert intense brillaient d'un éclat féroce. Lorna sut tout de suite qu'il s'agissait de Murtagh Fraser, le frère aîné de Rory et le chef de leur clan. Il était impressionnant ! Et il utilisait le même juron que son cadet.

— Rory ! Cordieu ! On prétend que tu as attaqué des gardes royaux ! As-tu perdu la tête ?

Il leva la main, et Lorna frémit, imaginant avec horreur qu'il allait frapper Rory ! Au lieu de cela, il l'agrippa par le col pour l'attirer à lui en une étreinte vigoureuse. Tout en s'enlaçant, ils se murmurèrent des mots que Lorna ne perçut pas, mais l'émotion des retrouvailles était évidente. L'affection qui les unissait était si palpable et touchante que cela lui rappela Neil. Comme elle se languissait de le revoir ! Il devait tellement s'inquiéter pour elle, tout comme Murtagh Fraser s'était visiblement fait du souci pour Rory. Elle resta immobile, à les observer dans un silence respectueux, jusqu'à ce qu'ils se séparent enfin. Rory se tourna alors vers elle, un large sourire aux lèvres, et lui fit signe d'approcher. Elle obéit et il prit sa main dans la sienne pour la guider à son côté.

— Murtagh, j'ai quelqu'un à te présenter. Quelqu'un de très…

— C'est donc elle, la fille McWilliams ? Celle que tu devais livrer au roi, et pour laquelle tu le défies, à présent ?

Sa voix était autoritaire et froide, son regard, impénétrable. Rory passa imperceptiblement devant elle, comme pour la protéger du courroux de son frère.

— Non sans raison, Murtagh. Lorna n'est pas celle que tu crois. On nous a trompés, menti. Jamais elle n'a menacé la Couronne, ni quiconque, par ailleurs. Comment aurais-je pu laisser une innocente périr pour une faute qu'elle n'a pas commise ? Toi non plus, tu ne l'aurais pas accepté. Et il n'y a pas que ça…

Le regard de Murtagh passa sur leurs doigts entrelacés.

— En effet, j'en ai bien l'impression.

Rory bomba le torse et prit son expression la plus déterminée. Jamais Lorna ne l'avait senti aussi tendu, ni aussi résolu.

— Je l'aime, Murtagh. Enfin, nous nous aimons. Profondément. Et c'est pour ça que nous voulons nous marier. Elle deviendra dès lors une Fraser, et nous lui devrons protection. Si tu la rejettes, que tu la refuses au sein de notre clan, je ne t'en blâmerai pas, mais je partirai avec elle.

Les yeux de Murtagh s'écarquillèrent de surprise.

— Ta femme ? Tu entends l'épouser ? Cordieu, Rory !

La voix grave de Lachlan retentit dans le dos du couple.

— C'est exactement ce que je me suis dit, moi aussi ! clama-t-il trop joyeusement.

Murtagh le fit taire d'un regard sévère, puis se passa une main dans ses épais cheveux bruns. Il sembla soudain exténué.

— Cela explique bien des choses, soupira-t-il. Venez, tous les deux. Nous avons beaucoup à nous dire, et certes pas au beau milieu de la cour, aux yeux et aux oreilles de tous.

Son ton s'était adouci, et il les invita à le suivre à l'intérieur du château.

— Kenna n'est pas là ? s'enquit Rory.

— Non, elle ne rentrera que d'ici quelques jours. Elle est en visite chez son frère, avec Morrigan et les petits. Quand elles découvriront que tu veux prendre femme, je ne sais pas laquelle des deux sera la plus surprise !

Le visage de Rory s'illumina.

— Les petits ? Tu veux dire que…

Murtagh se fendit d'un sourire empli de tendresse et de fierté.

— *Aye*, Kenna a donné naissance à notre fille. Elle s'appelle Megann et est au moins aussi énergique que sa mère !

— Megann, c'est très joli, approuva Rory. J'espère en effet qu'elle ressemble bien plus à Kenna qu'à toi, quel gâchis ce serait, autrement, qu'elle hérite de tes traits ingrats.

Il s'esclaffa au grognement que lâcha Murtagh, qui le frappa virilement dans le dos, avant de se mettre à rire à son tour.

— Tu n'as pas tort, petit frère, et quel dommage, en vérité, que beaucoup clament que tu me ressembles ! Mais oui, il vaudrait bien mieux pour elle qu'elle hérite de la beauté de sa mère.

Lorna les écouta bavarder joyeusement, sans les interrompre. Ils prenaient un tel plaisir à se retrouver ! Le lien qui les unissait devait être très fort, et cela lui fit chaud au cœur. Jamais personne, chez les McWilliams, n'aurait osé s'adresser ainsi au laird, comme Rory venait de le faire, au risque de perdre la vie. Mais ici, tout paraissait différent. Plus paisible. Plus aimant. Son attention se perdit sur les splendides tentures et autres décorations accrochées aux murs. Cet endroit était bien plus luxueux que le château où elle avait grandi ! Mieux organisé également, semblait-il. Tout du moins, les Fraser paraissaient disposer d'une nuée de serviteurs. Elle ralentit légèrement, à la fois troublée et impressionnée. Trouverait-elle sa place, dans ce clan ? *Bien sûr*, se raisonna-t-elle, comme partout où serait Rory. Comme souvent, celui-ci dut deviner ses pensées, car il serra plus fort sa main, puis se pencha vers elle et l'embrassa tendrement sur le front. S'il cherchait à la rassurer, cela fonctionna. Auprès de lui, tout semblait toujours plus facile ! Murtagh les observa sans mot dire, mais son regard posé sur eux signifiait tant de choses. Il s'évertuait à la jauger. À déterminer si elle était digne de son frère. Si elle l'aimait vraiment, ou si elle se servait de lui à ses propres fins, pour échapper à son funeste destin. Tout cela, elle le lisait dans ces prunelles d'un vert si clair qu'il en était troublant… presque terrifiant. Cela ne dura pas, cependant, car Murtagh se détourna pour les conduire jusqu'à un escalier qu'ils gravirent. Elle grimpa entre les deux frères. Enfin, Murtagh poussa une porte et les invita à entrer.

— Ici, nous serons tranquilles.

La pièce n'était pas très grande, mais suffisamment pour contenir deux étagères, trois chaises et un bureau, chargé de tout un tas de livres de comptes et de documents. Murtagh les repoussa sur le côté. Comme on l'y invitait, Lorna prit place près de Rory, en face de Murtagh. Seul le bureau les séparait. Instantanément, le regard inquisiteur du laird pesa sur elle. Comme il lui semblait froid et sévère. Tout le contraire de Rory !

— Tu ne nous offres pas à boire ? suggéra celui-ci.

— *Plus tard*, répondit Murtagh tout en allumant une chandelle. D'abord, je veux savoir tout ce qui s'est passé, depuis ton départ pour l'Irlande. Et quand je dis tout, j'entends jusqu'au moindre détail. Je veux comprendre comment tu t'es retrouvé dans cette… situation.

— Eh bien, ça risque de prendre quelque temps.

— Aucune importance. Parle. Et n'omets rien.

Rory s'éclaircit la voix et commença son récit. Il expliqua comment il avait fait sa place en Irlande ; comment il avait commencé à fréquenter les soirées mondaines – occultant néanmoins ses nombreuses conquêtes – ; comment il avait suivi les indices qui le menaient vers Lorna ; comment il avait fait sa connaissance et cherché à s'informer sur elle tout en feignant se rapprocher de Lady Lucinda …

— J'ai vite compris qu'on m'avait menti, déclara-t-il. Lorna n'avait rien d'une femme dangereuse et mauvaise, capable de tout pour menacer l'Écosse et la Couronne. Elle est même tout le contraire.

Elle en fut terriblement touchée. Le regard éperdu d'amour de Rory lui fit monter les larmes aux yeux. D'un raclement de gorge, Murtagh l'extirpa de leur contemplation mutuelle.

— Si tu le dis, Rory. Et ensuite ? Comment se fait-il que je n'aie pas eu de tes nouvelles depuis plusieurs semaines ? J'étais fou d'inquiétude !

— Des mercenaires des Comyn nous ont attaqués sur le navire. Lorna et moi avons chuté par-dessus bord en pleine tempête, puis échoué sur une île. Elle m'a sauvé la vie, Murtagh. Rien ne l'y obligeait, pourtant elle l'a fait.

Murtagh écarquilla les yeux de surprise et sembla considérer Lorna avec plus de douceur.

— Je n'en savais rien ! Cordieu, Rory, et ensuite ?

— J'étais blessé, et…

Il poursuivit avec sa convalescence et le rôle que Lorna avait joué dans sa guérison, puis relata leur rencontre avec le frère Patrick, leur arrivée sur l'île de Man, leurs retrouvailles avec Bjorn et Freydis et l'aide qu'ils leur avaient apportée… Murtagh écouta tout cela en silence, ponctuant de temps à autre les paroles de Rory d'un simple hochement de tête. Impossible de savoir ce que cet homme pensait ! Rory termina son récit à leur arrivée à Crimson Castle.

— Voilà, Murtagh. Tu sais tout et tu comprends pourquoi jamais je ne livrerai Lorna au roi, ou à quiconque. Je l'aime. Elle est ma femme et je mourrai pour elle, s'il le faut.

— Je vois.

Un léger sourire passa sur le visage de Murtagh. Enfin, une réaction ! Sa voix se fit plus chaude, et il ajouta :

— Moi aussi, je mourrais pour Kenna, s'il le fallait. Comme je le ferais pour mes enfants, mon clan, ma famille. Pour toi. Et pour ta future femme, à présent. Bienvenue chez vous, Lorna Fraser. Vous êtes dorénavant l'une des nôtres.

Le cœur de Lorna en manqua un battement, tant elle était heureuse. Murtagh Fraser l'acceptait dans son clan ! Sans condition aucune, tout en sachant qui elle était !

— Merci, mon laird, merci ! Vous n'imaginez pas ce que cela représente pour moi !

Rory semblait lui aussi prêt à exploser de joie, mais l'expression de Murtagh se fit subitement soucieuse.

— Néanmoins, petit frère, nous avons un problème. Un *énorme* problème. En plus d'avoir échoué dans ta mission, tu as provoqué le roi. Tu as attaqué ses hommes. Tu as défié son autorité, en t'en prenant à son représentant. Si jamais ce Balfour ne s'en tient pas à ta version, qu'il se plaint à Alexandre, il y aura des représailles.

Rory ouvrit la bouche pour répondre, mais Murtagh le stoppa d'un geste.

— Si jamais cela se produit, je te soutiendrai. Notre clan est suffisamment influent pour que ma parole ne soit pas remise en doute, du moins, pas aisément. Après tout, tout ce que veut notre roi, c'est la paix en Écosse et il a déjà bien assez d'ennemis réels pour continuer à vous poursuivre. Non, Lorna, je vous assure qu'il n'est pas le démon que vous semblez penser. C'est juste un homme menacé de toutes parts qui lutte âprement pour préserver l'unité de son royaume. Ce sont bien davantage ses ambitieux conseillers et William Comyn qui cherchent à vous éliminer. Si je jure à Alexandre que tout danger est écarté, j'espère bien qu'il me croira. Mais en attendant, j'exige de vous la plus grande prudence. Vous ne devrez pas quitter l'enceinte du château, ni l'un ni l'autre, sous aucun prétexte, à moins que je ne vous y autorise.

Il marqua une courte pause, puis surprit Lorna en lui souriant. Alors, seulement, elle remarqua la ressemblance entre Rory et lui.

— Vous devez être véritablement spéciale, *lass*, dit-il, pour être parvenue à transformer ainsi mon frère. J'ai hâte de mieux vous connaître et de vous présenter ma femme et mes enfants.

***

Rory lui souriait pendant qu'il la regardait découvrir la chambre qui leur avait été allouée au château. L'une des plus grandes, réservée aux invités d'importance. Ils l'occuperaient le temps de se choisir un cottage dans les terres, d'ici quelques semaines, sans doute, quand ils seraient certains que tout serait apaisé. Rory s'imaginait déjà avec enthousiasme leur vie à venir.

— Je te l'avais bien dit, que tout se passerait pour le mieux, assura-t-il.

— En effet. Tu me l'avais dit.

Remarquant ses yeux humides, il vint vers elle pour l'étreindre.

— Je suis si heureuse, Rory, si heureuse !

— Et moi donc, *mo chridhe.*

Il la serra plus fort, embrassa son front, s'enivra du délicat parfum de ses cheveux. Malgré l'assurance qu'il voulait afficher, il se sentait terriblement soulagé. Un instant, court mais effrayant, il avait craint que Murtagh ne la rejette. Qu'il exige de l'envoyer aux Comyn ou au roi ! N'était-ce pas sa mission initiale ? Mais tout était différent, à présent. Lorna avait conquis son cœur, son âme, la moindre parcelle de son être et imaginer être séparé d'elle le terrifiait. Dieu merci, Murtagh l'avait acceptée dans le clan. Comme il l'avait tant espéré.

Chapitre 37

Bien que cela ne fasse qu'un mois depuis son arrivée, Lorna avait l'impression que Crimson Castle était devenu son foyer. Elle avait appris à connaître Murtagh, qui dirigeait son clan d'une main ferme, mais avec bonté. Sa femme était la gentillesse même. Lorna l'avait appréciée dès leur première rencontre, deux semaines plus tôt. Kenna revenait alors de chez son frère, le laird McDonnell. Avec elle se trouvaient ses deux adorables enfants, Owen et Megann, et sa mère adoptive, une guérisseuse nommée Morrigan. Cette dernière, bien qu'aimable, était fort intimidante. Il se dégageait d'elle une indéniable autorité, teintée de sagesse et de mystère. Quand Rory lui avait murmuré que d'aucuns la prenaient pour une sorcière, Lorna n'avait eu guère de difficultés à le croire. Néanmoins, le lien qui la liait à Lady Kenna était assurément profond. L'amour sincère d'une mère envers sa fille, qui lui fit penser à Lady Ailis. Comme elle le faisait presque chaque jour, Lorna pria pour l'âme de cette dernière, et aussi pour celle de la pauvre enfant innocente sacrifiée à la place de Sorcha. Combien de victimes, se demanda-t-elle, faudrait-il encore pour satisfaire la soif de sang et de pouvoir des puissants ? Alors qu'elle quittait la chapelle du château, le crachin la surprit. Quand elle était venue prier et se recueillir, le soleil brillait dans un ciel bleu exempt de nuages. Cela la fit sourire. Le temps était si changeant, dans les Highlands ! Elle était reconnaissante d'avoir la chance de s'y habituer. Personne encore n'était venu la réclamer, ou n'avait posé de questions à son sujet. Les Comyn et le roi d'Écosse paraissaient persuadés de sa mort, à présent, et la laissaient vivre en paix. Une existence qui, pour elle, avait tout du paradis terrestre ! Jamais elle ne s'était sentie si heureuse, si comblée. Si elle passait la plupart de ses journées en compagnie de Kenna et de ses enfants, ses nuits étaient entièrement réservées à Rory. Avec quelle fougue ils faisaient l'amour, comme s'ils ne parviendraient jamais à se rassasier l'un de l'autre ! Avec lui, chaque seconde était un émerveillement, après toutes ces années de peur, de solitude, de méfiance. Ici, parmi Rory et les siens, elle apprenait à revivre. Elle traversa la cour du château tout en imaginant les activités du reste de la journée. Lady Kenna avait offert de lui apprendre les rudiments du tir à l'arc, arguant que ce serait pour elle l'occasion rêvée pour se dégourdir les jambes et se changer les idées. À condition qu'ils restent dans l'enceinte de la forteresse, Murtagh avait donné son accord. Lorna avait donc accepté avec plaisir, mais avec moins d'effusions cependant qu'Owen, le jeune fils de Murtagh et de Kenna : il avait sauté de joie en apprenant qu'il aurait le droit de les accompagner. C'était un petit garçon tellement adorable ! Lorna l'avait rapidement pris en affection, ainsi que sa sœur cadette. Megann était un magnifique bébé joufflu qui semblait sourire perpétuellement et charmait quiconque la regardait. Son père plus que quiconque ! Lorna s'était méprise, à son sujet. Il n'était pas l'homme froid et distant qu'elle avait craint, mais un père aimant et tendre, et un laird juste, fort et honorable pour son clan.

Perdue dans ses pensées, elle réalisa à peine qu'elle était déjà parvenue à l'étage qui menait aux appartements de Kenna. Soudain, la voix de Murtagh gronda de son bureau. Ne voulant pas être indiscrète, elle allait continuer son chemin, mais… ne venait-il pas de prononcer son nom ? Intriguée, elle décida finalement de se faufiler jusqu'à la porte entrebâillée. Jetant un œil par l'interstice, elle reconnut aussitôt Iain, le conseiller et meilleur ami du laird. Impossible de le confondre avec un autre, à la longue cicatrice qui balafrait son visage. En face de lui se trouvait Murtagh. Il tournait le dos à la porte, mais la tension dans son immense corps musclé était palpable. Le cœur battant, Lorna n'osa plus bouger, de peur d'être découverte. De quoi pouvaient-ils bien parler, à son sujet, qui semblait le mettre autant en colère ? Elle devait savoir !

Le ton de Iain reflétait son inquiétude.

— Si les éclaireurs ne se trompent pas… Combien de temps avons-nous avant qu'ils n'arrivent ici ?

— Un jour, tout au plus, ou plutôt quelques heures, s'ils poussent leurs bêtes, rugit Murtagh. Cordieu ! Ces maudits Comyn sont tellement persuadés que Lorna est vivante et que nous la cachons qu'ils comptent bien le vérifier de leurs propres yeux !

Non ! Impossible, alors qu'elle pensait ce cauchemar enfin terminé ! Elle était tétanisée par ce qu'elle venait d'entendre.

— Évidemment, avec cet imbécile de Rory qui a claironné son identité en allant la sauver ! vociféra Murtagh. Pourquoi a-t-il fallu qu'en plus il clame devant tant de gens qu'elle était sa femme ! Cordieu, s'il avait seulement tenu sa langue…

Elle se crispa. Comment pouvait-il parler de Rory ainsi ? Il n'avait fait que la protéger !

— Allons, tu sais bien que, même sans cela, intervint Iain, ils auraient fini par retrouver sa trace. J'ai rarement vu une telle obstination à mettre la main sur quelqu'un !

— Eh bien, nous ne leur faciliterons pas la tâche, parce qu'il est hors de question que je leur livre une innocente ! De plus, jamais je ne briserai le cœur de Rory. Même s'ils ne seront mariés qu'une fois toute cette histoire terminée, Lorna est déjà une Fraser, pour lui, comme pour moi. Elle fait partie de notre clan, Iain, de notre famille ! Elle n'a rien fait pour mériter qu'on la traque comme une criminelle !

Iain poussa un long soupir.

— Tu as raison, bien sûr, mais s'ils sont convaincus que nous la cachons et s'ils la veulent à ce point, ils ne nous lâcheront pas avant d'y être parvenus. Nous pouvons y perdre beaucoup, tu en es conscient, n'est-ce pas ?

— Aurais-tu peur, Iain ?

— Moi ? Peur ? Tu me connais assez pour savoir que je n'ai peur de rien ! À part évidemment de ma Fenella, quand elle est en colère contre moi. Là, c'est très différent. C'est qu'elle est vraiment terrifiante, dans ces moments-là.

Murtagh grommela quelque chose que Lorna ne comprit pas, et Iain reprit la parole d'un ton beaucoup plus sérieux :

— Murtagh, bien que tu aies tout mon soutien et que je sois d'accord avec toi, j'espère juste que tu es conscient des risques que cela nous fait encourir, à tous.

Les Comyn sont très puissants, peut-être même bien plus que nous, et…

— Crois-moi, je ferai tout pour éviter d'en arriver là, mais je protégerai la femme de mon frère. Autrement…

Murtagh laissa sa phrase en suspens, ce qui ne la rendit que plus terrifiante. Lorna retint son souffle, pétrifiée par ce qu'elle risquait bien involontairement de provoquer. Pour la garder à l'abri, les Fraser allaient-ils véritablement se confronter aux puissants Comyn et pire encore, risquer un conflit avec le roi d'Écosse ?

— Le roi Alexandre a répondu à mon message, poursuivit Murtagh. Il semble soulagé de savoir que la lignée des McWilliams n'est plus, mais exige des preuves avant d'abandonner toute recherche. Cordieu, des preuves ! Ma parole devrait lui suffire ! Qu'attend-il de moi ? Que j'aille déterrer un cadavre qui n'existe même pas, et qui, de surcroît, est censé reposer en mer d'Irlande ? Je lui ai envoyé une autre missive le lui expliquant et l'assurant de ma parole, ainsi que de ma loyauté. J'espère que ce sera suffisant.

— J'ai entendu dire qu'il comptait marier sa sœur avec Henri III d'Angleterre, la perspective de ces noces l'adoucira peut-être ?

— Je souhaite vraiment que cela soit le cas. En toute honnêteté, ce n'est pas tant lui qui m'inquiète, que William Comyn. Cet homme est plus rusé qu'un renard et terriblement ambitieux. Il ne semble jamais en posséder assez ! C'est lui, qui influence le roi, j'en suis certain. S'il considère que Lorna est un obstacle sur sa route, il n'abandonnera jamais avant d'avoir sa tête !

Haletante, presque suffocante, elle ne comprit pas la réponse de Iain, tant ses oreilles bourdonnaient. Prise d'un vertige, elle vacilla et s'adossa au mur de pierre pour s'empêcher de tomber. Sa fraîcheur l'aida quelque peu à reprendre ses esprits, mais elle tremblait comme une feuille ! Un bruit de pas précipités venant du bout du couloir lui fit subitement tourner la tête.

— Lorna ! Lorna !

Le jeune Owen, le visage illuminé d'un grand sourire, courait vers elle. Aussitôt, elle s'empressa d'aller à sa rencontre, de crainte que Murtagh et Iain ne l'entendent. Que se passerait-il, s'ils la surprenaient là ? Si le laird découvrait qu'elle avait espionné leur conversation ? Seigneur tout-puissant ! Une terrible menace pesait sur le clan Fraser, tout cela, par sa faute ! Que n'aurait-elle donné pour se trouver à mille lieues d'ici, plutôt que de faire courir un tel danger à ces braves gens ! Dire qu'elle avait osé croire que…

— Pourquoi tu pleures, Lorna ?

Owen, le visage contrit et la tête penchée sur le côté, l'observait avec attention de ses grands yeux bleus. Elle caressa l'une de ses joues rebondies et s'obligea à sourire.

— Tout va bien, Owen. J'ai juste une poussière dans l'œil. Ça va passer.

Il semblait hésiter à la croire et elle lui ébouriffa les cheveux, dans le but de le distraire. Il grimaça sous son geste.

— Oncle Conall dit que c'est aux bébés qu'on fait ça, et il n'aimait pas ça, affirma-t-il en relevant le menton. Et moi non plus. C'est parce que je suis un grand frère, maintenant. Je ne suis plus un bébé, comme Megann. Je suis un guerrier, comme Père et Rory !

Le sourire de fierté qui se dessina sur son visage ne fit qu'accentuer le malaise de Lorna. Le simple fait qu'on puisse faire souffrir ces enfants innocents lui était insupportable !

Il serra sa main dans la sienne.

— Tu es en retard, souffla-t-il, alors je me suis inquiété et maman m'a autorisé à venir te chercher. Tu viens ? Elle m'a promis que je pourrais m'entraîner avec le nouvel arc qu'elle m'a commandé. Je préfère l'épée en bois que Lachlan m'a faite, mais j'aime bien l'arc, aussi, et…

Tout en parlant avec enthousiasme, il l'encourageait à avancer plus vite. Elle essayait de l'écouter, mais elle était trop préoccupée. Son esprit était en ébullition. Elle jeta un œil à l'adorable petit garçon qui l'accompagnait en toute confiance, et qu'elle aimait déjà de tout son cœur.

C'était décidé.

Quel que soit le prix à payer pour les protéger, lui, Rory et tous ceux qui comptaient pour elle, elle était résolue à s'en acquitter.

Chapitre 38

À peine avait-elle quitté Kenna et Owen, inventant une faiblesse passagère, que Lorna se précipitait dans la chambre qu'elle partageait avec Rory. Dieu merci, elle était vide, ce qui lui faciliterait grandement les choses. Dès qu'il apprendrait ce qu'elle envisageait de faire, il l'en empêcherait. Tout du moins, il essaierait. Elle ouvrit l'armoire en grand et soupira. C'était idiot et lui faisait perdre du temps. Là où elle comptait se rendre, elle n'aurait guère besoin de toilettes ou de vêtements propres. Son regard se perdit sur les tuniques de Rory. Ses doigts, agissant d'eux-mêmes, allèrent en caresser le tissu, et les larmes lui brûlèrent les yeux. Qu'il était difficile de le quitter ! Surtout de cette manière, mais avait-elle un autre choix ? Au fond d'elle, elle avait toujours su que les choses se termineraient ainsi. Son magnifique rêve touchait à sa fin. Pour protéger Rory et les siens, elle devait lui briser le cœur. Inspirant une profonde goulée d'air pour se donner du courage, elle s'empara d'un manteau épais muni d'une capuche, qui lui servirait à se dissimuler, jusqu'à ce que… La porte de la chambre s'ouvrit avec fracas. Surprise, Lorna sursauta et poussa un petit cri en se retournant.

— Grâce à Dieu, tu es là ! s'écria Rory.

Il se précipita vers elle, l'enlaça si fort qu'elle crut qu'il tentait de l'étouffer. Un frisson la secoua. Avait-il deviné ce qu'elle préparait ? Comment ? C'était impossible !

— Ne bouge surtout pas de cette chambre, ordonna-t-il. Je veux que tu t'enfermes, et que tu te caches.

— Que se passe-t-il, Rory ?

— Les Comyn. Ils sont là, et ils ne doivent pas te voir, tu m'entends ?

Les Comyn ? Déjà ? Elle lutta pour ne pas défaillir.

— Oui. J'ai compris.

Une étrange lueur brilla dans les yeux de Rory tandis qu'il la dévisageait. Elle ne l'avait pas convaincu et il cherchait à lire en elle, elle le sentait ! La méfiance se peignit sur son visage, et il s'exprima d'une voix inhabituellement sévère :

— Reste ici. C'est un ordre.

Elle n'eut pas le temps de protester qu'il avait déjà refermé la porte derrière lui ! Quand elle se précipita, il était trop tard. Elle entendit la clé tourner dans la serrure. Il avait verrouillé la porte pour l'empêcher de sortir ! Quelle folie était-ce là ? Elle était piégée, prisonnière ! Frappant de toutes ses forces sur le bois, elle finit par renoncer quand elle réalisa que cela ne servirait à rien, même si ses poings finissaient en sang. Alors, elle se précipita jusqu'à la fenêtre, qui donnait sur la cour. Malgré l'opacité relative du vitrage, un luxe qu'elle ne connaissait guère avant de venir dans ce château, elle esquissa un mouvement de recul. Sa main plaquée sur sa bouche étouffa le cri qui manqua d'en jaillir. Une colonne de cavaliers venait de pénétrer dans l'enceinte de la forteresse. Les émissaires des Comyn, sans aucun doute. Déjà, Murtagh et quelques autres s'avançaient pour les accueillir.

Obligé de se tenir en retrait, caché dans l'ombre de la grande porte, Rory empêchait difficilement ses doigts de se crisper sur le manche de son épée, tant il fulminait. Murtagh avait exigé qu'aucune arme ne soit tirée. Pas tant qu'il n'en aurait pas donné l'ordre. Son frère souhaitait régler cela pacifiquement, du moins autant que possible, et Rory pouvait le comprendre. Cependant, à moins d'un miracle, l'arrogance de celui qui faisait face à Murtagh et qui s'était présenté en tant que Richard Comyn, l'un des nombreux fils du vieux William, le faisait douter d'une issue sans sang versé.

— Vous savez pourquoi nous sommes là, laird Fraser, annonça-t-il avec un calme apparent. Livrez-nous la bâtarde McWilliams, et nous repartirons comme nous sommes venus. En amis. Nous savons qu'elle vous a abusés, vous et votre frère. C'est une véritable sorcière. Un danger pour nous tous.

Murtagh s'avança d'un pas, faisant signe à ses hommes, dont Iain, de ne pas bouger.

— Vous perdez votre temps. Celle que vous recherchez a péri, il y a plusieurs semaines de cela. J'en ai déjà informé le roi.

Richard Comyn esquissa un rictus.

— En êtes-vous certain ?

— Absolument.

— Oh ! c'est fort ennuyeux, dans ce cas, car de nombreux témoins nous ont affirmé qu'elle était en vie, et qu'elle se terrait au sein même de votre forteresse.

— Ces témoins se sont fourvoyés, ou ont menti. Cette

fille n'est pas ici. Elle a péri en mer d'Irlande, assassinée par vos propres mercenaires. Ne vous en ont-ils rien dit ?

Rory grimaça. Murtagh avait beau parler avec froideur et autorité, ce seigneur Comyn semblait trop imbu de sa personne pour réaliser la menace qui pesait sur lui. Lui-même l'étriperait bien volontiers, ainsi que chacun de ses hommes, et ceux qui les avaient trahis ! Richard Comyn foudroya Murtagh du regard, avant de se fendre d'un sourire mauvais et de répondre.

— De ce que l'on m'a appris, justement, votre frère Rory aurait escorté ce fantôme ici, en votre château. Ne vous en aurait-il rien dit ? ajouta-t-il avec une évidente noirceur.

— Me traiteriez-vous de menteur ?

Richard Comyn recula imperceptiblement sous le ton impérieux de Murtagh, mais il retrouva vite son arrogance.

— Allons, Fraser, ne me prenez pas pour un imbécile. Où est votre frère ? Je ne le vois pas, parmi vos hommes. Peut-être serait-il plus simple que je l'interroge directement ?

— J'ignore où il se trouve, et vous feriez bien de mesurer vos paroles, car vous abusez dangereusement de ma patience.

— Balivernes ! Vous risquez la colère du roi, et la nôtre, à protéger ainsi cette traîtresse ! C'est une meurtrière, elle mérite la potence, comme tous ceux qui la cachent !

Le sang de Rory bouillonna. Comment cet homme osait-il insulter Lorna ? Comment osait-il la menacer si ouvertement, ainsi que Murtagh et tout le clan ? Il allait bondir, guidé par sa rage et sa résolution à lui faire ravaler ses paroles jusque dans ses tripes, mais la main de Lachlan le retint de justesse.

— Non, Rory, ça ne ferait qu'empirer les choses. Laisse faire Murtagh.

Le cœur de Rory battait à tout rompre. Sa mâchoire se crispait, ses poings se serraient douloureusement, tant il lui était difficile de se retenir ! De s'empêcher de sauter à la gorge de cet arrogant seigneur Comyn ! S'il le tuait, là, tout de suite… cela n'arrangerait rien, au contraire. L'admettre lui coûtait, mais Lachlan avait raison. Il devait se contrôler.

Au-dehors, la voix de Murtagh retentit. Froide, dure, autoritaire, implacable. Terrifiante.

— Menacez-nous encore, moi et les miens, de quelque façon que ce soit, et votre sang sera le premier à couler. Vous osez nous insulter, entre nos murs, et vous croyez vraiment que je vais vous laisser continuer sans réagir ? Gare, Richard Comyn, encore un mot, un seul, qui me déplairait, et c'est votre tête, seule, qui serait rendue à votre père !

Devant l'intransigeance de Murtagh et l'ampleur de la menace, Richard Comyn parut soudain moins sûr de lui. Il recula d'un pas et se racla la gorge avant de parler d'un ton plus doucereux.

— Allons, n'oublions pas ce qui nous unit, laird Fraser. Laissez-nous entrer et juger par nous-mêmes. Si comme vous l'affirmez, et j'aime à vous croire, que cette fille n'est pas ici, alors nous repartirons et…

— Vous ne mettrez pas un pied dans mon château.

La bouche du Comyn tressaillit nerveusement.

— Laird Fraser, nous ne sommes pas ennemis, du moins, pas encore. Ne nous obligez pas à entrer de force.

— Cordieu ! J'aimerais bien vous voir essayer !

D'un geste vif, Murtagh sortit son épée de son fourreau

et en menaça Richard Comyn, qui se tenait comme figé par cette violence soudaine. En effet, Murtagh contenait difficilement sa fureur.

— William Comyn sait-il seulement avec quel mépris son fils traite ses alliés ? tonna-t-il. Sur leurs propres terres ! Vous êtes ici chez moi, et je ne tolérerai pas plus longtemps votre arrogance ! Est-ce la guerre, que vous cherchez à déclencher ? Si je ne vous éventre pas à l'instant, c'est uniquement par respect pour votre père ! Qu'il m'envoie un émissaire de valeur, la prochaine fois qu'il aura une demande à me faire !

Les doigts de Rory se refermèrent sur la garde de son arme. S'il fallait frapper, se battre aux côtés de son frère, il serait prêt. Richard Comyn, livide, fit signe à ses hommes de reculer. Lui aussi devait être conscient qu'ils n'étaient pas en position de vaincre. Il monta en selle, puis une fois hors de sa portée, jeta un terrible regard à Murtagh.

— Nous partons, Fraser, mais ce n'est pas terminé. Si vous cachez cette traîtresse, comme j'en reste persuadé, je vous conseille de nous la livrer, avant qu'il ne soit trop tard. Car soyez-en certains, nous reviendrons ! Et cette fois, nous serons plus nombreux et beaucoup moins cléments !

Sur ce, il fit tourner bride à son cheval et s'élança par-delà les portes de la forteresse. Dès que ses hommes et lui furent partis, Rory bondit hors de son abri pour se précipiter auprès de son frère. La respiration de Murtagh était rauque, nerveuse, et son corps tressaillait de colère.

— Merci, Murtagh, souffla Rory.

— Ne me remercie pas. Je n'ai fait que gagner du temps. Ils reviendront, et plus nombreux, ce cafard l'a assuré. Nous devons nous préparer. J'espère juste qu'entre-temps le roi Alexandre aura reçu ma missive et qu'il interviendra pour faire cesser cette folie.

— Tu crois qu'il nous viendra en aide ?

— C'est un homme suffisamment intelligent pour comprendre où est son intérêt. À partir de là, sans son appui, William Comyn sera lui aussi obligé de renoncer. Avec de la chance, tout sera réglé avant même qu'ils ne reviennent.

Ressentant culpabilité et colère face à ce qui menaçait son clan, Rory hocha lentement la tête. Il était bien déterminé à massacrer lui-même chacun des Comyn qui auraient la mauvaise idée de remettre un pied ici.

Chapitre 39

— Lorna ? Pourquoi cette foutue porte est-elle ouverte et… Que fais-tu ?

Elle avait perçu les pas précipités de Rory dans le couloir avant même d'entendre sa voix.

— Cela me semble évident, non ?

Elle sentait son regard rivé sur elle et devinait l'incrédulité qui devait le tenailler. En se retournant, elle le vit se tenir droit sur le seuil, son corps en travers du passage vers la sortie. Comme s'il avait déjà compris ce qu'elle s'apprêtait à faire. Évidemment. Ne venait-il pas de la surprendre vêtue de son manteau et son sac de voyage au bras ? Après qu'un domestique qui avait entendu ses appels lui eut ouvert, elle s'était préparée à la hâte. Pas assez vite, hélas. Elle avait perdu du temps en essayant de rédiger une lettre d'adieu – Kenna ayant pris la peine d'essayer de lui apprendre à lire et écrire – pour lui, ainsi que pour Kenna et Murtagh. Elle n'y était même pas parvenue correctement ! Non seulement son écriture était trop faible, mais l'émotion était trop forte pour qu'elle puisse trouver les mots qu'elle cherchait. Pourtant, honteuse de s'enfuir comme une voleuse, elle avait tenu à faire au moins cela.

Rory criait presque, à présent.

— *Nay*, ça ne l'est pas ! Je te le demande encore une fois : que fais-tu ?

La mort dans l'âme, elle lui fit face.

— Je pars. C'est la seule solution. Je t'en prie, n'essaie pas de m'arrêter.

Son ton se révéla plus résolu qu'elle l'avait craint, mais cela n'eut semble-t-il aucun effet sur Rory, qui se rua sur elle pour l'agripper.

— Tu veux que je te laisse partir, sans rien faire ?

Elle voulut se dégager de sa poigne d'un mouvement brusque, en vain. Elle s'obligea à lui parler plus sèchement qu'elle ne l'avait fait.

— Non, je ne veux pas… Je t'interdis de me retenir !

L'expression qui se peignit sur son visage lui arracha le cœur. Pourtant, ce serait pire encore, si elle n'agissait pas !

— Si je reste, ton clan sera entraîné dans une guerre au prix bien trop élevé. Je m'y refuse, Rory. C'est pourquoi je vais me livrer aux Comyn. Peu importe le sort qu'ils me réserveront ensuite, si cela peut vous garder du danger…

La pression de ses mains sur ses bras, alors qu'il l'obligeait à lui faire face, lui faisait mal tant ses doigts serraient sa chair. C'était la fureur et la peur, à présent, qui se manifestaient sur le visage tourmenté de celui qu'elle aimait. Il semblait avoir le plus grand mal à se contrôler et à trouver ses mots.

— Rory, tu sais aussi bien que moi que c'est…

— C'est hors de question ! Je t'interdis de faire une chose pareille ! Je t'interdis même d'y penser !

— Je fais ce qui est le mieux pour ton clan, Rory ! Ne peux-tu le comprendre ? C'était une erreur, que de me faire venir ici ! Il y aura encore des morts, si je ne me livre pas ! Je refuse que ton foyer soit détruit, comme le mien le fut ! Je ne le supporterai pas !

Le souvenir de l'attaque du château où elle était née et avait grandi l'assaillit brusquement, tel un raz-de-marée balayant tout sur son passage. Des hurlements, des cris, des gémissements, de la terreur, de la douleur et du sang… tellement de sang ! Celui des siens qui coulait, s'insinuant entre les interstices des pierres de la forteresse, les marquant à jamais de l'infamie qui les avait frappés. Elle revoyait les flammes, le visage de celles et de ceux qu'elle avait perdus. Plus jamais elle ne revivrait une telle chose… Rory l'attira à lui si prestement qu'elle ne put lui échapper. Le quitter était si douloureux ! Plus difficile encore que tout ce qu'elle avait eu à accomplir jusque-là. Si elle pleurait, si elle montrait la moindre faiblesse, s'il doutait de sa détermination, les conséquences en seraient terribles…

— Laisse-moi m'en aller, Rory, je t'en supplie. Laisse-moi mettre un terme à tout ça.

— Ils te tueront.

— Sans doute, mais c'est un risque que je dois prendre. Si je reste, je vous condamne tous.

— Au contraire ! Tu affirmes que tu veux nous protéger, mais te livrer aux Comyn ne ferait que leur prouver notre culpabilité ! Ils sauraient alors convaincre le roi que nous te cachions et auraient toute légitimité pour récupérer nos biens et nos terres. Ça fait déjà longtemps qu'ils les convoitent, et tu leur offrirais là l'occasion rêvée d'y parvenir. Ta mort ne servirait à rien d'autre qu'à combler l'avidité de William Comyn ! Le Banedoch ne lui suffit pas, loin de là !

Il effleura sa joue et dégagea une mèche rebelle qui

s'y était posée. Ce simple geste la fit frémir. Seigneur tout-puissant, combien elle aimait cet homme ! Elle leva les yeux vers lui, priant pour avoir la force de parler sans faillir, sans trembler.

— Je ne leur avouerai jamais que je me trouvais à Crimson Castle. Je prétendrai t'avoir menti pour revenir en Écosse, puis t'avoir échappé bien avant que nous n'arrivions ici et…

— Ils se moqueront de tout ce que tu pourras leur dire, Lorna ! Ils se serviront de toi pour mettre la main sur nos terres, comme ils l'ont fait avec celles de ton clan !

— Alors, je m'en irai, très loin d'ici. S'ils ne me trouvent pas, et que vous jurez tous ne m'avoir jamais vue, ils ne pourront jamais vous…

— *Nay.* Si tu t'en vas, je pars avec toi.

— Tu ne peux pas quitter ta famille pour me suivre ! C'est hors de question !

Ce serait trop exiger de lui ! C'était pour elle inimaginable que de lui imposer un tel sacrifice.

— Bien sûr que si. Ils comprendraient, mais nous n'aurons pas à en arriver là. D'ici quelques jours, le roi intercédera en notre faveur. D'ici là, nous resterons ici, ensemble, où tu es en sécurité. Fais-moi confiance, tout ira bien.

Bien sûr que non, tout n'irait pas bien ! Ne pouvait-il le comprendre ? Peut-être que si elle lui mentait, qu'elle lui hurlait qu'il se trompait sur son compte, qu'il prenait tous ces risques pour une femme qui ne l'aimait pas et s'était jouée de lui par intérêt, la croirait-il ? Si seulement elle parvenait à l'en persuader, tant pis s'il la haïssait, du moment qu'il restait en vie !

— Rory, je… Je t'en prie…

Elle ne put que balbutier. Lui lancer ces horreurs au visage, dont elle ne pensait pas un mot, se révéla hors de sa portée ! Ne lui avait-elle pas déjà assez menti ? Tout son être se refusait à récidiver. Rien qu'y songer la rendait malade. Il la pressa contre son cœur. Comme il battait vite et fort ! Sa nervosité était palpable, tout comme sa peur qu'elle disparaisse de sa vie. Pourtant, à cause d'elle, il risquait de tout perdre ! Ne le réalisait-il donc pas ?

— Je refuse que les choses se passent comme ça. Tu mérites bien mieux qu'une fugitive qui ne vous apportera que du malheur, à toi et aux tiens. Tu dois me laisser partir et m'oublier.

Il glissa une main sous son menton, l'obligea à le regarder droit dans les yeux. Ce qu'elle y lut lui brisa le cœur.

— Tu ne peux pas exiger cela de moi, *mo chridhe*. Tu es mienne et je mourrais pour toi. Je mourrai tout autant, si tu me quittes. Nous nous sommes choisis l'un l'autre, et je t'aime plus que j'aie jamais aimé quiconque. Nos destins sont liés l'un à l'autre, pour toujours. As-tu oublié ? Parce que moi, non. Où tu iras, j'irai, et ta place est ici. Avec ta famille. Avec moi

Il s'empara de sa bouche avec une passion désespérée qu'il n'avait, apparemment, plus la force de contenir. Au lieu de le repousser, comme il aurait été raisonnable de le faire, elle répondit à la ferveur de son baiser. Incapable de se détacher de ses bras, de sa bouche ardente qui la réclamait, elle se cramponna à lui, éperdument. *Un dernier baiser, un baiser d'adieu, puis je partirai… Pour toujours*. La tête lui tourna, une onde de chaleur l'envahit et elle perdit pied tout aussi sûrement que toute pensée cohérente la fuyait. Son odeur virile l'enveloppait, tout autant que la force de son amour. Comment résister à la puissance de cet appel, qui faisait vibrer tout son être ?

— Lorna, promets-moi de ne jamais me…

Elle l'embrassa à pleine bouche avant qu'il ne termine sa phrase. Impossible de le laisser exiger d'elle des serments qu'elle ne pourrait tenir ! Elle ne voulait plus penser à rien d'autre que lui et à ce dernier instant de bonheur qu'ils partageaient. Ses mains parcoururent les muscles fermes de ses épaules et de ses bras, et il la plaqua plus étroitement contre lui. Leurs corps s'épousèrent, dévorés du même désir, conçus l'un pour l'autre depuis toujours. Dans un grognement rauque, il fit tomber son manteau à terre, puis la souleva pour la déposer sur leur lit. Il se glissa auprès d'elle. Ses mains caressèrent sa poitrine, son ventre, se faufilèrent sous sa robe pour rejoindre son intimité alors que sa bouche se concentrait sur l'un de ses mamelons durcis. Des gémissements lui échappaient, pendant qu'il la dévorait de baisers. Quand sa langue se fraya un chemin dans sa féminité, elle se cambra tout en prenant une profonde inspiration. Les yeux fermés, les doigts dans les cheveux de Rory, elle savourait chaque sensation délicieuse qu'il lui procurait. Submergée par le plaisir, elle sentit son corps se tendre, frémir, s'embraser tout entier. Rejetant la tête en arrière, elle poussa un cri sous la puissance de la jouissance qui explosait en elle. Quand il se redressa sur elle, elle l'accueillit d'un baiser, puis ses doigts se refermèrent sur son sexe dur, pressé contre son ventre. Il était doux et chaud, palpitait sous ses caresses.

— Lorna… Oh… Lorna…

Il avait clos les paupières, et ses gémissements de plaisir ne firent que renforcer son besoin de le sentir en elle. De lui appartenir. Entièrement. Comme il lui appartenait. Pour la toute dernière fois. Cette pensée déchirante lui fit monter les larmes aux yeux, mais le désir impérieux et presque douloureux qu'elle éprouvait pour lui fut plus fort que tout le reste. Elle écarta les jambes, libéra sa verge pour que son extrémité vienne se frotter à son propre sexe. Il remua des hanches pour mieux se placer entre ses cuisses et s'enfonça en elle. Doucement, tout d'abord, en une exquise torture, jusqu'à ce qu'elle n'en puisse plus et se cambre davantage pour l'accueillir entièrement. Ses coups de reins se firent de plus en plus vigoureux, de plus en plus profonds, l'emportant vers une nouvelle marée d'extase. Elle s'agrippa à son corps ferme, l'accompagnant dans la volupté, quand il fut pris à son tour d'une violente convulsion. Il lâcha un cri rauque, puis s'effondra sur elle avant de se placer sur le côté pour l'enlacer. Ils restèrent ainsi, à se murmurer des mots tendres. Cette nuit-là, ils firent l'amour jusqu'à ce que, vaincus par la fatigue, ils s'endorment dans les bras l'un de l'autre. Du moins, ce fut le cas pour Rory. Une fois certaine qu'il dormait profondément, Lorna s'arma de courage. C'était le moment qu'elle attendait, tant qu'elle en avait encore la force ! Il gémit quand elle remua pour s'échapper de ses bras. Elle retint son souffle. Il ne devait pas se réveiller. Pas avant qu'elle ne soit loin de lui. Avec précaution, elle se leva du lit. Il ne réagit toujours pas. Sans un bruit, elle s'empara de son petit sac de voyage, de sa robe qui gisait à terre, de ses bottes et de son manteau.

Sur le seuil, son regard se porta sur Rory. L'homme qu'elle aimait éperdument, qu'elle adorait, et qu'elle devait quitter pour cette même raison. Pour lui sauver la vie, à lui et aux siens. Le magnifique rêve qu'il avait fait naître en elle s'était dissipé, remplacé par une douleur profonde qui lui déchirait les entrailles.

Pardonne-moi, mon amour…

Refoulant ses sanglots, elle referma aussi silencieusement que possible la porte de leur chambre. Une fois dans le couloir, elle s'éloigna à pas de loup. À cette heure tardive, elle se faufilerait d'autant plus aisément à la faveur de l'obscurité. Parmi les ombres. Avec la terrible impression d'en être devenue une elle-même…

Chapitre 40

Dieu merci, Lorna ne croisa personne en s'enfuyant des entrailles de la forteresse. Veillant à rester dans la pénombre, elle réussit à traverser la cour sans encombre, puis se faufila à l'extérieur sans alerter les gardes. C'était presque trop simple, mais elle voulait croire que la chance la favorisait. Cela la conforta dans le fait qu'elle prenait la bonne décision. Sa fuite éperdue dans les ténèbres de cette nuit sans lune la mena jusqu'à la forêt. Un épais brouillard donnait un aspect fantomatique aux arbres qui l'entouraient. Si elle n'y voyait que peu, cela la cacherait, également. Ses pieds s'embourbaient dans le sol moussu et humide. À travers le cuir de ses bottes, ses orteils étaient engourdis par le froid. Des branches s'accrochaient à ses cheveux, égratignaient ses bras. Des épines de pin s'enfoncèrent dans sa chair. Son cœur battait à tout rompre. Ses poumons la faisaient souffrir et elle sentait à peine ses jambes tant elle se hâtait. Elle trébucha sur une pierre, perdit l'équilibre, tomba tête la première dans l'herbe humide et se releva pour continuer. Elle ne savait pas exactement où elle allait, ni dans quelle direction elle courait. Aucune lueur ne pouvait guider ses pas, et elle espéra ne pas involontairement rebrousser chemin. Elle devait sortir de cette forêt, sans se faire surprendre par les Comyn ou par les Fraser ! Dès que Rory s'apercevrait de sa disparition, il lancerait les recherches. Elle ne pouvait pas risquer qu'il la rattrape, qu'il la ramène et que leurs ennemis la trouvent au château. Ce serait signer l'arrêt de mort de Rory et de son clan ! Rejoindre un port, monter clandestinement à bord d'un navire, n'importe lequel et s'enfuir le plus loin possible semblait être la seule issue ! Avant qu'elle ne puisse distinguer quoi que ce soit dans le brouillard et l'obscurité, elle fut percutée de plein fouet par quelque chose et se retrouva plaquée au sol. Le souffle coupé, elle manqua de hurler quand elle comprit qu'elle était piégée sous un corps lourd et puissant.

— Qu'avons-nous là ? Eh, vous ! Venez voir ce que j'ai trouvé !

Non ! C'était forcément un Comyn, ou un de leurs mercenaires ! Paniquée, terrifiée, elle se débattit de toutes ses forces, mais il était bien plus fort qu'elle et la maintenait de tout son poids. Déjà, deux de ses compagnons émergeaient d'entre les arbres. Elle cria, tenta de mordre son assaillant pour qu'il la libère.

— Lâchez-moi ! Lâchez-moi !

— C'est une petite sauvageonne que tu as attrapée, Silas, lâcha l'un des hommes.

— On dirait bien, en effet. Et pas des plus laides, en plus, déclara le dénommé Silas en agrippant les cheveux de Lorna pour lui remonter le visage de force. Seigneur Dieu !

Il s'immobilisa et la dévisagea de ses yeux sombres.

— On dirait bien que c'est la fille qu'on cherche ! La bâtarde de McWilliams !

— Son dos ! Regarde son dos ! Si c'est bien elle, à nous la récompense ! Vite, Silas ! Déchire sa robe !

Elle lutta quand il voulut la retourner pour lui arracher son manteau. La marque ! Il cherchait la marque ! Ses camarades vinrent l'aider, tant il avait du mal à présent à la maîtriser. Galvanisée par la peur et une colère noire, elle les insulta tout en les frappant ! Hélas, elle fut brutalement plaquée sur le ventre, ses bras et ses jambes maintenues fermement au sol pendant qu'on déchirait sa robe pour dévoiler ses reins.

— C'est elle, par Dieu, nous…

Les mots de Silas s'achevèrent dans un gargouillement. Il s'effondra sur Lorna, qui vit alors que sa gorge était traversée d'une flèche ! Des cris furent poussés, de rage et de surprise, et les hommes la libérèrent pour s'enfoncer dans les fourrés. Stupéfaite, elle entendit des bruits de lutte, perçut des mouvements dans la végétation, mais il y faisait trop sombre pour qu'elle puisse voir ce qui se passait. Qui se battait avec ces hommes ? Rory l'avait-il retrouvée ? Elle se releva, cherchant à percer les ténèbres. Le silence se fit, et elle osa entrer à son tour dans les fourrés. Elle y découvrit un carnage. Les cadavres de ses assaillants jonchaient le sol. Certains étaient criblés de flèches, d'autres transpercés de part en part. Une main posée sur la bouche pour ne crier, elle hésita. Devrait-elle s'enfuir ? Elle ignorait, après tout, qui l'avait sauvée ! Un mouvement derrière elle la fit sursauter… et ce qu'elle vit lui sembla impossible.

Ses cheveux et son visage étaient maculés de sang, le rendant méconnaissable. Pourtant, elle ne pouvait s'y méprendre : c'était bien Neil, son demi-frère ! Impulsivement, elle se jeta dans ses bras. Elle était si choquée qu'elle ne parvint qu'à sangloter. Il n'avait pas péri, comme elle l'avait craint ! Il l'enlaça étroitement et elle se blottit contre lui, bouleversée par la surprise de leurs retrouvailles.

— Je n'arrive pas à y croire, Neil ! La dernière fois que je t'ai vu, je t'ai cru…

— Mort ? Non, Dieu merci, pas encore, mais ce n'est pas passé loin, lui assura-t-il tout en jetant un regard méprisant à ceux qu'il venait de tuer. Je te raconterai tout plus tard, nous ne pouvons pas rester ici. Ces hommes, ce n'étaient que des éclaireurs. Des espions à la solde de Richard Comyn pour surveiller la forteresse des Fraser, avant qu'ils ne reviennent avec davantage de troupes. Je les ai entendus en parler, pendant que je me cachais. Ils étaient vraiment persuadés que tu t'étais réfugiée à Crimson Castle. Et moi aussi. C'est pourquoi je comptais y pénétrer pour te trouver, mais finalement, c'est toi qui es venue à moi.

Il esquissa un sourire et l'embrassa sur le front, comme il le faisait toujours. Ce simple geste manqua de la faire fondre en larmes, tant elle était heureuse de le savoir en vie. Alors qu'ils quittaient les lieux, elle lui murmura la question qui lui brûlait les lèvres :

— Que t'est-il arrivé, Neil ? Depuis Dublin ?

— Je m'apprêtais à monter à bord de l'*Empress of The Seas* pour te retrouver quand je me suis fait attaquer. Ils étaient trop nombreux et m'ont laissé pour mort. Quand je suis revenu à moi, il était trop tard. Ton bateau était déjà en mer. Alors, j'ai fini par retourner en Écosse et j'ai entendu parler d'une exécution à venir. Celle de la dernière McWilliams. Imagine ma surprise ! Je suis arrivé juste à temps pour voir une troupe de Highlanders te porter secours. Ensuite, j'ai suivi vos traces et tu connais la suite… Maintenant, plus un mot, avant que nous ne soyons en sécurité.

Pressant sa main dans la sienne, il la conduisit à travers bois, jusqu'à une clairière où les attendait un cheval, attaché à un pin. Neil le libéra, sauta sur son dos puis tendit la main à Lorna. Elle s'en saisit et se hissa à son tour sur l'animal, se plaçant derrière son frère. Alors qu'elle enserrait sa taille de ses bras, il talonna la bête et ils quittèrent la forêt pour galoper dans la lande. Lorna ferma les yeux. Sa détermination le disputait au chagrin et à la culpabilité. Tout ce à quoi elle pouvait penser, pendant que le vent fouettait son visage et qu'elle s'échappait avec Neil, était qu'elle venait de trahir l'homme qu'elle aimait…

Épilogue

Trois semaines plus tard…

Le navire fendait les flots tout en projetant de l'écume bouillante sur ses flancs. Le vent frais du large s'engouffrait dans les cheveux de Lorna, ébouriffait sa coiffure. Le temps était tout aussi maussade que l'humeur de la jeune femme. À chaque balancement du navire, le pont tanguait sous ses pieds ; les mains accrochées au bastingage, elle regardait la terre d'Écosse qui s'éloignait. Sa terre natale, qu'elle ne reverrait plus jamais. Elle avait accepté ce fait bien avant que Neil et elle appareillent, le matin même. Ils naviguaient vers le royaume de France, en province bretonne, où Blair, Connor et la petite Sorcha les attendaient. Son cœur aurait dû être gonflé de joie à l'idée de les revoir, mais il était trop brisé pour qu'elle ressente davantage qu'un vide immense. Cependant, qu'importait sa souffrance ? Elle aurait pu endurer mille morts pour protéger Rory et les siens. Elle avait pris la bonne décision, la seule possible, même s'il devait la haïr, à présent, pour cela… Grâce à Neil et ses relations, après leur fuite des terres du clan Fraser, ils avaient embarqué pour Édimbourg. De là, ils étaient montés à bord d'un autre navire pour la France. Entre-temps, Neil et elle n'avaient eu vent d'aucun conflit ou bataille entre les Fraser et les Comyn, pas plus que de différends avec le roi Alexandre. Cela lui redonna espoir : sa décision avait sauvé Rory et les siens, préservé la paix sur leurs terres. C'était pour cela qu'elle ne devait rien regretter, même si elle avait l'impression de n'être plus qu'un fantôme. Et Rory ? Combien il devait lui en vouloir, de l'avoir abandonné !

Il finira par m'oublier, voulut-elle se convaincre. *Il trouvera du réconfort dans les bras d'une autre.*

Se l'imaginer était tellement douloureux ! Sans lui à ses côtés, tout lui paraissait morne et triste. Jamais elle ne l'oublierait, certaine qu'elle ne pourrait en aimer un autre que lui. Son sourire, sa douceur, sa force… Seigneur, il lui manquait tellement ! À chaque instant, chaque seconde, il envahissait ses pensées. Des vertiges la saisirent. Elle vacilla et s'accrocha fermement au bastingage. En bas, les flots mouvants cachaient une immensité qui reflétait la profondeur de sa détresse.

— Tout va bien, Lorna ?

Elle se retourna. Neil la dévisageait, l'air inquiet. Elle était tellement absorbée par ses pensées qu'elle ne l'avait pas entendu approcher.

— Tu sembles soucieuse, petite sœur. À vrai dire, tu n'es pas toi-même depuis un bon moment. Qu'est-ce qui te préoccupe ? Tu n'es pas heureuse de bientôt revoir Sorcha et les autres ?

— Bien sûr que si, je le suis.

— Tu as mal au ventre, alors ? C'est le mal de mer ? Tu es vraiment très pâle, tu sais, et tu n'as presque rien mangé, ces derniers jours. Peut-être devrais-tu aller t'allonger un peu. Et puis, le vent se lève. Tu risques d'attraper la mort, à rester ici trop longtemps.

Elle essaya de lui sourire, pour le rassurer.

— Tu es gentil de t'inquiéter, Neil, mais je vais bien. Tu n'as pas besoin de me traiter comme si j'étais faite de porcelaine et que j'allais me briser au moindre vent.

Son ton s'était fait plus sec qu'elle ne l'avait voulu. C'était injuste pour lui. Il n'avait fait que prendre soin d'elle depuis sa fuite de Crimson Castle, et il ne méritait pas de subir les affres de ses tourments. Songer de nouveau à la forteresse des Fraser ne fut pas une bonne idée. Cela la ramena vers Rory, et avec lui s'éveilla une douleur si intense qu'elle eut l'effroyable impression de tomber d'une falaise dans une chute sans fin. Crispant la mâchoire, elle sentit les larmes poindre et se détourna de Neil.

— J'aimerais juste rester un peu seule. S'il te plaît.

— Es-tu sûre que…

— Oui, je suis sûre. Vraiment.

Neil prenait son rôle de grand frère protecteur décidément très au sérieux. C'était même pire encore, car il se sentait responsable de n'avoir pu veiller sur elle depuis Dublin alors qu'il n'était en rien fautif. Il l'avait crue morte, disparue dans la tempête, et s'en était beaucoup voulu. Elle avait beau le contredire, lui assurer qu'il n'y était pour rien et que certaines choses se passaient simplement parce qu'elles le devaient, il n'en démordait pas.

— Très bien, comme tu préfères, soupira-t-il. Mais ne tarde pas trop longtemps à me rejoindre à l'abri, ou tu m'obligeras à venir te chercher.

Il s'éloignait à peine que Lorna se retrouva de nouveau perdue dans des pensées où Rory prenait toute la place. Son regard se porta vers l'horizon, vers l'avenir qui l'attendait. Où elle serait libre de tout recommencer, de prendre entièrement son existence en main, mais un avenir dans lequel elle ne pourrait jamais être pleinement heureuse, car Rory n'en ferait pas partie.

— Si je pouvais seulement te dire combien je suis désolée… Oh ! Rory, tu me manques tellement !

Une main se posa sur son épaule, la faisant sursauter. Elle se retourna vivement.

— Neil ! Je t'ai pourtant demandé de…

Ses mots se figèrent dans sa gorge. Elle resta bouche bée. Ce fut comme si le temps s'arrêtait. C'était impossible ! Était-ce une illusion crée par l'ampleur de son désespoir ? Rory se tenait là, devant elle ! Le soleil rehaussait la teinte cramoisie de son épaisse chevelure secouée par le vent marin. Son large torse se soulevait au rythme de sa respiration profonde et saccadée. Son intense regard doré était rivé sur elle. Il la dévisageait comme si elle n'était elle-même qu'une vision à laquelle il avait du mal à croire. Elle manqua de défaillir, plaquant son dos au bastingage pour ne pas s'effondrer. Son cœur battait si fort qu'il semblait prêt à bondir hors de sa poitrine ! Il fit un pas vers elle, l'expression impénétrable. Seul un coin de sa bouche tressaillait nerveusement.

— Je le savais, *mo chridhe.* Tu ne peux pas te passer de moi.

Il tendit la main, effleura sa joue de ses doigts, comme s'il avait besoin de s'assurer de la réalité de sa présence. Elle était statufiée par l'émotion. Elle rêvait, c'était cela, l'explication ! Il lui manquait tant qu'elle s'imaginait le voir devant elle, inventait qu'il la touchait, se persuadait qu'elle percevait son contact tant aimé tandis qu'il plaçait ses mains sur les siennes ! Ses traits s'étirèrent lentement en un sourire… celui qu'elle lui connaissait si bien. Incapable de prononcer le moindre mot, elle le regardait, secouée d'irrépressibles sanglots. Il l'attira étroitement à lui, la consolant pendant qu'elle s'épanchait sur son épaule. Même blottie contre lui, elle avait encore du mal à y croire. Mais ce cœur fort et fier qui battait sous son oreille était bien réel. Ces bras qui l'emprisonnaient avec ferveur étaient bien réels. Ces lèvres qui se posaient sur les siennes avec avidité étaient bien réelles… Il était là ! Pour de vrai ! Son odeur, la sensation de son corps pressé contre le sien, c'était extraordinaire, inespéré ! L'émotion la submergeait tant qu'elle ne parvenait pas à s'exprimer. Il le fit à sa place, la couvrant de tendres mots d'amour où perçait son soulagement.

— Tu es là, tu es vraiment là, murmurait-il, la voix étranglée. J'ai cru mourir, quand tu es partie… Je ne veux plus jamais revivre ça ! En me réveillant dans notre lit vide, j'ai d'abord imaginé que tu avais été enlevée. Je n'arrivais pas à concevoir que tu aies pu t'enfuir volontairement, loin de moi. Je refusais de l'accepter. J'étais tellement paniqué que je suis entré dans une rage folle. J'avais envie de tout casser !

— Je suis désolée de t'avoir infligé cela, Rory, mais je le devais…

— Je sais, tu voulais juste nous protéger et empêcher les Comyn de s'en prendre à nous. Murtagh et Kenna m'ont raisonné, ils m'ont soutenu et j'ai fini par comprendre, par accepter ta décision… et à pardonner. Une fois que j'ai eu l'assurance que le roi serait de notre côté, je me suis lancé à ta recherche. C'est moi, qui suis désolé. Je ne suis qu'un imbécile entêté et irréfléchi. Tu avais raison. Partir était la seule solution pour empêcher un nouveau conflit et j'aurais bien mieux fait de te suivre, plutôt que de chercher à te retenir. Quand les Comyn sont revenus, avec un émissaire bien plus prévenant que le précédent, Murtagh les a invités au château. Toi absente, ils n'ont évidemment rien trouvé et les choses se sont arrêtées là.

Une bouffée d'espoir la submergea.

— Alors, c'est fini ? Enfin ?

Il grimaça.

— *Nay*, pas tout à fait, ils restent suspicieux, mais le roi nous appuyant, ils ne pourront plus agir contre nous. Pas directement, en tout cas.

Il posa délicatement ses lèvres sur les siennes, comme pour mieux les savourer.

— Retrouver ta trace n'a pas été facile, *mo chridhe*. L'homme qui t'accompagne connaît son affaire.

Son ton se fit soudain dur et sec. Ses yeux brillaient de colère… et de crainte.

— Qui est-ce ? Je t'ai entendue l'appeler Neil. C'est le même nom que tu as utilisé, pour ton supposé promis. Est-ce que… Y avait-il une part de vérité, dans ce mensonge ? Est-ce que tu l'aimes ?

— Bien sûr que je l'aime, mais pas comme tu l'entends. Neil est mon frère !

La jalousie sur le visage de Rory céda la place à la stupéfaction.

— Ton… frère ?

— Mon demi-frère, en vérité. Nous avions la même mère, mais son père n'était pas le laird. C'était un forgeron, disparu deux ans avant que je vienne au monde.

Rory esquissa un rictus. Il sembla soudain très embarrassé.

— Je vois, j'avoue m'être imaginé bien autre chose, et, euh… Dans ce cas, je n'aurais peut-être pas dû… Enfin…

— Rory ! Qu'as-tu fait ?

— Eh bien, j'espère que ton frère ne m'en voudra pas, à son réveil. Je crains d'avoir frappé un peu fort, mais ça devrait aller. Il semble avoir la tête dure !

— Tu as assommé Neil ? Comment va-t-il ? Où est-il ?

— Oh ! par là… Je crois. Je l'ai confié aux bons soins d'une jeune dame qui, d'après ce que j'en ai vu, lui faisait les yeux doux depuis un bon moment. Inutile de dire qu'elle ne s'est pas fait prier pour veiller sur lui. J'ai prétendu qu'il avait glissé et s'était cogné, et elle a assuré pouvoir s'occuper de lui. Je n'avais aucune raison de ne pas la croire. Je te le promets, elle est charmante !

Elle ne sut si elle devait en rire.

— Charmante, dis-tu ?

— Oui, enfin, bien moins que toi, évidemment, *lass*. Allons, cesse de t'inquiéter, je te jure qu'il va bien. Il commençait même à ouvrir les yeux quand je les ai laissés seuls et je doute qu'ils aient envie d'être dérangés.

Son sourire s'élargit, et il raffermit possessivement son étreinte sur elle. Son expression se fit conquérante.

— Je te promets de m'excuser auprès de lui. Plus tard. Il a veillé sur toi quand je n'étais pas là, j'ai donc une dette envers lui. Mais je suis là, à présent, et rien ni personne ne t'enlèvera plus à moi.

Il l'embrassa avec ardeur et elle s'accrocha à lui. Leurs souffles et leurs langues se mêlaient en un baiser passionné. Elle aurait voulu qu'il ne cesse jamais, mais ils durent se séparer pour respirer.

Rory jeta alors un coup d'œil alentour.

— Au fait, où allons-nous ? s'enquit-il.

— Tu l'ignores donc ?

Il se frotta la nuque et esquissa une grimace d'embarras.

— À vrai dire, j'ai grimpé à bord juste avant le départ et j'ai payé mon passage sans rien demander.

— Nous allons en France.

— En France, hein ? Eh bien, va pour le royaume de France ! Je n'y suis encore jamais allé, et on raconte que c'est un beau pays. Bien que rien ne vaille les magnifiques paysages écossais, évidemment ! Mais pourquoi là-bas ?

— Pour y retrouver mes amis… et ma petite sœur, qu'ils élèvent comme si elle était leur fille.

Rory se figea de stupeur devant cette révélation.

— Tu veux dire qu'elle n'est pas morte ?

— Non. L'enfant tuée en son nom à Forfar n'avait rien à voir avec nous, la pauvre. Je voulais te l'apprendre plus tôt, mais je n'ai jamais trouvé le bon moment, et puis…

— *Nay*, ça n'a plus guère d'importance, à présent, et je comprends. Tu as bien fait de préserver ce secret aussi longtemps. J'ai hâte de la rencontrer, cette petite ! Je suis certain qu'elle est aussi adorable que toi.

La culpabilité enserra soudain le cœur de Lorna.

— Rory, souhaites-tu vraiment me suivre ? Peux-tu quitter pour moi ton clan, ta famille ? Je ne peux te demander un tel sacrifice. Je sais combien tu les aimes, tous, et…

— Je t'aime toi plus encore, *lass*. Ne t'inquiète pas, ce n'est qu'un au revoir, pas un adieu ! Murtagh, Kenna et Lachlan ne veulent que mon bonheur, ils comprendront. Je pressens même que Murtagh sera soulagé d'être débarrassé pour un temps de son encombrant petit frère !

Il rit, preuve qu'il plaisantait.

— D'ici quelques semaines, au pire quelques mois,

le roi aura définitivement pris parti pour Murtagh, et William Comyn aura alors bien d'autres problèmes à régler que toi. Ensuite, si tu le souhaites, nous reviendrons vivre dans les Highlands. En attendant, tout ce que je veux, c'est ne plus jamais être séparé de toi. C'est auprès de toi seule, *mo chridhe*, que je me sens complet.

L'émotion la saisit, tant elle ressentait la même chose pour lui.

— Moi non plus, je ne veux plus jamais vivre un seul jour éloignée de toi !

Un sourire radieux illumina le visage de Rory. Il la serra contre lui, puis lui mordilla doucement l'oreille.

— Peut-être, murmura-t-il avec espièglerie, que lorsque nous reviendrons, nous aurons avec nous une foule de petits Rory ? Ils rendraient Murtagh et Lachlan complètement fous. Ah, j'adorerais voir ça !

— Oh ! vraiment ? Et pourquoi pas des petites Lorna ?

— *Nay !* Pour qu'elles me rendent fou, moi ? Ça demande réflexion !

Il s'esclaffa alors qu'elle lui donnait une tape sur le bras.

— Tu sais, du moment qu'elles sont aussi belles, intelligentes et courageuses que toi, ça m'ira parfaitement, dit-il. À ce propos, et si on se mettait tout de suite au travail pour fonder notre famille ? Faire l'amour au large, c'est romantique, non ? Cordieu, il doit bien y avoir un endroit où on peut trouver un peu d'intimité, sur ce navire !

Tout en riant, il la souleva dans ses bras. Elle s'accrocha à son cou, éperdue de bonheur. Leurs lèvres se joignirent et plus rien n'exista plus pour eux que les promesses de l'avenir radieux qui les attendait.

Composé et édité par HarperCollins France.

Achevé d'imprimer en octobre 2019.

CPi
BLACK PRINT

Barcelone

Dépôt légal : novembre 2019.

MIXTE
Papier issu de sources responsables
FSC® C108412
FSC
www.fsc.org

Pour limiter l'empreinte environnementale de ses livres, HarperCollins France s'engage à n'utiliser que du papier fabriqué à partir de bois provenant de forêts gérées durablement et de manière responsable.

Imprimé en Espagne.